中公文庫

小泉八雲

ラフカディオ・ヘルン

田部隆次

中央公論新社

小泉八雲

ラフカディオ・ヘルン

凡　例

一、本書は田部隆次『小泉八雲（ラフカディオ・ヘルン）第四版』（一九八〇年一月、北星堂書店）を文庫化したものです。同改訂七刷（一九九〇年二月）を底本としました。

一、本文中「全集」とあるのは、第一書房版『小泉八雲全集』全十八巻（一九二九〜三〇年）です。

一、人名、地名等の固有名詞について、平川祐弘監修『小泉八雲辞典』（二〇〇〇年一二月、恒文社）、小泉時・小泉凡共編『増補新版 文学アルバム 小泉八雲』（二〇〇八年一一月、恒文社）他の資料を参照し、現代の一般的な表記に改めました。また、適宜ルビを追加・削除し、句読点を補いました。明らかな誤りと思われる箇所は訂正し、補足説明が必要と思われる箇所に〔 〕で編集部注を付しました。

一、本文中に、今日の人権意識に照らして不適切な語句や表現がみられますが、著者が故人であること、執筆当時の時代背景を考慮して、そのままとしました。

序

ラフカディオ・ヘルンという読み方はもと文部省か島根県の役人の始めたものであろうが、先生はこれを採用して平がな、万葉がなで多くの印章をつくったりしている。夫人もいつもヘルンと呼んでいた。夫人の話によれば、ハーンと書くあの中の棒が嫌いであったということである。松江時代、熊本時代の教え子たちはヘルン先生のことをハーンと呼ばれては別人のようで感じが出ないという程だから、私もそれに従ってヘルンと呼ぶことにしている。

この伝記の第一版は、大正三年四月、早大出版部から出たのであった。この伝記は当時早大教授であった内ケ崎作三郎君がその任に当っていたのであったが、私がかわって引き受けることになった事情は内ケ崎君の序文に書いてあるから省略する。内ケ崎君は宮城県人、明治三十四年東大英文科を卒業後ただちに早大教師となり、英国に留学後代議士となり、民政党の幹部となり、文部政務次官、衆議院副議長に歴任して政界にも活躍していたが、昭和二十二年七十歳で逝去された。

坪内先生はヘルンが早稲田へ出講するようになってから親交のあった人で、もしヘルンが今少し長生きをしたら坪内先生から創作方面において良い助言を得ることが出来たであろう。坪内先生の序文は内ケ崎君の時からの予約であったが、出版の頃先生が病気であったので『新小説』に寄稿されたものをそのまま先生の許しを得て、出すことにしたのである。

私がこのヘルンの伝記を書くにあたって特に激励してくれたのは西田幾多郎博士であった。君はヘルンの作品殊にその哲学思想には深き同情と理解を有する人であったので、私はそのために君から序文を貰うことにしたのである。

私は内ケ崎君から引きついだ各種の材料、当時既に出版になっていた幾冊かの伝記、それからマクドナルド氏の好意によって、長く小泉家に送られていたヘルンの著作の批評及び生涯に関する切抜通信会社からの切抜きを読んだ。英国の親戚からの通信も読んだ。東京大学時代のことを聞くために、芳賀矢一博士、以前の大学書記官清水彦五郎氏、其の他の人々をも訪問した。ウェットモア夫人その他の海外の人々とも文通した。マクドナルド氏にもたびたび面談した。然し私にとって最も貴重なる資料は小泉夫人から得たのであった。かくして『小泉八雲』第一版が出来た。それから十数年をへて第一書房からこれを再版するに当って、私はその後出た幾冊かの伝記を参考として書き加えたが、その主なるものは、ティンカーの『ラフカディオ・ヘルンのアメリカ時代』であった。大正十年から十一年にかけて私は欧米に出かけた。私は唯ラフカディオ・ヘルンの教え子であるというだけの理由で色々の人から招待されて恐縮した。米国ではウェットモア夫人の宅にも逗留した。英国ではヘルンの異母妹たち及びその子女たちにも会うことが出来た。そんな事がその第二版に何かをつけ加えていることと思う。

今度の戦争のために『小泉八雲』も全集と共にその紙型が焼失した。これより先、昭和十年に研究社からの英米文学評伝叢書の一冊として『ヘルン』を出版した。小冊子だが、第二版以後の新事実が記してある。それを取り入れて更に書きたしたいこともある。一九五〇年、昭和二十五年は正にヘルンの生誕百年に当る。これを記念として今度この第三版を出版することにしたのである。

(この生誕百年の記念として東京八雲会では、東京時代におけるヘルンの住所、富久町二一番地及び西大久保二六五番地に、それぞれかつてその居住地であった事を明記した石標を建設した。日本の文字は書家市河米庵の令孫市河三喜博士の筆、横文字は英国のエドモンド・ブランデン詩宗の筆になったものである。本書二二九頁)

昭和二十五年五月

著者

故小泉八雲氏の著作につきて

私が小泉八雲氏と相知るに到ったのは、つい昨今といふさへもいかがと思ふほど、ほんの浅い浅い知合であるから、深く愛敬してゐた先輩であるにも係はらず、其の著書も二十種ほどあるうちで、僅か八、九種しか知らず、其の伝さへも漸々(ぜんぜん)此の頃中承知したといふ次第ゆゑ、さしあたって批評らしいことは申しかねる。けふは只だほんの、其の以前同氏の著書を読んだ時分の感じだけを述べませう。おひおひ読み残しの分をも読む積りですから、或は将来の評は今日申す所と多少異なるかも知れません。

我が特殊なる風俗の紹介者、解釈者、回護者としての同氏の功労は、今更改めて言ふまでもあるまい。余りに温い同情を以てひたすら我が風俗下情の美なる側面のみを拾ひ、醜い方面、厭な部分は目を塞いで通り過ぎたといふ風があるゆゑ、外国の人々は、同氏の著書を読んだ時と実際我が人情風俗に触れた時と、感を異にすることも屢々(しばしば)ありませう、併し我々日本人は同氏の著書を読むにつけて毎に慈母に対するやうな思ひがする。私なども時々は余りひいき目過ぎて裏恥(そぞ)かしいやうなと思ひつつも、或は是れは余り主観的な見かたのやうだと思ひながらも坐ろに感謝の涙を催したことがあった。氏が日本風俗論の幾分が正当で、幾分が主観的解釈であるかなどといふ点も、大分趣味ある論点かと思ふが、今はそれを論ずべき折でもなく、且つ私は其の任でもないから、旁々今日は単に一種の短篇名家としての故人を評して見ませう。いや、評ではない、私の当初の感じのみを述べて見るのです。

　私は世間の同氏愛敬者よりもはるかに後れて同氏の著書に触れたので、しかも年代的には読みませんでした。丸善で買求めた最初のは、たしか *Shadowings* 及び *A Japanese Miscellany* それからその次が *In Ghostly Japan* であったかと思ひます。前者では「夢魔」に関する推理と夢中の飛行に関する説明とを最も面白く読みました。後者では、犬の吠える声を殆ど耳元に聞くやうに叙した一節、又それに関する例の主観的解釈及び *At Yaidzu* と題した一文——浪の音を物すごく写し出した独特の筆、それが今も尚忘れられぬ。総じて海辺の事を叙したのは佳いのがある。辞画家といふ評は屢々名文家の上に下される所で、小泉氏の如きも夙に此の褒称を得てゐたらしいが、私はそれだけでは足らぬやうに思った。同氏の筆は頗る音楽的である。平仄を整へるともなく、韻を踏むともなく、語調がおのづから其の物の声になって鳴響してゐる。近いところ英訳でダヌンチオの小説を読んで原文の特質を想像した場合にも、小泉氏の名文を連想したことであった。

　たしか其の次には *Glimpses*〔*of Unfamiliar japan*〕や *Out of the East* や *Kokoro* などいふ作を読んだ。*Glimpses* を読んだ時から個人としての同氏が慕はしくなった。それまでは只だ名文家として愛読してゐたに過ぎない。『グリムプセス』は日本にての著書中の最も古いものの一つだが、最初の感じが写されてあるだけに一しほ味ひがある。かの出雲中学の教師としての日記の如きを読んでは、誰れしも愛敬の心を生ぜざるを得ない。如何にも深切な優しい人柄が浮上って見える、如何に心性を直覚することに秀でた人で、如何に観察が穿細(せんさい)であるかが見える。就中(なかんずく)「盆踊」の一章は絶妙です、烏合会の連中にでも話して画にかかせて見たい。

Out of the East の中にもいろいろ面白いのがあるが「柔術」と題したのは同氏得意の説であったらしいから、読まぬ人には是非読んで貰ひたい、我が維新の大活動を柔術の極意に基くものと解し、通例悪しく見做す欧化熱を立派な意味に解し、日清戦争に論じ及ぶあたり、その論の当否はさておき、如何にも捉へかたが面白い。蓋し(けだし)小泉氏の魔力は一に其の文にある。これは余りに主観的な説明のやうだと思ひながらも次第に引込まれて行かざるを得ないほどにチヤーミングです。論でも話でも兎角枝に枝の花が咲いて、飛んだ脇路へ外れるが癖だが、その外れるのが本街道を行くよりも面白く、弥々(いよいよ)外れて弥々愉快に感ぜしめる。かの〔*in*〕*Ghostly Japan* のうちで或は薫物を論じ或は犬の上を語る間に恍惚として空想に耽るかとすれば、何時の間にか一種の哲学談(フィロソファイジング)へ融け込んでゆくのが何とも いはれなく面白かったが、此の独特の脈は多少濃淡を異にしてどの作をもどの作をも貫いてゐる。

Exotics and Retrospectives のうちでは、先づ「富士登山の記」が読みものですが、それ

は題目を見て期待したほどではなかった。時々白い雲が岩間に残って見えるのを同氏が曽（かつ）て見た黒く焼けた女の頭蓋骨の歯のみ白かったのに比したあたり、且つそれから例の瞑想に入って総て人間の理想は正体に近づいて見れば皆かうしたものだと打眺めたあたりは流石（さすが）に面白い。*Retro.* のうちに却って味ひの深いのがある。「美の凄哀」を論じ、「碧色の心理」を論じ、空色の何故になつかしいかを論じたあたり、特質が見えて最も妙。此の篇中にも例の夢魔（うなされ）哲学の一片があり、又得意の輪廻論、遺伝論などもある。プレトー〔プラトン〕と仏教とダアヰン〔ダーウィン〕とスペンサアとを打って一丸としようとする著者の哲学談は、論としての是非は格別の話だが、文章として見ると、如何にも神秘的彩色を帯びてゐて、何となく味ひが深い。*The Eternal Haunter* この小品がまた甚だ可憐です。ホーソオン〔ホーソン〕のやうな筆附といっては言ひたらない、着想の上には彼れ以外、あくまでも十九世紀末のロマンチシストたる趣が見えてゐます。

『心』といふ作『骨董』『怪談』などいふ作も取々に見所があります。『心』の如きは東西文明是非論とも見做すべき箇所があるから二十前後のお人たちは兎も角も一読なされるがよからう。

之れを要するに、故小泉氏の筆は、諸評家も已にいはれた如く、清新で流麗であると同時に寂しみを特質とし、神秘の影を帯びてゐます。基督（キリスト）教臭味を抜き去ったホーソオンのやうなところもあり、怖しみを和らげたアランポー〔アラン・ポー〕のやうな脈も見え、アーギング〔アーヴィング〕のやうに善良に深切に、アヂソン〔アディソン〕のやうに穿細に温潤に、時々はロマンチシスト風の夢を見てゐるやうな朦朧とした悲観的な骨脈も見え、それに十九世紀末らしい国体論やら、宗教論、哲学論、倫理論の綾糸が織入れられ、とりわけ一見相容れまじきやうにも思はれるダアキン一派の科学的精神が不思議にも調和を破らずに織入れられてあります。西洋最近の利己的、功利的、機械的、繁文縟礼的の所謂物質的文明の大圧迫にえ堪へずして暫し東洋に隠れ家を求めた最も多感な最も多想像なファン・ド・シエークルの一天才の記念だと思へば、故小泉氏の著書は長く東西に特筆すべきものでありませう。

坪内逍遥

序

余はヘルン先生と何等の関係あるものでもなく、また氏の著書に就て多く知るものでもない。されば余が氏の伝に関して何物かを書くといふのは自ら知らざるの謗を免れないであらう。ただ友人田部君が公務の余暇数年の労を費して、その旧師の為にこの伝記を完成せられたことを喜ぶの余り、余も亦予て(またかね)ヘルン氏の人と為りや、その著作の或る物、特に *Retrospectives* や *Fantasies* の中に収められた小論文に就て少なからぬ興味をもって居るので、自ら量らずも玆に(ここ)少しく氏の思想に就て述べて見ようと思ふのである。

ヘルン氏は万象の背後に心霊の活動を見るといふ様な一種深い神秘思想を抱いた文学者であった。かれは我々の単純なる感覚や感情の奥に過去幾千年来の生の脈搏を感じたのみならず、肉体的表情の一々の上にも祖先以来幾世の霊の活動を見た。氏に従へば、我々の人格は我々の一代のものではなく、祖先以来幾代かの人格の複合体である、我々の肉の底には祖先以来の生命の流が波立って居る、我々の肉体は無限の過去から現世に連るはてしなき心霊の柱のこなたの一端に過ぎない、この肉体は無限なる心霊の群衆の物質的標徴である。斯くして、かれはメキシコ湾の雄大なる藍の色に、過去幾世の楽しき夏の日の碧空を想ひ、熱帯の夕、天を焦す深紅の光に、過去幾世の火山の爆発や林火の狂焔を感じ、面変りゆく我子の顔に亡き父母や祖父母の霊の私語を聞き、愛人と握手の frisson〔(仏) 震え〕には幾世輪廻の因縁を偲んだ。氏の眼には、この世界は固定せる物体の世界ではない、過去の過去から未来の未来に亙る霊的進化の世界である、不変なる物と物との間に於ける所謂自然科学的法則といふ如きものは物の表面的関係に過ぎないので、その裏面には永遠の過去より永遠の未来に亙る霊的進化の力が働いて居るのである。斯くして氏にはこの平凡なる世界も濃い深い神秘の色を以て彩どられた。所謂詩人の空想なるものも氏には実在其物であった。氏はその崇拝するゴーチエの *Émaux et Camées* の中から、三千年の昔希臘の殿堂の破風の石となって白き夢に互の心をかよはした二個の大理石が二人の愛人の白き肉となり、同じ母貝の中に育って千尋の水底で人知れず囁きかはした二顆の真珠が相思の歯となり、ボアブディール王朝のゼネラリッフ宮殿の噴泉のしぶきの下で互に葉と葉でささめいた二本の薔薇の花が相思の唇となり、五月の夕べヴェニスの穹窿の上で一つの塒に宿った二羽の鳩が相思の心臓となって、昔の情火が新たに二人の間に燃えて居るといふ様な、うつくしい話を訳して居るが、これらは能く氏の見方を現はして居ると思ふ。氏は好んで幽霊談を書いた、併しそれは単純な幽霊談として感興を有ったのではなく、上述の如き幽遠深奥な背景の上に立つ所に興味を有ったのである。氏は此の如き見方を以て、我国の文化や種々の昔話を見た、而してそこに日本人自身すら曽て知らない深い魂を見出したのである。

ヘルン氏の考は哲学で云へば所謂物活論に近い考とも云へるであらうが、所謂普通の物活論と同一視することはできない、氏が万象の奥底に見た精神の働きは一々人格的歴史を有った心霊の活動である。氏は此考をスペンサーから得たと言って居るが、スペンサーの進化といふのは単に物質力の進化をいふので、有機体の諸能力が一様より多様に進み不統一から統一に進むといふ類に過ぎない。文学的気分に富める氏は之を霊的進化の意義に変じ仏教の輪廻説と結合することによって、その考が著しく詩的色彩の宗教の香味とを帯ぶるに至った。生物進化の論を精神的意義に解して、浪漫的色彩を帯びたものは前にニーチエがあったが、ベルグソンも此種の人と見ることができるであらう。ヘルン氏の考は後者に似た所もあるが単に感傷的で空想的なることはいふまでもない。

愛蘭生れの軍医がアイオニヤ島で、希臘美人と熱烈なる恋に陥り、英人に対して烈しき反感を有する愛人の兄弟に要撃せられ、愛人によって僅にその一命を贏ち得たといふ様な両親の子として、昔時サッフォーが身を投げたといふリューカディヤ島に生れ、仏蘭西で育ち、米国に流浪し、終りに東洋の端なる日本の帰化人となったヘルン氏の一生其物が既に一つのローマンスである。その両親から受けた多情多感の性質は惨憺たる前半生の運命に鍛はれて、氏の如き感傷的な一文学者を作り上げたのであらう。氏は晩年に於てミスアンスロピックであったといふが、それは著作にのみ専心没頭した結果もあらうが、元来感傷的な人で久しく孤独不遇に居れば、斯くなるのが寧ろ当然である。而して斯く一方に於て人間から遠ざかると共に、一方に於て本来の社交性は氏の如く広く万物に人間の愛を求める様になったのであると考へることもできる。氏が万物の背後に霊の私語を聞いたのもかかる心の要求に基いたのではなからうか。

数年前余が大久保に住みし頃、一日田部君に伴はれて氏の遺宅を訪れたことがあった。氏の居室はその生時のままに保存せられ、藪に囲まれたる静な庭に面し、堆き書籍に蔽はれた書斎、並はづれの高いテーブル、ふるぼけたインキ入、水入、不恰好なモノクル〔片眼鏡〕、積み重ねられた色々の煙管、坐ろに天才の面影が偲ばれて、景慕の念に堪へなかったのである。田舎者なる余にはこれが短き東京の生活と共に、長く思出の種となることであらう。

大正三年三月

西田幾多郎

小泉八雲先生を懐ふ

小泉八雲先生の名を知りたるは僕が猶第二高等学校に学んだ時であった。先輩土井晩翠君既に文科大学に在りて、最後の一年は先生の講筵に侍せられたのと、大谷繞石〔正信〕君第三高等学校より仙台に転学せられ、僕と共に『尚志会雑誌』を編輯する関係を生じたるが故に、僕は同君を通じて先生の面影を偲んだのであった。

明治三十一年九月僕本郷台の人となりて親しく先生の声咳に接することを得た。僕は非常なる興味と熱心とを以て先生の講義を筆記した。当時第三年級に芳沢謙吉、大谷繞石、戸沢姑射〔正保〕、浅野和三郎の諸君あり、その選科には本伝の著者も見えてゐた。第二年級には小松原隆二君等がゐた。而して我が第一年級には森清、小日向定次郎、栗原基、米原弘、藤沢周次の諸君ありて、まづ多士済々と称して可なるものがあった。

僕等初心の者にとりてはロセティの評論は余りに幽遠微妙であった。されど先生の清く澄んだ歌ふがごとき声がかすかに微笑を湛ゆる口辺より洩るるを聞く時は、その事自身が一種の魔力であった。僕等は続いてスヰンバーン〔スウィンバーン〕とブラウニングとの評論に心を躍らせた。先生の英文学史の講義は余りに早口であったが、趣味豊かなる材料と適切なる批評と、露淀みなく清水のごとく湧き出る華麗なる文句との片言隻句も書き洩らさじと僕等は右手の指頭をインキに汚すをものともせずしてペンを走らせた。

先生の許にありて三星霜の教を受けしことは僕にとりて終生忘るべからざる追懐である。先生が僕等に遺したるものは文学的事実のみでない、一種の気品である、情調である。これは実に尊いものである。僕は日本にゐる間はこの事を左程有難い事と気付かなかった。しかし欧米を遊歴して幾多の学者と雄弁家の前に立った時、初めて僕は先生の僕等に遺されしものの如何に高貴なるかを理解し得たのであった。

僕等は教室以外に於ては先生に接近することを遠慮した。先生が来客を喜ばれぬといふことが誰れ言ふとなく伝ったからであった。僕が先生を訪問したるは先生が瞑せられし年の春であったと記憶する。僕は高田校長の命を帯びて先生を早稲田の学苑に迎へんがための下相談をなさんがためであった。当時先生は和服にて座布団の上に正座せられ、長い烟管（きせる）にて烟草を吸はれた。懐より片目の近眼鏡を取り出されて、一、二度僕の顔を眺められた。僕のふつつかなる使命もどうやら果されて、帝国大学を辞せられたりし先生を稲門に迎へ得たのは僕の甘味な記憶である。

されど先生の稲門に来らるる何ぞ遅くして、その去るや何ぞしかく速かなりしぞ。先生一朝此世を棄てて早稲田幾百の健児の眼に涙の玉が輝いた。

先生の未亡人はせめて先生の伝記を纏（まと）めて御子孫に遺されんと志された。同時に早稲田大学出版部にても此計画を立てて小泉家との合意の上にこの重任を僕に托せられた。僕は到底その任に堪へぬことを知った。されど種々なる周囲の事情は僕をしてこの任に当らざるを得ざらしめた。僕は先生の書斎より新聞切抜の材料を集めた。未亡人よりの追懐談を筆記した。兵庫県知事服部一三（はっとりいちぞう）氏を旅館に訪れたこともあった。佐久間信恭氏に就いて先生の熊本時代の談話を承はったこともあった。或夏は焼津（やいづ）に遊んで乙吉君を音づれて先生の記念の室に短かき夢を結んだこともあった。宮の下にチエムバレン〔チェンバレン〕教授を訪問して泉声沢潭響の裡に先生に関する逸事を傾聴したこともあった。されど先生の英国時代米国時代の事蹟を知るの材料を集むること難く、加ふるに僕の本業たる教育事業に忙殺せられしため、伝記の進捗は極めて遅々たるものがあって、未亡人に対しても早稲田出版部に対しても汗顔に堪へなかったのである。

明治四十一年春僕の英国留学の問題は突如として発生した。これは全く予期せざりし事件であった。されどこの機会は容易に逸すべからざるものであった。父漸（よう）く老いんとして、僕また而立の歳を過ぐること一、二、将来海外行を断念せばともかく、之を行はんとすればこの時に於てせざるを得なかったのである。而して最も僕の心を悩したるものはこの伝記の事であった。僕は僕の後任者を見出さねばならなかった。僕は再三熟考した結果として学習院教授田部隆次君を選択したのであった。同君は先生の教を受けし一人にして、ことに先生より課せられたる懸賞論文に於て再三当選の栄を担はれし先生の愛弟子たりしことは第一の理由、同君は嘗（かつ）て早稲田の文科に勉学せられしことは第二の理由、同君が偶然にも西大久保に住して小泉家と往復に便なることは第三の理由、最後同君の篤学は僕をして此伝記を完成するに最適任者と信頼せしめたることは第四の理由であった。

僕は無理に此面倒なる事業を田部君に押しつけた。同君も僕の外遊に同意を表して止むなく承諾せられた。この一事に於て僕は常に同君に感謝の念を懐いてゐるのである。

爾来約六年の間、田部君は公務の余暇を献げて専心本伝の完成に従事せられた。而して斯の如き名著を出現するに至ったのである。恐くは本書は明治大正に亙りて最も卓逸したる伝記文学である。主人公の天才と著者の労作と相俟ちて日本文学の一宝珠を得たるは僕の欣喜措く能はざる所である。

僕は欧米各邦の旅行に於て如何に小泉先生の声名の轟き渡れるかを見聞した。僕が先生の一弟子であったことは多くの欧米人を羨望せしめた。先生の伝記としてはウエットモーア〔ウェットモア〕夫人、グールド博士、ケンナード〔ケナード〕夫人等の述作ありと雖も、是等の著述は大体先生の日本時代が詳しからざるを惜しむ。然るに田部君のこの書は上記の諸書を参考総合して該博なる材料を基礎とし、之に日本時代の精細なる記述を加へたるものなれば、既に現はれたる小泉八雲伝中の白眉と称することが出来る。此書は必ず英訳せらるる価値を有するのである。

先生もし今日ゐまし給はゞ、必ずやノーベル文芸賞金を得られしことと思ふ。先生は日本を恋ひたれども、終に片恋に帰した。僕はこの伝記の出版を機として日本政府が何等かの形式を以て先生の功績を表彰せんことを希望するのである。

大正三年三月二十九日

内ケ崎作三郎

目次

序　5
故小泉八雲氏の著作につきて　坪内逍遥　8
序　西田幾多郎　13
小泉八雲先生を懐ふ　内ケ崎作三郎　17
一　ギリシャからアイルランドへ　25
二　大叔母のてもと　55
三　学校生活　77
四　シンシナティ　91
五　ニューオーリンズ　121
六　西印度、フィラデルフィア、ニューヨーク　154
七　横浜から松江　183
八　熊　本　200

九　神　戸　212
一〇　東　京　その一　220
一一　東　京　その二　231
一二　思い出の記　小泉節子〔セツ〕　262
一三　交際と交友　315
一四　人、思想、芸術　336
一五　ヘルンの通った道　362
一六　著書について　386
一七　余　録　429
一八　年譜（生涯、著作遺稿等）　458
小泉八雲――名も無き庶民の心を語り継ぐ　池田雅之　469
索　引　485

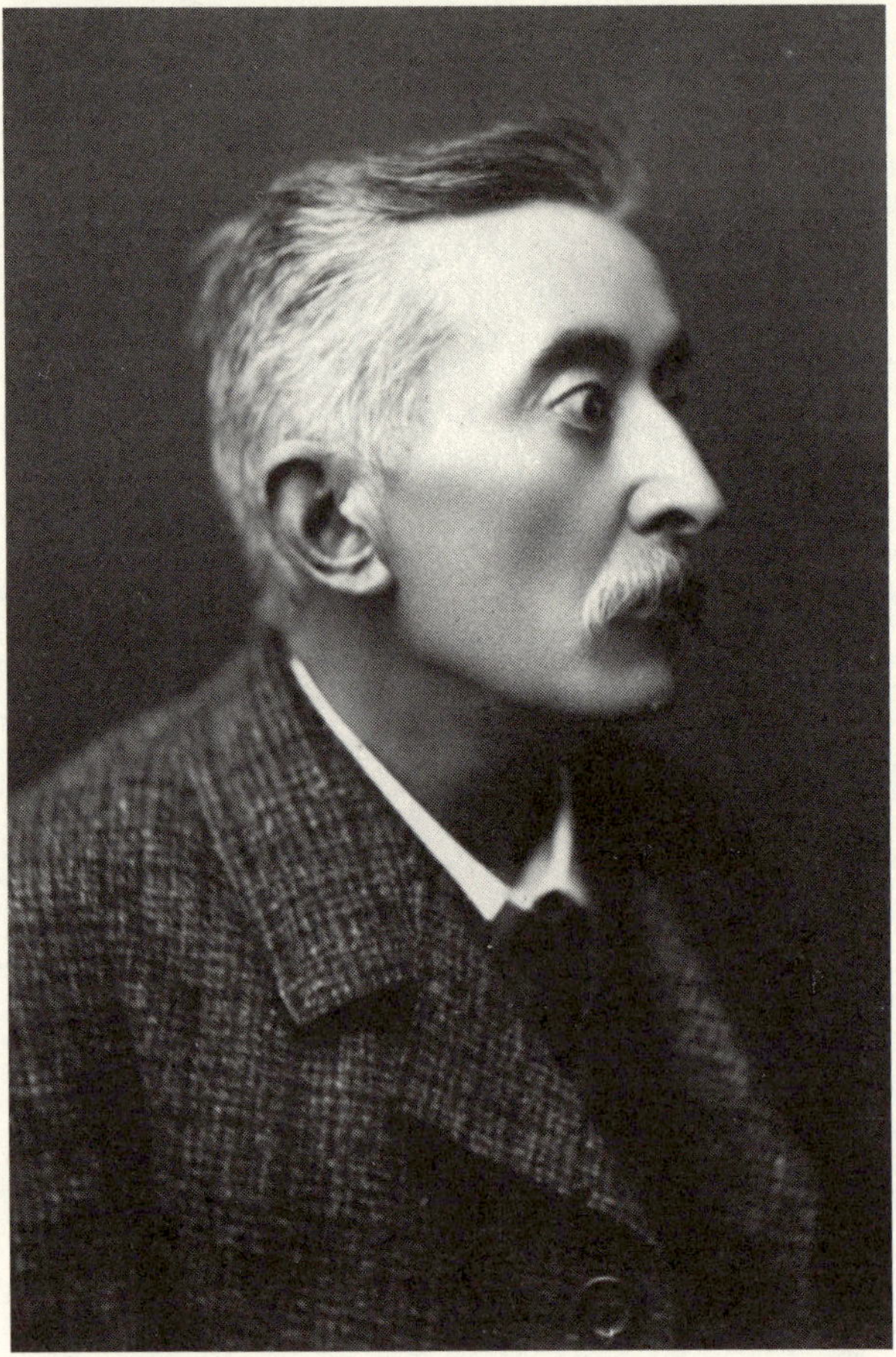

晩年の小泉八雲（ラフカディオ・ヘルン）

一　ギリシャからアイルランドへ

ヘルンの伝記の材料として信ずべき物の第一に、ヘルンが早稲田大学のために書いた簡単な履歴書がある。

小泉八雲（ラフカディオ・ヘルン）元英国臣民。一八五〇年、イオニア列島リュカディア（サンタ・マウラ）に生る。アイルランド、英国、ウェールズ、（及び一時は仏国）にて成人す。一八六九年、アメリカに渡り、印刷人及び新聞記者となり、遂にニューオーリンズ新聞の文学部主筆となる。ニューオーリンズにて当時ニューオーリンズ博覧会の事務官、後兵庫県知事なる服部一三（はっとりいちぞう）氏にあう。一八八七年より一八八九年まで仏領西印度のマルティニークに滞在。一八九〇年、ハーパー兄弟書肆より日本に派遣される。当時の文部次官服部氏の好意により、出雲松江の尋常中学校に於て英語教師の地位を得。一八九一年の秋、熊本に赴き、第五高等中学校に教えて一八九四年に到る。一八九四年、神戸に赴き、暫時『神戸クロニクル』の記者となる。一八九五年、日本臣民となる。一八九六年、東京帝国大学に招かれて講師となり、一九〇三年まで英文学の講座を担任す。――その間六年七ケ月。日本に関する著書十一部あり。

服部一三を文部次官としたのはヘルンの思い違いで、実は普通学務局長。

すなわち、ヘルンは一八五〇年（嘉永三年ペリー来朝に先立つ三年）六月二十七日、ギリシャの西北イオニア列島のうちの Santa Maura（サンタ・マウラ）古えの Leucadia（リュカディア）近世ギリシャ人が普通に言う Lefcada（レフカダ）又（また）は Leukas（リュカス）に生れた。

ヘルンが自ら家人に示したのはこの月日であるが、ヘルンの祖父がヘルンの両親に与えた『バイブル』の白紙（フライリーフ）に、Patricio Lafcadio Tessima Carlos Hearn 一八五〇年、八月誕生と記入してあるとケナード夫人は言う。言うまでもなく誕生死亡の日附を『バイブル』に記入するのが西洋の習慣である。

この島はもとギリシャ本土と陸続きになっていたのを、紀元前七百年の頃、コリントス人が切り離したのである。島は土地豊饒、山には深林あり、岡には葡萄畠やオリーヴの林が繁っている。女詩人サッフォーが自殺したと伝えられているのもこの島。罪人の手足に無数の鳥を結んで軽く落ちるように絶壁から投げ落したと言われるアポロの殿堂のあるのもこの島。若きヘルンは伝説の多いこの島に生れたのであった。

ヘルンの父はアイルランドの人、Charles Bush Hearn（チャールズ　ブッシュ　ヘルン）と言う当時ギリシャ駐在歩兵ノッティンガム州第四十五連隊附の軍医であった。

少しく遡りてヘルンの祖先を尋ねて見る。一七三一年アイルランド総督ドーセット公附きの牧師となって英国から渡ったダニエル・ヘルンは、ヘルンの高祖父でアイルランドにおけるヘルン家の先祖であると信じられている。その以前の祖先は、ケルト人とサクソン人との混合人種で、英国の東北ノーサンバーランド州フォードに居城を有していたサー・ヒュー・ド・ヘルン（スコットの『マーミオン』中の一人物）は、その祖先の一族であると言われている。『高処に昇らんとする鷺（さぎ）』（The Heron Seeks the Heights）の題目のある鷺がその紋章であった。後年ヘルンが日本服の紋章に鷺を選んだのは同じ理由であった。英国のある地方ではヘルンの姓はジプシー種族から出ていると信ぜられている。ヘルン家の人々にも自分等の脈管にジプシーの血が走っていると信じている者がある。ラフカディオ・ヘルンの叔母なる人の話にアイルランドの田舎道で、ジプシーの一隊に遇った時、そのうちの一老婦人が進んで、ミス・ヘルンの身の上を占うと言い出してその手を見た。それから仔細らしく自分の指で、その手を撫でて「あなたは私どもの仲間です、その証拠はここにあります」と言ったという事である。

総督附牧師ダニエル・ヘルンの一族から、やがて幾多の軍人を出すに至った。ヘルンの祖父及び祖父の多くの伯叔父はウェリントン公に随（したが）って、スペインに戦った。この祖父は戦争中に累進して大佐となり、Vitoria（ビトリア）の戦争には第四十三連隊長となって奮戦した。

後リチャード・ホームズの娘エリザベス・ホームズを娶って男子二人女子四人をあげた。長子はヘルンの父、その父に倣って一八四二年四月十五日軍籍に入りて軍医となったチャールズ・ブッシュ・ヘルン。二男は画家リチャード・ヘルン。女子は、アンニー、イディス、リジー及びスーザンの四人であった。リチャード・ヘルンはパリで画家となった。ジャン・フランソワ・ミレーなどの画家と親しく、アイルランド出身の画家と呼ばれてかなり有名であった。その性癖などラフカディオ・ヘルンに類したところがあったと言われている。ヘルンの祖母の一族ホームズ家の方はアイルランドで名高い裁判官や文人を多く出している。詩人論文家として、および教育に関する著述で日本にもその名を知られているエドモンド・ホームズ、『印度叛乱史』その他の歴史的著書で知られているその弟ライス・ホームズ、同じく著述家のその妹エルシー・ホームズはヘルンの父とまたいとこである。ヘルンは後年夫人に向って「あなたはさむらいの子だが、私にも商人の血はありません。さむらいと美術家の血はあります」と言った。

チャールズ・ヘルン所属の連隊は、一八四六年当時英国の保護の下にあったイオニア列島中のコルフ島に駐在していた。一八四八年頃には欧州一帯に多少の動乱があった。その動揺の余波を受けてか、イオニア列島中のケファロニアでは一八四九年頃に独立を宣言して、自ら執政者を選んだ。当時英国の知事シートン子爵の要求により、更に軍隊は増遣されて、騒擾平定の後、従来のコルフ駐在の軍隊と共にイオニア諸島、北はコルフから南はセリゴー〔現在のキシラ島〕に至るまで配置された。

ラフカディオ・ヘルンの母は Rosa Tessima（ローザ・テッシマ）〔正しくは Rosa Cassimati（ローザ・カシマチ）*1〕と言うコルフの人とも、セリゴーの人とも言われている。国籍も正確には分らない。ギリシャ本国出の家柄の女であったと言うのが、一般の説であるが、マルタ島生れの人であったと言う説もある。イオニア列島は種々の時代にギリシャ人、イタリア人、ユダヤ人、マルタ人の移住するところであった事、後彼女が夫と別れた時、イオニアに帰らないでマルタに赴いた事、およびラフカディオの幼時イタリア語と近世ギリシャ語の雑種のような言語を話した事を総合して見れば、あるいはラフカディオの母はマルタ生れの人であったかも知れない。果して然らば、ラフカディオは母の方からアラビア人の血を伝えていないとも限らない。アラビア人はアジア、アフリカの沙漠から出て、地中海の沿岸を荒らしてマルタに落着き、ヴェニスから移住したマルタ人と雑婚したからである。ラフカディオ自身も「母の方から東洋人の血が伝わっているかも知れない、何とも分らない」と言っているが、又ある時は「自分は血統から言えば、半分東洋人だから、東洋の事物は何でも好きであるのも不思議ではない」（全集第十二巻二四八）と言っている。

「私どもは無数の生命の合成物である。死んだ人々は死なないで私どものうちに生きている。心臓の一つ一つの鼓動のうちに、かすかに動いている」と言ったラフカディオ・ヘルン自身は正しくその標本であった。その数奇なる一生のうちに現れている特色はことごとく基づくところがあった。放浪を愛する事は、アラビア人やジプシー族のごとく、熱情はケルト人より受け、豊富なる空想は東洋より伝え、義務に忠実にして勤勉力行なるはアングロ・サクソンの特色を有したのである。ヘルンの作を読んで、この人必ず純粋の英人ではない。英人は中心尊大にして異邦異人種の文化を理解し同情する事はない。必ず異人種の血を分けたに相違ないと断言した英人があった。

軍医チャールズ・ブッシュ・ヘルンの壮時の写真は今も残っている。当時流行の頰髯のある立派な人であった。今日もライン地方の占領地でドイツの娘を娶って帰る米国の兵士や将校があったり、フランスの戦場でその少女と結婚して帰ったスコットランドの将卒があることが不思議でないように、この若い英国の軍医とローザ・テッシマは、どの島かで相思の仲となった。娘の親戚一同はこれに反対した。英国に対する敵愾心（てきがいしん）も加わったのであった。ついに娘の兄弟がこの軍医を道に要撃して、殺したつもりで逃げた。半死の愛人を介抱して蘇生させたのはローザであった。命の親のローザを携えてギリシャ教の式で結婚したと伝えられている。要撃したのは兄弟ではなく、恋の敵であったとも、また兄弟にしても恋敵にしても相手は七人であったとも、否七人でなくて、チャールズ・ヘルンの受けた創（きず）が七つであったとも伝えられている。この伝説はどこまでも伝説と見るべきものであろう。ヘルンがグールドに与えた手紙（全集第九巻四〇三）には「私の両親の結婚については奇談（クイア・ロマンス）がある」とだけ自白している。グールドはヘルンから聞いたと言ってこ

曽祖父ロバート・ヘルン

祖父ダニエル・ジェイムズ・ヘルン

父チャールズ・ヘルン

ラフカディオ・ヘルン

の要撃談の一つを伝えているが、ヘルンは家族に対して「自分の父の結婚はすこぶる小説的で、母の親戚は多く不同意であった」とだけ言ったが、この要撃に関する話はなかった。

この小説的結婚によって三人の男児が生れた。長子は生後間もなく死んだが、あとの二人は成人した。後の小泉八雲、ラフカディオ・ヘルンはその二男であった。

ラフカディオの生れたのは一八五〇年六月、場所はリュカディアであった。父からはアイルランドに因(ちな)んだ名のパトリシオと父の名のチャールズを貰い、母からは出生地に因んだラフカディオと母の名のテッシマを貰ってパトリシオ・ラフカディオ・テッシマ・チャールズ・ヘルンと命名された。もっと簡単に言えば、パトリシオ・ラフカディオ・ヘルン〔英語名＝パトリック・ラフカディオ・ハーン〕が彼の名であった。パトリシオすなわちパトリックの名はアイルランドでは余りに普通で、アイルランド人の別名をパッディと呼ぶ程であるのも一原因であったろう、あるいは父に対する反感も一つの原因であったろう、ヘルンはその後アメリカへ渡るとともにパトリシオを捨てて、ラフカディオばかりをいつも用うる事にした。アメリカから日本に渡った頃より、ラフカディオ・ヘルンの文名世界に高くなるに及んで、当時の腕白パトリシオがすなわちラフカディオ・ヘルンである事を発見して驚いた親戚の老人や学友は少なくなかった。

一八五一年の末、交替の時機が来て、チャールズ・ヘルンは妻と当時二歳程のラフカディオを引きつれてリュカディアを引上げた。〔英国がイオニア諸島をギリシャに譲って駐屯兵を引上げたのは一八六四年であった）ラフカディオがリュカディアにとどまる事僅に一年半であったが、ここで生れてここで育ったという事がラフカディオの一生を通じて深い印象を与えた。途中マルタ島に寄った。ヘルンが晩年の手紙に「幼時マルタ島に立寄って、そこの不思議な物語を父から聞いたように覚えている」とあるのは、恐らく後に父から聞いたのであろう。

マルタ島で、夫は再び西印度赴任の途につき、夫人と幼児は女中と共にパリに赴いて、夫の弟、画家リチャードのもとで滞在した。チャールズ・ヘルンはあらかじめ弟に手紙を送って、自分の妻がダブリンに着いた後の事を依頼した。さすが兄思いのリチャードにとってもこの一大任務を果す事は容易でない事情があった。

当時ダブリンにはチャールズやリチャードの母とその未婚の妹スーザンとがいた。このスーザン叔母は、筆まめで、根気よくつけた詳しい日記を残している。出版にならなかった小説の原稿ものこしているとの事である。当時のダブリンでは、新旧二教徒は相反目して政治社会交際社会にも、その悪影響を与えていた。ヘルン家の一族はダブリンにおける新教徒の錚々（そうそう）たる人々、あらゆる新教徒の運動や会合に熱心であった。ギリシャ教か、ローマ教か、とにかく新教に属しない異国人のチャールズ・ヘルンの新夫人が、この家庭に入って無事に納まりそうにない事を熟知せるリチャードは、まず兄嫁、ラフカディオおよび女中の一行をリヴァプールに停めて、自ら先にダブリンに赴いて、先方との意志疏通を計ったのであった。スーザン・ヘルンの日記に「一八五二年七月二十八日、リチャードさんはリヴァプールから十時に着いて、金曜日の夕方七時に帰る事になった。一両日中に、チャールズさんの妻と子供を連れて来る筈、どうか万事好都合に行くようにと祈る」「七月二十九日、西印度グレナダから、六月二十五日附の手紙チャールズさんから参る。なつかしの兄上。至極壮健なれども、妻子の無事到着の報知を得るまでは心配にたえないとの事。いずれ間もなく一同無事到着されよう」それから「八月一日、リチャードさんは今朝七時に、チャールズさんの妻子と、若い小綺麗な女中とをつれて帰着。ローザは私ども一同に愛されそう、ラフカディオは人好きのする可愛い子供」とある。この若い女中は召使であると共に通訳でもあった。若い夫人とヘルン家の人々との意志疏通は、この若い女中の不完全なる通訳に心細くも、また危くも、たよった次第であった。

南方の暖い曇りない日光、オリーヴの林、葡萄の畠、青い空と青い海の間に育った新夫人にとっては、烟と霧の多い、日光の輝く事の少ない、ダブリンの市街生活はたえ難いものであった。ヘルン家の人々の説によれば、この新夫人は綺麗な目をした美しい人であったが、また怒り易い烈しい性質の人であった。音楽の才はあったが、その才を磨くために努力する事もなく、怜悧であったが教育はなかった。安楽椅子にもたれて、東洋婦人的に終日為す事もなく、自分の境遇の淋しい事と、アイルランドの気候と英語の覚え難き事とに対する不平ばかりこぼしていた。子供に対しても気まぐれで、時々無理な折檻をしたという事である。勿論(もちろん)これは姑、小姑側の説であったが、見方によっては、父は一時の激情に駆られて、妻の選択を誤った不幸な人であったとも言えよう。

唯一人宗教上の見地からこの新夫人に対して特別に同情する人があった。それはラフカディオ・ヘルンの一生に大関係のある Sally Brenane(サリー・ブレナン) と呼ばれたチャールズ・ヘルンの母方の叔母〔Sarah Brenane(サラ・ブレナン)〕であった。ジャスティン・ブレナンと言う旧教信者の財産家に嫁して、自分も改宗して熱心なる旧教徒となった未亡人であった。ヘルン一家は英国教会に属して、自分一人取除けであるところから、この新夫人に同情するに至った。その甥チャールズもこの叔母の愛するところであった。子がないから、ラフカディオを養って、ローマ旧教の教育を施し、ウェックスフォード州にある莫大なる財産の相続者としようと思いついたのであった。

それから、ラフカディオ母子は、ダブリン郊外 Rathmines(ラズマインズ) にあるブレナンの邸宅に移った。ラフカディオの母にとっては、この時ばかりはやや幸福であった。ブレナンの馬車で、お寺参りをしたり、ダブリン市中へ買物に出たりして気晴らしをした。この時のラフカディオは異様の服装をして耳輪をつけた黒い髪のオリーヴ色の顔色の子供であった。

一八五三年八月のスーザン・ヘルンの日記には、西印度にあるチャールズ・ヘルンの記事が多い。黄熱病が軍隊に蔓延してチャールズもかかった。それから、八月十九日に「なつかしいチャールズさんから七月二十八日の手紙が来た。病兵と共に送還されるらしいとの事、それなら九月の末か十月の初めには遇われる」とあって、間もなく、チャールズはサウザンプトンへ向けて出帆したと記入してある。

チャールズ・ヘルンがいまだイオニア島へ赴任しない時分に、同国人を恋したのであったが、事情はチャールズを幸せず、その人は一段富有なる人に嫁した。失恋してイオニア島に去ったチャールズはそこでローザに遇ったのであった。今船中ではからずも、昔の恋人は未亡人となってダブリンにある事を聞いた。ダブリンに着いて見れば一年余りのうちにローザは風土の激変のために健康を害して不機嫌となって、昔ギリシャで自分を喜ばした人と別人のようである。スーザン・ヘルンの日記によれば「一八五三年十月八日、チャールズさんは至って壮健で帰って来た。神様のお蔭で再び相見る事を得た」「十月九日日曜、チャールズさん夫婦、子供は私どもとガードナース・プレースの宅で一同幸に食事を共にした。その夜ローザが急病にかかったので一同大騒ぎをした。今も引続き悪いが、そのうちによくなるであろう」スーザン・ヘルンの日記は、突然この辺でなくなっている。チャールズから見れば、ローザは昔のようでない。一方に以前の愛人との交際は「もえくいに火のつき易い」ように新たに始まる。ローザから見れば、遥々たよって来た夫は昔のように自分を愛さないで外出がちである。嫉妬も起る。ヒステリーにもなる。次第にこの二人の間は面白くなくなって来る。

そのうちに、クリミヤ戦争が始まってチャールズは又もや出陣する事になった。ローザは再び男子をあげる事になったが、この夫婦は再び相和する事はなく、ついに離婚となった。事実は離婚であったが、ヘルン側が裁判所で主張したのは、チャールズ・ヘルンがギリシャであげた結婚式はこの国では効力がないと言うのであった。換言すればこの結婚は正当な結婚ではなかった事になるから、ラフカディオの母にとっては非常な侮辱であった。それでもこの主張が通って法律上の手続の終ったのは一八五六年〔正しくは一八五七年〕であった。すなわち事実上の離婚はチャールズがクリミヤ戦争出発以前で、法律上の手続の済んだのはセバストポリの包囲中 Alma（アルマ）や Inkermann（インケルマン）の戦の後、一八五五年三月帰国した翌年の事であった。

ラフカディオの弟ジェイムズは一八五四年の生れである。一説によれば、ローザがギリシャへ帰った時は、いまだジェイムズは生れていなかったが、後アイルランドに引取られたと言う事である。この人も成人して後アメリカへ渡った。ラフカディオがアメリカを去る頃初めて通信した。オハイオ州で多年農業に従事していたが、後ニューヨーク市に移ったと聞いている。ドイツ系の婦人を娶って幾人かの子女の父となった。

かくてこの小説的な結婚も悲劇に終った。母は帰国の後、従兄にあたる法律家（あるいはその人の子とも言う）と再婚したという噂もある。それから一年の後二人の愛児を見たさに遥々アイルランドに来たが、ヘルン家では遇う事を許さなかったという事実らしい悲しい噂もある。ヘルン自らが最後に母の事を聞いたのは一八五八年―九年の間の事で、母がスミルナで再婚したという噂であった。[*2]

父がローザを憤らしめた婦人と再婚したのは一八五七年であった。その人は南オーストラリアで裁判官を勤めたジョージ・クロフォードの未亡人で四人の連子のあるAlicia Posy（アリシア ポージー）〔アリシア・ゴスリン・クロフォード〕であった。その後二人の娘をあげた。エリザベス、ミンニー、ポージーの三人であった。ミンニー、ポージーの二人は結婚した。ミンニーには三人の子女があった。明治四十二年の春、末の娘と共に、日本に来遊して遺族を訪ねた。二等軍医正であった父は、その後印度駐在となって赴任したが任地シカンダラバードで後妻はなくなった。父は幼き子女を連れてアイルランドに帰り、学校を経営していた妹のステュアート夫婦に預けた。（弟ジェイムズもそこにいた）再び印度に赴いたが、健康を害して、汽船「ムラ」号で帰郷の途中、印度熱のために、スエズで亡くなった。一八六六年十一月二十一日であった。父は隠退して、子女一同と共にラフカディオをも引取り、静かに余生を送ろうと企てたのであったが、それは不幸にして果されなかった。

ヘルンの母がダブリンに来て、ギリシャに帰るに至った当時の事情は、若いラフカディオの柔い心に深甚の印象を与えてこの人の性格に甚だ大きな影響を及ぼしているから、今少し詳しい説明をして見る。ヘルンが日本において、異母妹たちから手紙を受けた時、そのうちの一人ミンニーに向って、当時の事情、生母の写真の有無などについて古い親戚に尋ねて貰いたき旨を頼んでやった。その内の一人の異母妹エリザベスが、父の妹のリジーから得た手紙に、その当時の状況がある。

一八九〇年一月七日、

なつかしきリラ様

父上の初めの結婚について、私の覚えている限り、残らず喜んでお知らせ致します。父上がイオニア島から帰省の節、私が遇いに参り、そしてイディスやリジー・スティヴンスと一緒に遊びいる節、時々「ああ、自分の子供と、それから、その黒い眼を見せてやりたいものだが」などと半分戯れのように申されたが、結婚の話は出なかった。しかし、再びあちらへ行かれてから、まずファンニー・エルウッドに、つぎに母上に、自分の新婦の事を手紙で知らせて参りました。よい家柄のギリシャ婦人で、名はローザと申したが、姓は覚えておりません。父上はコルフ島とザンテ島にいられたが、その外どの島々にいられたか、私は知りません。

私どもの母方の叔母サラ・ブレナンが、父上の結婚された事、および新婦のギリシャ人なる事、およびギリシャ教会（叔母は、ギリシャ教会と、自分所属のローマ教会と同一に考えられた）の人である事を聞かれて、ただちに新夫人を迎え取る事を主張されたので、新婦は召使やら通弁やらとして、たしか兵隊の妻であったファンニー・バットラーという女と、小パトリックを連れて参られた。私もダブリンにいた頃はたびたび面会に参りました。この新婦は綺麗な黒い眼と髪の大柄の肥った人でした。気に入らないと随分怒り易い、そして無精な人でした。英語が下手なので、話は容易にできなかった。男の児は誰にでも好かれ、また私どもをも好いて、よくなつきました。そして怜悧な頓才のある子供でした。父上が余り外出がちの時はこの人は随分嫉妬もしたと覚えています。この人と父上とはこの男児をサラ叔母に任せて、ローマ教で育てる事に致しました。この男児のために教育なり何なり、一切叔母の方で負担する事にして。イディスは今、古い日記から父上が帰られてのちの事どもを写しています。その当時私はアルマーにいました。

最上の医者にも見せ、よい看護を受けてのち、転地のため、ダンドラム村に逗留して保養する事になって、父上も時々遇いに行かれた。どうしても充分よくならない。それからどれ程か覚えないが、本人は国に帰りたいと、しきりに言い出したので、それが一番よかろうという事になったのです。

叔母はこの人と従者の旅費を払って、男児は叔母のところに残りました。帰る少し前に、また母となるわけが知れました。その子供は、その後無事に着いたが、これがすなわちジェムでした。

父上とこの人が離婚証書を作る事に一致して、子供は父の方へ送りかえす事になって後、この人がギリシャの弁護士の子息と結婚した噂を聞いたのが最後でしたが、これは事実かどうか知りません。この二人の兄弟の遇わなかった理由は簡単です。サラ叔母はこの結婚が、こんなに終った事や、父上がまた結婚しようとしている事を非常に苦々しく思って父上の写真を見る事も厭だと言って取り下したので、私の母も仕方がなく、外へ持って行きました。叔母は赤坊にまで怒りを移し、赤坊と男児は決して遇わせない、兄弟でもない、と誓って言われた。赤坊はロンドンかリヴァプールで兵隊の妻である乳母の手から受取って来て、洗礼が済んでいるか、どうか分らないので改めて洗礼を施し、祖父の名〔ダニエル・ジェイムズ〕を貰ってジェイムズと名をつけたのです。

サラ叔母は追々年を取り、老耄のようになり、横着な、卑しい人々の手にごまかされるようになりました。この人々は自分等でもまた僧侶たちも、叔母の夫の親戚だと言っていました。そして叔母の財産を取り上げ、叔母をウォーターフォードにつれ出し、当時フランスの学校にいたパトリシオの悪口を言い、叔母の金で投機をして、それをなくしてしまいました。叔母はウォーターフォードの近傍のあばら屋で贅沢品一つなかったが、自分のひどく貧しい事も知らないで歿くなりました。

私はあの綺麗な男児のパトリックがその後どうしたか知りたいとこれまで屢々案じていました。パトリックこそ、実にひどい目に遭ったと思っていました。昨年の夏、チャーリー・ヘルンから、パトリシオの事をいくらか聞いて大層喜びました。

パトリックの母、ローザ・ヘルンの写真を見た事もなく、あると聞いた事もありません。なつかしいリラ様。もうこの上書く事がありません。覚えている事だけは皆申し上げました。

　これだけ書いたので手が震えます。

　　いつも変らずあなたを愛する叔母リジー・ハーディーより。

　一八九〇年二月七日

　この手紙の記者はヘルンの母から見て鬼千匹の小姑である。嫂（あによめ）の人となりを説いているところに、幾分の兄ひいきと幾分の嫂非難が潜んでいないとも限らない。老いて幾分記憶の確かならぬ事は、日附が前後二様になっている事でも分る。
同じくヘルンの父の妹イディスの婿ステュアート（学校を経営していた人）からヘルンの弟ジェイムズへあてて当時の事情を記した物がある。これも同じくジェイムズが、当時の事情を問合せた物をヘルンに送った物である。

　一八九〇年一月二十八日

　ジェム様

（前略）私どもは母上を知らず、写真も持ちおらず、ただギリシャの婦人で、イオニア島中のコルフ土着の人である事しか知りません。父上はその島々が英国の保護の下にあった時、所属連隊と共に、そこに行かれ、母上と結婚せられたがまた離婚された。如何なる事情によるか知らず。お話の写真はリラの母の写真です。それはもと南オーストラリアの判事クロフォードの妻でしたが、夫の死後マッディ、ジョージ、レッギー、ミンニーの四人の子女を連れて帰英した。父上はこの未亡人と結婚して印度に赴いた。そこで女がなくなり、ついで父上は帰英の途中紅海でなくなった。（中略）小妻は大層弱くなり、この数年間は七、八両月の外は戸外に出た事もありません。それも車で出るばかり。私は七十一の年にしてはすこぶる壮健です。叔父リチャードのなくなった事は勿論御承知でしょう。余り急な事でした。御令兄のえらくなられたのを見て驚かれたでしょう。しかし、これも当然の事と存じます。あなたは文人としての兄の名を見て、手紙をやられたのでしょう。その結果は如何（いかが）でしたか。私どもも『ハーパー雑誌』でその作を読んだが、ラフカディオという変名でした。ラフカディオがすなわち令兄である事は思いもよらぬ事でした。（後略）

あなたに忠実なる　シー・ステュアート

ビスランド女史がヘルンの伝記を編纂した時、夫人に向ってヘルンが平生何か両親に関して物語った事があれば知りたいと言われて、夫人が記されたのはつぎの物である。

「私四歳の時でしたと思う。一日大層いたずら致しました。ママさん立腹で、私の頬を打ちました。その時私ママさんの顔よく見ました。髪の毛の黒い、大きい黒い眼でした。日本人のような小さい女、この打たれた痛さでママさんを覚えたようです」それから自分はママさん似だという事をよく言っていました。

「如何にかわいそうなママさんでした。不幸なママさんでした。気の毒な女でしたねー。あなた少し思うて下され。あなた、私の妻でしょう、あなた一雄と巌(いわお)とで私の国に参りましょう。あなた、国の言葉知りません。一人の友達もないです。ただ亭主お友達です。亭主可愛がりません。誰可愛がりますか。しかしあの亭主少しむごい心あります。親切ないです。いけません。国の女可愛がるでした。あなたにさようならしましょう。いかにいかにかわいそうな、心痛いです。あなたの心配の顔見るむつかしくないです。このようなお話いけません、ああ思うさえいけません」と言って大層ママさんを気の毒がっていました。そして大層慕うていました。

「私のパパさんで喜んだ事が一度あります。あの時です、私小さいでした。何処でしたろう。巌か清(きよし)のような時でした。私、乳母と遊んでおりました。背の方に沢山ガロップガロップ、この時乳母笑うて、私を高いに抱き上げました。同じ時、私のパパを見ました。私小さい手でパパを呼びました。パパ、すぐに私を乳母から取りました。私馬の上にです。如何に沢山の兵隊さんがガロップガロップでした。私大層喜びました。大将と思いました。唯この時如何によいパパさんと思いました」

小姑のリジーが大きな女と認め、小さいヘルンが小さい母と解したところに（これだけは自分が似ているから小さいとあとから推したものであろう）に相違はあるが、全体において、髣髴として当時を想いやる事ができる。ヘルンの同情が全く母の上にあるのは気候の相違、言語の不通等の外に、愛児を捨て一時は熱愛した夫を捨てねばならなくなった事情を重く見ているからである。

異母妹ミンニーに与えた手紙につぎのような記事がある。

私は父とダブリンを散歩していた。少しも笑わない人で恐ろしかった。菓子を買ってくれた。雨を含んだ雲があったが、雨の降らない晴れた日であった。その頃いまだズボンは着けていない。大分歩いた。そのうちに高い家の前の石段のところへ来た。そして何でも戸たたきをたたいた事を覚えている。内へ入ると階子段の下へ婦人が迎えに来た。丈の高い婦人であった。もっとも丈の事は比べて見た上でなければ分らない。はっきり覚えている事は、こんなに綺麗な人を見た事はないと思う程の人であった事だ。この人は屈んで自分にキスした。今でもその手の触れた事を覚えているようだ。それからおもちゃの鉄砲と絵本を貰った。帰り途で父は乾葡萄入りの菓子を買ってくれて、今日行った家の事を少しでも人に言ってはならぬと言った。私からそれを人に言ったかどうか覚えていないが、大叔母はそれを見つけて大変怒り出したので、私は恐ろしくなった。鉄砲も絵本も取り上げられた。そのうちにはデヴィッド〔ダヴィデ〕がゴライアス〔ゴリアテ〕を殺している絵もあった。大叔母は怒ったわけを十数年後迄は言わなかった。

丈の高い婦人は言うまでもなく、クロフォード夫人であった。シンシナティ時代の友人テュニソンは、ヘルンが「ある金髪(ブロンド)婦人のために、生母と別れる運命になった」といつも言った事を伝えている。ブレナン叔母は終生ラフカディオの父を赦さなかった。「印度に行ってから、父は楷書で私の読めるように、虎や象の事などを手紙に書いて来た時、いつもブレナン叔母は、『お前が父のところへ手紙を出す事を私は止めない』と言ったが、その実出す事を好むようにも見えなかったので、ついに一度も返事をやった事はない」とヘルンは言っている。

ヘルンが母に対して、終生思慕の念を絶たなかった事は、未見の弟ジェイムズに与えた手紙にも明らかである。

御身は鹿のような大きい鳶色(とびいろ)の目をした浅黒い美(うる)わしい顔が、つねに御身の揺籠を覗き込んだ事を覚えてはいまい。毎晩ギリシャ風に、指で十字架をつくって「父と子と精霊の御名において」の祈りをする事を教えた事を覚えてはいまい。母はその子供らしい信仰に随って三つの力、殊に十九世紀がやはり尊敬を表している生命の源なる保護の下に、御身を置かんがために、御身に三つの小さい疵をつくったであろう。……私どもは変な風をした浅黒い癇癪持ちの子供であった。そして金の耳輪を下げていたが、今もその跡はありませんか。……御身の写真を見て、私の血が躍るように覚えた。私は思った、「ここに母の魂が生きている。また私と同じ欲、同じ心、同じ本能を持った私の知らない人がいる」私にはいつも魂が二つあるように思われる。

大叔母ブレナン夫人と８、９歳頃のヘルン

一つは謀叛の心、制御にたえず、支配を憎み、何でも規則整頓を嫌い、前後の考えなくして愛憎の念強き事、これ一つ。今一つは忍耐自重の心である。この方は三十になるまで、その力を現わす事はできなかった。……いやしくも私に善い分子があれば、それは私の知らないギリシャ人種の魂から来たのである。正を愛し、邪を憎み、美なる物、真なる物を賞嘆し、人間を信ずる事のできる力。――小さいながらに成功を私に与えた美術に対する感受性……はこれ皆母の賜物である。……私どもは母の子である。少くとも高尚な人（融通、打算の才能でなく、愛する心と愛する力こそ高尚である）をつくるに足る資格を有したのは母であった。私は一かどの富よりも、母の一枚の肖像を欲しく思う。

ヘルンは父の事について、別の手紙に書いている。

私の覚えているところでは、父を見た事は五度しかない。父は沈黙家の方であったと思う。印度から長い手紙を私に送って、大蛇や虎や象の事を書いてあったと覚えている。ペンで楷書で印刷したように書いてあったから、容易（たやす）くひとりで読めた。……所属連隊とともに、町に来た時、私を抱き上げて、馬に乗せた事も覚えている。また私は赤い服を着た大勢の人々と正餐に列し、食卓の下を歩いた事も覚えている。

明治23年頃の妹アトキンソン夫人（ミンニー）

妹エリザベス・ヘルン（右端）および妹アトキンソン夫人の長女ホール夫人（左より２番目）とその三人の子女。大正10年12月英国ケント州ヒーヴァーにて著者撮影

ヘルンはまた別の手紙に「私は肉体的精神的に父に似たところはない」と言っている。しかし母に同情の余り、ヘルンがこう考えたのはたしかに誤解であった。少なくとも肉体的にはヘルンは父方に属している。私はヘルンの三人の異母妹をことごとく知っている。エリザベスにはローマとロンドンとで、ポージーにはロンドンで、ミンニーには東京でいずれも数回会った。この三人、特にエリザベスとミンニーの如きは一見してヘルンに酷似せる事が分る。ヘルンの横顔、殊にその鼻は争われないヘルン型である事を示している。その引き締った小作りの身体、著しき近視眼、いずれも皆ヘルン家に通有の特徴である。

両親の離婚事件は小ラフカディオの柔い心に如何に大なる疵を残したであろう。生長した後か、あるいは弟ジェイムズの年頃であったらあるいはその疵は浅く小さかったであろうが、ラフカディオにとっての最大不幸は、すべて人の頭脳のできかかると言われる五、六歳の頃に起ったのであった。天性によりては案外無頓着に通過したかも知れない。しかし、チャールズ・ヘルンとローザ・テッシマとの小説的結婚によって生れた感情の子、パトリシオ・ラフカディオ・ヘルンにとってはすべての小児にとって人生の根底となる父母の結合、家庭の関係はただちに破壊されて、この世の立脚地はあやしく不安の物となったのであった。恐らくヘルンの一生に附随せる狐疑臆病、時として最も親しき友人にも欺かれぬかと疑い、時として疑心暗鬼を生ずるに至った源は、ここに萌(きざ)した物であろう。

ヘルンが日本に来ない昔から東洋の事物を愛したのは、生れは東洋で、血統も半分東洋人であるという自覚から来ているると自白しているが、これも母に対する同情から起っている。東洋に対する同情、西洋に対する反感は、母に対する同情、父に対する反感に基づいている。ヘルンの一生に通ずる弱者に対する同情、同時に強者に対する反抗の態度は、同じく母に対する同情から、弱い者いじめをしてはならないという考えが、深く若いヘルンの心に染み込んだからであった。学校にありては、地動説や進化論に迫害を加えたローマ旧教に反抗し、シンシナティや西印度にありては黒人に味方し、ニューオーリンズにありては、本国政府に領地を売られて見捨てられたフランス人に同情し、日本に渡りては条約改正などを叫んでいる日清戦争前の弱き日本の味方となって『知られぬ日本の面影』や『東の国から』を著すに至った義侠心の動機はここに基づいているのではないか。

ヘルンが晩年その友人に対してもった好悪の念に関しても、その動機は父と母のもつれのような事から起っているのを見るのである。

ヘルンは熊本時代に上京して、かねて文通をしていた友人「甲」の家に滞在した。そこを去って横浜に出て「乙」なる友人を訪ねた。（この「乙」なる人は大正十二年の大震災に横浜で没した）この人の妻は日本人であったが、ヘルンに向って「『甲』さんはあなたに日本人の奥さんを紹介しましたか」と尋ねた。ヘルンは不思議に感じた。さてはあの日本婦人は「甲」の夫人であったのか。紹介しなかった「甲」の心事は少し解し難い。公然認めていない人であったのかと考えた。それから「甲」に対する敬愛の念は少し減少して来たとヘルンは夫人に語った。これがその一例である。

同じく日本の大学に某という人がいた。大した敬意をもっていたわけではなかったが、同じ日本の研究者であった関係から、出雲時代から文通もし往来もしていた。この人にも日本人の妻があった。そのうちに、本国から何も知らない新夫人を迎えた。そのうちに新夫人に解せられない事が折々起った。とうとう新夫人はヒステリーになった。この事情を聞き知ったヘルンは憤った。ヘルンが大学をやめたのはこの人の中傷も与って力があったとさえ言われている。これが第二の例である。

同じく日本婦人を娶って数人の子をあげた外国の学者があった。ヘルンはその家庭を訪問した時、その夫人に丁寧な敬語を使った。その人は笑いながら「そんなに丁寧にするにおよばない。あれは女中で正当な妻ではない」と言った。ヘルンはその人に貞節の念のない事を悲しんだと夫人に語った。これは第三の例である。

その後日本で抱車夫を選ぶ時の条件はただ一つあった。「あなた、おかみさん、可愛がりますか」「はい」「それなら、宜しい」かよわき婦人小児を愛する程の者に悪人はない。これはヘルンの信仰であった。晩年東京のある市長から会見を申し込まれた事があった。その人の姓はロンドンで二重結婚のような行いをしたとかねて聞いていた日本のある高官の姓と同じであったのでヘルンは喜ばなかった。後にそれは同姓の別人である事が分って会見の約束をしたが、そのうちにヘルンは他界した。（早稲田の塩沢〔昌貞〕博士の談話による）家庭の不和のため妻を離別しようとしている日本の友人に送った手紙（全集第十一巻三二一―三二七）にも、この心がよく現れている。

三人の異母妹のうちミス・エリザベス・ヘルンは日本にいる兄の文名の高きを聞いて熊本滞在中のヘルンに手紙を送ったが、返事はなかった。つぎにポージー（ブラウン夫人のちアラン夫人）も手紙を出したが、同じく返事はなかった。最後に妹ミンニー（アトキンソン夫人）が手紙を送った。この時だけは不思議に反響があった。それから懇切なる文通は続いて神戸時代におよんだが、一八九六年（明治二十九年）東京大学に赴任の少し以前から突然止んでしまった。幾度手紙を出しても返事がないので、ミンニーの方では驚いて英国領事や『ジャパン・メール』社に依頼して、ヘルンの安否を尋ね、変りがないとの事であったが、ヘルンが文通を絶った理由は解し難いのであった。ひそかに考うるに、その理由は遡って、ヘルンの父が母を離別して後妻を娶った事に求むべきではなかろうか。ミス・エリザベスおよびブラウン夫人に答えなかったのは、不道理ではあるが、これも母の敵の片割れであるとヘルンの感情が叫んだためではなかったろうか、偶然怜悧なるアトキンソン夫人に釣込まれて答えたが、何かの折りに深く感じて再びもとの沈黙に帰ったのではあるまいか。ヘルンはある点において決して赦す事のなかった例は他にもあった。熊本で長男誕生の時の手紙の一節に「世の中には自分の子を生んでくれる女を虐待する人もあると思い出したら、天地が暫く暗くなった」とある。自分の父と母とを思うて、ヘルンは深く嘆いたのではあるまいか。同時にヘルンはこの頃からこの点に関して、一層著しく厳格になっていた事を思い合わすべきである。

二　大叔母のてもと

母に別れて、ひどくしょげていた小ラフカディオを引取った富有なる大叔母は、ラフカディオとともにダブリンのアッパー・リーソン町七三にある自分の家、アイルランドのウォーターフォード州の海岸トラモア、および大叔母のローマ旧教の友人で、そののちラフカディオの一身に大関係を有するに至った英国サリー州レッドヒルの Henry Molyneux（ヘンリーモリヌー）の家、この三箇所に代る代る滞在し、また夏になれば、ウェールズのバンゴーに赴いた。当時アイルランドの上流社会では、夏になれば、セント・ジョージ海峡を渡って対岸に行く事が流行した。この夏のバンゴー行はヘルンにとって最も楽しいものであった。バンゴーの近傍 Carnarvon（カーナフォン）城で東洋の美術を初めて見た。また乳母と共に支那日本へ航海する船長の家に泊って東洋の不思議な美術骨董偶像などを見た事もあった。大叔母所有の土地のあるウェックスフォードにも家があった。

　チャールズ・ヘルンの妹にエルウッド夫人というのがあった。アイルランドの西端メイヨー州ラウ・コリッブ地方〔コリブ湖畔〕に美わしき土地を所有せるフランク・エルウッドに嫁していた。ヘルンは幼時、大叔母と共に、時々この叔母の家に滞留した。ヘルンが『怪談』中の「日廻り」と題する追懐はウェールズの小山とあるが、事実はアイルランドのこの場所であった。共にまつかさを拾って遊んでいるロバートというのは、後、海軍に入り、支那海で溺れようとする友人を救おうとして自分も溺死した従兄ロバートその人であった。人名、地名は勿論、多少の事実をもヘルンの好みに変えるのは、すべての作に施した常套手段であった。けだし、アイルランドはヘルンにとっては不幸の思い出の多いところであった。ド・クインシーやその他の文人によって美化せられ、自分もまた好んだウエールズの方を寧ろ選んだのであった。

後年ヘルンが子供の嬉戯するのを見て、夫人に語ったところによれば、幼時のヘルンは、手に余るいたずら者であった。好き嫌いの烈しい、途方もない事を仕出かす困り者であった。鴨居の上に、インキ壜をのせて、戸を明けると目指す人の頭の上に落ちるようにした事もあった。いつもヘルンの悪戯（いたずら）の犠牲となる婦人があった。この人は小ヘルンから見て、嫌いな偽善者であった。いつも小ヘルンの頭を撫でて「まあ、可愛いぼっちゃま」などと言った時、ヘルンは「お世辞者」と罵って逃げかくれた。子供の時に肉が嫌いで、食べようともしない。大叔母は食べさせようとする。小ヘルンはそっと戸棚へ隠して置いて、後に腐敗しかかった時、見つけられた事もたびたびあった。

しかし、この大叔母は小ヘルンを熱愛し、小ヘルンもこの大叔母になついて、到るところ、犬ころのように、いつもあとからついて歩いたという事である。同時に長く小ヘルンを愛育した乳母に、キャサリン・コステロという者があった。ヘルンのなくなった一九〇四年の一年前まで生存して、大叔母を破産させたモリヌーの未亡人の家に仕えていた。『影』のうちの「夢魔触（ふれ）」（夢魔の感触）と題する一篇に「これまで、明りのついた部屋で、乳母と一緒に寝かされたが、六歳頃から淋しい部屋で、独りで寝かされた。暗黒を恐れるから、そんな習癖を矯（た）めるためというので、殊更燈火を置かないで、暖かに寝かされると共に、ランプは退けられ、乳母も行ってしまう、同時に」お化けが出て、毎夜小ヘルンを苦しめた時の事が詳細に書いてある。想像力の強い事にもよるが、同時に眼科医グールドの説によれば、先天性の近視のために、実際暗黒のうちに、又は薄暗がりのうちに、物を見たのであるとの事である。

同じく、『影』のうちに「ゴシックの恐怖」と題して、ゴシック建築の寺院に連れられて、その屋根の尖端を物凄く恐ろしく感じた事を述べてあるもの、この時分の事である。

ヘルンの遺稿中に五、六の自伝的の断篇が発見された。ヘルンが企てた『自伝』の一小部分であった。次に訳する物はその一つである。

私の守護神

「ああ、ああ
汝はこわし終りぬ、
わが美しき世界を」――ファウスト。

今述べようとする事は私の七歳ばかりの時分に起こったことに相違ない――その時分には私は幽霊の事は沢山知っていたが、神々の事はほとんど知らなかった。

この上もなく確かな理由――すなわち私は夜となく昼となく、それを見たという理由で、その当時私は幽霊とお化けとを信じた。眠りにつく前にお化けに見られないように頭からいつも蒲団を被った、お化けが蒲団を引張るように感じた時にはいつも叫んだ。それから私はこんな経験について語る事を禁じられた理由を解する事はできなかった。

しかし宗教の事については殆ど知るところはなかった。私を養育した老婦人は、ローマ旧教信者に私を養成しようと企てたが、いまだ何かきまった宗教上の教育を施そうとはしなかった。私は祈禱を少し教えられたが、鸚鵡（おうむ）のようにそれをくりかえすだけであった。私は何故だか知らずに教会へ連れられた。それから紙のかざり（レース）で縁（ふち）を取ってある沢山の小さい絵を貰った、――フランス製の宗教画であったが――その意味は分らなかった。私の寝室の壁にギリシャ風の肖像画が一つかかっていた、――聖母とその子を描いた小さい油絵であった、黄色っぽい色彩であった、そして立派な金属製の枠に入れて、その肖像のオリーヴ色の顔と手とが見えるだけになっていた。しかし私はこの鳶色の聖母は自分の母――ほとんど忘れている母――を描いたので、大きな目の神の子を自分だと想像した。私は父と子と精霊の名によってと言う祈禱をする事を教えられたが、――

その言葉の意味を知らなかった。しかしそのうちの一つの名称が私に非常に興味があった、そして私が初めて宗教上の質問をしたのはこの聖霊(ホリ・ゴースト)についてであったと覚えている。私の好奇心を引いたのは勿論「霊(ゴースト)」という言葉であった、その質問をした時には恐れてふるえた、問うてはならない事だと思ったからであった。その答を今はっきりと想い出せない、――ただ聖霊とは白い霊で、暗くなってから子供に渋面を作って見せるような事はない事を会得した。しかしその名は、殊(こと)に祈禱書でその正しい綴りを覚えてからは一層、私に一種の鬼気を感じさせた、そして私は花文字のGに名状し難い不可思議の念と気味悪さを発見するに至った。今日でもその恐ろしい文字の形は、時々子供の時分のおぼろげな、そして恐ろしい想像を想い起こさせる事がある。

　私は神経質な子供であったから、宗教の事は幸に永く知らせない事にしてあったらしい。私の周囲にいる人々は私に怪談やお伽噺(とぎばなし)をしないように命ぜられ、私もまた幽霊の話をする事を厳禁されたのは、確かにこの理由から来ているのであった。しかしこんなに厳禁されていたにもかかわらず、私は全く思いがけなくこれまで私を悩ましていた物よりも、遥かに気味の悪いお化けについて多少聴かねばならない事になった。この有難くない知識は家の友人、――逗留客によって私に与えられたのであった。

　客といっても多くはなかった、その逗留もいつも暫時であったが、一人だけ特別の人があった、その人は毎年きまって秋に来て、翌年の春まで滞在した――改宗した人で、

——たけの高い女で、私のフランス製の絵本にあるたけの高い天使のうちによく似たのがある。その当時の私には、抽象的観念を作る事ができなかったに相違ないが、それでもこの女は私に何だかおぼろげに悲哀の観念を人化したように見えた。この人は親戚ではなかった、それでも私は「カズン・ジェーン」と呼ぶように言われた。外のうちの人にはこの人はただの「ミス・ジェーン」であった、そしてこの人がいつもいた三階の部屋を、いつでも「ミス・ジェーンの部屋」と呼ぶ事になっていた。私はこの人がどこかの尼寺で幾年か続いて夏を送っていた事、それから尼になりたいのだという事を噂に聞いた。私は何故に尼にならないのかと聞いたら、今に大きくなったら分ると言われた。

この人は中々にっこりともしなかった、声をあげて笑うのを聞いた事などは決してなかった、何か秘密の悲哀をもっていたが、それを知っているのは私の年を取った保護者だけであった。綺麗で、若くて、富んでいたが、いつでもきちんと真黒な着物を着ていた。顔はいつでも悲しそうであったが美しかった、黒い栗色の髪は縮れていて、どんなにとき下げても編んで置いてもいつも小波を打っていた、深い方であった眼は大きく黒かった。声も覚えている、音楽のようであったが、その中に私の嫌いな妙な甲走った音があった。

それでも私と話している時はその声が非常にやさしくなった。いつも親切であったが、——特別にやさしくなる事がよくあった、それでも時々黙り込んで沈んでいるので、近づくのが恐ろしい事があった。それから非常に気分がよくてやさしい時でも――私を撫でたりしている時でも――彼女は妙に真面目であった。そんな時に彼女は私におとなしくする事、虚言を言わぬ事、素直になる事、「神様の気に入る」ようにする事について語った。こんな説法は私は嫌いであった。私の老保護者はそんな話はした事がなかった。私にはよく分らなかった、私はただ叱られていると思った。それから憐まれているのかと思ったりした。

それからある朝の事（何でも冬のある淋しい朝であったと覚えている）この退屈な説法を聞いているうちに、とうとうこらえ切れなくなって、私は大胆にカズン・ジェーンに、何故外の人の気に入るようにしないで、神様ばかりの気に入るようにせねばならないのかと尋ねて見た。私はその時彼女の足もとの腰かけにいた。その質問をした時に彼女が顔色を変えた様子は一生忘れられない。彼女は突然私を抱き上げて膝の上に置いて、私が恐ろしくなる程、穴のあく程黒い眼で私の顔を見つめて叫んだ、――

「まあこの子は、――神様が何だか知らないと言う事があるものですか」

「知らない」と私は息のつまるような小声で答えた。

「あなたをお造りになった神様、――日だの月だの空だのをお造りになった神様、――樹だの綺麗な花だの、――何でも皆お造りになった神様。……あなた知らないのですか」

この人の剣幕にひどく驚いて、私は返事もできなかった。

引き続いて言った、「あなたは知らないのですか、神様はあなたや私をお造りになった事を――神様はあなたのお父様でもお母様でも誰でも皆お造りになった事を。……あなたは天国と地獄の事を知らないのですか」

私はこれからあとの彼女の言葉を覚えていない、ただつぎの言葉だけはっきり思い出す事ができる、――

「それからあなたを生きながら地獄へやって、永く、永く、火の中へ入れて焼きます。……考えてごらん、――いつまでも、いつまでも、いつまでも焼きます、――泣く、焼ける、泣く、焼ける、――どうしてもその火から助けられません。……あなたはランプで指に火傷(やけど)をした時の事を覚えていますね。――からだが皆焼ける事を考えてごらんさい、――いつまでも、焼ける事を、永く、永く」

そう言った時の彼女の顔つきは今でも私に見える、――その顔つきにあった恐怖と苦痛。……それから突然泣き出して、私にキスしてその部屋を出て行った。

それからさき私はカズン・ジェーンが嫌いになった、――新しく取りかえしのつかないように私を不幸にしたからであった。私は彼女の言った事を疑わなかった、しかしこんな話を聞かせた事を憎んだのであった、――殊にその言い方が恐ろしかったからであろう。今でも彼女の事を考えると、私の憎悪を隠そうとして子供らしい偽善をした時の相応に苦しかった事が思い出されて何だか一種の苦痛を感ずる。春になって私どもを去った時、そのうちに彼女は死ぬだろう――そうなると再び顔を見なくてもよいなどと思った。

しかし私は変な境遇のもとに運悪くもまた彼女に遇った。今度彼女に遇ったのは、夏の末か秋の初めか、確かに覚えていない、私はただそれが晩方であって天気がまだ気もちよく暖かであった事だけは覚えている。日は沈んだがまだ柔らかな色に満ちた微光がはっきりしていた。そのたそがれの時刻に、私は偶然三階の廊下にいた、――全く独りで。……私は何故そこにひとりでいたか覚えがない、――あるいは何かおもちゃをさがしていたのかも知れない。とにかく階段の上に近い廊下に立っていた、その時カズン・ジェーンの部屋の戸が少し開いている事に気がついた。それから見ているとそろそろと開いた。それで私は驚いた、そのわけはその戸――廊下の方に開いている三つの内の一番奥の戸は、いつでも鍵がかかっていたからである。ほとんど同時に、カズン・ジェーンその人は、いつもの黒い着物を着て、その部屋から出て、私の方へ進んで来た――しかし頭は天井に近い廊下の壁の方の何かを見上げているように、上の方に斜めに向いていた。私は驚いて「カズン・ジェーン」と叫んだ――しかし聞えない様子であった。彼女はそろそろ近づいたが、やはり頭の方が仰向いているので、顎から上の顔は何も見えなかった。それから彼女は私のところを通りぬけて、真直(まっすぐ)に階段に最も近い部屋に入っこの寝室の戸はいつでも開いてあった。通って行った時でも私は彼女の顔は見なかった、――ただ白い喉と顎と束になった綺麗な髪ばかり見たのであった。私は寝室へ「カズン・ジェーン、カズン・ジェーン」と呼びながら、あとを追いかけて入った。私は彼女が大きな四本柱の寝台の足もとを廻って向うの窓の方に行くのを見た、そこで私はあとを追うて寝台の向側に出た。彼女はそこで初めて私のいる事に気がついたようにふり向いた、私は彼女の微笑を受けるつもりで見上げた。……彼女には顔がなかった。顔がなくてただ青白いぼんやりした色ばかりであった。私が見つめているうちに姿もなくなった。次第に消えたのではない、突然――焔が吹き消されたように――ただなくなったのであった。私はだんだん暗くなって行く部屋にひとりでいた、――そしてこれまで恐ろしいと思ったことがないのに、初めて恐ろしくなった。叫びはしなかった、余り恐ろしく声が出なかったのである、――私は階段の上までどうやらこうやら帰って、それから躓いて転がり落ちた、――つぎの廊下まで転々として落ちた。私は怪我をした記憶はない、階段の敷物は柔らかで余程厚かった。私の転がり落ちた騒ぎで、早速介抱されたが、いたわられたが、私の見た事については一言も言わなかった。もし言ったら罰せられる事を知っていたからである。……

それから何週間か何ケ月かの後、寒い季節の初めのある朝、本物の「カズン・ジェーン」が帰って来て例の三階の部屋に住む事になった。彼女はまた私に遇って嬉しそうであった、そして私を大事にして愛してくれたので、帰って来ないようにと内々考えていたのが恥ずかしくなって来た。丁度その日に散歩に連れて出て、菓子やおもちゃや絵や——色々の物を沢山——買ってくれて、その包みを皆自分でもって来てくれた。私は嬉しくないまでも、有難く思うべきわけであった。しかしそんなに大事にされて恥ずかしくなったその貴い心はもうなくなった、そして誰にも言えない——なかんずく彼女には言えない——あの事が思い出されて、私どもが一緒に歩いているうちに私の心が怪しくなって来た。こんなに私におもちゃを買ってくれて、にこにこしながら面白そうに話をしているこのカズン・ジェーンは、事によればあの顔のないカズン・ジェーンの脱殻（ぬけがら）かも知れない。……明るい店や、愉快そうな人々の群の間では、私は恐れる事はなかった。しかし後に——暗くなってから——中身の方が殻から脱け出して、天井を見るようにして顎を上に向けながら、その部屋から私の部屋へそっと来はしないだろうか。……私どもがうちに着かないうちにうす暗くなった、そしてカズン・ジェーンは話もせず、笑いもしなくなった。きっと疲れたのである。しかし私は彼女が黙って真面目になったのは、だんだんうす暗くなったのと同時であったと思いついて、——ぞっとして来た。

　それでも私は新しいおもちゃで愉快な一晩を過した、——おもちゃはランプの火影で甚だ綺麗に見えた。カズン・ジェーンは寝る時刻まで私を相手に遊んだ。翌朝彼女は朝飯の食卓に出て来なかった——風邪を引いたので床を離れられないのだと聞いた。彼女はついにその床を離れる事はできなかった、そして私は再び彼女に遇わなかった、――ただ夢に見たばかりである。彼女のかかった肺患は危険だというので、彼女の部屋に近づく事さえ許されなかった。……彼女は財産をいつも行く事にしていた尼寺の誰かに遺し、書物は私にくれた。

もしその当時、思いきって別のカズン・ジェーンの話をしたら、誰か――意外の結果になる事を恐れて――こんな妖怪の科学的説明を私にする事を至当と思ったかも知れない。しかし私はその説明を信じなかったろう。私は見た事だけを了解した、そして見たから恐れたのであった。

しかしそれを見た記憶はカズン・ジェーンの棺が運び去られたのち、一層烈しく私を悩ました。彼女の死を聞いて、悲しむよりも恐れを抱いた。以前私は彼女の死んでくれる事を願った。そしてその願いが果された――しかしその罰はこれから来る事になった。カズン・ジェーンの信仰よりも遥かに古いおぼろげな思い、おぼろげな恐れ――ことに死人を人間の敵、悪魔のように恐れる心――がさながら生れぬさきの眠りからさめたように、私の心に目をさました。……こんな恐怖心は野蛮人に存している、その恐怖心に伴うて、人の性格は死とともに全然変るかあるいは奪われるという一種おぼろげな観念、――また昔はいつくしみ、笑い、愛したそれらの死人は、今は脅かし、冗語し、憎悪するという観念がある。……当惑の余り私は自問した、彼女の来ないように私を護ってくれる力はどこにあるか。私はカズン・ジェーンの神様を信ずる事を止めていなかった。しかしその神様は私にとって何かしてくれるか、あるいはなし得るかを疑った。その上私の信仰はカズン・ジェーンがいつでも虚言（うそ）を聞かせたのではないかと疑ったので、余程怪しく動いて来た。幾度も彼女は幽霊やお化けの見えるわけはないと請合ったではないか。しかも私の見た物はたしかに彼女の中身、――彼女のお化けの幽霊、――そしてたしかに魔物であった。たしかに彼女は私を憎んだ、彼女は私をひどく恐れさせたいばかりに淋しい部屋に連れこんだ。……こんなに死なぬうちから何故憎んだのであろう、――私が彼女を憎んだ事――死んでくれたらと思った事を知っているからであろうか。しかしどうして知ったろう、――彼女の魂は血や肉や骨を透して私の憐れむべき小さい魂を見たのであろうか。

……とにかく彼女は虚言を言った。……事によれば外の人々も皆虚言を言ったのかも知れない。私の知っていた人々――明るいところを歩いたり、笑ったりしていた暖い血の通っている人々――は、皆本当の事を思いきって言えない程、ひどく夜の物を恐れたのであろうか。……こんな質問に対して私は一つも答を得なかった。そして私に暗黒信仰（ブラックフェイス）の第二期が始まった、――名状し難い疑惑と名状し難い恐怖の信仰であった。

私はその当時真面目な書物を読む程年を取っていなかった、カズン・ジェーンの遺産の価値を初めて知る事のできたのは後の事であった、――その遺産には『ウェイヴァリー小説』の全部、ミス・エッジワースの著作、枝や木の模様の革製の綺麗な本のマーチン挿画のミルトン、ラングホーン訳プリユターク〔プルタルコス〕の『列伝』ポープ訳の『イリヤッド』〔イリアス〕と『オディッセー』〔オデュッセイア〕古い赤表紙のマレー版のバイロンの『海賊』と『ララ』それから不思議にもロックの『人間悟性論』などがあった。私は目録の半分も思い出せない、しかし私は感謝しながら驚いた事を一つ覚えている、それはそのうちに宗教書の一冊もなかった事である。……カズン・ジェーンは改宗者であったが、文学の興味だけはローマの物ではなかった。

カズン・ジェーンの一代を知っている人々はもはや土に帰している。彼女を憎んだのが悪いと自分でどれ程自分を叱ってみたろう。しかし今でも私の心の奥に彼女の霊に対して「ああ、汝はそれをこわし終りぬ、――わが美しき世界を」と叫ぶ不平の声がある。

つぎに「偶像礼拝」と名づけた一篇がある。ギリシャ人を母とし、ギリシャに生れたという自覚と、ギリシャ人の美に対する鋭き感受性の遺伝をもったヘルンが、自分をローマ旧教徒に養成しようとする企てに対して次第に反抗の気を示している。

偶像礼拝

「ああ、聖きところより来れるサイケの神」

初期のキリスト教会は、異教徒の神々はただ黄銅や石に過ぎないとは教えなかった。かえって、教会はその神々というのは本当のそして畏るべき人物で――それを礼拝する人々を誘惑して破滅に導くために、仮りに神体を装っている悪魔であると考えた。私が異教徒の神々について、初めておぼろげな知識を得たのは教会の伝説や高僧の列伝を読んでいる時であった。

それから私はその神々がお伽噺の天人や、お化けや、サー・ウォルター・スコットの物語歌にある天人に幾分似ていると想像した。お化けとその一族は絵入教会史にある醜い高僧よりは遥かに私に面白かった――その面白さはフランス製の宗教絵本にある痩せた天使でもなかなか及ばなかった。この痩せた天使は私にカズン・ジェーンの事を思い出させたので嫌いであった。その上私はカズン・ジェーンの神様の仲間は何だか変だと思ったので、何でもその神様の敵――悪魔、お化け、天人、魔女、異教徒の神々――には当然同情せざるを得なくなった。実際悪魔には――悪魔は中でも強いと思ったので――世話になったり、交際したりする事をよく祈った、初めのうちは至極謙遜して、そして無愛想に答えられでもする事を非常に恐れたが、――後にはこんなに丁寧にしても相手にされない事を発見して怨みまじりの言葉で祈った。

しかし向うが相手になってくれなくても、カズン・ジェーンの神様の敵に対する同情はたえず増加した、教会史で悪いと言う神々、殊に異教徒の神々に対する興味は益々増加するに至った。そして最後にある日の事、私どもの本箱のこれまで気のつかなかったところに、美術に関するいろいろの綺麗な書物を発見した、——大きな二つ折形の書物で中にはギリシャの神話にある神、半神、力士、英雄、山水村野の女神、養牧の神、海の神、それからすべて面白い半人半獣の怪物、皆こもっていた。

その幸福な日にどんなに私の心が躍って動揺したであろう。息もつかないで私は見つめた。そして見れば見る程、ますますその顔や形が何とも言えない程可愛くなって見えた。どの形も皆私を眩惑させ、驚かせ、迷わせた。そしてこの新しい愉快はそれだけで一種の不可思議であり、——また恐怖であった。その絵のある紙の間から何物か——見えない物で私を恐れさせる物——が、かすかに動いているように思われた。私は異教徒に彫像の製作を教えた地獄的魔法の話を思い出した。しかしこの迷信的恐怖は消えてやがて一種の信仰、むしろ直覚——どうしてもそれを説明する事はできない物——と代った、すなわちこれ等の神は美しいから、何かと讒誣されるのだと思うようになった。

……(盲目的に、また捜索的に、私は一つの真理、——醜き真理、すなわち精神的道徳的肉体的、いずれなりとも最上の美はいつでも多数の者に憎まれ、少数の者によってのみ愛せられるという真理に達した)……そして、これ等は悪魔と呼ばれるのだ。私はこれを尊敬した、——私はこれを愛した、——私はこれを尊敬しない者は永久に憎もうと決心した。……ああ、その不朽の美と、私の宗教絵本にあった聖徒、教父、予言者の醜との間の相違の大なる事よ、――さながら天国と地獄程の相違である。……この時中世紀の信仰は醜と憎悪の宗教のように見えた、そして私の幼い時に教えられたところでは実際又そうであった。大分知識の増加している今日でも、「異教徒」や「偶像教徒」という言葉は――どれ程無学にも軽蔑の意味に使ってあっても――光明、美、自由、歓楽の昔の感覚を私の心に起させる。

余程難儀して少年時代のこんな散漫な記憶を思い出す事ができる、それを語る時、昔の自分に代ってたえず語ろうとしているのは、後の遥かに人工的な自分である、――それで明らかに不調和を生じている事をよく私は承知している。昔の自分の経験について何かもう少し語ろうとする前に、これを少し中止して脇路に入ってもよかろう。

美の理想を初めて知覚するのは、決して初めて知るのではなくして再び認めるのである。美学の数学的幾何学的道理がどんなに精密でも、子供が初めてすぐれた美を覚ると同時に起る愉快な衝動を説明する事はできない。どの子供でも初めて見た物が、この世にある何物よりも美わしく見える理由は説明しようと試みる事もできない。子供はただそれを見て自分の生命の源泉に及ぼした不意の力を感ずるだけである、――そしてこの感じはおぼろげな深い記憶である、――血のうちに潜んでいる記憶である。

多数の人々は記憶していない、それだから、いつも分らない。洞窟にいる青白い目のない魚は、——黒暗々のうちに数代泳いだ結果として——光明の喜びを感ずる事ができないと同じく、高尚な美を感じなくなった無数の人々がある。恐らくこんな人々を出した種族は高尚な物を経験した事がなく、不朽の美術や思想の昔の幸福な世界を見た事がないのであろう。あるいはこんな人々の心のうちの高尚な知識の方面は、野蛮性の遺伝で、長い間に次第に置き換えられて、消えたり鈍くなったりしたのであろう。

しかしただ一瞥の下に、古えの美の天啓を得る人、——その後に続いて来る神々しき感動——歓楽と哀情の不可思議な交錯——を知っている人、——この人は記憶しているのである。いつか、どこかで黄金時代において、美とともに暮らしていたに相違ない。三千年前か——四千年前か、それはどうでもよい、今日彼を動かす物は昔の影である、忘れられた歓楽の幻である。美の力、人生と愛に対する価値、これ等の意味を遺伝的に知っていないでは、その人の霊はかすかになりとも神々の実在を認める事は決してできない。

今私は思う、この眇（びょう）たる一身のうちにある霊の一分は、今はなくなった美の世界に生存したに相違ない、——その若々しさと強さの最善の物と自由に交わっていたに相違ない、——誉れの競走の時の長い軽い足の有難さ、仕合に勝った人の歓楽、デロスの神壇の傍に生えていて、それをオディッセウスも見た棕櫚（しゅろ）の若木のように、すらりとした乙女の賞讃を知っていたに相違ない。……こんな事を皆信じる事ができるのは、まだ子供の時に昔の神々の聖き人間性を感ずる事ができたからである。……

しかしこの発見の喜びも私にとっては新しい悲しみの種子となった。私も、私の小さい所持品も、共に宗教上の監督のもとに置かれた、それから勿論、私の読書も厳しい検査を受けたのであった。ある日この綺麗な書物が見えなくなった、私は書物がどうなったかと問う事が恐ろしかった。幾週間も過ぎてそれがもとのところへ帰っていた、再び見て喜んだのも束の間であった。書物は皆残酷に訂正してあった。私の検閲係は神々の裸体を憎んで、その不行儀を直そうと企てた。多くの姿、山林の女神、水の女神、アポロやヴィナスの侍女、音楽の女神、これ等の姿が美しすぎるというので、小刀で削り取られた、――私はそんなにして両乳の切り取られた綺麗な坐像を今でも思い出せる。たしかに「林の中の女神の胸」が美しすぎるとは思われた、山林の女神、水の女神、ヴィナスの侍女、音楽の女神、――皆胸がなくなった。それから大概の神々は股引を穿かされた――小さい愛の神にも股引を穿かせた――曲線の美、殊に股の線を隠すように工夫した鵞ペンの縦横線で織込んだ大きな袋のような水浴用の股引を穿かせた。……しかし私の例ではこの乱暴なやり方に幾分の教育的価値があった事になった。それは私にどうしてもとの通りにすべきかの難問を与えたのであった。そして私はしばしば鉛筆で消えたり隠れたりしている線をもとの通りにしようと一所懸命に努めた。これは成功しなかった、しかし、驚くべき程完全に切ったり消したりしてはあったが、私がどうしてそれをやり直すべきかを熱心に研究したので——ヴィンケルマンを知らないずっと以前から——どんなにギリシャの美術家が人体を理想化したかという事が分るようになった。……恐らく後年において、近代の裸体の作品中、暫くも私に興味を与える物のほとんどないのは、その理由であろう。初めて見てどんなに美しいようでも、これに対して昔の検閲係が恨みの深い宣戦を布告した曲線のところに、何か平凡な物がすぐに見えて来るのである。

彫刻であれ絵画であれ、現代の裸体作品は現代の生きたモデルを幾分表わしているので、——随って不完全な個人を幾分か表わしている事は、ほとんどいつでも事実でなかろうか。——ただ偉大なる昔の作品は超個人的である、——種族の霊にある最高の理想を表わしている。……この意見を拒む人の多い事は私も知っている、しかし私どもは今も幾分は野蛮人ではあるまいか。善良にして偉大なるラスキンでも、ギリシャ美術の問題について語る時は、ゴート人のようなところが時々見える。メディチのヴィナスを「面白くない小さい物」と言ったではないか。

キリスト教以前の神々を知って愛する事を覚えてからは、世界は再び私の周囲に光明を生じて来た。世界の上に密集していた陰気な雲は次第に薄くなって来た。恐怖はいまだ去らなかったが、私の恐れ憎んだ物を信じない理由だけを欲しかった。日光において、青き野原において、以前に知らなかった喜悦を見出した。心の中には何物に対してだか分らない新渇望、新思想、新想像が動いて来た。私は美をさがした、そして到るところにそれを発見した、——草木の形にも、棚引く白雲にも、——かすかに青い遥かの山の端にも。時としてこの世に生をうけているという単なる愉快が大きい喜悦となって動いて来て、私を驚かした事もあった。しかしまた時として、新しい不可思議な悲哀、——漠として名状し難き苦痛も時々私に迫って来た事もあった。

私は私の文芸復興に入っていたのであった。

ギリシャに対する憧憬はこの一篇によって明らかに分るが、後キングスレーの『ギリシャ英雄譚』を松江や熊本で生徒に賞品として与え、大学でも学生に勧めて読ませた事、又、令息に勧めて「自分は幼時この書物を幾十度読んだか覚えがない。今読んでも飽く事を知らない」と言った事によっても分る。日本を愛好するに至った一つの原因は、ヘルン自ら言った通り、日本において古代ギリシャ生活の類似点を認めたからであった。

ラフカディオをゆくゆくはカソリックの僧侶にしたいという希望が仮りに大叔母にあったにしても、ヘルンの気風から断念せねばならなかった。弟ジェイムズへの手紙にヘルンは「大叔母が私を僧侶にしようとして教育したというのは本当でない。もっとも私は不幸にしてローマ旧教の学校に数年いた事がある。ここでは生徒をできるだけ無学にして置く事を、その教育の方針としていた。私は僧侶どころか、信者でもない」と言っている。

三　学校生活

ヘルンの学校生活はいつ頃から始まったか分らない。明らかに知られているのは、一八六三年九月九日、ローマ旧教の学校、英国ダラムの「アショウ・カレッジ」に入学した事である。アショウで親しかった一学友の事を記す場合に「私どもの満十五歳頃の事であった。……この学友とは満十歳の頃から一緒にいた」とあるのは、以前にも、どこかで一緒にいたのであろうか。さきに引用した「夢魔触（ふれ）」のうちに「その後、ついに子供（チルドレン）の寄宿舎に送られてから、滅多に私を悩ますお化けが出て来なくなったので、やや有難く感じた」とあるが十四歳の時入学したアショウ学校の事ではないようである。異母妹ミンニーに与えた手紙に、ほんの子供の時、ある婦人の経営している学校に送られた事を書いて「この老婦人は私を虐待したので逃げ出した」とあるのは、アショウ以前のある学校を指すのであろうか。

この手紙およびヘルンがシェリーやキーツの伝記の講義に英国の小学校の非常に暴虐なるがために気の弱い（センシティーヴ）者はただ悪くなるばかりなる事をたびたび述べた事、令息は英国でなくアメリカの東部で教育するつもりであった事、この令息は小学校に入れないで、三年程小学課程をヘルン夫婦で教えたのは、ヘルン自身の母がギリシャ人なるがために幼時学校でいじめられた覚えがあるからとの理由であった事、「私は子供の時には肉体上精神上の自由という物を知らなかったが、私の子供には与えてやりたいと思う」と手紙にある事等を思い合せて、アショウ以前にも一時ヘルンの学校生活はあったとしても、それは幸福でなかった事が思いやられるようである。それも一時であって、多くは英国の上流社会のする如く家庭教師について初歩の教育を受けたのであった。

アショウの学校生活は必ずしも不幸ではなかった。アショウの学校、詳しく言えば、ダラムに近いヨークシャー・ヒルズの山腹にある St. Cuthbert's College, Ushaw（アショウ・セント・カスバート・カレッジ）は英国のローマ旧教の学校として設備、歴史等から見て、第一流の物である。出身者のうちに著名の文人や宗教家が多い。

ヘルンの従弟でこの当時の事を書いている人がある。

なんでも絵が非常に好きな少年であったと覚えている。非常に近眼であった。自分はまだ幼なかったので優しく丁寧にしてくれた。アショウ学校にいた時大叔母とともに遇いに行った。教室を見せてくれるために二階に行く途中、聖母の像に礼拝せよと言われたが、自分は拒んだ。ラフカディオは激昂して、何故礼拝しないか理由を言ってくれと願った。いつでも非常に真面目に、また非常に感じ易い性質をもっていた。

後ローマ教会で高い位置を占め、またこのアショウ・カレッジの校長になった当時の同級生 Monsignor Corbishley（コルビッシュレー師）の手紙に、つぎの記事がある。

彼を覚えていない者はない。随分目立った人で、学生中の大人気者であった。余程奇抜ないたずらをする面白い人であった。少年にしては立派な詩を作り、また非常な読書家であった。腕力崇拝家で、手帳には太い腕の絵ばかり描いてあった。……

少年にしては想像力は非常に進んでいた。学生としては、英作文だけは抜群であった。初めて英文を作った時は級中第一番であった。学校にいた間、始終大概一番であった。しかもこの級には少年にして余程の文章家と思われた生徒は沢山いた。外の学課は中位か、それ以下であった。もっとも英作文の外は別に勉強もしなかったようであった。想像力を養成整頓するのに全時間を費していた。

学校は愉快であったろうと思う。いつも沢山の友人を有し、また大気焰家であった。実際、考えは斬新奇抜であったので、どの方面へ行っても発展するだろうと思われた。教師の方から見れば、全く良い生徒とは言えなかったろうが、はきはきした面白い少年であったので種々の悪戯に対して怒る気にはなれなかった。

今日あれ程の大家になっているが、異教徒になったという事実は余り感心しない。そうでなかったら大いにこの人に同情をよせるのであった。

文章ではいつも賞与を得た。シンシナティのテュニソンに「むかし学校で英作文で賞与を貰った事があった。全校生徒の前を通ってそれを受けに行く時、甚だきまり悪く思った」と語った事があった。

Achilles Daunt（アキリーズ・ダウント）という当時の学生、その後文人として相応の名声を得た人の話がある。

この人の叙事的才能はこの時から傑出していた。怪力乱神的方面の文学は最も彼を喜ばした。……懐疑的性質をもっていて、一度私どもの思いもよらぬ質問、すなわち神の存在の証明を求めて、そんな事は夢にも思わない私どもを恐れさせた事があった。

……想像は陰鬱であった。それは少年時代の不幸の結果であると思われた。何か家庭のいざこざのために、この人は多少打ち捨てられて、淋しい古い家に一人ぽっちでいるのだと学校での風評であった。武者修行とか、深林における巨人との格闘とか、低い赤い月が荒野を照らして勇士の鎧（よろい）に輝くとか、嵐が物凄く砂漠を吹いて亡霊烈風のうちに叫ぶ、とかいうのがこの人の好きな話題であった。そしてこの想像を述べる言語は甚だ豊富であった。

学校ではパッディーと呼ばれていた。頭字の「L（エル）」の意味を決して語らなかった。ラフカディオの名は余り変っているので、笑われないためであったろう。顔にはいつも悲哀の色があった。時々友人と愉快に飛び廻った事もあるが、それが終ると間もなく、もとの憂色にかえった。

クリケット、フットボール等の仕合に、ほとんど、あるいは全く、頓着しなかった。近眼の故もあったが、要するに興味をもたなかったからであった。

一学友が自分の宛名は長くて困ると言った時、ヘルンは自分のはもっと長い。「神、空間、宇宙、地球、東半球、欧羅巴（ヨーロッパ）、英国ダラム近傍、アショウ学校、Ｐ・Ｌ・ヘルン」だと言った。……

私の覚えているところでは、ヘルンは後には休暇になっても、帰省はしなかったようだ。家庭の事については、何も言わなかった。私はヘルンの親友であったが、家庭の事や、幼時について、話した事は少しもなかったようだ。……

ヘルンが後年、ヘンドリックに与えて、十六歳の時別れた学校の友人の事を慕っているのはこの人であったろうと思われる。（全集第十一巻二九五）

又ある学友の書いた物に、つぎの一節がある。

ロングフェローはヘルンの愛好詩人の一人であった。……『ノース・サガ』にある一騎打ちや、試合や、勇士の大勇などを詠じた詩の一節を口誦するのが好きであった。い

つも好んで口誦（くちずさ）んだのが、

Like Thor's hammer, huge and dinted was his brawny hand.

「トウル神の槌（つち）の如く、彼の硬き手は大にして凹めり」

であった。ラフカディオは力瘤（ちからこぶ）自慢であった。この句を繰りかえす時、いつも右腕を曲げて、左の手で瘤をつかんで見るのを常とした。私は時々彼を「大筋肉の人」と呼んだ事があった。……非常に愛すべき人物で非常に真面目な、同情に篤い人であった。

当時のラフカディオについて、学友の手になった書簡および談話は外にも多いが、いずれも大同小異で、ヘルンが学友間に人望のあった事、英作文や文学の方の成績はよかったが、その外は必ずしもよくなかった事、想像豊富で斬新奇抜な考えのあった事、当時ロングフェローを好んだ事、時にオックスフォードにおけるシェリーを思わしめる挙動のあった事、狂詩を作って教師を苦笑せしめた事等を記している。

ヘルンが後年グールドに与えた手紙に、

私が少年の時に懺悔に行かねばならなかった。そこで正直に思い切った白状をした。ある日厳かな坊さんに「私は悪魔が砂漠にいた隠者のところへ来たように美人になって来てくれたらよい、そしたら私は誘惑に落ちようと思いました」と白状した。この人はなかなか喜怒色に現れない人であったが、この時には怒って立ち上り、「気をつけなさい、気をつけなさい。どんな事があってもそんな事を考えてはいけません。今にひどい罰が当ります」と言った。余り真剣なので、恐ろしいような面白いような気がした。私はこの人が余り真剣に見えたので、それではこんな誘惑は必ず真に来るのかしらんと思った。——しかし悪魔は地獄にばかりいて、ついに来なかった。

とあるのはこの学校の出来事で懺悔僧とはウィリアム・レンナウルという非常に温和な人であった。この悪戯は校中で評判であったと見えて学友中にもこの事を書いている人もある。

ヘルンは生れつき近視眼であった。近視はヘルン一族の特有である。ヘルンの異母妹もそうである。ヘルンはその左眼をこの学校時代に The Giant's Stride（ジャイアンツ・ストライド）という遊戯の最中に友人（後、家人に語ったところでは、最も親しき友人の一人）が急に放った縄のさきが、目にあたったのが原因で失明した。長い間病院にいた。この一大不幸のために、残る一眼は元来の強度の近視に加えてますますその負担が重くなった。たえざる読書執筆のためにこの眼を刺激する事が多いので時々悪くなった。眼に対する用心も深く、机上つねに小鏡を具（そな）えて眼を検査した。読書執筆のために机は特別に高く作らせ、眼が充血しないように注意した。ヘルンは自分だけでなく、家人や書生が新聞を下に置いて読む事さえも厳しく禁じた。ヘルンの近視は二度半であった。その片眼鏡はつねに二つ携えて万一に備えた。

この事はさほどヘルンを不具にしたわけではないが、ヘルンはつねにこれを気にかけていながら、しかもそれを修飾する事を好まなかった。虹彩の上に、白い膜のあるこの左眼のために、他人殊(こと)に婦人のために嫌悪されていると自覚していた。ボール、グールド、ヒルン等の未見の友人にもその事を告げている。(全集第九巻一五二、四〇三、第十一巻三七八)この事はその強度の近視眼、および身長の低かった事と相伴って、ヘルンを内気で交際嫌いにさせた事に与って力があった。晩年、日本に来てヘルンが愉快に思った事の一つは、日本では身長の低きを嘆ずるに及ばなかった事である。


ヘルンがアショウを退学するに至った原因、すなわち大叔母の破産の径路について少し語ろう。ヘンリー・モリヌーという大叔母の親戚で同じくローマ旧教の信者があった。(夫の親戚と一般に言われているが、ケナード夫人はやはり、ヘルン家の親戚という)英国ロンドンに遠くないサリー州レッドヒルに住んでいた。大叔母はここへたびたび出かけて滞留した。そのうちにモリヌーの経営にかかる東洋の貨物を売捌(うりさば)く事業にたびたび莫大な資本、ほとんど夫の遺産の過半を投じてやった。

モリヌーが一八六六年に破産して、レッドヒルの家を人手に渡し、アイルランドの南端トラモアに永住する事になってから、大叔母もこのモリヌー家の家族の一員となった形になった。ヘルンは後年異母妹ミンニーに与えて当時の事情を説明した物がある。

……大叔母は夫思いであった。大叔母は終生一つ思い悩んでいた事があった。臨終の時、夫は「サリー、あなたには財産の始末は分っているね——」と言ったそうだ。大叔母は今少し聞き直そうとすると、もう駄目だった。そこで大叔母は一生夫の臨終の言葉が気にかかった。坊さんに相談すると「カソリック教徒の手にあるその財産は、夫の親戚の手で保管せよ」との意味だと説いた。大叔母は迷って来た。モリヌーの人々がこの大叔母を虜にしたのはこの時であった。このヘンリーという人はローマ旧教の教育を受け、その上商業教育を受けて、四つ五つの外国語を流暢に操った。間もなく大叔母の家で幅を利かすようになった。大叔母は夫のために、ヘンリーを助けるのだと私に物語った。そのうちにこのヘンリーが娶る事にしていた若い婦人に五千円の年金をやる事に定めた。……それから、ヘンリーは大叔母を説いて、自分を大叔母の遺言状のうちに相続人に立てて貰い、私の方は五千円の年金を与えて相続人を廃する事にしてしまった。それ位で満足せずに、大叔母の存命中にその財産を自由にしようとしたのが自分ならびに大叔母の破滅の基となった。ロンドンで失敗してから、財産は人手に渡ってしまい、私を学校から退学させて、それからアメリカへ送ってヘンリーの友人のところへやった。初め数ケ月のうちは、その友人から一週五ドルずつの仕送りを受けたが、そのうちに勝手にせよと捨てられた。大叔母は間もなく死んだ。ヘンリー・モリヌーは手紙を送って、私に送るべき物が沢山あると言って来たが、遺言状の事については一言もなかった。
……

モリヌー家がレッドヒルを退去してアイルランドのトラモアに移る以前から、ヘルンは大叔母と共に、トラモアに滞在した事はたびたびあった。トラモアはウォーターフォード市から二里半程離れて、一里余りの湾に望んだ風景の好い著名な海水浴場である。ヘルンの一生を通じて変らなかった「海を愛好するの念」は先に言ったウェールズのバンゴーやアイルランドのこのトラモアにおいて養われたのである。ヘルンが航海者となる事を断念したのは近視のためであった。(全集第十一巻二一三)すべての運動は嫌いであったが、水泳に巧みであったのも、ここに基づいている。小説『チタ』に写してある海、「焼津にて」の海、その他、海に関する叙事抒情の文が最も勝《すぐ》れているのも、ここに基づいている。大学で教えた学生で、江田島や横須賀の海軍の学校に教職についている人々を羨《うらやま》しいと言った事がある。琴平参詣の時、若い海軍士官と道すがら話した事さえも、愉快な事の一つとして数えている。

ヘルンがアショウを退学したのは、大叔母の破産の前後すなわち一八六六年頃であったろう。[*3]（ヘルンの父の歿くなったのも一八六六年であった）ヘルンが学生（大谷正信）の病気を慰めるために与えた手紙に「……私が十七の年に、親戚に非常に富有な人もあったが、誰も私を助けて学問を大成させてくれる者はなかった。私は、君がなる気づかいのない者、すなわち下僕となった。目を一つ失くした。病気で二年床についた。助けてくれる者はなかった。こんな困難にも屈せず、独学自修した。しかも私はもと、西洋のあらゆる贅沢に囲まれて富有な家庭に育ったのであった。……」とあるが、これはかかる場合に多くの人のする通り、慰める方に重きを置いて、事実に重きを置いていない。二年の病気は少しく大げさであるらしい、下僕になったのはアメリカへ渡って後、数ケ月の事である。ヘルン自ら言う通り、大叔母からの送金は僅かながら、渡米の後、数ケ月続いたのであった。

大叔母の召使のうちにキャサリンというのがあった。レッドヒルからモリヌーと共にアイルランドに帰った時も大叔母に随っていた。ロンドンの船渠のある東端のあたりで労働者となっているデラニーなる者に嫁した。アショウを退学したヘルンはロンドンに出てこの人を頼って行ったらしい。夫人に語って「大叔母の家に女中がいて、幼時私の悪戯の甚だしい時に痛く私を折檻した。後、大叔母にも見離されて、行くところのなくなった時、この旧婢を尋ねたところ、夫婦涙を流して、私を歓迎してくれた。日本でも女中は遠慮なしに主人の子女を折檻するが宜しい」と言ったのはこの人の事であろう。

ロンドンにどれ程いたかは明らかでない。ただ何となしにぶらぶら歩いたり、博物館や美術館をのぞいたり、公園を歩いて「門(かど)つけ」(『心』所収)のうちにある「二十五年前ロンドン公園で聞いたさようなら」を聞いたりした。当時はテニソンが『モード』や『ロックスリー・ホール』を出し、ブラウニングが『ソルデロ』を公にした頃、ウィリアム・モリスや、ロセッティやラスキンやいずれも盛んに活動せる頃であった。

ヘルンのフランス留学は続いて起こった。モリヌーの方ではアショウを退学させたが、未成年のヘルンをいつまでも捨てて置く事もできないので、今度はフランス留学を勧め、ヘルンもこれに応じて再びフランスのルーアンに近きYvetot(イヴトー)におけるローマ旧教の学校に入学した。[*4] 近年フランスにおける教育宗教分離のために、多くの記録がなくなったので、ここにおけるヘルンの行動は分らないが、片目の外人は、ここでは甚だ不幸であった事だけは想像される。その学校の規則峻厳をきわめたので、在学数ケ月あるいは二年未満にして退学した。後長男一雄を教え始めた時、長く土塀の続いた学校町のような雑誌の絵を示して「私のいたフランスの学校はこんなところであった、お前も他日こんなところへ行くようになろう」と言った事があった。

大叔母の手もとで受けた家庭教育、アショウ、及びイヴトーの学校教育いずれもローマ旧教の教育であったが、ヘルンの一生を通じて真に蛇蝎(だかつ)の如く忌み嫌うとともに、それから復讐でも受けるように、病的な恐れをなしたのはローマ旧教であった。

令息を東京のあるローマ旧教の学校に入れる事を勧められた時、顔色を変えて「それよりは殺す方がよいと思います」と答えた事があった。（もっとも晩年には、これ等の宗教教育も一概に悪いと言えないのみならず、今日ではあれが一番賢い教育だと思うと言う旨を述べている。）神戸時代に、チェンバレン教授に寄せた手紙の一節に「マニラへ行って見たいと以前から思っています。私はローマ教の農夫の信仰などに対して、多大の同情を寄せていますが、――マニラには宗教裁判などは今も残っているらしく、また私は不幸にしてジェズイットの注意人物になっています。君は、若いスペイン人で、財産を没収されて行方不明になったので、本国の友人等が大騒ぎをした後漸くの事で自由を得た者のある事を御存じでしょう。私もまさか行方不明にもなるまいが何か故障に出あいそうです。……」（全集第十一巻一八二）と言って思いとどまった事があった。大学で故外山〔正一〕博士に紹介されてローマ旧教の僧、仏語仏文学の講師エミール・エックに遇った時、同じくヘルンは顔色を変じた。砲兵工廠の前でエックの車と遇った時、ヘルンは車夫を督励して駆け抜けさせた事があった。（しかし、エックとはその後、意外に話が合って互いに冗談も言い合うようになった。）これ等の事実はフランスの学校がヘルンをしてローマ旧教を嫌わしめるに至った原因を与えた事を思わせる。

イヴトーの学校を出て、パリに赴いたろうと思われる。叔父リチャードを訪ねたかどうかは分らない。普仏戦争以前であった。ゴウティエやヴィクトル・ユーゴーやフローベルやボードレールの盛時であった。フローベルやゴウティエを英米の文壇に紹介したのはヘルンが最初であったが、この時これ等の著作に近づいたのであった。渡米の行李中には、恐らくこれ等の著作が入っていたろう。

一八六九年、ヘルンはアイルランドの人々から若干の金を受け取って、モリヌーの親戚カリナンを頼って、アメリカのシンシナティに向って欧州を離れた。再びロンドンに立ち帰ってから出発したか、フランスからただちに出発したかも明らかでない。このアメリカ行はモリヌーから見れば、ヘルンを厄介払いせんがための業であったが、同時にヘルンの放浪性にも一致したのであった。破産したとはいえ無一物になったわけでもない大叔母の許に立ち寄った方が自分の利益である事を知らぬでもなかったが、モリヌーに妨げられてかあるいは自ら遠慮してか、そのままに立ち去った。

四　シンシナティ

一八六九年、月日は分らないがニューヨークに着いたのは何でも金曜日であった。ここにどれ程留まったか明らかでない。ある伝記家は約二年と考えている。もし、それが事実なら彼はここで相当のドン底生活を体験したことであろう。実際は、割合にはやく移民列車でオハイオ州の大都会Cincinnati（シンシナティ）に出発したのであろう。つぎの自伝の断片によって多少その途中の消息が分る。移民を載せた列車、飢餓、一少女の恩恵、三十年の後思い出しても、消え入りたくなるのは、その恩恵を施した少女に誤解を与えた事である、など以下の文に現れている。

私の最初のロマンス

世界の向うから黄色の表紙にスカンディナヴィアの書肆の名、――大嵐、大浜、大波の響きある書肆の名――を刻印した小さい書物を送って来た。霜の神々にふさわしいそれ等の名を見ると思い出す顔が一つある――それはただ北欧の伝説や物語、殊（こと）にビョルンスティエルネ・ビョルンソンの不思議な面白い話と、その顔とを私の想像で永く連想していたからであると思われる。

十九の夏を経た色の白い、赤みを帯びた強壮なノルウェーの田舎少女の顔である。お国風の着物を着ている。眼は海のように灰色である、編んで下げた光沢（つや）のある髪は青いリボンで結んである。背は高い、どこかに凛とした品位が備わっている、それを一言で言い表わす適当な言葉がない。名は聞かなかった、今後それを知る事もできない、――そして今はどうでもよい。今頃は少なからぬ孫をもっているだろう。しかし私にとっては彼女はいつも霜の神の土地から出て来たばかりの十九歳の美しい少女である、――神々と海王の娘である。彼女を見た瞬間から私はこの人のためなら死んでもよいと思った、そして私は北欧神話の、天女や官女や愛の女神や大地の女神の事に思い耽った。……

――彼女は私に面してアメリカの汽車に腰かけている、――汽車は三等、乗客は充満していたが、その形は私の記憶に分らない程おぼろになっている。彼女だけが明るくはっきりしている、私の側に坐った一人の男を除いて、――その他は皆影のように消えて行った、その男の質朴な温和な、浅黒なユダヤ風の顔は、横顔になって今も目についている。私どもの右の方の窓から、私どもが通過している珍しい新世界を彼女は熟視している、下の方が動揺して調子の定った雷の音がする、その間に嵐のうちの船のように、汽車が走って行く。

それは移民列車である、そして彼女、それから私、その他のおぼろげな人々は——非常に長く見える昼と夜とを通じて——西の方へ、たえず西の方へと非常に遠い距離を超えて走って行くところである。光は夏の日の光、影は東の方へ傾いている。

私の側の男は言う、——

「彼女は明日私たちと別れるのだ、——あれはミネソタのレッドウィングへ行くのだ。……君はあの女が好きだろうな、——そうだ、あれはいい女だ。君もミネソタのレッドウィングへ行きたいだろうな」

私は答えない。彼が私の心を知っている事を私は怒っている。それから知っていると私に知らせるのは甚だ失礼だと思う。

意地悪くも彼は続ける、——

「君が彼女をそんなに好きなら何故彼女にそう言わないか。君が彼女に言いたい事を僕に言い給え、そしたら君のために通弁して上げる。……馬鹿な、そんなに女を恐れるにはおよばない」

ああ、彼女に言いたい事を彼に言うとの思いつきは。……しかし彼の微笑を見ていながら、彼に対して怒っている事もできない。

とにかく私は物を言う気にはなれなかった。三十八時間私は何も食べなかった、そしてたばこの煙ばかりで養われていた私の小説的な夢は時々急な胃の痛みで妨げられて、食物なしでどれ程長く支えられるかを不思議に思わせた。まだあと三日の汽車旅行――そして金はない。……昨日私の隣人は何故私に食べないかと尋ねた、――私がそのわけを言ったら、如何にすばやく彼はその話題を変えたろう。私は不平を言うべき理由はない、彼が私に食物を与うべき理由はないのだから。そして私は愚かにも不用意であった事を反省する。

その時突然私の前に白い手が現れたので、私の反省は遮られた。その手は余程大きな黒パンの切れに一寸程の厚さの黄色のチーズをのせたのを差出している。そこで私は躊躇しながらノルウェー少女の顔を見上げる。彼女は小児のような美しい節（アクセント）の英語で私に「お取りなさい、そしてお上りなさい」と言う。

私はそれを取って貪（むさぼ）り食べる。黒パンとチーズのこの時程旨かった事はこれまでにない。最後の一切れを嚥（の）み下してから初めて、事の余りに不意であったのと、飢えていたので、彼女に礼を言う事を忘れていたのに突然気がついた。衝動的に、そして変な時に、私は何かお礼の言葉を少し言おうと試みる。

不意に耳の根まで、彼女は赤くなった、それから前にのり出してはっきりした鋭い調子で何か質問したので、私は恐れ、かつ恥じ入った。私にはその質問が分らない、ただ彼女の怒っている事だけが分る、その恐れかつ恥じ入った瞬間に、私は本能的にノルウェー人の怒りの強さと深さとを推量する。私の顔は燃えるよう、それを見ている彼女の灰色の眼は鋼（はがね）のような灰色をしている、それから彼女の微笑は怒っている時に笑う人々のその微笑である、私は汽車で轢（ひ）かれて死ぬか——穴の中に入るか——全く見えなくなりたいと思う。しかし私の浅黒の隣人は何か小さい声で弁解する、——私はただ礼を言おうとしたのであると彼女に保証する。そこできっとなった眉もゆるむ、それから一言も言わないで、走って行く風景を見るために側を向く、そして荘厳な憤りの色は速かに来たように、また速かに消えて行く、しかし誰も物を言わない、汽車は三十五年前の薄暮を通って走る……そしてそれだけである。

……私の言った事を何と取ったのであろう。私の浅黒い仲間は私に言ってくれない。私を憐れんだ親切な心の人を暫（しばら）くでも怒らせた事、——その人のためなら命でも喜んで捧げてもよいと思った人の顔を赤くさせた事を考えると、今でも私の顔が燃えるようになる。……しかし彼女の面影、彼女の貴い面影を私はいつまでも忘れない、そしてそのために彼女の生国の名までも、私には非常になつかしい。

ヘルン自ら語っている通りシンシナティに着いた当時数ケ月の間は、ヘンリー・モリヌーの妹婿カリナンの方へアイルランドの大叔母から送金して来た。カリナンのグールドに語るところによれば、ヘルンは三度来訪したという事である。カリナンはヘルンを好まないで少しも世話する事もなく、ただ大叔母から委託された送金を取次いだに過ぎなかった。ついでにヘルンの晩年に至るまで変らない特質として、金銭に無頓着で経済に拙であった事を一言せねばならない。当時のヘルンにとってはもとより経済の巧拙は問題にならないが、大叔母よりの送金絶えて（カリナンの説くところによれば、ヘルンは仕事を見出してから来なくなった）仕事を求める必要に迫られてから、ヘルンの窮乏は実際甚だしかった。

シンシナティの時分の事と言ってヘルンが人に語った事がある。シリア生れの行商人がヘルンを傭（やと）って小さい鏡を売らせた。およそこんな事にヘルン程不適任な人はあるまい。終日歩いて一枚も売れないで帰った。自分の失敗の言分（いいわ）けをしようとしてその荷物を下す際に、過って鏡を一枚踏み破った。その砕ける音に吃驚（びっくり）して飛び出し、再びこの商人に顔を合せなかった。また再びこの種の商業に従事しなかったという事である。

「星」と題する自伝の断片は、この時代に関する物である。

星

私は着物――少ししかない、それも薄い――を脱ぎ去って、枕にするためにまるくする、それから裸になって乾草の中へ這って入る。……ああ、乾草の床の有難さ――長い幾夜かの後、床と名のつく物に寝た初めての床、――ああ、休息の感じの心地よさ。乾草の心地よき香。……頭の上では屋根の間から星が見える――鋭く輝いている、空には霜がある。

階下には馬が時々重くるしく動いて足音をさせる。息をするのも聞える、その息が蒸気となって私のところへ上って来る。彼等の大きなからだの暖みは建物一杯に漲（みなぎ）って乾草を通して私の血を暖める、——彼等の生命は私を暖める火である。

満足そうに彼等は息をしている。……私がここで乾草の中に蹲（うずくま）っている事を知っているに相違ない。しかし彼等は頓着しない、——それが私には有難い。息の暖いのも、清いからだの暖いのも、乾草の暖いのも、有難い、——休みながら時々動いてくれる事さえも有難い、これはからだの大きい、心の広い、物を言わない仲間がいるぞと暗がりのうちで確かめてくれるのだ。……私はどれ程有難く思っているか、——どれ程彼等を好いているかを言ってやりたい、静かなところへ大きな暖い霊魂のように彼等が拡げてくれる力と生命の心もち、それをどれ程嬉しく感じているかを言ってやりたい。……

彼等は物を解しない方がよい。彼等はよい食物と住居を得ているからである、——綺麗で光沢のあるように世話をして貰っているからである、——彼等はこの世では役に立っているが、私は一体何の役に立つのであろう。……

それ等の鋭く輝いている星は、皆それぞれ太陽——大きな太陽である。それは外の数知れぬ世界に光を与えているに相違ない。……その世界のうちには市街も、馬に似た動物も馬屋も乾草も、——鼠だの何だの——そんな小さな物も乾草のうちに隠れているだろう。……私は数億の太陽のある事を知っている。馬は知らない。しかし私の聞いているところでは一頭千五百ドルするそうだ、彼等は高等動物である。私は如何程するだろう。……

明日彼等の食べたあとで、私も——盗ませて貰って——何か食べられるだろう、——そして私は数億の太陽のある事を知っているという事実があっても、私の食料を儲ける事ができないのである。

同じく家人に「宿屋に泊まったが、熱病にかかっている事が分ったので放逐された。そこであるだけの着物を着て市街を駆け廻って、ついに独りで直してしまった事がある」と語ったのも、また夫人のストーヴをたきつけるのを見て「私はあなたの赤坊の時分に宿屋で、客の寝ている間に、ストーヴをたきつけて歩いた事があるから、あなたより上手です」と話したのも、いずれもこの時代の事である。

つぎにアトキンソン夫人に与えた手紙がある。

私はある会社へ書記として入社する事ができたが、もともと算数に長じないのみか、普通の計算さえ碌にできなかったので、駄目になった。それから電信配達になって電信局に出た。他の配達は皆若い子供であるところへ、私が二十歳であるのは、すこぶる滑稽で、皆に笑われた。私は癪に障って給料をも受けないで止めた。友人は怒って世話をしないと言うし、下宿屋からは追い出された。最後に、宿屋の給仕となってストーヴに火をたきつけたり、石炭を入れて廻ったり、何かしてその代りに食物と喫煙室に寝る事を得た。こんな事を一年半程続けた。その間に読書作文の時間を見出した。その頃書いた物語は今はもうなくなった。安い週刊新聞に出したが、原稿料は貰った事はない。その他商店の引札を配ったり、広告の原稿を書いたりして煙草や古着を買う程の金だけはできた。……

破れ着物。みすぼらしき風采で、ただ食を求むるに急なる苦しき生活を送ったが、その間にも公立図書館などへ通って修養は怠らなかった事が分る。また如何に窮乏しても、最早（恐らくその当時大叔母の死去から）その関係の自然に消滅したモリヌーの補助を仰がぬ事にきめた事も分る。

その後ヘンリー・ワトキンという学問教養の深い親切な英国出身の活版屋へ紹介されて食客となった。ワトキンはこの少年を憐れんで家に入れた。掃除や使いあるきをして、ワトキンの「居候」となって、蔵書を借覧したりなどしていた。この人について活版事業を習ったが成功しなかった。

一八七四年の初め『シンシナティ・インクワィアラー』社に入って記者となったのは、

ヘルンの本当の記者生活の始めと言ってよい。シンシナティに着いてから今日まで五年間、種々雑多な事を試みたうちに、やや新聞記者生活の端緒とも見るべきは、ロバート・クラーク会社に入って校正係となった事である。またワトキンの紹介でバーニー大尉という人の発行した『トレード・リスト』という商業新聞に関係して広告を勧誘したり、記事を書いたりした事もある。そのうちには浮標（フローティングブイ）をつけて、軽気球で大西洋を横断するという、今日の飛行船の先駆とも見るべき建議など商業新聞には不相応な記事もあった。

ワトキンの食客となっているうち、シンシナティの公立図書館長トマス・ヴィカースの秘書の地位を得た事もあった。後クレイビールへの手紙に折々この人の事と、その図書館にある文学や音楽の珍書の事を述べている。

職業のできた後も、一時はワトキンの家にいた。ヘルンは人好きのする容貌風采ではなかった。この事をヘルンは実際以上に自覚していた。ワトキンの家でも、ワトキンこそヘルンを愛し、ヘルンの異常の天才を認めたが、ワトキン夫人はヘルンを嫌って、自分と娘はヘルンの前に現れた事はなかった。この親密なる交際は、父であり夫であるワトキンとヘルンとに限り行なわれたのであった。ワトキンの家を出た後も、同年配の友人よりもこの三十歳年長の老ワトキンとの交際を好んだ。シンシナティ滞在中は毎日のように、この人の印刷所を訪問して、不在の時は紙切れに何か文句を書いて、署名の代りに「鳥」の絵を残した。ヘルンの沈鬱な様子がポーの『レーヴン』〔大鴉〕に似ていると言うので二人の間で符牒となっていたからであった。その後ヘルンが南方に移り、また日本に渡って後も文通は絶えなかった。ワトキンは八十四歳の高齢で明治四十一年、亡くなった。ヘルンの手紙をまとめて、それを何よりの宝として誇っていたという事である。これ等の文通は一九〇八年『鳥の手紙』と題して出版になった。ワトキンはヘルンをポーよりも偉大とし「大文人たる天資はことごとく具えていたが唯一つ洒落（ヒュモア）という点が欠けていた」と言っている。

この時代に関する断篇「直覚」を左に訳出する。四十年前にアメリカに来た友人とはすなわちワトキンの事である。

直覚

私は十九歳であった、そして知人もない広いアメリカの天地に孤客となって、ままならぬ浮世をかこっていた。私はこの浮世に処する術を知らなかったので、できるだけそれを忘れようとした、そして毎日公立図書館で養った小説的な夢が、それを忘れる助けをしてくれた。この無銭読書の贅沢についで、私の主なる娯楽となった物は、通り行く人の顔――少女の顔――を見てある理想の実現を見出そうと試みながら往来をさまよう事であった。それからその当時その土地で「展覧室（ガレリーズ）」と言って写真屋の店ごとに飾りに置いてある写真を見て同じような娯楽を見出した。貧しい幾月かの間は、実際私にとってはそれが絵画展覧会同様であった。

ある日ある横町で新しい写真屋を発見した、そして入口のガラス箱にある一つの顔を見た、それを見ると驚きと喜びの余り息もできない程であった、――その顔は私の想像にも及ばない程はるかに優れたものであった。それは刺繍のある肩掛のような物を頭巾に被っている若い婦人の顔であった、この変った頭巾は顔形（かおだ）ちの並外れた美しさを特に際立って美しく見せるための工夫であったらしい。大きな黒い眼の視線は鋭くして落着いていた、鼻の曲線は剣の曲線のようにはっきりしていた、口は美しく締っていた、――そしてこの顔には優しい臆したようなところがあるにもかかわらず、どこかに鷲に類したところがあった。……永い永い間、私はそれを見て立っていた、そして見るに随って、その優れた不思議な美しさが魅力のように増加するのであった。私はこの実物の婦人を崇拝する特権を有する事ができたら、どんな日に――どんなひどい目にでも――遇ってもよいと思った。しかし誰だろう。私は「展覧室」の主人に問う事はできなかった、そして他に見出す方法を考える事ができなかった。

その当時私は一人の友人をもっていた、――そのアメリカの都で私の知っていた唯一人の同郷人であった、――私よりほとんど四十年程以前に、アメリカへ流れて来た人であった、――その人のところへ私は行った。――私の子供らしい熱心に対していつも面白がって同情を寄せてくれた、それで私の発見について物語った時、彼はただちに私と写真屋の店に行こうと言い出した。

暫く黙って困ったように、半白の眉を寄せながらその写真を熟視した。それから彼はきっぱりと叫んだ、――

「これはアメリカ人じゃない」

私は心配そうに尋ねた、「その顔をどうお考えですか」

「それは立派な顔だ」彼は答えた、――「なかなか立派な顔だ。しかしアメリカ人の顔じゃない。英国人の顔でもない」

「スペイン人でしょうか」私は言ってみた。「それともイタリア人でしょうか」

「いや、いや」彼は極めてはっきりと答えた。「全く欧州人の顔じゃない」

「あるいはユダヤ人でしょうか」――私は思い切って言った。

「いや、大層美人のユダヤ人もいるが、こんなのはない」

「それでは何でしょう」

「どうも分らない、――どうも異国の血がある」

「そんな事がありましょうか」私は反抗してみた。

「さあ、そんな気がする、――きっとそうだ。……しかしちょっと待ち給え、――この写真屋を知っているから聞いてみよう」

それから有難い事には彼は立ち寄ってくれた。……悲しいかな、その謎は思った程早く解けなかった。その写真の持主は誰の写真だか知らないと言った。彼は写真類を扱っている卸し問屋から、他の「見本類」と一緒に買ったのであった。その写真はパリで撮ったのだが、それを貼ってある台紙にはフランスの写真師の名はのせてなかった。

ところで私の友人は漂泊者であるから、英国との関係は私の生れない前に切れていた、――この人は奇態な場所や変った人々について、極めて驚くべき知識を有していたが、母国の生活に何等の興味を感じなくなってから永い事になる。多分その理由でこの写真が私に分らないと同じく、この人にも謎であったのである。写真師は若い男で生れた州を離れた事はない、そして見本類は勿論仲買人の手を経て求められたのであった。私は又、美術や音楽や劇に娯楽を求めるような規則正しい社会と関係する事はほとんど絶望という程の苦しい境遇にいた。そうでなかったら、そんなに人を不思議がらせた不思議な人物の名はどんなに容易に知れたであろう。しかし私に知れるまでにはなかなか年月がかかった。

それから写真の事は全く忘れていた。私は幾百哩(マイル)か離れた南部の都会にいた、そしてある薬屋の帳場によりかかって、主人と話している時、不意に私の側のガラス箱に例の不思議な写真のある事に気がついた。それはコスメティックの箱のふたに、貼紙として貼ってあった。そこでまた少年の時写真屋の入口で感じたと同じ驚きと喜びの感じが、私の血管を迸(ほとばし)った。……

「失礼ですがちょっとお尋ねします」私は叫んだ、――「これは誰の顔ですか、教えて下さい」

薬屋は写真をちらと見て、それから微笑した――つまらぬ質問に対して人が微笑するように。

「あなたが知らないという事があるものですか」彼は答えた。

「知りません」私は言った。「何年か以前にその写真を見たのですが、誰の写真だか分らなかったのです」

「御冗談でしょう」

「本当に冗談どころじゃない」私は言った、――「それから私は是非知りたいと思っています」

そこで彼は、私に告げた――しかし私はこの大悲劇女優の名をくりかえすまでもない。……ただちに「どうも異国の血がある」と言った昔の友人の言葉が私に閃(ひらめ)いてかえって来た。結局彼の言った事は本当であった。この不思議な婦人の血管に印度の王族の血が流れていた。

ヘルンが『シンシナティ・インクワイアラー』社へ入った当時の主筆ジョン・コカリル大佐が一八九六年、六月号の『カーレント・リテラチュア』に、自らヘルンを採用した当時の事情を記している。

約二十年前、私はある西部の都で日刊新聞を引受けていた。ある日事務所へ、変な浅黒の小男が入って来た。強度の近眼鏡をかけて、妙に臆病らしいそして「運」の神には見放されたという風をしていた。

穏やかな震え声で、投書を買って貰えまいかと聞いた。私はその方の金は余り無いが、原稿を見た上で考えてみようと答えた。彼は上衣の下から原稿を出しておどおどしながら、机の上に置いて、こそこそと逃げるように出て行った。

それからその日おそく、その置いてあった原稿を見て面白く書いてあったのに驚いた。……

彼は主筆室の一隅に陣取って、日曜版のために特別の物を書いた。いずれも当時の新聞には類のない程優れた物であった。新聞一号のために十二ないし十五欄を書いた事も覚えている。愉快に働いてくれるので私も喜んでいた。すなわち文体の美しかったのと、また一つはこの人が新聞に与えた調子が著しい物であったからである。

いつでも机に坐ったきり、大きな飛び出た円い目を紙にすれすれにして、熱心に、油断しないで書き続けた。側にいる私には、いるかいないか分らない偶像のようであった。その当時、目が悪いので難儀していた。彼はまた花のように感じ易かった。何か不親切な言葉は彼にとって鞭で打つ程の大打撃であった。しかし、進んで人を憎んだりなどする方ではなかった。……詩的で全性質美に調和しているように見えた。実際不健全な物でも、感服のできない物でも、彼の筆に上れば綺麗になった。そのうちに市部編集の一員となって報酬もよくなるにつれてこの人の記事がますます進歩した。

下層社会の事を好んで書き、市街の暗黒方面を捜して、優しい小説的な話を掘り出した。汽船の発着所における黒人の荷揚人足に興味を有し、絶えず行って彼等の歌、奇習、物真似等について書き、彼等の破れきものにも、彼等の野蛮な踊りにも詩趣を見出した。

その後、このジョン・コカリルもまた日本へ来遊した。その時（一八九五年神戸時代）ヘルンはチェンバレンに手紙をよせてこの人の事を記している。

私は一八七四年、シンシナティで日刊新聞の事業に従事し始めた。『インクワィアラー』といって、編集人はコカリルという火の玉のような青年であった。やかましい主人で、非常な勉強家で、天成の新聞記者であった。私ども一同、余りこの人を好まなかったが、とにかく、やり手であるので感心していた。いつでも罵り散らし、ほとんど私どもを半殺しにする程ギュウギュウ働かせたが本人もその通り働いた。毒舌にも一同恐れを抱いた。軍隊から出たばかりなので、軍隊の話を多くした。数年のうちに、新聞の売高を非常に増したので社主は一かどの財産を作ったが、妬(ねた)んで出してしまった。……その後セントルイスの新聞をやった。それからニューヨークの日刊新聞『世界』をやった。……売高を二十五万程にした。又つまり社主の嫉妬を受けた。……彼はまた『アドヴァタイザー』をやり出したが自分で飽きて来て、それを売って漫遊に出た。終りに『ヘラルド』のベネットが、一ケ年二万円で、日本へ派遣したと聞いている。

今日、ここでこの人に遇って昔話をした。余程穏やかな面白い人になって、また余程優しくもなったようだ。少し胡麻(ごま)塩になっている。私の言ったところでもこの人の非凡な事が分る。他人のために順々に巨万の富を作ってやって、自分が何もしない人などはなかなかあるものではない。この人は文学者でも博覧な人でも学者でもない。しかし非常に優れた常識と博い経験をもっている。それからマーク・トウェーン風に大分奇人(ヒュモリスト)である。

ヘルンがこの新聞に関係するようになってから間もなく、シンシナティで有名な「製革所(タンヤード)の人殺し」(ハーマン・シリングなる者、その仲間に殺された事件)として長く知られている事件が起こった。ヘルンが有名になった起りはそもそもこの事件から始まっている。入社後、間もない事であった。他の記者がことごとく出払った後であったので、急ぎの場合新参のヘルンをやってみたが、その記事は読者の大歓迎を受けて意外の成功をもたらしたと言われている。（グールドの説によればこの事件のあったのは一八七四年の一、二月頃で、新聞に現れたのは同じ年の十一月であったと言う。それにしてはその間の経過は余りに長い。屍体が永く隠されていたと見える）

　この事あって後、ヘルンは探訪、三面記事に最も重きをなすに至った。ヘルンは又その職務に対しては最も大胆機敏で、危険や困難を顧みなかった。ヘルンのこの「人殺し」の記事は、当時この種類の記事を歓迎したシンシナティ人の趣味を思うべき程ただ精細にその惨状を写したものに過ぎない、これを讃してポーの凄惨以上であると言うのも、又これを貶（けな）してヘルンの芸術的良心を云々するのも、いずれもその当を得ない。

　又つぎに命ぜられて、シンシナティのセント・ピーター寺院の塔上にある十字架に上ってその都市の鳥瞰図を記して満都を驚かした事もあった。しかしこの時ヘルンは宙乗りのような危険を冒してよじ上った事は上ったが、自分では強度の近視の肉眼を使用する考えはなかったので、眼鏡をさえ携えないで上ったのであった。そして記した事はただ想像によったのであったが、その記事の精細なる事驚くべきであった。

　この年（一八七四年）六月二十一日、出資者を得て Ye Giglampz（イー・ジグランプス）と名づける絵入日曜新聞を画家の Farney（ファーニー）と二人で発行して、八号〔正しくは九号〕まで続いた。[*5] 第一号の大きさは十四インチ半に十インチ四分の三、第二号からは十六インチに十インチ四分の一であった。八ページの内、第一、第三、第四、第八のページはファーニーの絵で、残りは読物であった。読出しには、表紙の標題と少し異なって、つぎのように書いてあった。

"The Giglampz"
Published Daily, except Week-Days
Terms. $ 2. 50 Per annum
Address, "Giglampz Publishing Co." 150 West Fourth St.

この編集人がヘルンである事は何人にも知れていた。表紙にA Prospect of Herr Kladderadatsch. Introducyng[e] Mr. Giglampz to ye Publyck[e] としてクラッデラダッチ君が大きな片眼鏡をかけたジグランプスを大喝采のうちに公衆に紹介している絵がある。ジグランプスとは大きな眼鏡という意味である。

この雑誌の十二欄のうちヘルンは第一号に八欄、二号に七欄、三号に六欄、四号に三欄、五号に四欄、六号に二欄、七、八号は共に一欄だけ筆を執っている。この雑誌は当時の時事問題やその他を捉えて、絵と文章とで面白い風刺を作るなど、専ら滑稽の方へ力を用いて『ポンチ』〔イギリスの風刺マンガ雑誌〕その他を圧倒するつもりだ、と宣言していたが、元来ヘルンはその方面は不得意であったから、やはり悲哀な物の方が勝っている。例のビーチャーの姦通事件の喧しい時であったのでビーチャーの胸に（A）字をつけて、公衆の

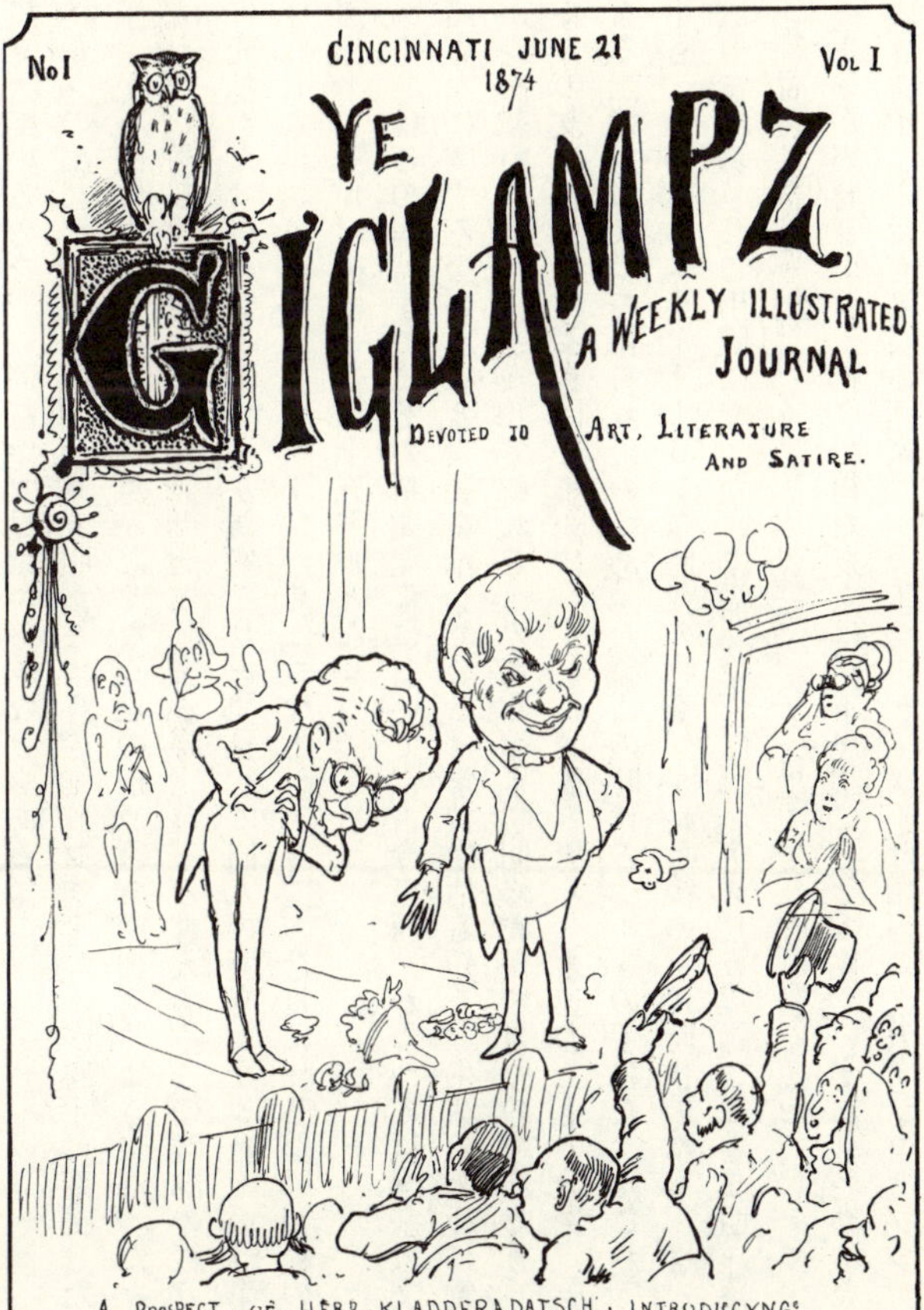

A PROSPECT · OF · HERR · KLADDERADATSCH · INTRODUCYNG^{e}.
MR GIGLAMPZ. TU Y^{e} PUBLYCK^{e}.

前に立っているのを、一同騒いで見ている絵などもある。

ヘルンの出した記事の題が余り大胆だと言うので、ファーニーが勝手に変更したのを、ヘルンが不快に思って、次第に書かなくなったのが原因で廃刊するようになったとワトキンは述べている。ヘルンがシンシナティを去る時、自らの書入あるこの雑誌の綴りを古本屋に売払った。後、ファーニーが偶然それを発見して同人の所有となったという事である。

一八七六年『インクワイアラー』から『コマーシャル』の社員に転じた。初めの俸給は一週二十二ドル、後に一週二十五ドルとなった。

ヘルンはこの当時すでにその新聞記事において、古今東西にわたって哲学宗教文学科学の諸方面に関する深い趣味と素養を示している。学校生活も短く、生活のために働く日の多かった若いヘルンにどうしてこれだけの驚くべき学問修養ができたのであろう。これはヘルンの友人の説明によれば、第一にヘルンの読書の驚くべき速力とその分量、第二に絶大なる記憶力によって得られたのであった。この時代のヘルンの手になったこれ等の新聞記事も、その後のニューオーリンズ時代の物も、ずっと後の神戸時代の物も、ヘルンの没後次第に編纂されて出版になった。『東西文学評論』『アメリカ雑録』二巻『西洋落穂』二巻『社説』〔論説集〕『神戸クロニクル社説』などはすなわちそれである。

ヘルンが当時シンシナティで得た友人は、不思議にもその後、いずれも名高くなっている。ファーニーは有名なる画家。ジョージ・ケーブルは相当の文人。ジョセフ・テュニソンは古文学の大家。クレイビールは音楽批評の大家として著述すこぶる多く、世界に名を馳せている。老友ワトキン、およびこれ等の人々と交際し談論する事、および僅少なる収入から衣食を節して書物を購う事はシンシナティ時代におけるヘルンの楽しみであった。書物は珍しい物、変った物、東洋の物、大陸の物をあさって読んだ。ゴウティエの怪談に興味を感じて、訳し始めたのはこの頃であった。テュニソンはつぎのように書いている。

新聞記者の奴隷的生活も、彼の進歩向上の念を撲滅する事はできなかった。毎日警察事故の探訪、あの模倣のできない文体で数欄を書く事など終って、毎朝二時三時から暁に至るまで孤燈の下に書物と原稿用紙に大切な目をすれすれにして、ゴウティエを翻訳していた。

かくて訳されたのは、『クレオパトラの一夜』『クラリモンド』『アリヤ・マーセラ』〔アッリア・マルチェッラ〕『ミイラの足』『オムファル』『カンダレウス王』等の怪談となってその後、出版された。ヘルンが大陸の新しい作家を英米の文壇に紹介した功労は認めねばならない。ゴウティエ、アナトール・フランス、ピエール・ロチ、いずれも初めて紹介したのはヘルンであった。ゴウティエの出版の遅れたのは原作者ゴウティエも訳者ヘルンも二人ともまだアメリカでは認められなかったので引受ける書肆がなかったため、その後六年遅れて、ニューオーリンズ時代にニューヨークから出たのであった。『支那怪談』であれ『黒人の諺』〔ゴンボ・ゼーブ〕であれ、各種の翻訳であれ、西印度の諸物語であれ、晩年の日本に関する諸篇であれ、いずれも変った文学、変った世界、変った人生を示そうとするヘルンの努力であった。

『シンシナティ・コマーシャル』社に勤めた事二年ばかりで、ニューオーリンズに移る事になった。この頃のヘルンは警察署へ出頭したり、事件によっては現場に駆けつけたりして毎日数欄の記事を書いていた。しかしこれはヘルンは不得手であった。殊に訪問記事を書く事はヘルンには苦手であった。社長からある人を訪問する事を依頼されて出かけたが、四時間の後帰って来てどうしても面会ができなかったと報告した。あとでヘルンはその人の家の前を四時間もあちこち歩いたが、ベルを押して案内を請うだけの勇気が出なかった事が分った。社長は戯れて「ヘルンに訪問記を作って貰うためにはその人がヘルンを迎えに来て招待しない以上、ヘルンは空手で帰るだろう」と言った。こんな風にして一日十四時間も働いてただ煽動的(センセーショナル)方面の新聞事業に従事する事に飽きはてて、何となしに南方を慕っていたのであった。

グールドは「ヘルンはこの時黒白雑種の婦人某と結婚しようとして正式の許可を得ようとした事から、『インクワィアラー』社を退けられたのであった。(この当時、黒人の血は四分の一あっても、公然の結婚は許されなかった、しかし、この法律は間もなく廃せられた。）それから『コマーシャル』はヘルンを迎えた。しかしこの結婚は行われなかった」と言っている。ケナード夫人もその書中にヘルンが下宿せる家にアリシア・フォリーという雑種の女がいて冬の寒い夜半に凍えて帰る時、雨のふる夜半にびしょぬれになって帰る時、ヘルンのために火を作り食事を暖めて迎えてくれた。重き病に臥した時ヘルンを看護した。女から親切を受けた経験の乏しいヘルンはこの親切にほだされて、彼女と結婚する事は再生の恩人に対する義務であり、また迫害されたる種族に対する同情を示す所以（ゆえん）であると考えた。そこでヘルンはクレイビールやテュニソンの諫言にも耳をかさないで彼女に求婚した。同時に彼女は忽（たちま）ち増長して厚かましくなり気取屋になった。驚いたヘルンはシンシナティを逃げ出すに至ったと言っている。マクドナルドに随えばいずれもヘルン伝説の一つに過ぎないとの事である。もっともこの話はたとえ事実としてもヘルンに何の疚（やま）しいところもない。かえって人種的国民的偏見の全くないヘルンの、弱者に対する義侠心を発揮している。けだしこのオハイオ州は南部ではないが黒人に対する反感は想像以上に盛んである。後年日本旧文化を讃嘆した時と同じく異人種異文明に対して同情し、黒人の生涯において愛すべき点を発見するとともに、白人の文化を非難罵倒するが如き態度に出たとすれば、シンシナティにおいて意外の敵を作って、かかる伝説も、数多くできたと信ずる事ができる。

日本に渡来して後、出雲の中学生の一人落合貞三郎（ていざぶろう）がキリスト教を信じたため、同級生から迫害らしい事を受けた時、これを慰めた手紙に左の一節がある。

……これで一段落着いたが、恐らく君は長い間、君に対して絶交していた友人に対して時々怒りたくなるだろう。彼等、あるいは彼等のうちのある人々に対して怒るのは至当だが、しかし、心の中ででも怒らないようにせねばならない。実は君を絶交したのは、君の同級生ではない。ただそう思われたのである。君に反抗した本当の感情は国民的感情である。これは国家を嫉妬的に愛する感情で誰でも生れながらにもっている。君は知らないで、暫くその感情を君に背かせたのである。それ故長らく君を疎外したと言っても、今後昔のように友人を愛せられたい。私がまだ二十代の青年の時分に、君のような経験をした事がある。私のいたところで、ひどく憎まれていた人種の味方をしてやろうと私は決心した。私は憎む方が道徳的に悪いと考えた。そこで私は大胆に彼等の弁護をし味方をした。そこで、すべての人々は私に口を利かなくなった。私はそのためにその人々を憎んだ。しかし私は当時余り若くて分らなかった。すなわち私の論じた問題よりは、遥かに大きい外の道徳的問題があったのである。実際それがすべての紛争を惹起したのであった。人々は充分にそれを述べる事を知らなかったので、ただそれを何となしに感じたのである。幾年か経て、私は全く間違っていて迷っていた事を発見した。私は知らないで大きな国民的社会的原理に反対していたのであった。そして私の最良の友まで、が私に対して怒ってくれなかったら、私は充分にこの道理をさとる事ができなかったろうと思う。すなわち世の中には説明ができないが、経験で初めて分るような事が、沢山ある。……

ワトキンは、シンシナティの記者は、ヘルンの技倆(ぎりょう)を嫉視したのと、ヘルンの人好きがしないのとで、疎外するようになったと述べている。晩年に至るまでやかましかった句読のことを、この時分からやかましく言って「オールド・セミコロン」という仇名(あだな)を頂戴した事実もある。

かくて、どこかへ移りたいと思っていた時、急に決心した事情をテュニソンはつぎのように述べている。

ヘルンの文章ますます進むに随い、シンシナティにおける地位に対し不安の念を生じて来た。肉体精神、共に南方の空気や景色を渇望していた。シンシナティで非常に不快な夜に、いつもの通り夜業をしたある翌朝の事、雑談の折り記者仲間のうちに、メキシコ湾に臨んだ州の景色を述べた者があった。南北戦争前、綿で大財産を作った人の邸宅に関する話であった。白い円柱、国道に通じている入口の並木、後庭の方に延長している白壁の奴隷部屋、立派な馬車道、蔦(つた)の絡まっている檜(ひのき)、樫(かし)、泰山木の花の香、朝早くさえずる「モノマネ鳥」の歌など、……ヘルンはその時何とも言わなかったが、非常に興味を以てこの話の一言一句をも聴いていた事がその顔色で分った。あたかも、そこの景色や何かが目に見え、耳に聞え、鼻で嗅げるようであった。間もなく、シンシナティを去ってニューオーリンズに向う時、ヘルンは言った、「私は新聞に対する真面目さを失った。どうしても変化が必要だ。ここでは勉強ができないとか、友人がないとかいう事でなくて、気候の悪いのが一番困る。ここの湿気と、寒暑の差異の激しいのは縮み上るようだ。早晩行くつもりであったが、光や、樹木や、鳥の歌や、花の香や、そのほか景色の話の面白さに、私は急に決心したのであった。南方へ行けば身体にもよかろうと思われる。必ず働けると信ずる」

かくて、ヘルンは繁忙な新聞記者生活に飽いたのと、気候その他の事情でその土地に飽いたのと、外に遊思勃然として湧いたのでシンシナティを去って二たび放浪生活に入るに至ったのであった。

一八七七年十月、約四十ドルの旅費を準備し、老友ワトキン、『コマーシャル』の記者ミュラ・ホルステッド、およびエドワード・ヘンダソンに見送られて、シンシナティのマイアミ駅を出て、鉄道でテネシー州 Memphis まで行き、汽船を待合せて一週間滞在の後、

「トンプソン・ディーン号」〔綿花運搬船〕に投じてミシシッピ河を下り、ニューオーリンズに到着した。

ヘルンがかつてつぎの話をした事がある。この途中メンフィスあたりの出来事であろう、ただテネシー州とばかりである。

根本的正邪に関する議論中の事であった。ヘルンの一友人は道徳の議論は、境遇により場所によって違うから、一概に悪い正しいと言える行為はないと言い出した。ヘルンは例の思い沈んだ風で、よく考えてから言った。

「どんな境遇でも、どうあっても、悪い事がただ一つある」

「それは」

「自分の快楽のために弱い者いじめをする事だ」

と答えて、それからその例として続いて言った。

「昔、テネシー州のある往来を歩いていた時の事であった。何故だか知らないが、ひどく癇癪を起こして気ちがいのようになっている人に遇った。丁度一匹の小猫がその途を横ぎって、その人の足もとへ来てまつわった。この男は、この小猫を捕えて、目をたたき潰してしまったから、これで怒りが安まったと言うように心地よげに笑って、なげすてた。私はそれを止める事ができる程、近くにいなかったが、ポケットにピストルを持っていたの

で（その頃はいつも持っていた）この男を目がけて発射した。御存じの通りの近眼だから
あたらなかった」

暫くして附け加えて言った。

「あたらなかったのは、これまで一生残念に思っている事の一つだ」

五　ニューオーリンズ

ニューオーリンズに到着したのは、一八七七年十一月十二日であった。ニューオーリンズ時代のヘルンの動静、勉強、修養、一切の事はシンシナティ時代の友人クレイビールに送った六十通に近い手紙、および老友ワトキンに送った数多の手紙によって知る事ができる。

メキシコ湾に注ぐミシシッピの河口に近い大都会、ルイジアナ州の最大の市ニューオーリンズはシンシナティとほとんど同じ程の都会であった。綿と砂糖の集散地、あらゆる人種の都会、フランスからアメリカへ売り渡されたがまだフランス人フランス語それからスペイン人スペイン語の勢力の残っている都会であった。それから無花果（いちじく）の甘きところであった。ヘルンの到着した頃のニューオーリンズは南北戦争の影響を受けて幾分疲弊していた。

ヘルンが着いたところはバロン町八一三メアリー・バステロスという下宿屋であった。間もなく旧市街に移った。その頃熱病が大流行して七千の住民を殺した。翌一八七八年の夏、ヘルンもそのやや軽い一種 dengue（デング）にかかって一週間臥床した。僅かに一週間で痩せ衰えて体重九十ポンド（四十一キロ弱）以下になった。（全集第九巻一八）その翌年、また一回これにかかった。小説『チタ』の結末にこの経験を利用している。

　ニューオーリンズに来てから翌年四月までは『シンシナティ・コマーシャル』へOzias Midwinter（オーザイアス・ミッドウィンター）という名で通信していた。ウィルキー・コリンズの小説『アーマデール』中の人物、背の低い、痩せた、人好きのしない、臆病な「初対面で人にいつでも悪く思われる、後になってもそれを直す事ができない」と自覚している人物、又コリンズが「何をやっても早晩（誰のせいでもない、ただ全く自分が悪いために）失敗するにきまっていた。頼みになる友人は一人もなかった。親類の事などは初めから口にも出さなかった。こちらの方ではそんなものは皆死んで一人もいないと思っているし、向うの方ではあれはもう死んだろうとたかをくくっていた」と書いた人物、その人物にヘルン自ら似ていると思ってその名を取ったのであった。

　これ等の通信の大要はヘンリー・ワトキンの『鳥の手紙』の巻末に収めてある。第一の通信は、一八七七年十一月六日、メンフィスから送って「十月二十九日ここで逝去した南軍のフォレスト将軍の葬式を目撃」した事を報じた物から始まっている。つぎに同じく、『メンフィスの印象記』、それから次第に『熱帯国の門において』『黒人問題について』『ニューオーリンズの寺院訪問記』、昔からヘルンの好物であった『ニューオーリンズの怪談』『クレオール（土着のフランスの人の子孫の事）について』『雨期のニューオーリンズについて』、黒人から出たという『クレオールの恋歌』の翻訳、又ヘルンの昔から愛好した『墓地めぐり』などがあった。このうちに「私は英国の北部でも、ウェールズでも、墓地を逍遥して古い三百年前の死人の名を苔むす墓石の上で読んだ」とある。（全集第十二巻二九〇）日本の婦人の名を分類したようにニューオーリンズの町名を研究して歴史的考古的資料を供した物もある。

こんなのんきな文学的な通信は、一般読者には向かなかったと見え、最後に一八七八年三月二十四日、時事問題に関する通信一つあって、ヘルンの通信は『シンシナティ・コマーシャル』に絶えている。

ここで職業を得るまでに、再びシンシナティの初めのような困窮を嘗めた事はワトキンに送った手紙にも著しい。シンシナティで集めた書籍は全部ワトキンに託して置いたが、フランスの書物だけを残してあとはことごとく売り払って送金するように頼んだのもある。書物も売り、衣服も売って、二日に一度五セントの食事をした事もあった。日本へ来てからの手紙のうちに「私は昔の事ども――不快な事どもを夢のように思い出す。アメリカの市中に、独りでいて、ポケットに十セントしかない。手紙を出すのに三セントかかる。残り七セントが一日の食費である。アメリカの市中で職業のないのは如何に恐ろしいかは、私によくよく分る、……私に覚えがあるからである」とあるのはこの頃の事である。

ヘルンが職業を求めようとして『デモクラット』社へ行った時の話がある。編集人のジョージ・デュプレーが面会して見ると、みすぼらしい身なりの小男が机の上に一篇の原稿を出して「これをいくらで買ってくれるか」と尋ねた。デュプレーはその原稿をざっと見て文学的価値のある事に驚いて十ドル出した。その人は金を取って帰った。デュプレーはそれを丁寧に読みかえして、組版のところへ送る前に僅か二、三の字句を変えた。翌日早朝デュプレーの部屋へとび込んだのは前日の同じ男であった。「こんなきたない金は要らないから返す。何故我輩の文章に余計な添削をしたか」とどなりながら紙幣をなげつけた。デュプレーが言訳をしようとしたが、もうその人はいなかった。

ヘルンはこの浪人時代にここの教育局長のジョン・ディミトリを知るようになった。この人から『ニューオーリンズ・レパブリカン』の編集人であるウィリアム・ロビンソンに紹介された。さらにこの人の世話によってニューオーリンズに来てから七ケ月にして、一八七七年六月十一日創刊の『デイリー・アイテム』という小新聞の編集所に入って社説も書き、随筆も書き、翻訳もした。入社したのは一八七八年六月十五日頃であった。主筆はマーク・ビグニーという六尺以上の巨人であったが、女のようにやさしい親切な丁寧な人であった。相当な詩人ですでに詩集も出していた。ヘルンが受けた俸給はシンシナティ時代より遥かに少なく、初めは一週十ドルに過ぎなかったが、ここの物価が非常に安く、容易に俸給の半を節する事ができたから、これまでの負債も次第に払う事ができた。（全集第十二巻一八四）それからヘルンにとって有難い事は、勤務時間の少ない事であった。十時に出勤して一時に帰る事ができた。シンシナティ時代の十四時間に比べると一日僅かに三時間で済んだ。

クレイビールに与えて当時の日常生活を述べた物がある。

私の記者生活の事を申し上げる。北方とは大分違っている。私はついにこのフランス区の奇妙な中心に入る事を得たので、終日変な方言を聞いている。朝早く食堂へ行って、無花果、黒珈琲、クリーム、チーズ、玉蜀黍製の菓子、玉子などの随分実のある朝飯をやる。これでやっと二十五セント。それから社に行く。二人の記者と文学の事、電報を土台にして欧州の事、その外の事を話す、これが一時間。それから地方の新聞（半分はフランス語、半分は英語で発行）がルイジアナ州の方々の田舎から集まって来る。その野蛮な新聞から、ハサミと糊壺とを取って、収穫に関する一欄の記事を切り抜いて作る、これで三十分。それからニューヨークの日刊新聞が来る、それを読んでまた記事を作る、それで仕事が終る。長い天気のよい午後は自由に遊び歩ける。野心も希望もなければ、こんな愉快な生活はない。遊泳も好都合にやれる。……（全集第九巻二一八）

ヘルンがこの『アイテム』のために働くようになってから、この新聞の調子は著しく変ってきた。これまでただ地方的記事しかなかった紙面にほとんど全世界の記事、各方面にわたった多種多様の記事が現れるようになった。ヘルンがシンシナティで翻訳したゴウテイエの翻訳集『クレオパトラの一夜その他』のうちの『ミイラの足』を初めて発表したのはこの新聞であった。

　しかしヘルンが入社してから二年ばかりの後一八七九年の頃、それ程努力して来たこの新聞がやはり経済的に困難している事を聞いたヘルンは、その主筆マーク・ビグニーに向って自分が新聞記事の外に漫画を描いて見たいと申込んだ。この申込みはただちに容れられた。そこでヘルンは日曜の午後など材料をさがしながら散歩した。ヘルンは父および叔父から絵画の才能を遺伝したのであった。木版になってそこに説明の文句の加えてあるこの漫画は意外の好評を得て、新聞の売高は激増した。この漫画の数は一八七九年から一八八〇年の二年にわたって百七十五ばかりあった。[*6] ヘルンの日常の見聞であると同時に、今日と全く違ったその頃のニューオーリンズの生きた歴史として比類のない物であった。ヘルンの俸給が二倍になって一週二十ドルとなったのはそのためであった。

　この漫画が百七十五で終った理由は、あるいはヘルンの方で飽きて来た事によるだろうが、さらに大きな原因は木版工ゼネックの突然の死のためであったろうといわれている。この人が『マスコット』という小新聞の主筆を訪問中、その主筆に怨みを抱いた男が突然闖入（ちんにゅう）して発砲した。暴行者は逃げて流丸にあたったのはこのゼネックであった。

　この当時のニューオーリンズはいまだすこぶる野蛮であった。決闘は普通に、殊に新聞の方面では盛んに行われた。しかし不正不正直を攻撃する事を少しも恐れなかったヘルンが決闘などを挑まれた事が一度もなかったのは、一つは、彼の如く盲目に近い者に決闘を申込むのは卑怯であると思われた事がヘルンにとって幸をなしたのであった。また一つははにかみのために、特別の人々を除いては同僚をもほとんど知らない程交際をしなかった事が彼に幸したのであったと言われている。

とにかくシンシナティ時代と比べると勉強の時間を多く得られるようになったので、その点で満足していた様子はクレイビールへのつぎの手紙で分る。

結局シンシナティのはげしい新聞記者生活を止めたのは僥倖でした。これで漸く、こんな事でもなければ、とても得られない独学自修の暇が得られます。私は金も欲しいが、勉強のためには何か犠牲にしなければなりません。勉強しながら生活して行かれるうちは不平は言えません。

私がここにいるうちは、境遇か職業の変るまでは、何か著作をしようという考えは当分中止です。しかしこの美わしい伝説の多い土地（香や夢の多いこの土地）で集めた材料はいつかは、どこか外で、何か物にしてみたい。

こんな美麗な物に取り巻かれているうちは、そして温室の空気のような重い眠い空気のうちでは、その美麗な物について書く事ができない。他日、寒い淋しい土地に行って、この美わしい棕櫚や、苔の衣をきた並木、夏の風で波の立つ砂糖黍の畠、この神々しい大空（柔かい、緑の地平線のある、無窮のように深い広い、雲のない）を思い慕う時初めて書けるようになりましょう。

南方に文学の出ないのは不思議ではない。現在は余り美しいので想像が活動しなくなります。詩歌小説は物足りない要求や、不安の念が作り出すのです。想像の働いて、詩歌の生れる土地は、霧や霞や、空に奇々怪々の形の雲の往来する陰鬱な北方です。……

（全集第九巻五三）

シンシナティの生活と比べて、別天地のこのニューオーリンズ生活でも、野心もあり空想も多いヘルンにはこの上もない物ではなかった。新聞記者生活も長くは続けたくなかった。眼はこの頃ますます悪くなった。必要の時を除いて眼鏡を始終用うる事を廃したのはこの時代の事であった。眼鏡を用うれば、眼に絶えず緊張を強いる事になるのと、今一つはこの頃角膜が凸出して眼鏡と触れるようになったからであった。ボヘミア的放浪熱も間もなく起った。キューバに行きたい、南米にも、東洋にも、行きたい。「寒くなれば日向に出て、暑ければ日陰に入ればよい」と言うメキシコに行ってみたい。（全集第十二巻二〇五）それにつけても相当の資力を要する事に思いついて、ヘルンはここで多少の貯蓄を投じて商売を始める気になった。

クレイビールへの手紙の一節に、

眼は疲れ切っている。早晩新聞記者も止めねばなるまい。何か商売でもやって見ようかと思う。「どこへ行こうか」「何をしようか」という疑問がまぼろしのように現れて来る。時々欧州の事を考え、フロリダの事、フランスの事、あるいは広いロンドンの事を考える。(冥途の旅は厭だが)いつかどこかへ行かねばならない。——波止場へ行く毎に白い帆を張った船をつくづくと見る。ああ汝、交易の神、限りなき海の霊なる船よ、何処へ私を導き、如何なる運命を与え、如何なる希望もしくは絶望を与えんとするか。……(全集第九巻三七)

この頃からヘルンは、家庭教師を聘してスペイン語を勉強した。英仏の外に、スペイン語を知っていれば、自分の好むどこへでも行かれると言うのであった。

ヘルンはここへ到着した当時住んでいたアメリカ区域のバロン町を間もなく離れて旧市街に移った。旧式な不衛生な市街であったが、ヘルンを喜ばせる古い物が多かったのとそのうえ部屋代が安かったからであった。セント・ルイス街に一週三ドルで間借りをした。そこの地下室には女の占師がいて昼も部屋を暗くしてあった。その部屋の一隅に髑髏を二つ置いて二つの燈明をつけてあった。それから暫くしてバーボン町五一六に移った。横の庭には芭蕉とオリーヴの藪があった。向いは古いフランスのオペラ館であった。『アイテム』社へ勤めるようになってから、さらにこの旧市街のスペイン区に近きフランス区の北端の特別に安直な部屋に移って、その時二十ドルに増給した俸給の四分の三を節約する事ができた。それはヘルンに一つの計画があったからであった。老友ワトキンへもヘルンは金を儲けて独立したい事をくりかえし述べている。

クレイビールへの手紙の一節にも彼は述べた。

　私はただ人に使われる事を止め、新聞記者生活の羈絆（きはん）を脱したい、とばかり考えている。私はフランス区の北の端で間借りをして、台所道具を一と通り買って自炊して、一週二十ドルの俸給のうち、費用を二ドルにつめて（勿論間代は別）それで暮らしている。そして料理もかなり覚え、貯蓄もできた。来週小さい商売を始めるつもりです。相手の人は北方のよい人です。来春までには南アメリカへ行ける程の金を残すつもり。その頃までにスペイン語を充分覚えて暫く変った地方でジプシー生活を送りたいと思う。いろいろ面白くない目にも遇うだろうが、身体さえ健康なら、失敗する事もなかろう。新生活に入って、目もよくし懐都合もよくし、変った冒険や、種々の珍しい考古学的研究などで、大に想像を豊富にしたいと思います。……（全集第九巻五九）

かくて俸給のうち、一週二ドルで自炊生活をなし、残りを貯蓄して百ドル程の資本ができた時、ある人と共同で一八七九年三月の某日一品五セントの食堂を開業した。その開業の引札をワトキンへも一枚送って来た。黄色な紙に、つぎの文句を印刷した物であった。店の名は「不景気（ハード・タイムズ）」と言うのであった。

『五セント料理店（ドライアディーズ町一六〇番地）
南部第一の大勉強の料理店、綺麗、小ざっぱり、体裁のよい事では、ニューオーリンズのどこの店にもまけない。白銅二つで充分の御馳走がある。何でも一品五セント、パンつき上等珈琲一杯僅かに五セント、何でも市価の半額』

クレイビールとワトキンへの手紙に、それぞれ支那人夫婦の開いている料理店へいつも行く話がある。そこで定食四皿に珈琲と菓子つきで、二十五セント。その上特別に取れば一品何でも五セント、この上もなく綺麗で小ざっぱりしている。料理は上等である。この夫婦は広告も何もしないで、繁昌している。開業以来七年になっているが、一かどの財産を作ったそうだという事を記している。（全集第九巻六六―六七）ヘルンの商売もこれに習ったのであった。

この「不景気」の開店は一八七九年三月二日、営業はその月の二十二日まで続いた。毎日ヘルンの筆になった広告が『アイテム』に出た。しかし元来ヘルンは商才がなく、仲間には責任感も道徳感もなかった。彼の有金を奪って料理人と一緒に負債を残して逃げた。晩年、家族に対して私のような馬鹿正直な者は商売などはとても駄目、一度で懲りたと言ったのはこの事である。

その後、また同じ動機から泡沫的建物会社のような物に出資して失敗した事もあった。それでますます懲りてその種の投資を再びしなくなった。日本に渡って後マクドナルドに利益ある投資を勧められても応じないで、「日本銀行」に長く無利子の預金をした事もあった。

しかしまたサンフランシスコか、フロリダのセント・オーガスティンのような都会で、古本屋を開けば成功するだろうと時々考えた事もあった。古本屋の思いつきはヘルンの愛書癖から起ったのであった。ヘルンがニューオーリンズ滞在中如何に忙しい時でも、訪問する事を忘れなかったところが四箇所あった。いずれも古本屋であった。第一はロイヤル町のフーリエであった。主人はその土地生れのフランス人であった。第二は同じ町のジュリアンの店であった。主人はサント・ドミンゴ生れのフランス人で、子供の時分にそこで黒人が乱を起こした時両親に連れられてニューオーリンズに逃げて来たのであった。この主人から西印度の思い出をよく聴いたので、後にそこへ行く考えになったのであった。第三はエクスチェンジ町のミユルというドイツ人の店であった。ここでヘルンは初めてボードレールのポーの仏訳を発見した。第四はキャナル町一九六、アルマンド・ホーキンスというロンドン生れの英人の古本と骨董の店であったが、ヘルンはいつも最も長くこの店に遊んだと言われている。ヘルンが暇と金さえあれば集めた書物はヘルンの趣味の通り珍しい物、変った物ばかりであった。冊数も千に近く、ヘルン自らの説によれば二千ドルの価値があった。ヘルンの好みに丁寧に製本した物も多かった。

ヘルンの書籍に対する趣味と同じく、人物に対しても非常にはにかみであったにもかかわらず珍しい変った経歴をもった人なら進んで交際を求めた事はのちの日本時代と変らなかった。インスピレーションは読書からばかり来ないからであった。そのうちにはマリー・ラヴオという黒人の女理髪師もいた、その後集めた黒人の諺などもこんな人から材料を得たに相違ない。支那人の医者もあった、印度人もあった、ドクトル・ジョンというアメリカ生れの黒人もあった。さらに驚くべきはローマ旧教の僧アドリアン・ルーケットと交際した事であった。但しこれはルーケット師がヘルンの仏文学に同情と理解を有する事を知って進んで交際を求め、ヘルンはルーケット師がアメリカ・インディアンに関する一大権威であるためにこれに応じたのであった。

一八七九年六月二十七日のワトキンへの手紙に、後に永住するに至った日本の事を初めて書いている。

……日本に関して、いろいろ考えている。……立派な田野……英国のような気候……あるいはもっと温暖かも知れない……欧州人が沢山……英米仏の新聞。……

……ニューオーリンズは泥棒の巣窟である。泥棒、悪漢、相談ずくの誉め合い、……政治上の詐欺、文学上の詐欺、……山師、スペイン人、ギリシャ人、英人、コルシカ人、フランス人、ヴェネズエラ人、パリの奸商、シシリーの人殺し、アイルランドの悪者ばかり……日本はその半分も悪い事はあるまい。(全集第十二巻一九九)

その後、一八八二年七月七日、同じくワトキンへの手紙につぎの一節がある。

ニューオーリンズは、私がこれまでいたうちでは一番、人間の利己主義研究に最上の学校である。仏教に随えば、洞窟で声の反響するように、象の歩く時に足痕の残るように、来世は現世の写しになるものだそうだが、この釈迦の教え通りになるものなら、ニユーオーリンズの人は全部、来世は野獣になって生れるだろうと思えば大分慰められるのである。……(全集第十二巻二〇五)

これらの非難にはヘルンの食堂失敗、泡沫的会社投資失敗等の一時の腹立ち紛れも多少加わっているものと見える。その実ニューオーリンズは、ここでヘルンが終世の友人を幾人か得たところ、思い出の多いところであった。

一八七九年十一月二十四日のワトキンへの手紙にこの時代の日常生活を記している。

朝は日の出と共に起きて珈琲を一杯飲みパンを一きれ食べる。それから社へ出て『アイテム』紙のために工夫をこらす。それから家に帰る。家の窓には草や蔓がはいまつわっているのと蚊が雲霞（うんか）の如くに多いので薄暗い。そこへスペイン語の先生が来る。それから例の支那人の料理店に行く。それから古本屋廻りを二時間やる。それから寝る。真夜中に起きて煙草をふかす。（全集第十二巻二〇一）

この日常生活はその後少し変った。ヘルンがニューオーリンズに落ちついてから、いつもそこのロマンスと異国情趣を好んで旧市街に住んでいた。そこに流行していた病気にも二度かかったが、幾度か家を変えながらこの旧市街を離れる事はなかった。しかしこの頃になってこの不潔な不衛生な旧市街に飽きて来た。それからこの思い出の多い古い町を離れて、平凡なれども実際的なアメリカ市街に移る事になったのは一八八一年であった。初めに間借りをしたのはコンスタンス町三九であった。そこから当時のガスケ町その後改称したクリーヴランド町六八にあるアイルランド生れのコートニー夫人の家に三度とも食事に通った。[*7]それから七年、ニューオーリンズを去るまで変らなかった。この家の人々はコートニー夫婦とその当時十二歳の娘のエラと三人であった。コートニー夫人は親切な人であった。このニューオーリンズで最も名高い記者の一人である点でヘルンを尊敬すると同時に、同じアイルランド人で七歳の時から孤児同様の境遇に置かれたヘルンに同情して心から世話をした。ヘルンはこの人々によって初めて家庭にあるような温かさを感じた。毎晩食後エラにお伽噺をした。エラのために絵入りのアラビアの話を四十三ページ書いた。エラに立派な絵本を買ってくれた。一八八四年の夏グランド島に遊んだ時も、一八八五年にフロリダに旅行した時も、この人々に通信する事を忘れなかった。ニューオーリンズを去ってのち西印度からもニューヨークからもフィラデルフィアからも通信を忘れなかった。最後に日本から結婚の事、長男誕生の事も知らせて来たが、その頃はコートニー夫人の方で気苦労や元気の衰えのために返事を出さなくなって、この文通は絶えた。この通信の例としてヘルンがその後遊んだグランド島からのものを二つ訳してみる。

一八八四年八月二十八日、グランド島にて

コートニー様

ペンとインキは余り便利でないから、今度は鉛筆で申し上げます。私は自分だけに都合のよいように静かに面白く暮らしています。毎日三回泳ぎます、水に入ると別人になるような気がします。空気はダイヤモンドのようにすき透っています。グランド島はどんなところかと説明するには、綺麗な砂の渚のある低い草地の島を想像して下さいと言わねばならない。ホテルという程のホテルはありません。ここは米国生れのフランス人の植民地で、小さい白い家は奴隷の住居であったのです。今では改造されて居心地のよい部屋になっています。食堂は甚だ大きな一階の建物で、昔は何か砂糖の建物であったかも知れません、それから小さい小屋が一つの町ほど列んでいます。私の部屋は小さくて落ちついています、それから誰でも戸も窓も終日開け放って置きます。誰もこれまで物を盗まれた者はありません。無数の鳥と樹木。虫もいます、それから蜂はどこの隅にでも巣を造ります、――私の洗面台の頂上の下にも二つ巣があります。料理は――（私はあなたが料理の事を聞きたいだろうと思います）――甚だ結構です。ここでは葡萄酒は不要です、海の風は葡萄酒同様です。私は食欲が盛んで、皮膚は全く日にやけています。エラさんと御主人へ宜しく。

あなたに対して甚だ親切なる
ラフカディオ・ヘルン

コートニー様

（前略）

あなたのよいビフテキ、よい羊肉、よい料理を想い出してなつかしくなります。ここには肉はほとんどありません、——玉子は全くありません。ただ牡蠣とクローカー（魚）と、赤魚とシープヘッド（魚）と蟹とあるだけ。私は魚になって鱗ができそうです。しかし牛乳とビスケットとバターは沢山あります。バターは極上等ではありません、それから牛は余り野生のカモミール（菊科植物）を食べるので、乳は少し苦いようですが、私はそれに慣れて好きになりました。

昨晩雨でした、それからあなたに蛙を聞かせたい。十万の錫のラッパで大きなクリスマス前夜のお祝を吹いているようでした。家の近くで、小さいのがポリ、ポリ、ポリと言い続けていましたが、沼の中で大きなのが錫のラッパを吹き続けていました。外の蛙どもはティテーブル、ティテーブル、ティテーブル（茶の卓）と言いました、あるいは言っているようでした。（後略）

ラフカディオ・ヘルン

ヘルンがこの夫人に贈った『支那怪談』に小さな綺麗な字でつぎのように書いてあった。

To my kindest and truest friend

Mrs. M. Courtney
—by whose generous care
and unselfish providing
I recovered that health
of mind and body
without which no
literary work can
be accomplished.
Lafcadio Hearn.
March 14, '87.
New Orleans 68 Gasquet Street.

私の最も親切なる最も真実なる友人
M・コートニー夫人へ
――その人の篤い注意と
己を忘れての世話とで
私は心と体の健康を
回復しました

そうでなければ
文学上の作などは
何もできません。

ラフカディオ・ヘルン
一八八七年三月十四日

ニューオーリンズ、ガスケ町六八

このうちにある体の病気というのは一八八五年フロリダ旅行中に病を得て帰ってから二週間臥床した時の事であろう。

ヘルンはこの人々と近くなるようにその後二回移った。第一回はキャナル町二七八であった。ここは意外に騒々しい場所であったので、つぎに移ったのはこの人々と同じクリーヴランド町一五六五であった。距離も甚だ近かった。ヘルンは朝出社の途中朝食のため、ここに立寄った。それから昼飯に帰った。午後は旧市街に出かけて古本屋廻りをしたりしてから家に帰って勉強した。晩には又ここへ行って晩飯を食べた。この当時の間代は一ケ月二十ドル。コートニー夫人へ払う食料は一日一ドルであった。一週三十ドルの給料を得たヘルンにとっては古本道楽の余裕は充分にあった。

一八八一年の末に、これまでこの地にあった『タイムズ』と『デモクラット』の二新聞が合併して新しく『タイムズ・デモクラット』となって南部第一の大新聞となった時、当時南部の最も優秀なる記者の一人であったヘルンは迎えられてその文学部長となった。ヘルンは『アイテム』の副主筆の地位であったが、以前料理店開業に失敗した頃から『デモクラット』にフランスやスペイン物の翻訳を出している関係もあった。この『タイムズ・デモクラット』の第一号は十二月四日に出た。主筆はページ・ベーカーであった。ヘルンはこの人を「精力の絶大な人（こんな人でなければ部下を統御する事はできない）この人よりも思慮深い優雅温厚な人はあるまいと思われる程の人である。私はいつでもこの人が好きであった。しかし私の好きな人は皆そうであるが、私一人だけの友人として置く事ができなかった」（全集第十一巻一六六）と言っている。ベーカーはヘルンの長所欠点をよく承知して、注意深くヘルンの心を乱さないように警戒した。ヘルンは自分の文章を直す事は勿論、句読一つでも違うのを嫌う事を承知していたベーカーは植字部に命じて、故意には勿論、誤ってヘルンの句読を変えた者はただちに解雇する事を宣言した。

この社中にいた人々の中にシンシナティ時代の友人と同じく、その後著名になった人は多い。チャールズ・ホイットニー、ジョン・オーガスティン、オノレ・バース、およびその後ヘルンの伝記を書くに至ったミス・エリザベス・ビスランド（ウェットモア夫人）などはそれである。

この新聞は、文学新聞と呼ばれただけに、文学趣味に富んだ物であった。ヘルンは『アイテム』の時のようにあらゆる問題について書く必要はなく、ただ文学方面の記事を作ればよかった。それでこの新聞に関係して初めてやや自分の世界を発見したような感を抱いて、その趣味学問を発揮する随筆翻訳の筆を執った。

一八八二年七月七日、ワトキンに与えて、この頃は一日五時間働いて一週三十ドルを得るようになった事、蔵書は三百冊程になり蓄財も少しはできた事、生活に追われないで文学的述作の閑暇が欲しいから金を儲けたい事、(全集第十二巻二〇三—二〇四)を述べている。ヘルンが、シンシナティ時代に多忙な間を偸(ぬす)みて訳出したゴウティエの『クレオパトラの一夜その他』を漸くニューヨークのワージントンから出版したのはこの一八八二年であった。ヘルンは出版費用のうち百五十ドルを自弁して漸く出版の運びになった。(全集第十二巻二〇四)

『クレオパトラの一夜』は巻頭の一篇で外に五篇ある。全部ゴウティエの作、ヘルンの好きな牡丹燈籠風の怪談である。この書物のために、ボール、ジョン・アルビー、ジェローム・ハートなど、それからその後ヘルンを誹謗したと言われる伝記を書いたドクトル・ジョージ・グールドから賞嘆の手紙を得た。ヘルンの友人にはヘルンの文を読んでのち文通して友人となったものが多い。オコーナーもビスランドも皆この時代に、かかる関係からできた友人であった。この書物に対する当時の毀誉は相半していたが、毀(そし)る方はヘルンに対してではなく、寧ろゴウティエに対してその奔放なところを責めたのであった。『タイムズ・デモクラット』に関係して以来その紙上に連載した外国文学の翻訳は百八十七篇に達している、これ等はモーパッサン、フローベル、フラマリオン、ボードレール、コペ、ド・ネルヴァル、ミシュレ、ピエール・ロチ等のフランス文学およびツルゲーネフ、ドストエフスキー等のロシア文学であった。「江戸っ子」と名のる人が『フィガロ』に出した「日本の演劇」に関する物と、および『イリュストラシオン』に出た「日本人の仁義」と題する物との翻訳もある。当時モーパッサン、ロチ、アナトール・フランス等はまだ英米の読書界にあまねく知られなかった。これ等の文人殊にロチとフランスはヘルンによって初めて英米の文壇に紹介されたのであった。ロチの文体は晩年に至るまでヘルンの賞讃を絶たなかったのである。日本で病気にかかった時、当時「読みかけの『英人なき印度』を読み了らないうちに死にはせぬかという懸念が最も恐ろしかった」と自白している。ヘルンはこの時代にロチと文通していた。ロチはまだ発表しない物をまずヘルンに送って、ヘルンがこれを翻訳して出した物もあった。

多くの文学者は、その修業時代に翻訳をしている。ヘルンは大学の講義にも、文学者の修業として、翻訳する事を勧めた。このニューオーリンズ時代はヘルンにとって修業の時代、翻訳の時代であった。グールドもヘルンが文学に貢献した功労から言えば、日本に関する著述が第一、第二はこのニューオーリンズ時代の翻訳だと言っている。ヘルンは稽古台のように慰み半分にこれ等の原文を取り扱ったわけではない。「原文を愛好する余りに翻訳する人に立派な物を作って、つまらぬ人の手にかからぬよう傑作を保護するという満足以外に何等の報酬をも要しない」（全集第九巻一三一）と自ら言っている。これが『クレオパトラの一夜その他』の出版のために、僅かな貯蓄から百五十ドルも出版費の一部に提供した理由であった。

『クレオパトラの一夜その他』（一八八二年）に続いて『異文学遺聞』（一八八四年）が出た。これはヘルンを保護し奨励したページ・ベーカーに捧げた。エジプト、エスキモー、南太平洋、印度、フィンランド、アラビア、ユダヤ等の伝説、物語を集めた物であった。つぎに『支那怪談』（一八八七年）が出た。これはその名の示す通り支那の怪談である。シンシナティ時代からの友人クレイビールに捧げた。この書は『異文学遺聞』よりも余程以前に脱稿したが、書肆をめぐり歩いた結果出版年月は遅れたのであった。この二書は華麗に彫琢された散文詩である。『異文学遺聞』の出版に際して、書肆から日本語、支那語、サンスクリットおよび仏教に関する言葉が多過ぎるから取り消せと言われて、ヘルンはそのままに置いて貰いたいという意味の歎願書を送っている。後に日本でも「花嫁」「風月を友として」「知らぬ顔」は勿論「月下氷人」までも面白いと言って直訳し、アストンが、「もののの哀れ」を訳して The Ahness of Things としたのを賞讃して自分でも用いた事のある程地方色や異国情趣を尊重したヘルンにとっては、このような書肆の要求は、たとえば日本固有の風俗画を描く時、その人物に洋服を着せよと画家に注文するような感があった。

長篇の翻訳としてフローベルの『聖アントワーヌの誘惑』もこの時代になされたが、出版者がなかったので、原稿のままこの時代の蔵書とともに、グールドの手にあったが、ヘルンの死後マクドナルドによって一九一〇年に出版された。

「規則的にやりさえすれば驚くべき程の事がやれる。毎日一時間ずつの暇のない人でも三十分の都合はつくだろう。私はこんな風にして『聖アントワーヌの誘惑』を訳了した。一ページでも二ページでも訳して見ようと努めない日は一日もなかった」（全集第九巻一三〇）と言っているが、その後アナトール・フランスの『シルヴェストル・ボナールの罪』も同じように訳された。

一八八五年『ゴンボ・ゼーブ』と題して、ルイジアナ州、ニューオーリンズの黒人の間に行われる諺三百五十種を英仏の二国語に訳した一種の辞書ようの物を友人コールマンによって出版した。それから同じ書肆から匿名で『ラ・クジーヌ・クレオール』と題するクレオール風の料理の書物を出版した。それから『ニューオーリンズの歴史的スケッチおよび案内記』と題する書物を編纂して出版したが、少くともそのうちの二章だけはすでにヘルンが新聞『アイテム』および雑誌『ネーション』に発表した物であった。この書物は今もなお最もよいニューオーリンズの案内書だと言われている。この三冊の書物は、いずれも一八八四年のニューオーリンズ百年祭記念博覧会の間に合うように出版の予定であったが、遅れてその翌年四月になったのであった。そのうち料理の本が比較的売行がよかった。この博覧会で日本の事務官服部一三に遇った。当時彼は、日本の事物に興味を有して種々の質問をする記者もあると驚いたという事である。この博覧会の記事を幾篇か、『ハーパー雑誌』に出したのがハーパー書肆と関係するようになった原因であった。

友人チャーリー・ジョンソンと共にフロリダをあまねく旅行したのは一八八五年であった。この旅行中にスワンプ・フィヴァ〔マラリア〕という病を得て帰ってから二週間床についていて三、四貫ばかり体重を減じた。この紀行は『タイムズ・デモクラット』に出て、後一九一一年に『印象派作家の日記から』と題してホートン・ミフリンから出版された物のうちにのせてある。

この時若きルイジアナ人でウエスト・ポイント兵学校出身の中尉オスカー・クロスビーと交わりを結んだ。この才能あるクロスビーと交際してヘルンは深甚の感化を受けるに至った。この人の叔母ダンロウ夫人は『タイムズ・デモクラット』紙上で書物の批評をしたり、詩を書いたりした。家に多くの人々を招じた。ヘルンもこの夫人の家で、このクロスビーと遇ったのであった。

一九〇四年、ヘルンの死に先だつ事一ケ月、アーネスト・クロスビーに与えた手紙に、「君と同姓の青年、アメリカ陸軍中尉が二十年前に初めてハーバート・スペンサーの研究を教えた。そのクロスビーにいつも深い感謝と尊敬を感ずる。それからクロスビーという姓の人にはいつも好意を表したい」（全集第十一巻六三八）と言った。
ハーバート・スペンサーの『倫理学原理』を読んだ後、クレイビールに送った手紙の一節に言った。

自分ながら、考えの変った事に驚いている。これまでの私の変な哲学は君の知っている通りである。この頃ある友人がハーバート・スペンサーを読む事を教えた。突然これまでの東洋哲学の研究は、全く時間の浪費であった事を発見した。私はまた私の持っている僅かばかりの一般知識を如何に応用すべきかを初めて発見した。厭世観をつまらなくし、すべての種類の信仰に対して、新しい尊敬を教ゆる大疑問（グレート・ダウト）が、不意に、また私にとっては永久に、再発したので、言うべからざる愉快を感じた。略言すれば『原理』を読了したその日から、全然新しい智力的生涯が私のために開いた。これから数ケ年の間にこの大哲学の残りを研究しようと思う。

オコーナーにも、つぎの手紙を送っている。

スペンサーの研究で私の思想が根本的に変った。……すべての主義（イズム）から離れ、すべての主義（イズム）に対する同情を失って、スペンサーに帰依するに至った。スペンサーは同時に大疑問(グレート・ダウト)に対しておぼろげな、しかし、強大な慰藉を私に感ぜしむるに至った。私はもはや唯物論などは捨ててしまった。幼稚な頭に入り易い積極的懐疑論などは、永久に私の頭から消えてしまった。（全集第九巻三〇八）

これ等の手紙はいずれも一八八六年頃の物である。

一八八七年四月ビスランド女史に送った手紙にもつぎの一節がある。

私は友人にことごとく、ハーバート・スペンサー（まず『原理』から始めて）を読む事を勧めている。急には読めないが非常にためになる。人間の知識思想等をまとめる力がある。私はこれまで、スペンサー宗の改宗者を三人作った。スペンサーを読むのには、一節ずつ読むのに限る、一節ずつ番号がついている。今生物学(バイオロジー)の二大冊を読んでいる最中。社会学一冊は卒業した。心理学は最も力を尽した書物だが、あと廻しにするつもり。全部卒業するには四年もかかる。しかし『原理』には全体の要領がある。外の物は敷衍(ふえん)に過ぎない。スペンサーを読めば、人間知識の最も滋養ある部分を消化したような物である。それからその力のある引き締った流暢な文体は研究の価値がある。（全集第九巻三四八）

ヘルンがアメリカで購求した書籍で、日本で又、二重に購求した物がある。スペンサーはそのうちの一つである。自ら称してスペンサーの弟子と言った。ヘルンは進化論と、仏教の輪廻説とを結び合せて、独特の世界観をつくっていた。

ヘルンの創作として第一に現れたものは、小説『チタ　ラスト島の追憶』であった。ヘルンは一八八四年の夏、メキシコ湾内、ミシシッピ河口バラタリア湾の一小島グランド島に遊んだ。ここで海水浴をしたのが英国以来十五年ぶりだと言っている。これまではミシシッピ河で泳いだのであった。ヘルンは遊泳の達人であった。そのためにここで島の人々の尊敬を受けた。この熱帯の島の景色はなかなかによい。グランド島の西方にラスト島と言うのがある。ヘルンの行った頃は、潮の高い時には浪に隠れてしまいそうな砂地であったが、三十年前まではグランド島と同じ性質の島で、ニューオーリンズその他の地方から大勢の避暑客が行った。一八五六年八月十日に非常な暴風が起ってこの島を席巻して樹木を倒し家屋を覆し、数百の避暑客を掃き去った。身をもって逃れた者は極めて少数であった。

この惨劇の物語がグランド島の海岸に残っていた。その海岸一帯においても友人を失い、親戚を失った者は多かった。ヘルンがニューオーリンズに帰ってから、その湾の風景を叙し、あわせて『トーン・レターズ』（文反古）と題して生き残った人の書いた古い手紙に擬した嵐に関する短篇を書いた。

この物語の『タイムズ・デモクラット』に出た時非常に好評を博したので、ついにそれを骨子として一部の小説を書く気になった。

グールドに送った手紙に言った。

『チタ』はあの島の災害の時、一人の小児がルイジアナの漁夫に救われて養育された事実を基にして書いた物です。何年か後に、土地の猟師がそれを発見して親戚にそのありかを知らせた。その親戚は富有な人であったので、当時南部で貴婦人が養成される通りに養成しようとして、その子を尼寺にやった。しかし、その子は海浜の健康な自由な生活に慣れていたので、尼寺には辛抱しきれなかった。そこから逃げ出して一漁夫と結婚して、今もなお大勢の子供の母となってあのあたりにいる。（全集第九巻四〇〇）

この小説は、ニューオーリンズ博覧会の記事を出した縁故があるので、ハーパー書肆に渡して、その雑誌『ハーパーズ・マンスリー』一八八八年四月号に出した。これまでヘルンの名を知らない、あるいはヘルンの名に無頓着であったアメリカの一般読者に文名を認められるに至ったのは実にこの『チタ』をもって初めとする。

ヘルンが『チタ』を公けにして後二十年をへて、かつてラスト島を掃倒したと同じ暴風がグランド島に吹いた。その時遭難の一少女がマニラの漁夫に救われ、何年かの後、全く死んだと思っていた父の許に帰るようになった事実は、ヘルンが『チタ』で想像したと同じであった。

翌、一八八九年この小説は一冊となって出版された。ニューオーリンズのスペインの医師、ドクトル・マタスに献じてある。ドクトル・ルドルフ・マタスはその当時ニューオーリンズの医科大学を出たばかりの、すべての方面に趣味の博(ひろ)い青年であった。そのために『医学雑誌』の主筆に選ばれた。一八八二年ヘルンに交際を求めてそれからこの二人は友人となった。二人は訪問し合ったり一緒に散歩したりして、種々の問題について話した。『タイムズ・デモクラット』に出た題は多くはこの人と一通り話した結果であった。そのうちには黒人の声帯、ギリシャの体育、人種のにおい、女のにおいなどの問題があった。ヘルンは鋭敏なる嗅覚をもっていた。このにおいの問題はヘルンにとっては大問題であった。ヘルンの作にはこの問題はなかなか多いが、『回顧』のうちに「若さの香(にお)い」と題する一篇がある。それから一八八五年フロリダから帰ってからの病気の時にもこの人の世話になった。『クレオール料理』のうちの献立と『ゴンボ・ゼーブ』中の黒人の諺のうちに、このマタス夫人から得た物は多かった。マタスはその後ニューオーリンズ医科大学の解剖学の教授となって、後その医科大学長ともなった。

ニューオーリンズへ来てから十年になった。文名も高くなり地位もたしかであった。しかしどうしてもヘルンにつき物の放浪愛はまた頭を上げて来た。「波止場に出て船ばかり見ている」と言う不安の念は、失意の時にも得意の時にも、ヘルンにはつき物であった。『タイムズ・デモクラット』に関係して、得意の翻訳随筆の筆を執っている時も、漫遊して一生を旅で送ろうという放浪の念は捨てなかった。スペイン語の勉強もこれから起っていた。波止場へ出てスペイン船が、西印度又はコスタリカから入港して来るのを見ては落ちついていられなかった。

グールドに送った手紙の一節がある。

……医学でも修業する機会があればよかったと思う。そんな職業をもっていたら、金持であるのと同じ事になる。万国に通用する貨幣を持っているのと同じである。……そしたら私は一定の場所に落ちつかないで、どこでも、好きな程歩き廻るだろう。変ったところで初めに人と交際するのが妙に面白い物だ。――そのうちに敵ができたり、人の感情を害したり、悪意を挑発したりする。だから長くとどまらないのに限る、長くとどまったらまぼろし（イルージョン）は消えてしまう。……医者でも、建築家でも、機械学者でも、何でも広く世間の需要をみたす職業をもっているのは、大資本を有しているのと同じだ。……それに次いで商売人も羨しい。ニューヨークと同じくヴァルパライソにでも、パリと同じくバンコクにでも、到る処に落ちついていられるから。……（全集第九巻三五八）

かくの如く、これまで夢想していた熱帯地方の旅行を、やがて実現する事を得たのは、黒人や「クレオール」の研究によってその文名を知られていたからであった。ハーパー書肆の委託をうけその雑誌へ通信する約束で『チタ』の雑誌掲載の前年、すなわち一八八七年六月の一日か二日にニューオーリンズを出発した。出発の前にページ・ベーカー、オスカー・クロスビー、ダンロウ夫人、ドクトル・マタスに暇を告げた。コートニー夫人とエラは泣いた。ヘルンはこれを慰めてたびたび手紙を送る約束をした。書物の箱を倉庫会社に預け、さらに貴重なる書物と書類はトランクに入れてコートニー夫人に預けた。

六　西印度、フィラデルフィア、ニューヨーク

ニューオーリンズを出発し途中シンシナティに立寄って、半日をロングワース町二六の老友ワトキンの印刷所で楽しく送った。これが二人の永訣であった。その日の夕方、シンシナティを出発してニューヨークの西五十七丁目四三八のクレイビールのアパートに着いた。クレイビールは当時『ニューヨーク・トリビューン』の記者であった。ヘルンはコートニー夫人につぎのような通信をした。

ニューヨーク西五十七丁目四三八

一八八七年六月五日

コートニー様

長い旅行のあとで少しも疲れていません、そして最も驚くべき建物の一つに愉快に落ちついています。ここでは立派な住宅は町その物と言えます。一つの建物に三千の人が住んでいる事を考えて下さい。十一階もあって、その土台になっている岩石と同じようにしっかりした建築で一つの町になっているのもあります。それには入口が百もあって窓が数千あります、そして一階ずつ分れて貸家になります、――湯と水と電燈がついて、

浴室、台所と他に八室が一まとめに同じ階にあります、——エレヴェーターと鉄の階段と他に火災の時の非常口があって電鈴と電話があります。ある建物では最高階の家賃は一ケ月八十ドルばかりです。富んだ人でなければこんなところには住めません。私の言う家は中央公園に近くて、月に達しようと試みているようです。今夜その上の方へ出て見て、下を見ると眼がくらみました。夜になると一切の物がひっそりとなります。

ここはニューオーリンズよりもずっと寒くて、空気は全く違います、空はそれ程青くなくて遠いようです。色もはっきりしません、地平線は霞んでいるようです。冬はきっと非常に寒いでしょう。今のところ空気は私に非常に愉快です。

ルイスヴィルとナッシュヴィルの鉄道で衝突があったので、私はシンシナティで半日停らねばならなくなりました。そこで私の親しい老友人だけに会いました。老人は私を見て胸が裂けるように泣きました。そして私が入った時に叫ぶやら跳ぶやらいたしました。

クレイビールはジャージー・シティの停車場まで私を迎えに来てくれました。この人は立派な家庭をもっています、実にやさしい可愛い夫人と小さい娘があります。この夫人は人を愉快にさせる親切ないろいろの方法を心得た人で、私にあなたを思い出させます。

ここでは日曜の規則を守りますが、床屋は許されて開いています。

相応に評判のよい新聞記者ならここではなかなかの金を取るようです、――よい新聞の普通の記者は一週六十ドルから七十五ドル、それから百ドルも取ります。しかしニューヨークではその普通の記者になるのが容易ではありません。

あなたはよく気をつけて達者でいて下さる事を祈ります。……荷物は無事につきました。私は少くとももう一週間はここにいるつもりですから、又すぐに手紙を上げます。

これは急いで、夜書いた物です。

神様の御恵みのあるように祈ります、それから皆様に宜しく。

ラフカディオ・ヘルン

ヘルンがホテルへ行こうとしたのを聞かないでクレイビール夫妻が中央公園に近いそのアパートにとめたのであった。ここで二人は十年間の積る話をした。

それから数日の間ヘルンはニューヨークの雑沓に気おくれしながらシンシナティ時代の友人テュニソンを訪問した。つぎにようやくの事でビスランド女史のアパートを訪問すると、引越したあとであった。新しい寓居を尋ねて今度は遇う事ができた。游泳のためにコニー・アイランドに行って見たが、メキシコ湾の温い水に慣れた彼には北大西洋の水は北氷洋のように思われた。クレイビールとハドスン河の上流の方へ遠足もした。

七月の上旬、ヘルンはトリニダッドに向って汽船「バラクータ」でニューヨークを出発した。この旅行中マルティニークのサン・ピエールからクレイビールにクレオールの歌を入れた手紙を送ったが、クレイビールの小さい娘には島の服装をした立派な人形を贈った。コートニー夫人への手紙はつぎのようであった。

デメララ、ジョージタウン

コートニー様

これまでは私の旅行は愉快な驚きの連続でした、たしかに旅費の十倍以上の価値があります。この町は恐ろしい暑熱で、不健康地です、今は雨期です、――しかし私どもは明日トリニダッドへ出発します、それはもっと北です。そこに長くは停りません。私はマルティニークに一、二ケ月停るつもりです。主なる町はサン・ピエールです。私どもはデメララへの途中そこに寄りました、私は運よく都合をつけて、町を見る事ができました。私はこの町は世界第一の綺麗な町だと思います。椰子の木、オレンジの木、マホガニーの木、その外妙な大きないろいろの木で蔽われた山の斜面にあります。ニューオーリンズの古いフランス町をもっと古風にして、往来の狭い黄色に塗った家なみが一面に坂になっていると想像すると分りましょう。同じような中庭と二階建の木造家屋と屋根窓があります。非常に綺麗です。もしそこに住みたければ一ケ月二十五ドルでその山の中に住まれます、ただ一年のうちで今頃はよく瘧（おこり）があります。

御承知の通り私は船に強いから、旅行は面白いのです。太陽は直射しますから日向には出られませんが、暑熱は私を弱らせる事はありません。

これは拙い手紙ですが、忙しい旅行中ですからこれが精一杯のところです。あなたは達者で幸福にお暮らしの事と信じます。マルティニークに落ちついたらもっとよく書く事ができましょう。

皆さんに宜しく。

ドクトル・マタスに送って熱帯地方を讃美した手紙のうちにも「熱帯地方こそ、この死にかけている地球のうちの生きている部分で、――文明などはつまらない冷たい物だと思う。熱帯地方を初めて見た時、前に見た事があったと思った、再び見るだろうと思う、私の命が続けばそこで私の一生の大部分を送るのだと思う。全く天国のようだ」と書いている。また別に「マルティニークで飢えている方が、ニューヨークの贅沢よりもよい」とも言った。

この旅行は七、八、九の三ケ月に渡った。その紀行「熱帯への真夏の旅」は『ハーパーズ・マンスリー』に出た。その後『仏領西印度の二年間』に収められた。

一八八七年九月二十一日、汽船「バラクータ」でヘルンは一旦ニューヨークに帰った。

今度はクレイビールの家へは行かないで、フルトン街とウォーター街とパール街の角にある「ユナイテッド・ステーツ・ホテル」に泊った。クレイビールを訪れるとクレイビールは一家をあげて転地していた。ニューヨークはやはり雑沓の地であった。忘れられないのは南方の光と色であった。それから再び西印度に帰る決心をした。そこで『ハーパーズ・マンスリー』の主筆オールデンを訪れた。ヘルンはオールデンに勧められてニュージャージーのオールデンの宅に数日滞在する事にした。オールデンは西印度への再遊にも賛成してくれた。ヘルンは今度は当分西印度を離れないつもりであったので、九月二十六日コートニー夫人に打電して預けてあった書籍書類入りのトランクを取りよせた。同時にドクトル・マタスに手紙を書いて倉庫会社に預けてある書物の箱をオールデンの家に送らせる事を頼んだ。ビスランド女史には今度は遇わなかった。この忙しい間にコートニー夫人へはつぎの手紙を書いた。

コートニー様

私は十月一日土曜の朝早く西印度へ出かけます、少くともこの冬はここにいません、――沢山仕事がありますから。今この手紙を書いている時までまだあなたから手紙が参りません。しかし私が出たあとでも友人が世話してくれますから、お手紙は私のところへ届きます。トランクの運賃は先払にしてくれたのでしょうね、そうでないとおくれます、それからあなたにそんな費用を少しでも払わせたらお気の毒です。しかしあなたはこんな事はよく承知だから大丈夫と思います。

ニューヨークの下町は恐ろしいところです、馬車を雇わないと私はどこへも行かれません。頭の上で始終汽車は轟々と鳴ります、往来は荷馬車や馬や種々様々の車が通って、――ブロードウェーの混雑は恐ろしいようです。どこかへ行くのに午前全部かかって、帰りに午後全部かかります。私は郵便局の建物の中に入って一所懸命に二十分も歩かなければ、――手紙一本投函するところも見出せません。ここの大きな建物の大きさは、一つの建物の家賃が一年百万ドル以上だと言えば想像ができましょう。五十万ドルから七十万ドルがもっとも普通です。ここにいると眼がくらみ、耳が聞えなくなり、息ができなくなり、恐ろしくなります、ここから出て眠い古風な場所に行くのが楽しみです。行ったところから写真を送りましょう。私のあて名はマルティニーク、サン・ピエール、アメリカ領事館気付けです。

ニューヨークへ帰って見ると友人は皆転地していました、それで困っていたところへ、偶然田舎への招待をある晩受けました。そこで私が休んでいた間にニューヨークの方の用事が片づきました。しかしそれからあちこち人をさがしたり何かして跳びあるきましたが、何かさがすのに私は二日程かかります。

さて、帰りにニューオーリンズの方を廻って見るつもりですから皆さんにお目にかかれるでしょう。今度は片道の切符にしました、——ハヴァナとフロリダを通って帰れるようにと思うからです。今から十八日か二十日程したらまた手紙を上げます。

皆さんに宜しく、ことにあなたは大事になさるよう、

真実なるあなたの友人

ラフカディオ・ヘルン

一八八七年十月二日、ヘルンをのせた汽船「バラクータ」は東河（イーストリバー）の波止場四十九号を離れてマルティニーク島サン・ピエールに向った。

サン・ピエールは二百尺以上の棕櫚椰子の繁茂せるところであった。アラビア物語にありそうな多くの人種のいるところであった。すべて自然がその真盛（まっさか）りな偉大な力と色と光を示しているところであった。ここに上陸したヘルンは疲れた人の重荷を下したような気分で、再び熱帯生活の安楽な習慣に帰った。ヘルンの部屋づきの老婢シリリアは一杯の珈琲と一皿の果物を運びながら、毎朝五時に彼を起した。それからヘルンは大きな椰子の木の繁った海岸から出て遊泳した。一時間の後帰って昼飯まで書き続けた。どうしても筆の進まない時はニューヨークで買って来た写真機を携えながら散歩して「荷運び女」や「洗濯女」と話したりした。甚だしい近眼であるので写真は余り成功しなかったようである。昼飯は野菜と果物と魚であった。午後は暑熱のために何もしないのがこの地方の習慣であ

った。七時に晩飯、九時に床についた。時々島巡りの旅行もした。友人とプレー山へ登った事もあった。

ヘルンがここで得た友人のうちに、公証人のレオポルド・アルヌーがあった。この人は『天の河縁起』のうちの「小説よりも奇」に出ている人物、それからヘルンが『仏領西印度の二年間』を捧げた人であった。ヘルンはニューヨーク出発の際、宿料を払い、船賃を払い、百六ドルの写真機を買って、サン・ピエールに上陸した時は三百ドルの現金を残していただけであった。ヘルンの『仏領西印度の二年間』のうちの「マルティニーク随筆」十五篇のうち『ハーパーズ・マンスリー』に出た物は三篇だけであった。ヘルンが最初に送った長編の原稿「リ」はそのままではオールデンに容れられなかったために、ヘルンの経済にくるいを来した。(「リ」は大訂正の後『仏領西印度の二年間』の最後にのせられた)そのうちにヘルンもここで健康を害して六週間ぶらぶらした。この窮乏の際に六百フランを立替えてくれたのはこのアルヌーであった。

ヘルンはここで一八四八年の反乱中の挿話を聞いた。それは『ユーマ』の話であった。若い黒人の女ユーマは白人の子守であった。反乱中に、その主人の子供のために自分の恋人も自分自身をも捨てて、焼打の火焔に包まれた時足もとまで捧げられた梯子をも顧みないで主人の子供の難に殉じたのであった。ヘルンはあまりに感動して書いたので、この話はほとんど自然に三ケ月でできた。

『仏領西印度の二年間』には前後の紀行とマルティニークの記事がある。童謡も、お伽噺も、大きなむかでの話も、ヘルンに忠実に仕えた老婢シリリアの美わしい話もある。帰路船中で手にした墨絵で竹を描いた日本製の団扇を賞嘆した記事もある。ビスランド女史はこの『仏領西印度の二年間』と『日本』とをヘルンの二大傑作と称している。

ポンペイの市街が、ヴェスヴィオ山の爆発のために埋没したように、一九〇二年（明治三十五年）五月八日プレー山の爆発は四万の住民と共にサン・ピエールを全滅させた。日本でこの島の災害を聞いたヘルンは深く嘆息して、その当時の新聞切抜きを大切に保存していた。アメリカから日本へ携えて来た物は極めて少数であったが、そのうちにマルティニークで着ていた更紗の服がある。

日本においてヘルンが往時を回想した物のうちにはアイルランドの山中も、ロンドンの街頭も、ニューオーリンズの波止場もあった。しかしヘルンが最も憶った物はマルティニークであった。「ゴシックの恐怖」「小説よりも奇」「夕暗の認識」いずれもこのマルティニーク追懐の強い叫びであった。仏教研究によって養われたヘルンの草木や虫に対する愛情はさらにその熱帯趣味によって培われたのであった。晩年東京市谷富久町（とみひさ）、瘤寺（こぶでら）の森林を愛したのも、西大久保の庭園の芭蕉や竜舌蘭を愛したのも、西日のさし込む書斎を特に造らせたのも、皆この熱帯趣味への憧憬であった。

自伝断片のうちにこのマルティニークに関する物がある。この断片の後半はアルヌーに関する物である。

消えた光で

……一条の明るい長い狭い通りが、燃えるような一叢(む)れの緑——滴るようなリアナ蔓の緑の方へ次第に上(のぼ)っている。現代の町は一つもない、皆十七世紀のものである、外面の黄色な、また家々の外面の間に黄色な庭の壁のある町である。ところどころ隙間から、海は青い光を放って見える、——海の青い光が湾へ下る苔むした古い階段を照している。そしてこの隙間から遥か下に青海原に浮んだ船が見える。

壁はレモン色で、古めかしい露台と格子は緑色である。椰子の樹は中庭や庭園から温かい青い空へ——筆では書けぬ程の青い空へ——その羽のような頂きがほとんど触れるかと思われる程上っている。そしてこの黄色の家並の内外にある一切の物は、——玄武岩の敷石にも銀色の輝きを貸す程の強い光に照されて——電光のような白い日光に浸っている。

白い帆木綿(カンバス)のズボンを穿いただけで竹細工の大きな帽子を冠った男、——腰まで裸で彫刻のような筋骨をした男が、——跣足(はだし)で、大股で、音も立てずに通る。真黒のもある、金色の皮膚、鳶色がかった皮膚、赤みがかった皮膚というように変った美しい色もある。そして女は派手な色の物を着て通る、——橙色(だいだい)、バナナ色などの果物の色の女、——黄蜂の腹の横筋のように燃えるような黄色の筋のある頭巾を被った女が通る。温い濃い空気は砂糖と肉桂の香、マンゴーやカスタード・アップルやグアヴァ・ジェリーや新しいココア樹の乳〔ココナッツ・ミルク〕の香で芳ばしい。

——大きなアーチ形の門の琥珀色の陰と、涼しい湿った風のあるところへ私は入る。玉と散る噴水のささやきに満ちた中庭に達する。そこで小さい男の子と女の子が土語(クレオール)の「ミイ」を叫んで私を迎えに走って来る。銘々私の手を片々ずつ捉える、——銘々美しい鳶色の頬をキスせよとさし出す。同時にその父の声——大鐘の調子のように深く響く声が奥から「どうぞ、おはいり」と呼ぶ。その大きな、なつかしい声を聞くと、長らく火攻めに遇った亡者が真珠の門を通る時のような同情の喜び、大きな平和の感じが私に来る。……

しかしこれは皆過去の事——現在の事ではない。……月も太陽もその都のその町を再び照す事はない、——再びその道は踏まれる事はない、——再びその庭園の花の咲く事はない。……夢のうちでなければ。

一八八九年五月一日、ヘルンはいくつかのでき上った原稿と、多くの文学的材料を記入した幾冊かの雑記帳を携えて、サン・ピエールを出発してニューヨークに向った。

ヘルンのさしあたりの仕事は『ハーパーズ・マンスリー』に出した小説『チタ』を単行本にして出版するための校正と、サン・ピエールで書いた小説『ユーマ』の出版準備と、『仏領西印度の二年間』を完成する事とであった。

これよりさきニューヨークは余りに騒々しくて仕事ができないと思ったヘルンは、フィラデルフィアにある未見の友眼科医グールドに依頼してフィラデルフィアに閑静な一室を得たいと頼んだ。ヘルンの多くの友人のようにこの人もヘルンが『タイムズ・デモクラット』に連載した翻訳に対する賞讃の手紙を送って友人となったのであった。グールドはその住宅の一室を提供してヘルンを招待した。五月八日にニューヨークに上陸したヘルンが恐らくオールデンを訪問しただけで、ただちにフィラデルフィアに赴いて不幸にもグールドの客となったのはこの理由であった。ここでヘルンは『チタ』の校正、その他の仕事に従事したのであった。その間に短編小説「因果」〔カルマ〕を書いた。これはヘルンが日本へ渡ってのち『リッピンコット雑誌』に出た。この忙しい間にコートニー夫人へつぎのような手紙を送っている。

フィラデルフィア、南十九丁目一一九
ドクトル・ジョージ・グールド方

コートニー様

お手紙がようやく今日——六月五日——マルティニークからフィラデルフィアまで私のあとを追って来た事を聞いて驚かれるでしょう、私は今ここで少し著述をするために暫くとどまっているところです。

私は西印度から帰って三週間になります。気候のために別にからだを悪くはしませんでした、黄熱病がありましたが、しかし私は達者でくらしました。ただ健康の点だけでは私は別に不平も言えませんでした。しかし暑熱の中では私は結局書く事も、考える事もできない事が分りました、それで暫く気候をかえたいと思いました。その上そんな遠くでは思うように何も出版ができませんから、よい本を出すために帰らねばならぬ事になりました。

乾物商売の方をおやめになった事を聞いてこの上もなく喜びました。全く助けもなしに、あれだけの事をやるのは余りに骨が折れましょう。

私はマルティニークで受難祭（グッド・フライディ）を二度過しました。あなたがその日に肉を食べる事を好まないからというわけであなたのうちへ来る人々は肉を止めたのは感心でしたが、マルティニークであったら一万ドル出してもその日に肉の一グレーンだって得られません。そこの人々は受難祭に肉を食べると一生運が悪いと考えています、受難祭に肉という言葉を口に出しても、叫び出す程ここの人々には罪悪に見えるのです。……これを聞いてあなたはきっと喜ぶでしょう、そして要するにマルティニークの人々は悪い人間でないと思うでしょう。

私がもっとたびたび手紙を書かなかったというわけで、あなたは私を甚だいけないと思っているでしょう。実はいろいろ困る事があって誰にも余り手紙を出しませんでした、──余りの暑熱で一日のうちに書く事のできる時間は少ししかありません、それからこんな国では手紙を書く事が毎日だんだんもの憂くなります。……

只今は書物を出すために忙しいところです。私は甚だよい友人の家にいます、──(私はあなたのように、お医者には運がよいようです)──お医者で眼科医です。何か眼にどうかあれば、私によい人がついています。いつまでいるか分りません、しかし私の出版すべき書物があるから、冬になるまではアメリカを去る事はまずできません。私・はまだ熱帯地方の事を考えています、しかしマルティニークの私の友人達でも一年たたないうちは西印度のどの場所へも帰って来ない方がよいと忠告しますから、──私は多分どこか外へ、──恐らく世界の向う側へ行くでしょう。私が同じところに長く留ると考えて下さるな、しかしもし留るとすればアメリカのどこよりもフィラデルフィアが好きです。……しかし仕事が皆かたづくまでは、つぎに何を計画してよいか分りません。

私の旅行が無事であったのは、あなたが祈って下さったおかげだと思います。私は熱帯地方でいろいろ困る事にも遇いましたが、無事に通過しましたから、以前よりも自信ができました。

皆さんに宜しく、ことにあなた御自身に宜しく申上げます、

いつもあなたの友人、感謝の念を忘れない昔の小さい寄宿人の

ラフカディオ・ヘルン

その年の十月ヘルンはニューヨークに出た。今度は西十丁目、一九四に部屋を借りた。これはシンシナティ時代の友人テュニソンと同じ宿であった。

ヘルンが弟ジェイムズと通信したのはこの頃の事であった。弟はヘルンが大叔母の許に引取られた時、叔母婿ステュアートの経営していた学校へ送られて、そこに十六歳までいた。それから渡米して初めにニューヨーク、後にウィスコンシンへ行った。ヘルンがシンシナティにいた頃、弟は同じオハイオ州のギブスンバーグで農業をやっていた。同じ州で、数時間の汽車旅行で遇えるところにいながら双方で知らずにいた。ギブスンバーグからブラッドナーに来て、弟は土地の新聞で兄の名を知った。それから送った手紙が廻り廻って兄ヘルンに達したのはフィラデルフィアのグールドの宅にいた時であった。ヘルンは最初疑ったらしいが、明らかに分ってから、フィラデルフィアからもニューヨークからも弟に文通した。第一章にその一端を示したような生母をなつかしんだ手紙はこの時の物であった。

この頃ニューヨークに出ていたニューオーリンズの『タイムズ・デモクラット』の主筆ページ・ベーカーはヘルンとたびたび遇った。ベーカーはヘルンをもう一度招きたかったが、今更もとの新聞記者に引きもどす事は言い出せなかった。ヘルンはその後日本から送った手紙に、あの時再びニューオーリンズに帰りたかったが「何だか敗北のような気がして口には出せなかった」と言っている。それ程この時代のヘルンは急いで職業を求める必要に迫られていた。

ヘルンがニューオーリンズ時代から通信していたが、ニューヨークへ来てからクレイビールの紹介で遇ったパットンという『ハーパーズ・マンスリー』の美術主任の記者があった。二人は友人になった。ヘルンは西四十七丁目一三三のパットンをたびたび訪れた。パットンは日本の美術文学に関する知識を有して書物も沢山もっていた。ヘルンは以前から相応に日本に関する知識をもっていたが、その書物は多くは珍しかった。この当時パットンに送った手紙がある。

パットン様

いろいろ珍しい貴重な書物を貸して下さった事に対する御親切は言葉では述べつくさ

れません。皆私に新しい物で、それを見るだけでも非常な楽しみです。チェンバレン氏の『古事記』の訳は特別に面白い物でした、――それから日本の神話や国語に関するアイヌの影響と言う人種学上の研究も。

君はまだ御覧にならないようなら、――ローマ字で日本語を書いてフランス語で直訳してある絵入の本で、テュルタン〔トレティーニ〕の出版した物を面白いと思われるでしょう。(「民のにぎわい」と言うのです) パリのルルーはこんな物を出しています、クリスタンかバウトン (ブロードウェー七〇六) から綺麗な目録を取れば出ています――バウトンの方が取引きをするにはずっとよい店です。それからパリ、ヴォルテール河岸二五のメゾンヌーヴ会社の目録を見ると、日本の珍しい書物の目録が得られます。もし東洋の文学に興味があればこの目録をもっている方がよいでしょう。……支那と日本の書物から翻訳してできたロニーの『日本歴代史』もやはりお気に入りましょう。これはアカデミーから賞与を得ましたが、なかなか高価――五〇フラン――です。……

私は君ともっと早く遇って私ども双方の好きなこの事についてもっと話せばよかったと思います。御親切に対して感謝しながら

甚だ真実なる

ラフカディオ・ヘルン

ヘルンがパットンに対して、もし自分が日本へ行く機会があったら、西印度の記事より、もっと立派な物を作れると思うと言ったのは、こんな書物に関する談話から起ったのであった。パットンは熱心になった。もしヘルンが行って記事をつくるとしたらどんな題目を選ぶだろう、その計画を書く事を頼んだ。そこでヘルンはつぎのように書いた。

パットン様

日本のようにそんなによく人の行く国に関して書物を書こうとする場合に、――そんな事をしようとするのは賢明でないでしょうが、――全然新しい事を発見しようなどとは望めません。ただできるだけ全然新しい方法で考える事だけです。私はできるだけこんな書物に生気と色を入れて見たい。そして旅行者あるいは学者や他の記者が書くような報告や説明よりは、むしろ読者に生きた感覚を与えて見たい。……こんな書物はそれ故大概は――一篇ずつが特殊の人生を表わす短い随筆集になりましょう。いよいよこの実地を踏んで見なければはっきりした計画もできないが、この書物の一部分になると思うような題目を試みに書いてみます、――多くは、私の信ずるところではこれまでの日本に関する通俗的な書物にはない物です。

「第一印象、気候と風景、日本の自然の詩的分子」

「外国人にとっての都市生活」
「日常生活における美術、美術品に対する外国影響の結果」
「新文化」
「娯楽」
「芸者およびその職業」
「新教育制度、――こどもの生活――こどもの遊戯等」
「家庭生活と一般家庭の宗教」
「公けの祭祀法――寺院の儀式と礼拝者のつとめ」
「珍しき伝説と迷信」
「日本の婦人生活」
「古い民謡と歌」
「芸術界における――日本の古い大家、生き残ってあるいは記憶となって与えている感化、日本の自然と人生の反映者としての勢力」
「珍しき一般の言語、――日常生活における奇異な言葉の習慣」
「社会的組織、――政治上および軍事上の状態」
「移住地としての日本、外国分子の地位等」
しかし本当の章の名はなるべく日本的に、全然風変りな物にしたい、そして全く論文体にはしたくない。問題をそれに関係ある個人経験から論ずる事にしたい、それに関係のある平凡な話に類する物は注意して除く事にしたい。つまり、読者の心に日本にいるようなはっきりした印象——観察者となるばかりではなく、さらに一般の人々の日常生活の仲間入りをして彼等の思想で考えているような印象を残す事を努めるのです。できるだけ、話は少くとも短編として面白いようにできるでしょう。

それから私の滞在の終りの頃に、日本人の感情を描いた小説を作って見たい。

これはさし当り、書物の計画に関して申し上げる事のできる、まず精々の覚え書きです。

最も真実なる

ラフカディオ・ヘルン

西十丁目一四九　一八八九年十一月二十九日

私は五百ページばかりで——西印度の書物程の内容のある書物が書けそうです。体裁を異にして大きい文字で、組み方を変えたらずっと立派な書物になりましょう。

これを基にしてパットンはつぎに挿画のある方がよいと思いついた。それから画家ウェルドンに説いて、この事ができる場合に同行する事を勧めた。それからウェルドンにヘルンの手紙を示してこの計画を打明けた。ウェルドンは同意した。それからパットンはモントリオールへ行ってカナダ太平洋鉄道汽船会社社長サー・ウィリアム・ヴァン・ホーンを訪問した。この人は文芸や美術に理解のある人で、『支那怪談』などによってヘルンの名を知っていた。その会見の結果、ヘルンとウェルドンがモントリオールに到着すると共に、会社からこの二人へ日本への往復の汽車汽船の優待券とそれから二百五十ドルずつの手当を贈る事になった。つまりヘルンやウェルドンの筆によって日本への遊思を公衆にそそる事は会社の利益となるからであった。

パットンの成功を聞いてヘルンは喜んだ。しかしヘルンに心配はあった。全く異人種の国、言語不通の国へ行く懸念であった。

月曜日

パットン様

土曜日の親切なる御手紙今朝拝見。この手紙はたしかに長く保存します、そのうちの要件のためではなく、私が失いたくない有難い友情がこもっているからです。

私は日曜の晩をウェルドンと一緒に過しましたが、どの点から見ても立派な男のようです、そして芸術的に全く同情して行かれるでしょう。それが御承知の通りこんな種類の事をするのには非常に大切な、肝要な、むずかしい点です。この事に関する私のこれまでの疑惑はなくなりました。

君の尽力によって経済上の事は非常に円滑になりました、そうでないと私は非常に困

ったでしょう。それでも出発前に少し金を作らねばなりません、それで延びるのは有難

い事です。

私としては、君の言われるようにやれない理由は二つあります、永くその国に行って

いて、そこであちこち廻っている事ができない事とそれから病気です。あとの事よりも

前の方が起りそうです。私はどうしてもその国の人々の言語が分からないでは、これま

での物——立派な物——よりも以上の物は到底できないと思います。語学者や人類学者

の著述を除いては、日本に関する作者はただまぼろしのような印象をしか与えません、

そして日本に関する書物はゴウティエのスペインの書物——それにはスペイン人はいな

い——のようになっています、最もよい書物は二年目にできる書物だと思います、しか

し私どもは何か全く新しい物をやるつもりです、——実はそれができないと思ったら、

この大事は引き受けなかったのです。

甚だ忠実なる友人

ラフカディオ・ヘルン

西十丁目一四九　　一八九〇年二月三日

まだ他に心配があった。それはオールデンに送った手紙にある通り経済の方面の心配であった。

オールデン様

私が勧められている日本行について、私の現状を申し上げてみたい。それには沢山の困難があります、今のようではどうしてよいか分りません。

モントリオールで払って貰える二百五十ドルの外には何等持ち合せはありません。出発までに多少収入の見込みがあるとしても、現在の状態から考えると、旅行のために絶対必要な物を少し買ったり、少しの負債を払ったりする事ができる位が精々でしょう。

それで残るのが二百五十ドルです。旅行には勿論費用がかかります、食物、宿、祝儀や礼金、皆で（私の経験では）五十ドル以内ではなかなかやれません。

二百ドルで日本の実地研究を始めるのです。初めての国では初めの数ケ月は他の場合よりもいつでも金が多くかかります。その二百ドルで六ケ月を支えねばなりますまい――八月まではそれ以上の送金を受けるあてがありません。私がつかってもよい金は一日に一ドルばかりになります。画家の方は幸にこんな事に超越しています、その上私どもよりこんな仕事に対して余計の報酬を取ります、そうなると私は一緒にやって行けないから、その人から借金したりして、頭が上らなくなります。他の条件が同一であるとして千ドルかけてできた著作は僅か百ドルかけてできる著作と非常に違う事になります。私は安物を作らねばならぬ事になる。

西印度の書物は安物ではなかった。私は最初自分の蓄財を五百ドルと『チタ』の上り高を幾分加えた物をそのために消費した。二度目にも同じ程の金をもって行った。それでも、気候が温暖で生活が安かったにもかかわらず、私は金が不足したのでほとんど失敗した。私はすでにクレオールの生活と言語に通じていた、ところがこの日本、ニューヨークと同じ緯度にあって、もっと条件がむずかしいのに、私はたった二百ドルをたよりにして行かねばなりません。

金の心配があっては創作力が非常に鈍ります。しかし病気の可能性、その内地旅行の当然はかどらぬ事（第二回の送金のあるまでは動けないでしょうから）を二百ドルで解決しようとするのは心配以上です。

世界第一のよい作者が沢山の金を携えて日本へ行った事があります。英国程の大きさの国で、自分の下宿から出られるだけの金もなくては、ただ時を浪費して帰るだけの事に過ぎないと思います。ただ生活するだけなら、外に何もできないと同様です。『トリビューン』は南米に人を送る場合は一ケ月数百ドルの俸給（一週七十五ドルと思います）を払う外に、信用状までくれます。そして得る物は僅かの大ざっぱな通信文だけです。条件は非常に悪いと思いますから、誰か外にこの仕事を引き受ける人があれば私は助かります。

ラフカディオ・ヘルン

オールデンあてのこの手紙に対してハーパー書肆から二月十三日の日附でヘルンに返事を出した。その要旨は「ハーパー書肆は今度の日本行には責任はない。しかしヘルンがこの旅行を利用して提供した旅行記で、ウェルドンが是認した物を『ハーパーズ・マンスリー』に掲載する事は承知する」と言うのであった。それからさらに詳しくその条件を示した。

一、日本に関する記事で『ハーパーズ・マンスリー』に適当な物があれば六万語までは掲載する事。
二、できるだけ早く「日本の新文化」に関する物を得たい事。
三、一文は一万語を越えない事。
四、原則としてウェルドンの挿画のあるべき事、しかし挿画を是非入れなくてもよい事。たとえば日本語の特別の語法を示したい時には二、三千語でそれを書いてもよい事。しかしいずれにしてもウェルドンに見せて貰いたい事、ウェルドンはそれによってあるいは口絵か終りの絵かあるいは両方を作る事ができるから。

五、日本の宗教に関する——あるいは言語に関する哲学的あるいは科学的論文は『ハーパーズ・マンスリー』に発表しない事。国民生活に関係ある場合に限り、宗教的実行方面を取扱う事。
六、『ハーパーズ・マンスリー』に掲載の分の原稿は千語について二十ドル、その以外のハーパーの雑誌の分は千語につき十五ドルの割合で稿料を払う事。
七、日本に関する記事はハーパー以外の新聞雑誌に出さない事、それからこれ等の記事を書物にして一割の印税を払うべき事。

これだけ見たところでは余りよい条件とも思われなかったが、ヘルンはその翌々日十五日に承諾を与えた。思うに東洋ことに日本を見る事はヘルンの宿望であった。最近ヘルンを動かしたヘルンのいわゆる一大著述が出た。「一小冊子ではあるが、東洋に関する最良の書籍で、私の有するすべての東洋の書籍を集めたよりも遥かに豊富な内容をもっている」(全集第九巻四四八)とヘルンが賞讃したパーシヴァル・ローウェルの『極東の魂』であった。当時日本の憲法は発布され、その年一八九〇年(明治二十三年)には第一回帝国議会が開かれる事になっていた。その陸海軍商工業の進歩は極東の一小帝国をして次第に世界の耳目を聳動(しょうどう)させる物があった。ヘルンは多少不利な条件を忍んでなりとも、この好機会を逸したくなかった。

さらに百方ヘルンを勧めたのは発案者のパットンであった。金の不足が原因で断念しそうになった事を聞いて、自ら奔走して『コスモポリタン雑誌』の主筆にヘルンの西印度に関する随筆二篇を買わせた。この雑誌の記者をしていたビスランド女史もこれを助けた。丁度この時出版になろうとしていた『ユーマ』の装丁にも力を入れて日本の縮緬（ちりめん）を使ったりなどした。それからハーパー書肆に勧めて英訳の仏文学叢書に加えるために、アナトール・フランスの『シルヴェストル・ボナールの罪』の翻訳をヘルンに依頼する事にさせた。

ヘルンはニューヨークを嫌った、寒さを嫌った。この二つを忍びながら西十丁目一四九の部屋で全速力で翻訳をした。この翻訳はハーパー書肆から費用を受持ってよこした若い女速記者に口授してでき上った物であった。僅かに二週間ででき上った。この稿料は百十五ドルであった。

いよいよヘルンは決心して暫くアメリカを去る準備をした。ドクトル・グールドにまだ八十ドルの負債があった。五ケ月ばかり客になった恩義もあった。万一の事を考えたヘルンはこの際、オールデンに預けてあった蔵書をグールドに預け直した。

それから三月五日〔正しくは八日〕ニューヨークを立った。ここで得た親友エルウッド・ヘンドリックにオルバニーまで見送られた。画家ウェルドンと途中で一緒になった。ヘルンはスーツケースと手さげかばんとを一つずつもっていた。懐中インキ壜とペンを少しとペン軸三本もそのうちにあった。モントリオールからヴァンクーヴァーに行き、それから横浜に向ったのは三月十七日であった。船は「アビシニア」という小さい汽船であった。三等室には支那人が百人もいたが、支那人の習慣として埋葬のために本国に持って帰る遺骨は六十もあった。（全集第十二巻五六七）日本がヘルンの埋骨の地になろうなどとは夢にも思わないで出かけたのであった。

この三本のペン軸のうち、一本は棺の中へ入れられ、一本は異母妹アトキンソン夫人来訪の時贈られ、今一本だけ残っている。

ニューヨークを立つヘルン
（同行者ウェルドンの想い出のスケッチ）

七　横浜から松江

ヴァンクーヴァーから横浜まで十三海里（約二十四キロ）の速力で十七日を要した。陰気な天気の続いたあとで横浜へ着いた時は快晴であった。富士山と白い四角な帆をあげた多くの船を見ながら入港した。多くの外人客と共に船の名の語尾の「丸」を見て訝った。海鷗が手をのばして捕える事ができる程多いのを見て、パンの屑を投げ与えた。これは欧州の河や湖水の白鳥のように法律で保護してあるのだろうと考えて、動物愛護心の盛んなヘルンは喜んだ。これ等の光景に感激したヘルンは「自分はここで死にたい」と言ったのに対して、ウェルドンは「自分はそうは思わない、自分はここで生きていたい」と言ったと伝えられている。それから父と子とで櫓を押しているはしけに乗って上陸した。明治二十三年四月四日（受難祭の日）であった。桜はそろそろ咲きかけていた。やがて鯉幟も翻る頃に近かった。

　その日のうちにビスランド女史から貰った紹介状を持ってマクドナルドを「グランド・ホテル」に訪問して食事を共にした。ここでチェンバレンへの紹介状を得てただちに手紙を送った。（全集第九巻四七八）もうすでに西印度とは比べ物にならないこの複雑な国の研究は永く落着いてからでなければできない事を考えたヘルンは、この手紙のうちにも求職を依頼している。

ウェルドンとは別々の行動を取って時々会う事に二人で相談した。「日本への冬の旅」と題してハーパーへ送ったモントリオールから横浜までの紀行はその年の十一月の『ハーパーズ・マンスリー』に出た。ハーパーはこれに対して百五十ドル送った。

それからヘルンは横浜の寺院や神社を訪い、江の島、鎌倉にも遊び、東京にも行った。東京では新橋の車夫に引き込まれて、本郷の赤門前の三好屋という宿屋に泊った。その後明治二十九年大学に赴任した時偶然泊ったのが又この三好屋であった。

非常なる興味をもって毎日異境の珍奇なる見聞をしていたが、雨のためにとじこめられた日などには、つくづく来し方を顧みた。そこでハーパーとの絶縁という意外な事件が起った。新聞記者生活を止めてニューオーリンズを去って原稿生活を始めてから約三年間の収入一年平均五百ドルにしかならなかった。ニューオーリンズ時代の多少の貯蓄も消費して少しの負債もあった。西印度へ行った時もハーパーはただそこでできた原稿を買ってくれただけで、旅費滞在費一切自弁であった。その原稿も一度拒絶された事があった。今度の旅行の条件もよく考えると不利な事ばかりであった。旅費と手当はカナダ太平洋鉄道汽船会社のそろばん勘定の好意から贈られたので、ハーパーとは直接の関係はなかった。ハーパーの要求した記事の題目と条件は皆ヘルンの気に入らなかった。特派員という物はこんな物ではなかろうと思った。自分のような侮辱的待遇を受ける特派員はないと思った。ヘルンはそれから疑惑の眼をもって見た。要するにヘルンはハーパーがかけひきを知らぬ自分を利用し搾取し侮辱していると考えて憤った。こんな事なら自分は勝手にやってよいと思った。しかしこんな事を日本に来てから発見するのは遅過ぎる、実はウェルドンの条件が彼のより遥かによいことを発見して今度の通信はウェルドンの絵が主で自分の文は副であることに気がついて憤慨したことが直接の原因であったらしい。

それからハーパーに絶縁状を送ったのは五月上旬であった〔正しくは六月〕。ヘルンはもはや関係したくないと言って『ユーマ』『チタ』その他の契約書までも送りかえした。ハーパー書肆とウェルドンから弁明の手紙を送ったが、ヘルンはそれに耳をかさなかった。その後ハーパー書肆から書物の印税、稿料を送って来た時、ヘルンは頑として受取ろうとしなかった。ハーパー書肆は横浜の米国領事に依頼して友人マクドナルドを通じて送ろうとした。マクドナルドはそれで「グランド・ホテル」の株をヘルンの名義で買って置いておもむろに説いた。怒った相手から当然受取るべき金を受取らないのは鳩に豆鉄砲を打つような物で無効だと言った。むしろなるべく多く取るように工夫すべきだと言った。そしてヘルンにそれを受取るようにさせた。しかしヘルンのハーパー書肆に対する不快の感は長く残ったらしい。私が明治三十六年にヘルンを訪問して談たまたまアメリカの出版書肆に及んだ時も、ヘルンはハーパー書肆に対する不快をもらした。

ハーパー書肆と絶縁してから、日本での求職を続けるべきか、帰国すべきかについて暫く思い惑った事はビスランド女史への手紙にも明らかである。（全集第九巻四七五）たまたまビスランド女史に紹介されたマクドナルド、日本で交際をもとめたチェンバレン、以前ニューオーリンズ博覧会の事務官、当時文部省普通学務局長服部一三の斡旋で出雲松江の中学校の英語教師（月俸百円）となって赴任する事になったのは日本国にとって、又、ヘルンにとって不思議な因縁と言わねばならない。

出雲は神代以来有名な国であり、また交通不便で旧日本を知るに好都合なる事を思って、喜んでここに赴く事になった。好んで熱帯地方に赴いたと同じく前人未到の新天地を開拓して文学界のコロンブスとなろうという志はいつもヘルンに盛んであった。

横浜のある寺院で偶然知合となった真鍋晃（まなべあきら）という書生を通弁兼道案内として横浜を発し岡山に着き、津山を経て鳥取街道に出で下市（しもいち）に達し、ここで初めて盆踊を見た。伯耆（ほうき）米子から小蒸気船で中海を横断し、大橋川の水道に入り、大橋河岸に上陸したのは八月末であった。九月二日に登校した。師範学校にも少し受持時間があった。

明治二十三年前後には多くの中学には英米の雇教師がいた。松江の中学ではヘルンは第二回の外人教師であった。この頃日本全国はまだ欧米崇拝熱の去らない時代であった。極端なる欧化熱の時代いわゆる「鹿鳴館」時代を去る事遠くなかった。コルクが落ち込んだ洋酒の空罎一本をうやうやしく奉書紙に包んだのが貴重な贈答品であったという明治の初年が、精神的に復興したような時代であった。西洋人に笑われまいというのが当時の警戒であった。英語を国語にすべしだの、欧米人と雑婚して人種を改良すべし（高島嘉右衛門）だのいう説すら唱えられた時代であった。（日本国民の、少くも日本青年の自覚心は第一高等学校あたりの生徒が外人に野球試合で勝った頃から次第に起ったのである）私は郷里の中学で三度引続き米人教師の来任した時の事を覚えている。生徒の全部が学校を一日休んで国道を二里程行って出迎えをした。それ程に歓迎された崇拝された優秀人種なるがためであろうか、その外人の多くは自国の風俗習慣を貴ぶと同時に日本人を未開劣等の人種と見るのが普通であった。日本の事物を貶して二言目には「英国では」「アメリカでは」と反覆するをつねとした。

しかるに事実、この優秀人種として仰がれ、また自任した米英人のうちには意外に無学の人もないではなかった。上級生に文法で無造作にやりこめられる人もあった。手に錨の入墨をした人もあった。教室で煙草を嚙んだり、床の上に唾を吐いたりした人もあった。教場で売るために小冊子を持ち込んで二冊以上買えば割引すると言って、日本学生の軽侮を招く者もあった。

これ等の人々と同日の論でないヘルン、人種的国家的宗教的偏見の微塵もないヘルンが出雲の学生に如何に見られたろう。『知られぬ日本の面影』のうち「英語教師の日記から」中に当時の学生石原喜久太郎（後の医学博士）との問答がある。

「先生は天長節の式に御真影に敬礼なさいましたのを見ました。先生は先の先生とちがいます」

「どうして」

「先の先生は、私どもを野蛮人だと申しました」

「何故」

「その先生は神様（その人の神様）の外に尊い物はない。外の物を尊ぶ者は、卑しい無学の人民に過ぎないと申しました」

「どこの国の人です」

「耶蘇教の宣教師で、英国の臣民だと申しました」

「しかし、英国臣民なら女王陛下を尊敬しなければならない。英国領事の事務室に入るにも脱帽しなければならない」

「本国でどんな事をなさるのか知りませんが、仰った事は私の今申した通りでした。ところで私どもは、陛下を尊敬しなければならないと思います。それを本分と思います。陛下のために喜んで一身を捧げる事を光栄と思います。しかし、先の先生は私どもを野蛮人、無智蒙昧な野蛮人だと申しました。先生は如何お考えですか」

「石原君、私はその人自身こそ野蛮人、野鄙な無学な分らず屋の野蛮人だと思う。陛下を尊敬し、陛下の法律に随い、一朝事あるときは国家のために身分を抛（なげう）つのが最高の義務です。たとえ自分で外の人々と同じように信じなくとも、祖先の神々や国家の宗教を尊ぶのが君たちの義務です。それから、どんな人が言ったにしても陛下のためまた国家のために、そんな野鄙な悪口に対して憤慨するのは、君等のつとめです。……」

　珍しくも今度の西洋人は日本が好きだ。日本人自らがつまらぬと思っている物までも好むようだと言う声が、学生から父兄へ、学校から市中へ伝わった。松江の人は不思議に思った。感嘆した。さなきだに欧米人でさえあれば日本人に尊敬される時代に、日本を愛好するが故に一層日本人からは敬愛されると言う好位置に立った。その上松江人は元来外国人を歓迎する市民である。やがて全市挙（こぞ）ってヘルン先生（松江訛りではフェロン先生）を敬愛するに至ったのも不思議ではない。

　ヘルン自身にとっても松江の愉快であった事は想像が出来る。男女老若皆自分に対して笑顔を見せている。アメリカでは身長の低きをかこったが、日本人は五尺二寸五分のヘルンとあまり変りはない。富なくしては享有のできない物、随って人を不平ならしむるような物質的文明は日本にはまだ多くはない。首府を離れる事数百里のこの松江には現代物質文明の香すらも無い。電燈ガス電話は勿論西洋料理もストーヴも無い。質樸なる簡易生活があるだけであった。基督教の宣教師はいたが帰依するものは稀れで、もしあれば「お大」のような運命に遇ったろう。（『日本雑録』「お大の例」全集第六巻六〇一）はるかに出雲富士を望み、清き美しき湖水によった松江の風光は極めてよい。この当時のヘルンは多年の重荷をおろしたように感じて、こここそ自分の落ちつくべきところと思った。アメリカにおける悪戦苦闘は過ぎ去った悪夢のように忘れられた。当時の新聞の記事は赴任怱々のヘルンが如何に松江の人々に敬愛されたかを示している。二十三年九月十四日の『松江日報』（百七十三号）につぎの記事がある。

お雇教師ヘルン氏。本邦に在留せる西洋人はとかく自国の風を固守し我邦の事物を目して野蛮なり未開なりと悪しざまに批評する癖あれども、今度本県に雇入れられたるお雇教師ヘルン氏は感心にも全く之に反して、日本の風俗人情を賞讃すること切りにして其身も常に日本の衣服を着して日本の食物を食し、只管日本に癖するが如き風あり、氏が当地に着松せりとの報に接するや、或人は直ちに氏を尋ねんと思ひたれども、何分唯一枚の浴衣をつけたるのみなれば、箇様なる風にて初めて当地に罷り越したる外人を尋ぬるは、大に其礼を失するものならんとて態々其家に帰りて洋服に着換へ、それより氏の旅宿に赴きたるに氏は早速出でて之を迎へ某氏の洋服を着したるを見て跪坐するの困難を察し、椅子を出して之に坐さしめ、自身は浴衣のまま布団の上に坐しいと愉快げに当地方の談話を為したりと、某氏も之を見て大に其案外なるにあきれ、然らば態々洋服に着換へざりしものと後悔したりと、それより某氏はヘルン氏に向って当地は山陰の奥に避在して西洋人等の出入すること極めて稀れなれば、今度当地へ来松せられたるに就ても万事不便勝ちならんと物語りしに、氏は微笑して否々貴見大に違へり、予は日本の風俗日本の習慣を愛すること最も甚しければ、西洋人の常に往来して人々已(すで)に西洋風を見習ふたる地方は之を見るを好まず、古来の風俗習慣を其儘(そのまま)保存する地方に滞留するは予の最も好む所なり、故に予は日本人の住む所ならば如何なる所にても之に住居せんと決心せり、今日とても予の食物は少許の鮨、数箇の玉子、二、三合の日本酒さへあれば之にて充分なり、無理に西洋料理を食するに及ばぬことなりと喋々弁じ去りたりと云ふ、因(ちなみ)に記す、氏は過般日本玩弄物についての著述を為さんとして種々材料を蒐集中なりしが近来半以上脱稿をつげたりと云ふ。

翌二十四年五月二十六日の同じく『松江日報』（三百七十三号）に記事が二つある。

メール新聞記者大にヘルンを賞す。我が尋常中学校御雇教師ヘルン氏は西洋人として稀れなる日本好にして其衣服飲食より居宅装飾に到る迄一切万事日本風にて人をして一見日本人なるかを疑はしむる如くなること、及び氏は多年米国にありて操觚（そうこ）家となり此（この）社会に雄飛し極めて詩文に妙を得たることは毎度本紙に於て報道し置きたる所なるが当時横浜メール新聞記者たる頭本元定（ずもともとさだ）農学士は之に就て過般上京中なりし当地の某氏に語りて曰く「ヘルンは我がメール新聞の通信員にして、時々日本の事情に就て通信すれども、氏の如く日本の真情を穿ちて一読掬（きく）すべき名文を草するものは数多の通信員中一人として之れあるなく、今春氏の通信にかかる和田見情死事件の如きは能く日本娼妓の実情を直写せるを以て外人中に之を購読するもの甚だ多く、同日の新聞紙は忽（たちま）ち売切れたり、氏の如き文章家は中々得易からざるものなれば、努めて之を優待し永く日本に滞留せられたきものなり云々」而（しか）して同農学士はヘルンに其刺（そのし）を通じて今後の交際を求めたりとか、かくの如き良教員を得たるは我が中学校の最大幸福たるものなれば予輩は県下の為め、世人の厚く同氏を待せんことを希望せんと欲するものなり。

ヘルン氏大に満足せり。氏の初めて本県に雇聘せらるる事となるや文部大臣は特に本県に注意を下して氏の如き良教師は中々かくの如き小給にて雇ひ入るることを得るものにあらざれども、幸に氏は独身にして多くの出費を要せず、為めに多くの給料を望まざるを以て貴県に於ても心を此辺に注ぎ充分優待せらるべしとありしかば、同氏の来県以来、本県の氏に待するや中々懇篤なるを以て氏も大に之に満足し、松江の寒気には閉口すれども、向う五、六年は如何なる事情あるも当地を去るを欲せずと物語れりとか。

当時の松江の新聞のヘルンに関する記事はなかなか多いがいつもこの調子で掲げられた。日本好きの西洋人であるばかりでなく、えらい文学者だという事が知れ渡ったのであった。松江で人形や「ひとがた」を集めて英国博物館に送った事は事実であった。和田見情死事件とは『知られぬ日本の面影』に「心中」と題した一篇がそれであった。

当時の島根県知事は山岡鉄舟の高足と呼ばれた古武士の面影のある籠手田安定（こてだやすさだ）であった。ヘルンは一見してこの知事を敬愛した。熱心な国粋保存家であったので、松江の老士族連がこの知事によって武術の復興したのを喜んだ。二の丸で競馬が昔風にあった、撃剣や鎗（やり）の試合があった。ヘルンは必ずその度毎に特別に招待された。二十四年五月新潟県へ転任した時、いたく別れを惜んだ。中学の校長は木村牧、教頭は西田千太郎であった。西田は当時出雲の三才子の一人と呼ばれた温厚なる才人であった（工学博士西田精の実兄）。ヘルンはこの人と終世かわらない厚誼を結んだ。その後『東の国から』を捧呈している。晩年この人肺患にかかった時、ヘルンは痛く心配して「このような人このような病気にかかるのは神様が悪い」となげいた。早稲田大学に出た当時、この学校が好きであった原因の一つは、高田（早苗）学長の風采何となく西田に似ている事であった。漢文の教諭に片山尚絅（しょうけい）と言う片山兼山の曽孫で滋賀県師範学校長から転じた人があった。ヘルンは旧日本の人として敬愛した。英語の通じない片山を訪ねて、手真似で好意同情を表した事もあった。片山が茶菓をすすめて赤い色の羊羹を箸で取った時、近視のヘルンは之を煙草の火と思い誤り煙管を出して受けようとして気がついて二人で大笑した事もあった。散歩に出て、向うへ片山の行くのを見て、後ろから「カテヤマ、カテヤマ」と連呼して追いつき、共にどことなく歩いた事もあった。

当時の学生中にさきに述べた石原喜久太郎、大谷正信、学生中第一に旅宿に訪問し、また絶筆の手紙を得た藤崎八三郎（もと小豆沢）、落合貞三郎などがあった。あるいは西田と共に、あるいは学生と共に、あるいは単独で、暇さえあれば、松江市中をあさって、骨董や浮世絵を買い、又、市中や近郊の神社仏閣名所旧跡を訪ね、学生には牡丹、狐、蚊、幽霊、亀、蛍、ホトトギスの如き題を与えて英作文を作らせ孜々として日本研究を怠らなかった。

ヘルンが赴任後、まもなく松江人を驚嘆せしめた事があった。ある日単独で市中寺町龍昌寺に赴き、その墓地を徘徊して偶然一石地蔵を見て之は凡作でないと感じ、西田氏を通じて寺僧に尋ねてみると、それはその後関西彫刻界に名高くなった荒川亀斎（重之輔）の作であった、ヘルンただちに灘の四斗樽をみやげにこの人を訪問して彫刻を依頼し、又しばしば招いてヘルンのいわゆる「貧しき天才」を饗応した。今小泉家にある天智天皇の彫像は明治二十三年の東京博覧会に出品したのを譲り受けたのであった。この逸事が伝わって当時の新聞にも出て松江の人々のヘルンに対する尊敬はますます高まったのであった。そののち古美術の鑑定を依頼しに来る者さえあった。

松江に到着した当時は材木町の宿屋にいた。真鍋晃はまもなく帰った。その年の十月頃〔正しくは十一月〕、末次本町（すえつぐほんまち）と言う町の二階建の一家を借りた。材木町も末次本町も大橋川に架せる大橋に近く相隣した町である。湖上の展望もある。朝早く松江の人々が宍道湖（しんじこ）の水で顔を洗いながら朝日を拝するのを見て興じたのも、橋の上の霜をふむ下駄の音のからころと鳴るのを喜んだのも皆ここであった。

同年十二月、西田の媒（なかだち）に依って松江の藩士小泉湊（みなと）の女（むすめ）節子〔正しくはセツ〕と結婚した[*8]。小泉家は維新前御番頭を勤めて三百石を食（は）んだ家柄であった。夫人の母方の祖父は放蕩な主君を三たび諫（いさ）めて赤坂見附上の主邸内で切腹した出雲で有名な忠臣、塩見増右衛門と言う家老（知行千四百石）であった。その頃（嘉永以後）江戸では『三本杉家老鑑』と題して永く芝居に演じ、『線香山』と題して講談になった。その後の『河内山宗俊』も同じ事実によった物、「家老高木小右衛門」は塩見増右衛門をモデルにしたのであった。維新後、出雲には奮発家と言う新熟語が永く流行した。発奮して事業を起す人の事であった。夫人の父も奮発家の一人となって織物の工場を起したが、士族の商法が多く陥るべき運命に陥って失敗した。名家の零落は悲惨である。夫人も学問芸能一通り修めたあとで思わぬ不幸に際していた時、西田に勧められてヘルンに嫁する事になった。ヘルンの人となりはその頃松江市中に知れ渡っていたので、夫人も不安のうちに安心して嫁したのであった。この結婚は幸福であった。ヘルンその後の生涯の幸福は言うまでもなく、著作も夫人に負うところ多かった。日本婦人の美徳を讃した文章や手紙はなかなか多い。最後の『日本』において最も多くの紙数を日本婦人の礼讃にささげている。〔全集第八巻三九一―三九七〕二十四年の元旦に羽織袴で、日本の習慣通り年始の廻礼をした。定紋は中学の図画教師後藤金弥（魚洲）にはかりてヘルンの祖先の紋所と同じく、ヘロンとヘルンと似通えるところから鷺（さげ羽の）を用いた。

同年五月〔正しくは六月二十二日〕北堀町塩見縄手に転宅した。これは城跡に近く天主閣も見え、城の壕に臨んで庭の広い、池のある物寂びた屋敷であった。

その年の夏杵築の大社〔出雲大社の旧名称〕に詣でて破格の特権を得て参拝する事を得た。日御碕にも詣でた。宮司小野尊光男爵夫人は夫人の従姉なるがために殊に便宜を得た。加賀浦の潜戸も見た。松江に帰ってから前年赴任の時伯耆の下市で見た盆踊を見ようとしてそこまで行ったが盆踊は警察のために禁止された事を聞いて失望して、池の中に温泉の湧出する東郷の池に行く途中、八橋に滞在して海水浴をした。八橋より一里程の大塚[*9]と言うところに盆踊のある事を聞いて見に行ったが西洋人が日本の若い女をつれて来たと言うので踊りはそこ除けにしてヘルンを取り巻き、砂をかけるという騒ぎに驚いて帰った。八橋の人々はあとでヘルンに陳謝した。（全集第九巻五五七、六〇五）東郷の池に着くと絃歌しきりに起っているので、ヘルンは一刻も立ち留る事を肯んじない。そのまま引きかえし美保の関をへて松江に帰った。

ヘルンが専心文筆に従事し隠者のような生涯をおくるようになったのは少し後の事であった、日本での初めての著述『知られぬ日本の面影』は論文や小説もあるが大部分は出雲を中心として書いた地誌、風俗誌、名勝紀行である。その頃は学生をも歓迎し、教師とも交際した。学生大谷正信の家に行って節分の豆まきを見た事もあった。諸種の会合にも出た。島根県教育会の大会で通訳づきの講演をした事も二回あった。「想像力の価値」（西田千太郎通訳）、「熱帯地方の話」（中山弥一郎通訳）であった。ヘルンの伝記家が言う程臆病でも陰気でもなかった。けだし一年余りの松江時代程ヘルンにとって幸福な時代は前後になかった。松江人がヘルンに対して懐く尊敬と友情とを吸収して自分も松江の一市民の如く愉快に生活した。松江を去って後、東京に永住するようになってからも、松江の追懐談の出ない日は一日もなかった。

ヘルンは事情の許す限り松江に永住するつもりであった。ただ松江の気候冬すこぶる寒く、日本海を吹いて来る風は十三年間南部および熱帯地方に慣れていたヘルンには斬るようであった。身体はとにかく、ヘルンにとって貴い眼の悪くなる事は堪えかねた。ヘルンの眼は寒さにはいつも悪くなった。冬期だけを暖地で送ってその残りを松江で暮らそうなどとさまざまに思慮をめぐらしたが、最後には割愛して熊本第五高等中学校に転任する事となった。

学校生徒は勿論松江全市ヘルンとの別れを惜んだ。中学師範の教師一同より古出雲焼の大花瓶一対を贈り、中学生一同二百五十一人より金銀づくりの短刀を餞別に贈った。師範生は送別会を開いた。出発の当時コレラが流行したので学校閉鎖中にもかかわらず中学生全部は教師、父兄、市の有志、県の高官と共に波止場まで見送りをした。その日は明治二十四年十一月十五日であった。大橋から小蒸気で宍道まで行き、車で広島に出て、呉から汽船で門司に渡り汽車で春日（当時の終点）まで、そのさきは車で熊本に赴任した。

『知られぬ日本の面影』の大冊二巻はその後熊本時代に出版になったが、過半は出雲時代の原稿にもとづいている。日本に対してまだまぼろしのさめないうちの新しい印象を細大残さず書きとめてできたのであった。出雲に遊ぶ外国人はことごとくヘルンのこの書物に誘引されて来る。さて来て見てヘルンの明らかなる心眼と強き想像力とに驚嘆して帰るそうである。島根県警察部の調査にかかる外国人旅行人員調がある。三十二年から外人客の激増したのは偶然であろうか。ヘルンの筆によるのではなかろうか。四十四年九月二十八日の『松陽新報』の社説にこの事を説いて「小泉八雲の銅像を建てよ」と論じたのは偶然でない。

	人員
明治二十三年	?
同二十四年	?
同二十五年	一〇
同二十六年	四〇
同二十七年	四一
同二十八年	八九
同二十九年	五九
同三十年	五四
同三十一年	七一
同三十二年	二一二

	人員
同三十三年	一五二
同三十四年	一九〇
同三十五年	一八八
同三十六年	二六一
同三十七年	一五一
同三十八年	一九六
同三十九年	三二六
同四十年	三八二
同四十一年	三二四
同四十二年	三三四

八　熊本

熊本第五高等中学校の校長は初め嘉納治五郎（かのうじごろう）、のち中川元（はじめ）、教頭は桜井房記（ふさき）であった。佐久間信恭は同僚の一人であった。月俸二百円、明治二十四年十一月より二十七年十月まで満三年勤続した。初めの住所は手取本町三四に定めたがキリスト教会の鐘が近く聞えるので、坪井西堀端町三五に移った。この家には樹木こそ少ないが石の多い（その石に七百円程かけたと言う）広い立派な庭園があった。熊本の人は水前寺公園程の庭だと褒めた。高等中学校附属の外人官舎があったが日本間がないのでヘルンはこの官舎に入らないで、純日本風の家に入ったのであった。漢学の教師秋月胤永（かずひさ）〔悌次郎（ていじろう）〕はこの官舎に入った。秋月はもと会津藩の家老、白髯を垂れた愉快そうな老人であった。ヘルンは松江で籠手田知事を敬愛したと同じ理由でこの秋月先生を尊んで『東の国から』のうちに「神」と呼んでいる。二十六年五月、この人の古稀の祝賀会を学校で挙行し職員生徒一同の祝文詩歌を呈した。これを印刷して『鎮西余響』と題した小冊子がある。ヘルン自らの懇篤なる祝文もある。（全集第十二巻五七六）この小冊子をヘルンは大切に保存していた。学習院出身の柔道四段有馬純臣（すみとも）も教師のうちにいた。完全なる英語を話す人、最も貴族的な人、自分が見た日本人中で最も風采のあがった人と言っている。

熊本におけるヘルン夫婦

学生のうちには隈本繁吉も村川堅固博士も黒板勝美博士もいた。ヘルンがその手紙において最もその人物識見を賞讃しているのは当時法科の首席安河内麻吉（やすこうちあさきち）（内務次官在職中昭和二年没）であった。「男のうちの男」と家人に噂していた。東京の家を訪問した時、取つぎの者それと知らずに断って後、安河内なる事が分ってあと追いかけさせて引きもどした事もあった。（全集第十巻五四八—五四九、五五七—五六一）

熊本は松江とちがって風流の土地ではない、松江のように骨董店や古本屋はない。十年の乱でなくなったとも、初めからないのだとも言われている。松江のように茶の湯や生花などの盛んな土地ではない。風景は雄大で男性的で大陸的であるとも、殺風景とも言える。松江の別天地から、ただ大なる軍事上の都と言う感じを与えるばかりの熊本へ来たヘルンにとっては初めから少し勝手が違ったようであった。市中や近郊を散歩して「大へんよいところを見つけたから案内する」と言って夫人を連れて行ったのは、高等学校の後ろ細川侯の菩提所東嶺寺であった。

二十五年の春休みに太宰府に詣でた。夏休みには博多に二泊して門司から海路神戸に出て、京都奈良をへて神戸に戻り、再び門司に引きかえし、新たに門司から海路伯耆の境港に上陸し、それから隠岐に赴いて各島を歴遊する事三週間、美保の関へ戻ったのは八月十六日であった。[*10] 境港へ出て陸路備後の福山から尾道へ出て帰った。

二十六年の春、また博多に赴いた。その年の夏初めて、単身長崎へ出かけてみたが、余

りに淋しいのでただ一泊の後帰宅した。（全集第十巻三〇三—三一一）

二十六年十月十一日のチェンバレンへの手紙に、熊本におけるヘルンの日常生活を知らせた物がある。

……私の一日の行事を見本として書いて見ましょう。これは誰にも書く考えはないが、君にならば書いてならないわけはないから。

午前六時——小さいめざましが鳴る。妻が起きて私を起す——昔のさむらい時代の真面目な挨拶で。私は起きて坐る、蒲団のわきへ火種の消えた事のない火鉢を引き寄せて煙草を吸い始める。女中たちが入って来て平伏して旦那様にお早うございますと言ってそれから戸を開け始める。そのうちに外の部屋では、小さい燈明が先祖の位牌と仏様（神道の神様ではない）の前にともされてお勤めが始まって先祖へお供えをする。（精霊は供えてある物を食べないで——その精気を少し吸うのだそうです。それでその供物は極めて少々ずつです）もうすでに老人たちは庭へ出て、朝日を拝んで手を拍って出雲の祈禱をつぶやいている。私は煙草を止めて縁側へ出て顔を洗う。

午前七時——朝飯。極めて軽い物——玉子と焼きパン。ウイスキー小匙入れたレモナードと黒コーヒー。妻が給仕する、私は妻にも少し食べさせようとする。しかし妻は少ししか食べない——あとで一同の朝飯の時にも顔を出さねばならぬから。それから車夫が来る。私が洋服を着始める。初めのうちは、妻が順序よく一つずつ渡して、ポケットに気をつけてくれたりなどする日本の習慣は嫌いでした、——これは人を怠惰にすると思いました。しかしそれに反対しようとすると、人の感情を害して面白くないから、それで古い習慣におとなしく従っています。

午前七時半——一同玄関でさようならを言うために集まる、しかし女中たちは外に立つ——主人が洋服の時は女中たちは立っているという新しい習慣によるのです。私はシガーに火をつける——私のところへ延ばされた手にキスする（これだけが舶来の習慣）それから学校へ行く。

（四、五時間ぬける）

車夫の呼び声で帰ると、——一同まえ同様おかえりと言って挨拶しに玄関に来る、それから手伝いされるままになって洋服をぬいで着物、帯などに着換える。座蒲団と火鉢は用意してある。チェンバレンさんメイソンさんから手紙が来ている。昼食。

外の人々は私がすんだあとで食事をする、隠居は二人あるが、私は稼ぐ人だから、一家を支えて行く人の事は第一に考えねばならないと言う主義によるのです——しかし外の場合には第一の位ではない。たとえば一同集まる時には名誉の地位は年齢と親子の関係でいつもきまる。その時に私は第四番の席につき、妻は第五番の席につく。そして老人はその時にいつでも第一番にもてなされる。
食事中はみだりに他の人々や女中を妨げない事に一種の了解がある。規則ではないがこの習慣を私は尊重する。それで私は一同のすまないうちはみだりにその方へは行かない。それから銘々好きな場所についても一種の礼法がある——それも厳重に守られる。
午後三時四時——非常にあつい時には皆昼寝をする——女中たちも交る交る眠る。涼しくて気もちがよければ、一同働く。女は裁縫。男は庭やそこらで色々こまました事をする。子供たちが遊びに来る。『朝日新聞』が来る。
午後六時——入浴時間。
六時半——七時半——晩餐。
午後八時——一同箱火鉢を囲んで『朝日新聞』を読むのを聞く、あるいは話をする。時々新聞の来ない事がある——そんな時には珍しい遊戯をする、それには女中も加わる。母は合間に針仕事をする。ある遊戯は甚だ奇抜です。……
しかしもし夜が非常によい時には、私どもは時々出かける——いつでも女中は交代に連れて外出の機会を与えてやる。時々芝居に行く事もある。時々来客がある。しかし最も愉快な事は夜ランプのついた店で何か変ったあるいは綺麗な掘出し物をして来る事です。そんな時には大得意で持ち帰って、一同団欒して感心して見る。しかし私だけは晩は大概書く事にしています。私の来客で大切な客なら——妻だけが出て——他の者はその人の帰るまで出ないようにする。そして妻が接待する。普通の客なら女中に任せる。

夜がふけると、神様の世になる。昼のうちは神様はただ普通の供物を受けるのだが、夜になると特別の祈禱を受ける。小さい燈明をつけて、私を除いてうちの者は代る代る祈禱礼拝する。この祈禱は立ったままでするが、仏へのお勤めは跪いてする。私はただ一度祈禱をするように言われた、――それはうちに心配な事があった時でした、その時教えられた通り、一言一句日本語をくりかえして神々に祈った。神棚の燈明は燃えてなくなるままにしてある。

寝る合図をするのが私で、一同それを待っている――書く事に心を奪われて時間を忘れる事がある。そうすると余り勉強が過ぎないかと注意される。女中は部屋々々へ蒲団を拡げる、火鉢に火をつくり直して私ども――すなわち私とその他の男――が夜勝手に煙草を吸えるようにする。それから女中たちは平伏してお休みと言う、それから全く静かになる。

時々眠りにつくまで読書する。時々鉛筆をもって――床の中で書き続ける事がある――しかしいつでも昔の習慣に随って小妻はおゝさきに御免蒙りますと言う。そんな礼儀は――余り謙遜すぎるから――止めさせようと試みたが、結局は美しい習慣で――魂の中にしみ込んでいるから、止めさせる事はできません。これが日常生活の概略です。それから眠ります。

熊本時代にヘルンにとって一大事が起った。すなわち二十六年十一月（十七日）、長男一雄の誕生であった。（一雄の名はラフカディオに因んだのであった）アメリカの親友ヘンドリックおよび異母妹アトキンソン夫人に与えてこの事を報じた物がある。スペンサーを読んで世界観が一変し、この誕生によってヘルンの人生に対する考えが変ったのであった。ヘンドリックへの一部分はつぎの通りである。

君に一つお知らせしようと数週間待っていた事が思いの外遅れてようやく昨晩になって出来（しゅったい）した。それは長男誕生の事です。非常に強壮で大きい黒い眼をしています。しかし西洋の児よりはむしろ日本の児のようです。鼻は私に似ているが母の容貌が種々の点で私の容貌と混じっているから不思議です。幸に何にも異状がありません。医師の説によれば骨の様子で丈の高くなる事が分るそうです。欧州人と日本人との雑種は両親共壮健でさえあればいつも改良です。幸い自分の妻の一族は皆強壮な士族です。妻も無事ですが私は心配致しました。それからこの新しい経験で、「出産」という事は、神聖な物また恐ろしい物で、宗教の力を借りて保護してもまだ充分と言えない事を非常に深くさとりました。

それから自分の子供を生んでくれる女を虐待する男も世の中にはあると思い出したら、

天地も暫く暗くなるような気が致しました。それから私はこんな幸福を授けてくれた「不可思議の力」に対して恭しく感謝した事を白状します。――それからお礼の祈りを捧げました。そうするのが愚な事だとは思いませんでした。

君がいつか父となられる事があれば、一生のうちで最も不思議な強い感じは、初めて自分の子供の細い叫び声を聞く時であろうと思います。ちょっと自分の体が二つあるような変な感じが致します。そればかりでない、説明のできない一種の感じが参ります。――恐らく昔、昔、天地開けて以来、私どもの種族の父と母とが感じ来った感じが、この際自分に反響して来るのであろうと思える程の甚だ不思議な感じです。……

自分の受けたような教育は受けさすまいと言う述懐は同じくこの手紙（全集第十一巻八五―八七）に出ている。この時からヘルンは一層の責任を感じ同時に一層の勉強家となった。その後に友人に与えた手紙に、一雄の噂のないのはほとんどない。

二十七年四月讃岐金比羅に参詣した。二十七年夏、単身東京横浜に赴き珍しい玩具や乳母車など買い込んで帰った。東京ではチェンバレンの留守宅に泊った。メイソンと共に大津の海水浴場にも出かけた。帰途チェンバレンを宮ノ下に訪ねた。

熊本時代のヘルンも相応に社交的であった。二十五年の一月新年宴会の祝宴に羽織袴で偕行社へ出かけて来会者一同を驚かした。（師団長は野崎中将）その外公私の宴会へこの服装で出かけた事もあった。卒業生全体の写真には二回加わっている。二十七年三月九日明治天皇銀婚式の祝賀会を学校で開いて、夜四百の学生の提灯行列を行ない、九時に帰ってから余興と祝宴を開いてほとんど暁に達した事があった。この時もヘルンは九州学生の破鐘の如き万歳の三唱や、怒濤の如き軍歌の合唱や、フランスの学生ならばとにかく英国学生等の真似もできぬ程機智頓才の溢れた（とヘルンは言った）余興の芝居等に非常に興味を感じて、学生の強いるままに十五杯程の酒を飲んで二時過ぎまでいた事もあった（全集第十巻四九八―五〇三）。同じく二十七年の初め学校の同窓会なる龍南会の講演で「極東の将来」という大問題を捉えて「白禍」の次第を論じこれに対抗するのは日本人と支那人のみになる事を論じて最後に「肉体は野蛮人であれ、頭脳は文明人であれ、九州魂を養え、贅沢華美を捨てて質実剛健善良なる物を愛せよ、これがすなわち日本人を偉大にする所以、東洋の覇となる所以」だと論じた。（全集第十二巻五七九）

しかし、ヘルンにとって憶われるのは松江であった。二十五年十一月一日メイソンに与えた手紙に「……九州人――普通人――は好きと言うわけに行かない。出雲では万事柔和で古風であった。ここでは農夫や下層社会は酒を飲む、喧嘩をする、妻をなぐる。私は日本人は皆天使ででもあるように書いた事を思うと気ちがいにでもなりそうだ。……」（全集第十二巻一六〇）と言ったがこれは折悪しくも手取本町のつい近所で、事実人目もかまわず妻をなぐる相当の身分の人があって折々ヘルンの目にとまったのであった。松江の学生は多く神道を奉じた。熊本の学生は多く無宗教を宣言した。チェンバレンへの手紙に嘆じている。「私は『神の有無は知らない』とある学生の文章をどれ程見たか知らない程です、と言えば不思議に思われるかも知れないが、これは私には少しも有難くない。宗教家から見れば、私は不可知論者、無神論者、その他何とでも呼ばれるだろうが、しかし十八歳乃至二十歳の青年にして宇宙の『不可思議』に対して畏敬と哀愁を催さないのは大なる損失です。私にとっては宗教はいつも一大事でした。そして今日も私はある意味で深く宗教的です。青年に宗教の欠けたのは情けない事です。宗教心は後天的思想を彩るべき青年の詩です。少なくとも後に世界大の感情を可能ならしむるのです。……」（全集第十巻四五五）政治的方面もヘルンを悲観させた。選挙干渉という珍事もあった。チェンバレンに与えて「日本は道徳的大瓦解を蒙ろうとしている。ここでは漁夫が喧嘩をする、農夫が争う。政治家は要撃し合う、学生は戦う、罪人は増加する一方という有様です。日本も今少し経ったら世界最良の国では無くなるでしょう……」と言った。（全集第十巻三〇一）

　ヘルンの日本に対する（松江に対するとは言わない）幻影はやや消えかけた。しかし、ヘルンの新日本に対して慊らない心は、たとえば次第に生長して自分から離れて行く子供を見る親心のようであった。日清、日露の戦争の初めはひどく心配した。ヘルンのこの戦争中の心配は、ひいきの角力は大丈夫と知りながら同時にまた負けそうでならないのと同じ心持ちであった。

三年の期満ちたが、契約を続けない事にした。この時代にはヘルンは英語、ラテン語、（仏語も一時）併せて一週二十七時間の受持があった。[*11] その上作文の添削などすこぶる忙しかった。『知られぬ日本の面影』の一部と『東の国から』とその他の原稿がこの時代三年間の収獲であった。思うように述作のできないのが一原因で仙台や鹿児島の同じ学校からの招聘を辞し、『神戸クロニクル』社の招きに応じてその記者となって赴く事となった。毎日一欄ずつの記事を書く約束で月俸百円であった。

九　神戸

熊本に慊らないヘルンに神戸の気に入るわけはなかった。ヘルンにとっては神戸は旧日本の面影の最も見えない醜い欧州文明の模倣ばかりの新開地であった。盆踊のような旧式な物は一切外人の抗議によってか、日本官憲の遠慮によってか勿論見る事はできなかった。外人はここでは最も尊大に、日本人はここでは最も卑屈に見えた。外人商館を何番様と称し外人の家を御屋敷と称えて福の神様のように尊ぶところであった。市中を散歩すれば卑屈な車夫がうるさく後をつけて来てややもすれば悪所へ導こうとするなど、少しも油断ができなかった。仕方なくヘルンは人の通らぬ場末や田舎道ばかり歩いた。

初めの住所は下山手通四丁目七、まもなく同じく下山手通六丁目二六、後に中山手通七丁目番外一六に転居した。

ヘンドリックに与えて言った。「神戸はよいところだが、私には不愉快です。余り日本内地に慣れて来たからです。音をさせないで歩き、和かい声で話をする日本婦人の間で暮らした後で、外国婦人を見たり声を聞いたりすると、ひどく神経に障ります。（その上ここでは外国婦人はほとんど皆ひどい町人風で――気取った英米風が流行します）敷物、汚れた靴――つまらない流行――ひどく高価な生活――気取り――虚栄――無駄話。それよりは柔い畳の上の、いつも優しい礼儀正しい、美わしい、清い、質朴な日本生活の方がどんなにか住みよいでしょう。……」（全集第十一巻二九五）チェンバレンにも同じ意味の手紙を送っている。「内地にいたあとで、ここで外国生活を見るのは甚だ不愉快です、居留地などは恐ろしくなります……温泉津（ゆのつ）（石見（いわみ））や、日御碕や、隠岐に住んで、日本風に暮せるだけにしている方が開港場の最上の生活よりもはるかによい。……カーペット、ピアノ、西洋窓、カーテン、真鍮のしめ金、教会堂、みんな嫌いです。それから白シャツ、それから洋服……いわゆる文明なる物がどれ程嫌いであったか今まで気がつきませんでした。どんなにその文明の醜悪なるかは旧日本（昔からあった唯一の文明国）に長く住んでいたので初めて分ります。これが私の感情です。……」（全集第十一巻一五九）

二十八年の春、京都大博覧会を見てしばし滞在した。十月再び京都に赴いた。奠都（てんと）一千百年祭を見んがためであった。末慶寺を訪ねて畠山勇子（一六章『東の国から』を参照）の墓に詣でたのはこの時であった。

この頃琉球から熱帯地方マニラ辺へ旅行してみようと計画したが、ローマ旧教の注意人物と自任しているので、思い直して止めた事は第三章にも説いた通りであった。アメリカへ一度帰ってみたいと思ったが、家族のあるヘルンには、昔のように簡単な旅行はできなくなったので思い止った。出雲に帰って永住する方法も講じてみた。

二十八年五月十五日令息と共に黄海海戦当時の旗艦松島を見物した。

二十八年の夏は旅行しなかった。

これより先、熊本時代から妻子と自分の国籍問題について思い迷うて人にも相談したが、ついに帰化する事に決して手続をしたのは神戸時代の初めで、事の落着したのは、二十八年の秋であった。〔帰化手続きの完了は二十九年二月〕八雲の名は出雲を愛する余り「八雲立つ」の歌から取った大社のうしろの山の名によったものであった。「八雲」は「ハーン」に通ずるという意味は少しもなかった。

ヘルンの帰化の直接原因は日本国土の美に魅せられたからではない。もとより日本国土日本人民を愛する事日本人以上であったに相違ないが、帰化するに至ったのは妻子一族の将来を思うてかくするのが最善の方法と思うところを決行したのであった。ヘルンは以前自分よりも遠縁のモリヌーのために、大叔母ブレナン夫人の相続権を奪われた事に鑑みて、妻子のために正当なる権利を与え置く事を心がけた。ページ・ベーカーに与えて「領事の前で結婚すれば妻は英国人となって日本で財産所有の権利がなくなる。外務大臣の許可なくしてただ日本風に結婚しているのでは正当の結婚でない。――しかしその許可を得れば妻も子供もやはり英国人になってしまう。それで私の結婚は道徳的にまた古い法律では正当であるが、新法律では正当でなくなる。そして私の妻子（それから私は日本風に両親や祖父を養っている）は遺言状でも残して置かないと権利をもたなくなる。その遺言状にも、親戚の者から苦情が言える。そこで私は国籍をうつして日本人となってこの面倒を解決した。そうなると外国人並の俸給で日本政府に雇われる望みは全くなくなる。日本人となった英人はただ日本の標準で給料を支払われるからである。その上英人が英国民から与えられる極めて有力なる保護を失う事になる。最後に領事館税よりはるかに高い税を払わねばならなくなる。子供は兵役に服する事になる。（もっともそれは差支えはない）……」（全集第十一巻二七九―二八〇）とある。同時にヘルンにはどこまでもはっきりした個人主義の英国風よりもぼんやりした家族主義の日本風が好もしかった。「人が死ぬ、裁判官が出張する、領事が出張する、財産調べが始まる、競売が始まる、遺産分配が行われるという仕方より主人の遺した物は何となしにそのまま家族一同の物になるという方が有難い」と夫人に語ったのはこの意味であった。妻子の方を英国籍に移すのは気の毒、むしろ自分一人だけ帰化した方が簡単であるという考えであった。それ程にしながら、なお遺言状を書いて、増島六一郎博士に託した事を見てもヘルンが妻子のために思いやった事が分る。この帰化は、のち東京大学に招かれる時に及んで大に累（わずらい）をなしたのであった。

ついでだが、ヘルンの帰化に関してアメリカの諸新聞雑誌のうちに誤りを伝えている物がある。曰く「ヘルンの帰化したのは大学講師時代であった、その時祝賀会があって伊藤公が演説をした」（その演説筆記もある）また曰く「大学総長演説して『今やヘルン帰化して日本人となった、俸給もまた日本人並でなければならない、願わくは我等と同じく米食せられよ』と言って百五十円の俸給を三分の一、五十円に減じた、狡猾な日本人ではないか」

二十九年の二月に伊勢参宮をした。四月に京都、大津附近、法隆寺、奈良、堺、大阪に遊んだ。堺で妙国寺の土佐志士の墓に詣でて今もかかる人々が出て日本のために悪声を放つ外国人に制裁を加えたらよいと述懐した。伊勢には出雲にはない何々ホテルの西洋建築余りに煩しくて甚だ大神宮の神聖を害すると託(かこ)った。

すでに四十五歳に達し、且つ父たる事を自覚したヘルンの刻苦精励はこの時代より更にその度を加えた。二十八年一月ヘンドリックに与えて言った。

……今では時間程貴重な物は何もありません。私は無駄話を聞きに行ったり、結婚する見込もない（既に妻帯しているから）美人を見に行ったり、時間潰しにカルタをやったり、あるいは美わしい事も真実な事をも語っていない手紙に返事を書いたりして、時間を浪費する事はできません。勿論私も稀れにこんな事をする事もあるが、しかしあとで一生のうちそれだけ痛ましく浪費されたと深く感じます。そんな事には平気な人もあるが、人生の最好時期をつまらなく浪費した私はそれはできません。その償いに死ぬまで雷のように勉強します。立派な事もできませんが、しかし少しずつ分って来たようです。

私はどんな個人的娯楽にも無頓着になったようです、――同情と同情のある話の外には。これは少し病的かもしれません、もっと著しいのは、私がその人々のために働くのが当然となっている……人々のために働くのは最大幸福だと感じて来た事です。わざと考えているのではなく、その考えは私の一部となっている程に感ずるのです。

それから私も勿論少し成功して少し誉められたい。余り成功して余り誉められると驚いてしまいます。しかしこれまで得た賞讃でも時々面食った事があります。用心しなければなりません。

つぎに、これまで好きであった事で何だか嫌いになったと思う事があります。『プティ・ジュルナル・プール・リール』や『シャリヴァリ』(『ポンチ』や『パック』類)〔いずれも風刺画を掲載した定期刊行物〕などは一冊見ても厭になって怒りたくなります。本能以上の高尚な感情と衝突する本能に訴えようとの見えすくような考えで書いたフランス小説は面白くなくなりました。パリ・オペラ座が隣りにあって、無料で入場ができても行きたくはありません。もし行けば他の人の喜ぶのを見るためです。絶世の美人を訪問して夜会服で迎えられる事も厭です。随分変人になったとお考えでしょう。何と言う主義から来たのでもありません。ただ小さいながら自分の最善なるものに忠実なるわけに行かない事は、何でも避けたいと思うだけです。この規則から少しでも背くと仕事に障ります。

全体において少しずつ進歩するように思います。勿論、私の著述について落胆したり、つまらないと思ったり致します。今日はかなりよいと思い、明日は、自分は馬鹿で駄目だと思います。つまり神経の故によるのです。しかし永く満足しているのは非常に有害だと信じます。失敗や困難や嘲弄は欠くべからざる薬です。……（全集第十一巻二八九―二九二）

かくの如くにして、ヘルンの日本に関する著述のうち、最も有名なる『心』および『仏土の落穂』ができた。過労のために、二十七年の終りから二十八年の初めにかけて三ケ月間眼を病んで読書執筆を廃した事もあった。この時の医師ドクトル・パプリエルはもとドイツの海軍軍医であった。まだ軍艦生活を営める頃からヘルンの著述を愛読して、ニュルンベルクの新聞に『チタ』を翻訳した事があった。

明治二十八年十二月の初め、チェンバレンを通じて外山学長から東京大学文学部の英語英文学の講座を受け持つ事の交渉を受けた。ヘルンは熊本の学校の忙しさを思い出したのでためらった。しかしチェンバレンから審さに事情を聞いてまた親切なる礼儀をつくした申込みに接したので、ついに承諾して上京する事になった。この事情はあとで詳しく述べる。

二十九年の夏は、東京に転ずる事になって暫く遠ざかるからと言うのでまた出雲に行った。神戸から船で伯耆の境まで行って美保の関と松江に滞在して神戸に帰った。その間に松江中学校長浅井郁太郎の送別会にも出た。松江中学の同窓会にも出て講演もした。その趣意は「自分はこの学校の教師である頃、よく諸君から忠君愛国の話を聞いていた。自分はその当時さほどにも思わなかったが日清戦争の時に初めてその実例を多く見て甚だ感動した。この精神は日本の宝だから今後これを失わないように心がけられよ」と言うのであった。

一〇　東　京　その一

明治二十九年八月二十日、まず夫人と共に上京して本郷赤門前の三好屋に投宿した。[*12] ここで外山博士の来訪を受けた。ここは二十三年の春横浜から上京の際、偶然車夫に引込まれた宿であった。何分手狭であったので同二十八日龍岡町の龍岡楼に転じた。清水書記官の世話で小石川に西洋館のある邸宅を見たが気に入らない。ついに大学から遠いのを一つの取柄に、市谷富久町二一今の成女高等女学校（当時まだなかった）の門前の高台で日当りのよい新築の家に移ったのは九月二十六日であった（上京は九月七日、龍岡楼に移ったのが同八～九日、市谷富久町に移ったのが同二十八日とする説もある）。この家はその後梅沢中将が借りていたが、今はもうない。後ろは自證院圓融寺（俗称瘤寺）であった。寛永十七年（一六四〇年）尾張藩主徳川光友侯の夫人千代姫の母、自證院菩提のために創建せられた物であった。檜の皮を剝いだままの材木でできているので、瘤寺の名の如く節目の瘤著しく目立つ。東京の西に別天地をなして数百年の老杉昼も暗い程に森々として聳えていた。その間に散在していた墓地はヘルンの家と地続きであったので、暇さえあればこの墓地を逍遥した。住職とも心安くなった。（『異国情趣と回顧』「死者の文学」参照）

授業時間は十二時間、時間割はつぎの通りで、六年間変らなかった。

月　十一時——十二時（一時間）
火　八時——十二時（四時間）
水　午後一時——三時（二時間）
木　十時——十二時、二時——三時（三時間）
金　十時——十二時（二時間）

時間の組合せは文科一年生全部、英文科一、二、三年国史科二年独文科一、二年仏文科一年生合併、英文科一、二、三年生合併、英文科二、三年生合併、英文科三年生、英文科を除いた文科一年生全部などであった。教科書は学生の希望で文科一年生全体でミルトンの『失楽園』を用いた事が一回あったが、多くはテニソン、ロセッティ等の十九世紀詩人の作を用いた。英文学史の講義は年々続いて六年半のうちに内容は変っているが二回と少しくりかえした。五時間程の講義は種々の題目に関する物、同じ題目をくりかえした事はほとんどなく、毎年新しい物であった。

木曜日には十二時から二時までの休憩時間があったので、午餐は、初めのうち真砂町の彌生亭に出かけたが、学生もよく出入したので、その後は上野の森を好んだからそこの精養軒に行った。夫人と約してここで会食し、それから竹の台の当時の商品陳列館廻りなどもした。日本語で価を聞いたのに英語で答えた女店員に驚いて、そのまま買うのを止めたのもここであった。夫人の外出日は木曜ときめてあった。

　三十年の初め、熊本出身の学生同窓会に招かれて、駒込吉祥寺に赴いて一場の談話をした。

　三十年の二月十五日に二男巖誕生。強そうな名前の大山大将の名をとったのであった。

　三十年の夏、以前西田の紹介で知人となった浜松中学の教諭田村豊久が舞坂来遊を勧めたので家族同伴で行って見たが、海の遠浅であるのが気に入らない。その晩にもそこを去ろうとしたのを漸くなだめて一泊し、翌日は停車場ごとに下車してなりとも、よい海水浴場をさがす事にした。翌日浜松に行って焼津の事を聞いてそこに行った。海の深くて荒いのが気に入った。初め一週間程秋月と言う宿屋にいたが、後同じく田村の下宿の主婦の紹介で、魚屋の山口乙吉の二階を借る事になった。そこに一週間滞在の間に藤崎八三郎（当時士官候補生）が訪れて来たので帰途一同御殿場に下車し、ヘルンと藤崎とは富士登山した。

　三十一年の夏、家族一同および田村と共に鵠沼に赴いた。一月程の滞在中にマクドナルドは雨森〔信成〕と共に来遊した。蟹を捉え貝を拾うて小児の如く遊んだ。しかし鵠沼は同じく遠浅で気に入らない。宿屋は東京の客多くて騒々しく、再遊の念は起らなかった。

　三十二年再び焼津に赴き、山口乙吉の二階に入った。山口乙吉の名は焼津を材料にした諸篇に多く見えている。魚屋の兼業に、店には干物ラムネ草鞋までも売っていた。二階というのは、東西の開いた南北の閉じた、天井の低い蚤の多い、四畳十畳の二間つづきと廊下をへだてた十二畳との三間であった。三十三年、三十四年、三十五年、および三十七年と続いて赴いた。三十六年には夫人の産期が近づいたので行かなかっただけであった。ヘルンは暑熱を愛したので焼津は避暑でなくただ遊泳のために赴いたのであった。

焼津はヘルンにとっては松江や、日御碕や隠岐程に好きなところであった。松江で見たような旧日本を再びここで見出したのであった。「神様の村です」と口癖のように言った。「燈籠流し」という物を見たのはここであった。運のよい事があれば達磨（だるま）に眼を入れる習慣もここで見た。町では漁師から、田舎では農夫から会釈を受けた。ヘルンは毎日長男に教える外一切を忘れて、嬉々として遊泳を恣（ほしいまま）にした。ヘルンの遊泳は極めて巧妙であった。一日に三度は必ず海に入った。乙吉は草鞋をヘルンにはかせて海岸まで案内した。夜は提灯を携えて海岸に立ちヘルンの行方を見守り、遥かにシガーの火によってヘルンの所在を知る事を得た。雨の時でも雷鳴の時でも欠く事はなかった。雨の時には傘を海岸の砂の中にさしこみ着物をその下に置いて海に飛び込んだ。暴風雨の時には海岸に出て怒濤を飽かず眺めていた。夕方、子供と共に「夕やけ小やけ」を高らかに歌った。時に近隣の子供を集めて話を聞き、自分もランプを薄暗くして怪談を物語った。天野甚助の「漂流談」もここで聞いた。夫人は留守中、大掃除、虫干、畳の表替、障子の張替等、ヘルンの静思を破るような騒がしい、音のする事は皆済ましてから焼津へ迎えに行くのをつねとした。ヘルンは遊泳、散歩の外の日常の仕事は長男に教える事と、留守中の夫人へ一日一回またなの絵入りの手紙であった。

は二回手紙を書く事であった。巖の足は真黒になった。今日は鰹が沢山取れたなどの片かなの絵入りの手紙であった。

焼津におけるヘルンの逸事を二、三ここに書く。

ヘルンは焼津で余り立派でない理髪店で髭を剃らせた。剃刀（かみそり）の切れ味がよかった。その砥石（といし）を見てこれは絶品だ。これ程のものを有するからは余程の腕前であろうと言って書生に自分のナイフを研がせにやった。紙を切り鉛筆を削って見て気に入った。乙吉に聞いたら、研料は三銭との事であった。ヘルンは三銭では安過ぎる、五十銭やろうと言った。書生は乙吉と相談して二十銭やった。床屋は勿体（もったい）ないと言って受取ったと復命した。ヘルンは書生を叱責して「腕前を尊敬せねばならない、外観名声によって払うのでない」と言って更に三十銭を追加して「君の巧妙なる技倆に報ゆる」と言って床屋に贈った。ヘルンが帰郷の後、この床屋は礼状を送って来た。ヘルンはこの手紙を読んで、日本の総理大臣の感謝状を得たよりも有難いと言って保存していた。

児童を集めて話をさせたある晩の事であった。一人の子供の話の最中、長男がその話に身が入らなかったか、側の絵本を取りあげて見ていた。話が済んでから、ヘルンは「あの態度は悪い、あなたは無礼致しましたから謝罪をなさい」と言って、ただちに長男をその子供の宅にやって謝罪させた。

漂流談の主人公天野甚助は酒屋を営んで、乙吉の家と後ろ合せになっていた。ヘルンの滞在中、長男が甚助の混成酒をつくっているのを見てヘルンに告げた。ヘルンは「あの人もあの時分に死んでいれば、そんな事はせずに済んだであろう」と不興気に言って、それから焼津では余り日本酒を飲まなかった。

　焼津の海岸に頭と手のとれた地蔵があった。ヘルンはこれを修復しようと思い立って、モデルをさがして近傍の子供の「善作」と言うのを得て、石工を呼んで着手しようとして、手紙で一応東京の夫人に相談した。夫人はある老僧にはかった。子供の追善供養ならば、とにかく、さもなければ縁起が悪かろうと言われて、その通り不賛成の返事をした。ヘルンはその計画を中止して言分けの手紙を送った。それには地蔵が豆大の涙を流して、立っている絵がある。つぎに地蔵の独白（モノローグ）がある。曰く「自分は子供の冥福を祈るために建てられる地蔵ではない。浪を鎮め洪水の氾濫を防ぐための地蔵である。あの子供の母、思い違いをして、自分の改造の邪魔をしたので悲しい」しかし、あなたの言うことも至当故、この計画は止める。御免御免、と言うのであった。

　毎年八月十二日の祭礼に、山車が乙吉の家の前を通る時、ヘルンは必ず若者をねぎろうた。この祭礼にはいつも十五円乃至（ないし）二十三円を寄附した。帰る時には年々宿料の二倍乃至三倍を与えて、乙吉の親切に報いると、同時に棚の達磨の眼の出来るのを見て喜んだ。
（『日本雑録』「乙吉の達磨」参照）

　それから約半世紀後の今日の焼津町は、当時乱杙（らんぐい）の防波堤が今六百余間のコンクリートの物と変ったように変っている。しかしこの町の人々は今「贈従四位小泉八雲先生風詠之地」と題する碑を小学校の構内にたててこの土地を愛したヘルンを記念している。

ヘルンは東京を如何に見ていたか。三十年八月ヘンドリックに送った手紙の一部分を訳出する。

……このいやな東京では、真の日本らしい印象はなかなか得られません。君に東京の説明をする事はとても駄目です。一国一県を説明するよりむずかしいのです。ここに綺麗な、アメリカの郊外とも見える外国の公使館などの立ち列んだところがあるかと思うと、すぐ近くに数百年も立った古めかしい支那風の門のある屋敷がある。少し行くとまた数哩（マイル）平方の非常に汚ないところがある。それから砂埃になった数哩の練兵場があって殺風景な兵営が周囲に聳えている。それから大公園があって墨のように黒い影や、不思議に美わしい物がある。それから数平方哩の家並の店がある。これは一年に一度位焼ける。それからまた汚ないところになる。それから田畑や竹籔がある。それからまた町になる。それが皆平坦なのでなく坂だらけ。大うねりにうねった大都会である。鬱蒼たる伝奇的の静けさと工場や停車場や混雑の場所と互に入り混っている。遠くから見れば大きなハミガキ楊枝を立てた様な数哩の電柱の行列などは見てもぞっとする。いくら行っても尽きない数哩の水道鉄管は大通りの通行の邪魔をする。すでに七年かかって、地中に敷設しようとしているが不正事件やら何やらでなかなか捗取らない。広大なる貯水池もできているがまだ水がない。……雨ふれば市街が溶ける、鉄管が沈む、鉄管敷設の穴が足元の弱い老人を溺らせ、遊んでいる子供を呑込む。蛙が往来で盛んに鳴き合うという騒ぎ。こんな無茶苦茶騒ぎの真中で詩だの未来だの永劫だのと考える事はむずかしい。詩神は東京でお留守だから海岸へでも行ってさがすつもりです。……（全集第十一巻五六四―五六五）

この時代のヘルンにとっては詩神は焼津の海岸と、瘤寺の森林においてのみ求められるのであった。瘤寺の森林はヘルンが朝夕散歩の場所、黙想の場所、珍客接待の場所でさえあった。突然三本の巨大なる老杉が切り倒された。ヘルンは驚き且つ落胆した。もし寺の財政困難なるが故ならば自分の力の及ぶ限り老樹を保護したいとも言った。事実は瘤寺も押し寄せる物質的文明には抗し難く、墓地は移され樹木は切られ、あとは貸地貸家となる第一歩であった。その後ヘルンの散歩は止んだ。引き続く伐木の音を聞いて自分の手足を斬られるようだと歎じた。

これまで夫人が家を買う相談をかけるごとに、それでは松江で、隠岐でとばかりで相手にならなかったが、瘤寺の伐木事件で痛くふさいで引越しを考えていた時、偶然西大久保の小学校の隣地に、某子爵の本邸で樹木、草花、竹藪の茂る七百坪に近き地所に、五十坪許りの数奇をこらした家の売物のある事を聞いてついに買う気になった。さらに書斎等五十余坪を新築して、三十五年三月十九日に引き移った。

牛込を離れて西大久保に移ってからヘルンが単独に、あるいは家族とともによく散歩したところは、戸山の原、雑司ケ谷、高田馬場、目白台、落合、新井、堀の内であった。「自分が二十年若かったら江戸川を望む目白台に家を作りたい」と述懐した。勿論これは桂川水電の赤い柱の立たない以前の事であった。落合火葬場の煙突を眺めて「自分もやがてあの中から煙になって消える」と言って夫人を気味悪がらせた。落合橋の手前、江戸川の上流を見下した森林のうちに上戸塚の観音寺（八十八ケ所の第八十五番）という物寂びた寺院がある。大師堂もある。経文を彫刻した小石橋もある。ヘルンは寂寞たるこの寺域を特に愛して写真師をつれて長男をこの石橋に立たせてとらせた写真もある。境内の一地蔵の顔が長男に似ているというのでとらせたのもある。新宿二丁目太宗寺の大仏の笠を珍しがってとらせたのもある。

三十三年十二月二十日には三男清、三十六年九月十日には長女寿々子を得た。三十六年三月には大学を止めた。

この時までに大学の講義のために、著述の暇がないとこぼしながらリトル・ブラウンから『異国情趣と回顧』『霊の日本』『影』『日本雑録』の四冊、マクミランから『骨董』外に長谷川から四冊の「日本お伽噺」を公けにしている。さればこの頃のヘルンの刻苦精励

西大久保の邸宅と三人の息子たち

同住居跡の石標

はめざましいものであった。晩餐の招待に「人生は余りに短し」と書いて断っているのがある。ヘルンの伝説の一つに「紅葉館（メープル）クラブで、数多の外人集まって談笑の際、ヘルン突然立って『自分は急に今後この会に出られない事に思い及んだ。自分には時間が何よりも貴重だ。なすべき仕事が多い。ここで時間を空費する事はこれからはできない』と言って呆然たる一同を見かえりもしないでさっさと帰った」と言うのがある、勿論事実でない。偽筆も真筆以上の出来栄のがあると言うが、この作り話もこの時代のヘルンの心理を充分に説明している。

焼津、山口乙吉の家。現在、愛知県犬山市郊外、「明治村」に移築保存されている。

一一　東　京　その二

これより先『アトランティック・マンスリー』に出たヘルンの文章や『知られぬ日本の面影』を読んで、その流麗なる文体、豊富な学殖に深く感じた人は少数ながら日本人のうちにもあった。神田乃武（ないぶ）男〔男爵〕もその一人であった。男の親交ある外山学長に当時東京文科大学の英文学教授ウッドの満期の後の候補者としてすすめた。外山学長もこれに同感してチェンバレン名誉教授に依頼してついにヘルンを招聘するに至った。その第一回の通信はつぎの物であった。

一八九五年（明治二十八年）十二月六日

チェンバレン教授

少々お願いがあるのをお聴き下さい。来年九月から大学英文学教授の地位に新しい人が要ります。しかし君も充分御承知の通り、本国から知らない人を迎える事は甚だ冒険です。推薦状などはいつもあてになるときまらないから。誰か技倆の充分分っている人に来て貰えたら甚だ幸福と感ずる次第です。まだ今の場合に結局幸福と感ずるようになるかどうか分りませんが、容易に見切らないで、飽くまでお頼みするつもりです。

君は詩人ヘルン氏を勿論御承知の事と存じます。私はこの人の文学上の技倆について随分よく聞いています。こんな事柄に軽々しく判断を下して君に笑われるかも知れませんが、私はこの人こそこの頃の著作の外には何の推薦状をも要しない人と思います。こんな天才が何故かかる世界の辺鄙な地に止っているか分りませんが、それは私のかれこれ言うべきところではありません。そして私は心ひそかに、この人が長くこの国に止ってくれる事を願っています。さて私のお願いというのは、若し君にしてヘルン氏を御承知ならば、この文科大学で英文学を教授して下さるまいか聞いて下さいという事です。私の聞いているところでは、ヘルン氏は非官立学校主義だという事ですが、もしこの反感は、何か高い道徳上または政治上の主義に基づいているものならば、勿論仕方がありませんが、もしその原因するところは官立中学校からか、又は以前の校長か同僚の個人的欠点から偶発した些細な故障にあるわけならば、大学では万事もっと好都合であろうと思います。勿論ヘルン氏は何人にも拘束されずに独立であって宜しく、また学生の如何なるものなるかは、君自ら御承知の通りです。私の最も恐るるところは、ヘルン氏の近頃の著作は西洋の公衆によって大歓迎を受けたので地位や金銭の考えはこの人を誘引する所以になるまいという事です。しかし私はヘルン氏は不親切な人でないと思います、英文学の研究は一日も廃すべからざるのみならず、又よく人を得てそれを教えられる事は、日本文学の将来において大影響を有する事を固く信じてこの手紙を差上げる次第です。

君の代理の成功せん事を祈りながら、
君に対して忠実なる、外山正一

チェンバレンはさらに俸給その他に関し、詳細に尋ねたあとで、ヘルンにこの旨を伝えた。ヘルンはよい校長の下で、気楽な学校へ行く事なら、月百円でもよいが、外国語を三つ教科書なしの一週二十七時間、五分間も腰かける暇のない、碌に昼食もできない、不作法な熊本の事を思い出すと、一週千円でも行く気になれないと書き送った。チェンバレンから外山学長へ交渉する。外山学長からそんな学校ではないとつぶさに説明する。ヘルンの方では二人の懇切に感じて、チェンバレンに三つの条件を出して、これでよければ承諾してもよいと言った。第一は国籍の如何によって俸給は変らぬ事。第二は一期限の間雇われる事。第三は助手助教授等に外の人を入れぬ事。これは勿論有能な人ならば差支えはない、とにかく自分の妨害をしたり教師学生間を中傷するつまらなくうるさき人を入れぬ事。この三条件であった。さらにこの手紙に書き加えて「私は注文通りの事はできるかどうかは覚束ない。学究的方法で英文学を教える事はできまい。私は進化論的工夫によって歴史的感情的に教える事ならできよう……」終りに、「この事を妻にきかせると、妻は教師にならない迄も東京へは是非行きたいと言ったが、私は東京は嫌いだから、数年の辛抱の後田舎へ退隠して一生を送りたい。蛙の鳴く水田、晴れ上った朝の空、霞、野火の香、田圃の歌、笠を被った農夫、素性が分らぬながら、それぞれ縁起のある神社の祭礼、小さい店とそこに住んでいる人々の一生、八百屋、飴屋、占師、僧侶、神主、漁師、不思議な話を語る巡礼。これ等は私の愛する美の世界、私の入るべき世界である。……」と言った。

ここまで話が運んだので、外山博士は初めてヘルンに手紙を送った。

一八九五年十二月十二日、東京文科大学において

ラフカディオ・ヘルン殿

昨朝程喜ばしく感じた事は近来ありません。チェンバレン教授はわざわざ君との文通の結果を知らせにお出で下さいました。私はチェンバレン教授の助けをかりた事の無駄でなく、私の同教授に書き送った事が、目ざす人の注意を惹くに至った事を甚だ有難く思います。私どもの友人チェンバレン氏はこの上媒（なかだち）となっては、あるいは誤解の生ずる事を恐れるという事ゆえ、失礼ながら私は直接に君に文通致します。私は君に初めて手紙を上げるのですが、さながら旧友にでも文通するような感があります。私はこれ迄いつも『大西洋評論（アトランティック・マンスリー）』にある君の寄稿を読んでいます。「戦争後」〔『心』所収「戦後雑感」〕を面白く読んだのもつい数日前でした。しかし筆を執って君の如き英文の大家に対して文通する事を思うと多少臆しないわけに参りません。

御注意の条件について申し上げます。

一、帰化して日本臣民となったために、俸給に関係するというわけは分りませんが、外人の教授が日本臣民となった例は全く新しいので、この点に関しては今少し調査を経た後でなければ、何とも申し上げかねるが、私どもにまだ分らない事はこの点ばかりではありません。とにかくそのような点に関して必要なる調査をしてその結果をお知らせ致します。

二、「大学の一期限」という意味は、私にもチェンバレン氏にも充分分りませんが、氏の考えによれば、一学生が君の教授を受ける一定の年数を指すのであろうとの事です。どの意味であろうとも学校のきまりはこうなっています。すなわち議会の協賛を経た通り、大学は外国人の教授を来る九月より二年間（より二ケ月を減じて）を一期として英語英文学の講座に聘する事ができます。しかし、これは本国から来る人にとっては余り短期限なので、学校ではこの期限を今一年増して三年にしようと議会に要求するつもり、議会も異議なかろうと考えます。それ故議会が許せば君と約定の期限もお差支えなければ、三年に致したいのです。但し議会が万一承諾しなければ約定の最大期限が一年と十ケ月になります。しかし双方異存なければ（異存はあるまいと思いますが）初めの契約の終りにまた三年契約を延せない理由はありますまい。ただ憲法上の手続きがうるさく加わっているだけです。

三、大学では君が……困ったような助教授、助手などで煩わされる事はありません。第一の点に関して調査した結果が、君のために好都合であると分り次第、私は早速私の計画を実行するに必要なる手続きを致します。三月の終りに予算の定まり次第、確たる契約を結ぶ事ができる筈です。

幸に我校で、英語英文学の講座を受持って頂く事になれば、学生は君の薫陶の下に啓発されるところ甚だ多かろうと信じます。君は謙遜して自分の資格を軽んじていられるが、君の言われる通り、英文学は進化論の主義を基として、歴史的にまた感情的に教えられるなら、これに増した教え方はあるまいと考えます。

ここに封入した物で英語英文学の外国教師を雇入れる場合の主なる条件の如何なる物であるか分ります。

これですべての点が明瞭になったろうと思います。

敬具

外山正一

東京、一八九五年十二月二十日

それからヘルンの方で承諾の旨を答えたので、外山博士から又つぎの手紙を送った。

ヘルン様

御存じの通りつまらない事でどうかすると人間は喜んだり悲しんだり致しますが、御手紙の初めの三字を見て私の不安の念がなくなりました。その点について深く感謝します。手紙の初めに「殿（サー）」などと始まっていると両方の間が妙に遠慮があって心からの温かさのあるべきところに冷淡な隔てができるように思われます。先達てさし上げた手紙にその冷たい形式で始めたとき、私の心が不満足でした。しかし有難くも君の方からこの忌むべき「殿づけ」を止めてもよい事にして下さいました。

先の手紙に、時間の点について明瞭に書かなかった事を残念に思います。一日四時間は最大限でしょうが、どこの大学教授でも、そんなに働いて貰えるわけは無い。君の場合において実際の受持時間は一日に二時間すなわち一週十二時間以上になる事はありますまい。勿論多少の「直し物」もありましょう。それは教師に覚悟して貰っています。君の文学上の述作をなさるのに充分な時間があると信じます。また、日本人の性格の研究に関して、一新天地を開くようなもの故、大学の人々と親密になっても君の著作も、性質において損害を受けるような事はあるまいと思われます。

友人が『東の国から』を一冊進んで貸してくれたので、私は大愉快を以て、数日前に読み了りました。そのうちには全く人を感動させるところが多くあります。今度の『心』を一部下さるとのお約束は有難く深く御礼申し上げます。私の方ではその代り『新体詩集』を一部謹んで呈上致します。日本語ですから君に面白いかどうか分りません。吹聴のようで恐れ入りますが、少しこの書物について言わせて下さい。恐らく君は御承知でしょうが、日本には欧米にあるような本当のあるいは愛情の現れた読方は講釈師のようなのを除いては外にありません。私は人の日本文を朗読するのを聴いているといつでも皆必ず変な節で、それを読み上げるだけです。新体詩でも、感動を与えるように読むために書かれるのではありません。作者自身でも、自分の作った物を、如何にしてよく読むべきかなどの考えは少しもありません。そこで私はこの事を数年来研究しています。この進呈した書中にある私の作は『人生の讃美歌』または『サー・ムーアの葬式』の作の如く朗読し、高唱しようと言う特別の目的で書いたのです。文体は我流で一風あります。そこで世間や、批評家は全く狼狽しているようです。すなわち強い句、その他そんな事に全く無学な人々にとっては、普通の七五調や五七調の作の方が、もっと自然で又もっと上品に見えるからです。ついでに申し上げますが、サー・エドウィン・アーノルドの『喇叭手白神源次郎』の詩をお読みの事と想像します。もしお読みなら如何お考えですか。私にはあの詩は少し冷やかで、充分な情熱がないように見えます。サー・エドウィン・アーノルドは冷たいインキで書かないで、燃ゆる血で書いているとは思われません。しかし私は大分生意気になったようです。桂冠詩宗の候補者に対して日本人の癖に、こんな事をならべるのは全く出過ぎた沙汰です。

クリスマスのお祝いを申し上げてもよいでしょうか。

忠実なる
外山正一

私は不幸にして、外山先生の名高い朗読は一度も聞く事を得なかったが、先生の新体詩および朗読に対する熱心を知っている者は、先生が新来のヘルンに対して、かくまでに胸襟を開いた書簡を読んで微笑を禁じ得ないであろう。この時の外山学長の手紙は外にもあったが、その中の一通をヘルンは、西田千太郎に与えたそうである。その他のものは『心』を贈られたことに対する礼状、フェノロサを紹介したもの、それからヘルンが帰化人である為にいろいろ困難はあるがこれは必ず克服の出来る見込のあることを通知したものなどである。このような書簡の往復に基づいて、ヘルンの大学に入る事は決定した。

決定して、いよいよ手続きをする場合に意外な障害を発見した。当時の規定に「新たに日本人を雇入れる場合には月俸百円をこえる事を得ない、但し特別の技能を有する者はこの限りでない」という意味の箇条があった。ヘルンは英人ではあるが日本に帰化しているので外人に対するような契約もできない。日本人同等の取扱いもできない。そこで俸給は西洋人並にして特別待遇を受ける講師となる事になった。契約年限は外山博士と黙約にして、表面は二十九年九月から三十年三月までであった。翌年からは一年ずつの契約で最後まで続いた。かくて一週十二時間の授業を受持って月俸四百円と決定した。最後の二年は四百五十円となった。

その外ヘルンは、外山博士に高帽や白シャツやフロックコートや燕尾服を着用しない事を要求して外山博士はこれを許したと言う事である。それにもかかわらず明治二十九年十二月明治天皇の行幸にはフロックコート高帽（シルクハット）で出ている。更に驚くべきは三十年の卒業式に列し、同じくフロックコート高帽でエック教授とリース教授との間に入って、文科の職員卒業生の写真に加わっている。

西田千太郎に与えた手紙に左の一節がある。

> 外山博士はますます好きになります、珍しい人です。本当に真面目な、しかも世慣れた人——非常に親切な、そして非常に率直な人です。皮肉の言える人で、皮肉などはなかなか上手です。外人の教師のうちにはこの皮肉を大分気味悪がっている人もある。私もなかなか鋭いのを側で聞いた事もある。しかも外山博士はまだ直接に私にはやらない。よく私の性質を理解していると見える。英文学者やその価値についてなかなかよく知っている——自分の専門の事はほとんど語らない。どうしてあれ程英米文学者を研究する暇があったものか分らない。私には学生の事についていろいろ注意してくれた。学生の好みや、学生を喜ばす事について。……

外山博士の雅量よく、ヘルンの長所短所を知ってこれに接した事が分る。外山博士の諧謔は遠慮会釈なく、縦横に当ったがヘルンだけには向けなかった事も分る。三十年六月外山博士の学長時代に初めの一年間の報告を送って、同時に文科大学の英語英文学教授に関する改良意見を提出した物も残っている。

翌三十年十一月に外山学長は大学総長となり、三十一年四月伊藤内閣に入って文部大臣となったが、僅かに二ケ月にして伊藤内閣の総辞職と共に辞した。三十三年三月八日中耳炎で没した。ヘルンが日本において葬列に加わったのは、前後ただ一回外山博士の葬式の時であった。『知られぬ日本の面影』のうちに出雲の学生の葬式を詳しく記してあるのはその実、熊本へ転任の後の聞き書きであった。ヘルンの手許に外山博士に関する物が多い。鳥谷部(とやべ)春汀(しゅんてい)の評論のある雑誌『太陽』も保存してある。如何に故人の記念を尊重していたか分る。

ヘルンが、松江時代熊本時代から神戸時代東京時代にうつるに随い、次第に交際嫌いになったのは、寸陰を惜んで刻苦精励するに至ったのと、今一つはヘルンの気分が次第にかくの如くならしめたのであった。

大学でも、松江の籠手田知事、熊本の秋月胤永の如き人を見た。それは言うまでもなく髪を茶せんに結うて、鉄扇を持っていた根本通明翁であった。しかし今度は進んで話をする程ではなく、ただ相見て目礼微笑するだけだった。今一人半白の老人があってヘルンに目礼し、ヘルンもこれに答うるをつねとしたが、しかし進んで知ろうともしなかったと見えて、この人の名は知らなかった。恐らく栗田寛教授ではなかったろうか。

大学もヘルンの思うように暇ではなかった。一週十二時間土曜日だけを除いて一日二時間ないし三時間の授業があった。そのうち木曜日の授業は午後にわたった。教科書を用いる時間は五時間程であった。テニソン、ロセッティなどを使用したが、これにも多く詩に関する講義の筆記をさせた。少くとも七時間は講義であった。年々歳々同じ講義を繰りかえす例もないではないが、ヘルンにはそれはできなかった。絶えず新しい講義をするのには、その準備に絶えず苦心せねばならなかった。三十一年三月マクドナルドに与えた手紙の末に「日本の大学教授なるものの境遇はまず大概この通り」とある。

一、一週十二時乃至十四時間の講義。
二、一年平均百回の公けの会（懇親会、送迎会等の晩餐会）
三、六十回の私交上の晩餐会。
四、平均三十回乃至五十回の慈善会、音楽会、慈善会でない会、音楽会でない会等からの招待。
五、平均百五十回の午後の社交的訪問。

六、平均三十回の日本出版物に寄稿の要求。
七、平均百回の各方面から金銭寄附の要求。
八、平均一ケ月四回の演説、講演の要求。
九、平均百回の「何か用のある」学生の訪問——たいてい教師の時間を浪費するため。

これで半分程書いたに過ぎない。私はどれにも皆「否」と言う。——勿論柔かに、さもなければ、どうして生きていられよう。まして黙想の時間、著述の時間などは到底あるものでない。……

ヘルンの大学に対する不安は歴史のリース教授および経済のフォックスウェル教授の解雇と外山博士の逝去の頃から始まっている。

リース教授の解雇にはヘルンは深く同情をよせたが、仕方がないと思った。日本人は次第に研究を積んで一時外人に委ねてあった学問をまた譲り受けるのが至当だと思った。フォックスウェル教授はヘルンが「英人には珍しい立派な人——あくまで学問的でしかも同情のある人、面白い友人、博(ひろ)い強い思想家」（全集第十一巻三五〇）と称讃した人であった。明治三十二年十月にこの人の帰国の時に与えた手紙に「今後、再び君に、休憩時間の退屈を紛らして貰えない事を残念に思う。しかし、私自身の解職の日も甚だ遠かろう筈はないと思う」（全集第十一巻三六八）と言ったのは必ずしも人を慰めんがための言い草ばかりではなかった。毎月三月の末に契約の新たにせられる時夫人に辞令を渡しながら「又もう一年だけいる事にしました」と言うのを常とした。

私は明治二十九年、ヘルンの招聘せられるとともに入学して三十二年に出たが、ヘルンの大学の構内を散歩するのを見た。蒲公英（たんぽぽ）を摘んで来てテニソンのある比喩を説明した事もあった。同時にいつも教官室に出入するのをも見た。当時の外国教師エック、ケーベル、フローレンツ、リースの諸氏と親しく話しているのをも見た。しかるに三十三年に入学して三十六年の春、ヘルンの解職当時なお在学中であった落合貞三郎その他の人々は、ヘルンが教官室に出入したのを目撃した事を覚えないとの事である。教官室に入らない人は外にもあったが、ヘルンの如く入らない事を通則とした人はなかった。ヘルンは車から下りて風呂敷包みを携えてただちに教室に入った。休憩時間には構内の池の囲りを散歩し、池畔に休んで煙管で煙草を吸った。雨天の時にはそのまま教室に休息するかあるいは廊下を往来するだけであった。

フォックスウェルも去りリースも解雇されたが、外山博士が居る間はまだ心丈夫であった。契約は一年ごとに継続された。そのうち三十三年の春外山博士は逝去した。急に頼りなく感じた。これまでも交際嫌いなヘルンは学校では孤立であった。他の外国教師はいずれも大学出身の長々しき学位を有せる人々であった。ヘンドリックに与えて「今、文科大学にいる人々は哲学の教授（ハイデルベルク）、サンスクリットおよび言語学の教授（ライプツィッヒ）、仏文学教授（リヨン）、それから——どこの馬の骨だか分らない英文学の教授」（全集第十一巻五三九）であるとヘルンは言った。偶然にもまた当時の文科大学における外国教師は、ことごとくヘルンの讐敵（しゅうてき）ローマ旧教で養成された人々であった。エック教授はその派の僧侶、ヘルンが中頃親しくなった事はあるが、初めから恐れた人であった。哲学のケーベル教授は仙骨を帯びた先生ではあったが時に怪気焔を吐いて人を驚かす事がある。ヘルンに向って「異教信者は皆霊魂を救うために焼き殺すべきである。また全世界はローマ旧教の支配を受けるようになるがよい」（全集第十一巻五四五―五四六）と放言してヘルンを驚かした。ヘルンの次第に疑心暗鬼を生じて教官室に入らなくなったのは「飴屋、八百屋、占師、巡礼の世界こそ自分の世界である」と言った理由の外にヘルンにとって相当の理由があったからではあるまいか。ヘンドリックに与えた手紙のうちに「それから、だんだん淋しくなる。それから私が通るといつも大きな音をさせて地に唾を吐くのをきまりとしている人々がある。この悪戯は日本人も上手だから西洋人に限っているわけではない。しかし、今言ったのはハイデルベルク出身の博士たちの行儀です。しかしそんな事はどうでもよい。……」（全集第十一巻五五四）この手紙は明治三十年五月のものである。その当時すでにこの疑心があった。

家族にはいつも快活な方面を見せ、少しも憂愁の色を示さなかったヘルンも、いつの頃よりか、夫人に向って「ヤソ教徒は同盟して、私を大学から逐い出そうとしている」と語るようになった。

ヘルンのキリスト教徒から迫害を受けていると自ら信じているのは古い事である。熊本時代に（明治二十六年二月）ヘンドリックに与えた手紙にも「……つまらない小さい自分だがあらゆるヤソ教徒の注意人物である。生意気だなどと考えてはいけない。注意されるのはえらい者に限る事はない。正業に帰ろうとする醜業婦や、職業を求めようとする前科者と同じである。これ等は少しもえらい事はない。私に何かよい職業でもあったら、必ず、無信者、不名誉な元通信員は、文学を教えるという口実の下に青年を腐敗させるという反対の声が上るであろう。……フィスクが言った通り、今日は異教徒を焼き殺しはしないが、その代りその名誉を害し流言を放って餓死させようと同盟する。……私は何か貴い目的のために殉難者を気取るつもりはない。私はそんな者ではない。要するに私は不評判な人間だ。それから醜男だから、婦人の力で幾分弁解して貰えるというお蔭などは全くあろう筈がない。――それから、私は横着で出しゃばりでないから、私の力で得られる物も長くもっていられない。白髪まじりになったこの年になってから漸く分って来た。それから独立のできる見込もなく、報酬のよい地位を得る見込もないから、文学の方面で最善をつくす事もまずできそうにない。やりたい旅行をやる暇もなく金もなく機会もないから。……」（全集第十一巻三五―三六）

明治33年頃のヘルン（上）とマクドナルド

大学に入った翌々年、一八九八年（明治三十一年）十月、マクドナルドに与えた手紙にこの迫害感は更に大きくなっている。その大意はつぎの通りであった。「私を圧迫する物は社会と教会と英米の批評界の三つである。第一の社会はある種類の人に圧迫を加えて餓死させる。私もその種類の一人である。第二に私は教会の圧迫を受けている。教会といってもローマ、ギリシャ、英国教会等と言うのではない。すべての宣教師を支えてすべての自由思想を排するヤソ教全体を言うのである。宗教家の方から私の著書について時々親切な手紙を送るからと言って、欺かれてはならない。その手紙は心からの物であろうが、しかし教会の大勢力に対しては何の力もない。ハックスリー博士も言った通り『それと戦って見た上でなければ迷信の力の如何に強き物なるかは分らない』（このハックスリーの言葉は手紙のうち講義のうち幾度か引用された）実際社会と教会と連合すればなかなか、力のある事は君も認めるであろう。第三に批評界が私を圧迫している。著書の評判のよい事はあてにならない。新聞雑誌の上で、書物を賞讃するのは広告を寄せ集める手段に過ぎない。人間が少しでも変った事を書いて注意を引けば、必ず圧迫を受ける物である。ただ精神肉体共に強ければこれに打ち勝つ事ができるが、私のような弱い者には駄目だ。自惚（うぬぼれ）と思い給うな。かくなるのはつまらない人もえらい人も皆同じです。社会、教会、批評界の三つでは、圧迫もすこぶる大きいと言わねばならない。日本に来て私に会う事を求めるのは同情からのためではない。六本足の牛を見に来る好奇心の類で、あてにはならない。この圧迫に対して、私の持っている味方は、君と日本政府ばかりである。日本政府は私の著書が日本に多少の利益をなしている事をうすうすは知っている。」（全集第十一巻四六三―四六五）

ヘルンが一八九四年（明治二十七年）十二月、神戸からヘンドリックに与えた手紙に次第に人間嫌いになった事を自白している。外界に対する君の精神上の変化の事を承った。私の場合では、この変化は悪い方です。私は少し人間嫌い（ミサンスロピック）になったようです。人と人との関係の真相は要感ずる事ができなくなった。その強さはただ勢力、地位、年齢等によするにみな利己主義から来ているように見える。その強さはただ勢力、地位、年齢等によるに過ぎない。この関係のうちに興味のあると思うのは皆迷いだと思われる。一般に男は外の男に己れの本心を示さない。示すとすれば女にだけ示す。それもその女が外へ洩らさないと信じている場合だけ。勿論女の方でも洩らさない、そこは神様が番をしている。女も他の女に本心を見せない、男にだけ見せる。女の見せる魂は男は外に洩らす事はできない。男は如何に野蛮でも女の美醜を言う事しかできない。女の心中は少し分っても言葉では言えない。要するにみな敵同志の仮面舞踏会だ。……」（全集第十一巻二八四―二八五）

教官室にも入らない事としている程だから教師とは交際しない。自らはキリスト教徒の圧迫を蒙り、他人からは疎外されていると信じていた。会合には多く出ない。さきに言った通り三十年の卒業式には列席して文科の卒業生の写真に加わったのが初めの終りであった。三十一年には文科の卒業生で写真をとる計画もなかった。三十二年頃からは小泉先生は学生の会へは呼んでも来てくれぬといつかきまってしまった。同時に著書は驚くべき精力をもって出された。一年一冊の平均で出た。生々活気に満ちた松江時代の『知られぬ日本の面影』から熊本時代の『東の国から』神戸時代の『心』および『仏土の落穂』と次第に客観的叙事より、主観的抒情になったが、東京時代の『異国情趣と回顧』『霊の日本』『影』『日本雑録』『骨董』『怪談』と次第に黙想、憂愁、沈鬱、凄惨の気に満ちて来た。殊に最後の『骨董』『怪談』の二書に至ってその頂上に達した。

同時に又、学生に対する講義はますます興味を加えて来た。三十一年の春には英文科一、二、三年生その他に対して懸賞論文を課してホーソン全集、ポーの全集等合せて五、六部を分った。この年は学生を一堂に集めてことごとくその文を批評して後に丁寧に奉書に包んで水引とのしをかけた賞品を手ずから授けた。次回三十二年からは英文科三年生に卒業論文として懸賞した。銘々の賞品に手紙を添えて宿所へ届けさせた。あるところでは本人の留守に代りに出て受取った未亡人の母は涙を浮べて礼を言った。大学の寄宿舎で受取った一学生は躍り上って「万歳」を叫んだ。こんな復命を車夫から受けてヘルンは喜んだ。三年生僅かに三人の時に賞品を一つだけ（ウェブスター大辞典）出した事もあるが、多くは三つ以上出した。一等五十円、二等三十円として福袋にそれだけの額を十円金貨で入れて与えた年も一度あった。勿論ヘルンの自費であった。これ等の事はヘルンの大学を去るまで五年間つづいた。教授会にはあまり出なかったが、学生の成績などに関する会議には必ず出席して学生のために弁じた。すなわちヘルンは教師としては学生のために職責をつくせば足ると信じている「先生」であった。人に面会しないのを通則としていたが学生にだけはとにかく面会した。一度面会を断って後、学生と気がついてあとを追いかけさせて会った事もあった。学校はほとんど休まなかった。私は二十九年より三十二年までの三年間にただ一回、三、四日引つづいて小泉講師の休講のあった事を記憶している。

かくの如くして五年を経過して三十五年の秋となった。その間に二十六年生れの長男はすでに学齢に達していた。次男以下は日本人として教育するつもりであるが、長男だけには英語の教育を施そうとは年来の願望であった。日本の小学校へ入れないで、夫人と共に、一日に二時間乃至三時間は必ず教えた。時計の数え方を教えた時の画も残っている。キングスレーの『三人の漁夫』の詩を教えた時の画も残っている。元日といえども廃さなかった。しかし到底これで満足はできなかった。自分で連れて行って、どこかの学校へ落ちつくまで見届ける事を考えた。英国の小学校は余りに乱暴だからアメリカ東部へ行こうと決心した。アメリカの友人に手紙を出して、職を求める事を依頼した。

同時に大学に向って賜暇を請求した。外国教師は六年も勤続すれば一年程の休暇を得て帰省する事ができるとヘルンは考えた。ヘルンをしてかく考えさせるに至った先例はあった。この辺はお雇い教師と当局者との間によくあるように、意志が十分疏通していなかった事を示している。双方の意志疏通を欠いたため、つまらぬ原因のために憤然として止めた幾人かの例があったと言われている。ヘルンにしてももし帰化人でないとしても、この請求は容れられたかどうかは疑わしい。帰化人なるがために日本人並以上の給料で就職する事さえ外山学長の時代でもなかなか面倒であった程だから、この請求は容れられなかった。ヘルンは怒った。それから三十二年後当時の学長であった井上（哲次郎）博士は「ヘルンが在外研究員にしてくれと自分に請求した」などと述べているのはこの事である。ウェットモア夫人への手紙（全集第十一巻六二二）に「日本政府に五千六百円の徳義的貸金がある」と言ったのはすなわちこの事である。

ヘルンが大学を去る当時、すなわち三十五年の暮から三十六年の初めの有様はかくの如き危機一髪の時であった。大学から断られなかったら何かの機会を見つけてヘルンは必ず自ら去ったであろう。当時大学に入る内定で外国に留学していた新進の人は幾人かあった。それ等の人々が入る事に関して財政の問題があった。何人か解職される余儀なき事情があった。当時教師間に最も折合の悪い、学生の評判のよいか悪いか分らない、没常識なヘルンを止めさせるのが最も自然らしく当時の当局者に考えられた。（外に文学者としてはえらいか知らぬが教師としてはどうだかと考えた人もあったらしい。否、文学者としても蟬や蟻の話が多くてつまらないと思った人もあったかも知れない）すなわち一九〇三年（明治三十六年）一月十五日附で文科大学長井上博士の名、松永書記の手で「明治三十六年三月三十一日限りで終る約定をつづける事（エンゲージメント・レニュ）は、目下の事情不可能（インポッシブル）なる事を遺憾ながらあらかじめ通知し置く事の必要」なる旨を三行半ばかりで書いた一片の通知が、郵便で行った。ヘルンと文科大学との関係はかくの如く簡単に終ったのであった。七年近く勤続した教師をただ一片の通知によって解雇することの非礼をヘルンは憤ったのであった。これは何人もヘルンに同情する所である。

それから二月の末になってこの事を知った学生は騒ぎ出した。総代を選んで留任運動をした。新聞も同情した。当時の総代は三年生、安藤勝一郎、石川林四郎、落合貞三郎の三人であった。落合の当時の日記にはつぎのように出ている。

> 三月二日、月曜、午前十時より二時間連続英文学史の講義は小泉先生によって授けられる、時間終りて一同留まり小泉先生留任問題について相談せり。その結果総代として我等三人が次の日曜日に先生を訪問するに決定。……
>
> 三月八日、日曜、英文科総代、石川、安藤二氏と共に大久保村に小泉先生を訪う、先生の留任を請わんがためなり。新宿停車場の茶店に会合す、先生は近来、面会を断りいらるるを強いて謁を賜りぬ、好都合なりき。……和服にて恭謙の態度にて我等を迎えらる。来意を告げしに先生は奥に入りてかの大学よりの解約通知状を持ち出でて生等に見

せられる。生等が何卒御留任ありたしと申し上げしに対して先生はこれまで大学当局の与えし屈辱を憤慨的に語られ、生等の来訪に対しては大いに喜ばれて好意を謝せらる。最後に十一時半頃辞し出でし時には、自ら玄関に送り出でられ、我等が門を出ずるまで、坐したるまま後より見送りいられし様子は、石川君をして大いに感服の念を起こさしめて、宛然昔の儒者の先生または俳句の宗匠の様だな——と言わしむ。……

この総代の報告と更に改めて相談の会合は、その週の土曜の夜、本郷台町三〇大学キリスト教青年会を借りて開かれた。その時の様子は『帝国文学 小泉八雲号』に小山内薫の筆で「留任」と題した物に出ている。

ヘルンがそれ程学生の敬慕を受けている事を知らなかった当局者には意外であった。文人ヘルンは教師としても深い感化力を有せる事を発見した。それからヘルンを学長室へ呼んだが来ない。学長自ら西大久保の邸を訪ねてこれまでの時間と俸給を半減して留任を請い、学生の熱心をも無にせず学校の都合をつけようとした。梅〔謙次郎〕博士も来た。これまで収入の見込のない時でも、書肆との契約を破棄する事を顧みなかった直情径行、利害損得の打算をしないヘルンはこの井上学長等の懇願に応じなかったのは当然であった。時間と俸給を半減して契約を続けるということが初めからの案であったとすれば、説き様によっては、ヘルンはあるいは応じたかも知れないが、これは学生の運動のために中頃から変って来た案であるから、ヘルンとしては応じ難いものであった。かくの如くにして文科大学との関係は絶えたのであった。

学校の事がこのようになったのはヘルンにとっては事すこぶる不思議であった。学長井上博士はキリスト教の攻撃者、東洋哲学および仏教の教授なるがために、ヘルンの好きな一人であった。（全集第十一巻五四一）「自分が間接に日本に尽したところは少なくない。英米の日本に対する同情は自分の筆に負うところすこぶる多い。それを知っている日本政府が自分を虐待する道理はない。しかし、外人の説に随って日本の美風良習を破壊して顧みない日本政府である。今度の事も必ずキリスト教徒の迫害が原因である」とヘルンは考えた。これよりさき、英国の女子教育家ミス・ヒューズ女史（ウェールズの人）が来て日本の教育を視察したが、ヘルンの名声を慕うて安井哲子〔てつ〕女史を案内とし文科大学に赴きその講義をきいた。ワーズワースの講義最中であった。但し、ヘルンには無断であって、ヘルンが講義を終って教場を出る時に突然黒衣の婦人に握手を求められて驚いた。それから女史は交際を求めてヘルンを訪れた。ヘルンは面会した。その返礼としてヘルン夫人を目白の日本女子大学で催した茶話会に招いた。ただそれだけであったが、その事が偶然解職の前であったので、ヘルンは思い合せてこのヒューズ女史こそ探偵（スパイ）となって自分の講義をきき、日本政府に自分を讒（ざん）したのであると信ずるようになった。当時留任運動の委員、安藤、石川、落合の三人にも、ヘルンは、ある婦人のために讒せられてかくなったという意味の述懐をした。マクドナルドにもかくの如く語ったのでそれを伝えてビスランド女史はその伝記にかくの如く記している。フォックスウェルはヘルンよりかくの如く聞いたので、かくの如くロンドンで演説した。ヒューズ女史こそとんだ濡衣を着たわけであったが、日本人を怨むよりはむしろ飽くまで西洋人、キリスト教徒に罪を着せたヘルンの心事に、比喩は全く違うが「盗みする子を怨まないで縄取る人を怨む」という文句を想い起させるところがある。

ミス・ヒューズはロンドンにおいてヘルンが東京大学から解約された事およびその原因は女史がヘルンの講義について日本文部の当局者に批評したためであるとの噂を聞いて驚いたと言って、その妄を弁じた手紙をヘルンに送っている。そのうちに「女史は批評どころか深く感じた次第である事、大学以外に外人集まってヘルンの講義を聴こうと計った事のあること、女史が万一批評したところで日本にある数多の愛読者を動かす事のできぬ事、女史もヘルンと同じケルト人である、同情こそあれ、反感のある筈のない事」等を縷々として述べている。この手紙を受取ったのは三十六年の秋であった。ヘルンの意果して解けたかどうかはついに分らない。

アメリカで一、二年どこかの大学で講義する地位の急にできなかった時もこれ又キリスト教徒の同盟がその手をアメリカまで延ばして自分を排斥するのだと考えた。（全集第十一巻六一六）

ヘルンが大学を止めた時、世界の同情がヘルンに集まって日本政府のヘルンに厚からざるを非難した。「国家的忘恩」と題して二欄を埋めて、日本政府を攻撃したフランスの新聞Aurore(アウロア)もあった。翌三十七年ヘルンが逝去した時も政府から何の沙汰もなかったので、チェンバレンも日本政府は時局のために大恩人を忘れていると公言した。ただ教師としても、ヘルンは官立学校に満十一年勤めたのであった。

それからコーネル大学から一期五千円の報酬で講演を依頼して来た。その上スタンフォード大学からも往復のいずれかで講演を依頼して来た時、コーネル大学の方でチフス流行のため暫(しばら)く見合せたいと言って来た。アメリカの友人が尽力して外に地位を見出そうとしている時、ヘルンは珍しく病気にかかった。気管を痛めて少しく喀血した。病癒えて後渡米の事は一時見合せて講演の材料を著書にする事にした。ヘルンの日本に関する卒業論文ともいうべき『日本』がそれであった。家族制度、祖先教等の日本固有の国道を論じた物に始まって仏教儒教の伝来からキリスト教の渡来に及び、日本の精神界の歴史を叙説して日本の将来に論及した物であった。ヘルンは少なからざる精力をつくした。既に原稿を送り校正を終り最後の校正を是認して打電したのは終焉の前数日であった。『怪談』『天の河縁起』の大部分、いずれも大学を出たのち、一年余の短日月の苦心の作であった。『日本』の終った頃早稲田大学から招聘された。梅博士が高田学長へ推薦したのであった。

その使命を帯びてヘルンを訪ねたのは内ケ崎作三郎であった。三十七年四月〔正しくは三月九日〕から出て一週四時間を受持った。年二千円の報酬であった、時間の割合では東京大学の待遇よりも優れていた。

早稲田ではヘルンは再び松江時代に帰ったようであった。日本服の教師が多いと言っては喜び、高田学長の風采が故西田千太郎に似ていると言っては喜んだ。高田博士に招かれてその邸宅に赴いた時夫人が迎えて「ようこそいらっしゃいました」と日本語で挨拶されたのを喜んで、帰って玄関に立ったまま珍しい事(ワンダフル)があったと言って夫人にその話をした。久しぶりでフロックコートを着て、講師の懇親会に出て写真にも加わった。教員室の隅に小さくなりながらではあるが誰かれと話しをした。「十三年間、そのために一切の物を犠牲にした養い国から、半白になって追放されては如何ともする事はできない」(全集第十一巻六一五)と言ったヘルンの苦い感情も幾分慰められた。けだし早稲田には逆境を経て来た苦労人が割合に多かった。学生となってはたちまち特待生、卒業してたちまちに留学、たちまちにして学位を得たような順境に立った人の事を、ヘルンは色美わしくて香の少ない熱帯の果物に、それと反対の人を色よりも香の高い北方の果物にたとえている。ゲーテのいわゆる「涙と共にパンを食した」人は割合にここに多い事をヘルンは見たであろうか。果して然らばヘルンは自分の世界はここにあると思ったであろう。

二男は三十六年四月から大久保小学校へ出した。長男は外国行を断念してのち、三十七

明治三十七年九月十一日上野精養軒にて早稲田大学職員懇親会の時のもの。前面より第三列の中央にあるはヘルン。この最後の写真は見ることなくして亡くなった。

年四月から上級へ編入学させた。長男および二男が世話になるというので請われるままに大久保小学校の父兄会に出席して田村豊久の通訳で一場の談話をしたのは三十七年三月であった。

三十七年九月十九日に心臓が痛んで一時は驚いたが間もなく回復した。その月の下旬にロンドン大学から講演を依頼して来た。オックスフォードからも依頼して来る筈だと附記してあった。十四年前ヘルンの日本行を助けたカナダ太平洋鉄道汽船会社から優待券を送って来た。まだそれについて考える暇もなくて二十六日になった。松江時代の学生、当時の満州軍総司令部附藤崎（元小豆沢）大尉に慰問として送る書籍をあれやこれやとさがしなどして最後に手紙を書いたのが絶筆であった。いつもと変らず晩餐の後、子供と戯れなどして書斎に退いたが、それから少し気分が悪くなって、そのまま狭心症をもって逝去した。五十四歳であった、九月三十日、仏式をもって瘤寺に葬り、墓は雑司ケ谷共同墓地に建てられた。法名は「正覚院殿浄華八雲居士」であった。

この年（一九〇四年）英国はエドウィン・アーノルドと画家フレデリック・ワッツを失い、ロシアはアントン・チェーホフと画家ヴェレシチャーギンを失い、オーストリアはエミール・フランツォースを失い、ハンガリーはモーラス・ヨーカイを失い、日本はラフカディオ・ヘルンを失った。このうちチェーホフを除いて、ヘルンは最も年少であった。この点から見ても、日本の損失は最大であった。

ヘルンの逝去した時は日露戦争の最中であった。ヘルンはこの年の八月一日の日附で、国運を賭してこの大戦争中の日本人の冷静にして健気(けなげ)な態度を述べた手紙に擬して「日本からの手紙」と題する長編を明治三十七年十一月の『アトランティック・マンスリー』に発表した。その最後に「……日本は頻繁なる天変地異の国、地震海嘯(つなみ)洪水火災の土地である。これ等の災害はこの国民を鍛えて不幸と困厄に対する驚くべき忍耐力を養成して来た。これまで日本を最もよく知っている外国人でも日本の底力(そこぢから)はよく分っていない。攻撃に反抗する力よりも攻撃を耐え忍ぶ力が遥かに勝っているのかも知れない」（全集第七巻五〇七）と結んだ一節の如きは当時の世界の新聞に転載された物であった。しかもヘルンはこの戦争の終末を見ないで逝去した。

それから十一年の後大正四年、大正天皇の即位式の時ヘルンは従四位を贈られた。文人としてのヘルンの功労は日本政府によってこの時初めて正式に認められたのであった。

一二　思い出の記

小泉　節子〔セツ〕

ヘルンが日本に参りましたのは、明治二十三年の春でございました。ついて間もなく出版会社との関係を絶ったのですから、遠い外国で頼り少ない独りぼっちとなって一時は随分困ったろうと思われます。出雲の学校へ赴任する事になりましたのは、出雲が日本で極(ごく)古い国で、いろいろ神代の面影が残っているだろうと考えて、辺鄙で不便なのをも心にかけず、俸給も独り身の事であるから沢山は要らないから、赴任したようでした。

伯耆の下市に泊って、その夜盆踊を見て大層面白かったと言いますから、米子から船で中海を通り松江の大橋の河岸につきましたのは八月の下旬でございました。その頃東京から岡山辺までは汽車がありましたが、それからさきは米子まで山また山で、泊る宿屋も実にあわれなものです。村から村で、松江に参りますと、いきなり綺麗な市街となりますので、旅人には皆眼のさめるように驚かれるのです。大橋の上に上ると東には土地の人の出雲富士と申します伯耆の大山(だいせん)が、遥かに富士山のような姿をして聳えております。大橋川がゆるゆるその方向へ流れて参ります。西の方は湖水と天とぴったり溶けあって、静かな波の上に白帆が往来しています。小さい島があってそこには弁天様の祠(ほこら)があって松が五、六本はえています。ヘルンにはまずこの景色が気に入ったろうと思われます。

松江の人口は四万程でございました。家康公の血を引いた直政という方が参られまして、その何代か後に不昧(ふまい)公と申す殿様がありましたが、そのために家中の好みが辺鄙に似合わず、風流になったと申します。

学校は中学と師範の両方へ出ていました。中学の教頭の西田（千太郎）と申す方に大層お世話になりました。二人は互に好き合って非常に親密になりました。ヘルンは西田さんを全く信用してほめていました。「利口と、親切と、よく事を知る、少しも卑怯者の心ありません、私の悪い事、皆言うてくれます、本当の男の心、お世辞ありません、と可愛らしいの男です」お気の毒な事にはこの方は御病身で始終苦しんでいらっしゃいました。「唯(ただ)あの病気、如何に神様悪いですね――私立腹」などと言っていました。又「あのような善い人です、あのような病気参ります、ですから世界むごいです、なぜ悪き人に悪き病気参りません」東京に参りましても、この方の病気を大層気にしていました。西田さんは、明治三十年三月十五日に亡くなられました。亡くなった後までも「今日途中で、西田さんの後姿見ました、私の車急がせました、あの人、西田さんそっくりでした」などと話した事があります。似ていたのでなつかしかったと言っていました。早稲田大学に参りました時、高田さんが、どこか西田さんに似ていると言って、大層喜んでいました。

この時の知事は籠手田さんでした。熱心な国粋保存家という事でした。ゆったりしたお大名のような方で、撃剣がお上手でした。この時にはいろいろと武士道の嗜(たしな)みとも申すべき物が復興されまして、撃剣とか鎗とかの仕合だの、昔風の競馬だの行われまして、士族の老人などは昔を思い出すと言って、喜んでいました。この籠手田さんからも、大層優待されまして、すべて、こんな会へは第一に招待されました。

ヘルンは見る物聞く物すべて新しい事ばかりですから、一々深く興に入りまして、何でも書き留めて置くのが、楽しみでした。中学でも師範でも、生徒さんや職員方から、好かれますし、土地の新聞もヘルンの話などを掲げて賞讃しますし、土地の人々は良い教師を得たというので喜びました。「ヘルンさんはこんな辺鄙なところに来るような人でないそうな」などとなかなか評判がよかったのです。

しかし、ヘルンは辺鄙なところ程好きであったのです。東京よりも松江がよかったのです。日光よりも隠岐がよかったのです。日光は見なかったようです、松江に参りましてからは行った事がございませんから。日光は見たくないと言っていました。しかし、行って見ればとにかくあの大きい杉の並木や森だけは気に入ったろうと思われます。

私の参りました頃には、一脚のテーブルと一個の椅子と、少しの書物と、一着の洋服と、一かさねの日本服位の物しかございませんでした。

学校から帰るとすぐに日本服に着換え、座蒲団に坐って煙草を吸いました。食事は日本料理で、日本人のように箸で食べていました。何事も日本風を好みまして、万事日本風に日本風にと近づいて参りました。西洋風は嫌いでした。西洋風となるとさも賤しんだように「日本に、こんなに美しい心あります、なぜ、西洋の真似をしますか」という調子でした。これは面白い、美しいとなると、もう夢中になるのでございます。

松江では宴会の席にもたびたび出ましたし、自宅にも折々学校の先生方を三、四名も招きまして、御馳走をして、いろいろ昔話や、流行歌を聞いて興じていました。日本服を好きまして、羽織袴で年始の礼に廻り、知事の宅で昔風の式で礼を受けて喜んだ事もございました。

松江に参りまして、当分材木町の宿屋に泊っていました。しかし、暫くで急いで他に転居する事になりました。事情は外にもあったでしょうが、主なる原因は、宿の小さい娘が眼病を煩っていましたのを気の毒に思うて、早く病院に入れて治療するようにと親に頼みましたが、宿の主人は唯はいはいとばかり言って延引していましたので「珍しい不人情者、親の心ありません」と言って、大層怒ってそこを出たのでした。それから末次本町と申すところのある物もちの離れ座敷に移りました。しかし「娘少しの罪ありません、唯気の毒です」と言って、自分で医者にかけて、全快させてやりました。自分があの通り眼が悪かったものですから、眼は大層大切に致しまして、長男の生れる時でも「よい眼をもってこの世に来て下さい」と言って大心配でした。眼の悪い人にひどく同情致しました。宅の書生さんが書物や新聞を下に置いて俯して読んでいましてもすぐ「手に持ってお読みなさい」と申しました。

この材木町の宿屋を出ましてから末次に移りまして、私が参りまして間のない事でございました。ヘルンの一国な気性で困った事がございました。隣家へ越して来た人が訪ねて参りました。その人はヘルンが材木町の宿屋にいた頃やはりその宿にいた人で、隣り同志になった挨拶かたがた「キュルク抜き」を借りに見えたのでした。挨拶がすんでから、ヘルンは「あなたは材木町の宿屋にいたと申しましたね」と言いますとその人は「はい」と答えました。ヘルンは又「それではあの宿屋の主人のお友達ですか」と申しましたら、その人はまた何心なく「はい、友達です」と答えますと、ヘルンは「あの珍しい不人情者の友達、私は好みません、さようなら、さようなら」と申しまして奥に入ってしまいます。その人は何の事やら少しも分らず、困っていましたので、私が間へ入ってなんとか言訳致しましたが、その時は随分困りました。

この末次の離れ座敷は、湖に臨んでいましたので、湖上の眺望が殊に美しくて気に入りました。

しかし私と一緒になりましたので、ここでは不便が多いというので、二十四年の夏の初めに、北堀と申すところの士族屋敷に移りまして一家を持ちました。

私どもと女中と小猫とで引越しました。この小猫は、その年の春まだ寒さの身にしむ頃の事でした、ある夕方、私が軒端に立って、湖の夕方の景色を眺めていますと、すぐ下の渚で四、五人のいたずら子供が、小さい猫の児を水に沈めては上げ、上げては沈めしていじめているのです。私は子供たちに、お詫をして宅につれて帰りまして、その話を致しますと「おお可哀相の小猫むごい子供ですね――」と言いながら、そのびっしょり濡れてぶるぶるふるえているのを、そのまま自分の懐に入れて暖めてやるのです。その時私は大層感心致しました。

北堀の屋敷に移りましてからは、湖の好い眺望はありませんでしたが、市街の騒々しいのを離れ、門の前には川が流れて、その向う岸の森の間から、お城の天主閣の頂上が少し見えます。屋敷は前と違い、士族屋敷ですから上品で、玄関から部屋部屋の具合がよくできていました。山を背にして、庭があります、この庭が大層気に入りまして、浴衣で庭下駄で散歩して、喜んでいました。山で鳴く山鳩や、日暮れ方にのそりのそりと出てくる蟇(がま)がよいお友達でした。テテポッポ、カカポッポと山鳩が鳴くと松江では申します、その山鳩が鳴くと大喜びで私を呼んで「あの声聞きますか、面白いですね」自分でも、テテポッポ、カカポッポと真似して、これでよいかなどと申しました。蓮池がありまして、そこへ蛇がよく出ました。「蛇はこちらに悪意がなければ決して悪い事はしない」と申しまして、自分の御膳の物を分けて「あの蛙取らぬため、これを御馳走します」などと言ってやりました。「西印度にいます時、勉強しているとよく蛇が出て、右の手から左の手の方に肩を通って行くのです。それでも知らぬ風をして勉強しているのです。少しも害を致しませんでした。悪い物ではない」と言っていました。

私が申しますのは、少し変でございますが、ヘルンは極正直者でした。微塵も悪い心のない人でした。女よりも優しい親切なところがありました。ただ幼少の時から世の悪者どもにいじめられて泣いて参りましたから、一国者で感情の鋭敏な事は驚く程でした。

伯耆の国に旅しました時、東郷の池という温泉場で、まず一週間滞留の予定でその宿屋へ参りますと、大勢の人が酒を飲んで騒いで遊んでいました。それを見ると、すぐ私の袂を引いて「駄目です、地獄です、一秒でさえもいけません」と申しまして、宿の者どもが「よくいらっしゃいました、さあこちらへ」と案内するのに「好みません」と言うので直にそこを去りました。宿屋も、車夫も驚いているのです。それはガヤガヤと騒がしい俗な宿屋で、私も厭だと思いましたが、ヘルンは地獄だと申すのです。嫌いとなると少しも我慢致しません。私はまだ年も若い頃ではあり、世馴れませんでしたから、この一国には毎度弱りましたが、これはヘルンの極まじりけのないよいところであったと思います。

その頃の事です、出雲の加賀浦の潜戸に参りました時です。潜戸は浦から一里余も離れた海上の巌窟でございます。ヘルンは大層泳ぎ好きでしたから、船の後になり先になりして様々(さまざま)の方法で泳いで私に見せて大喜びでございました。洞穴に船が入りますと波の音が妙に巌に響きまして恐ろしいようです。岩の間からポタリポタリと滴が落ちます。船頭は石で舷をコンコンと叩くのです。これは船が来たと魔に知らせるためだと申します。その音がカンカンと響きました、チャポンチャポンと何だか水に飛びこむ物があります。船頭はいろいろ恐ろしいような、哀れなような、物凄いような話を致しました。ヘルンは先程着た服をまた脱ぎ始めるのです。船頭は「旦那そりゃ、いけません、恐ろしい事です」と申します。私も「こんな恐ろしいような伝説のあるところには、何か恐ろしい事が潜んでいるから」と申して諫めるのです。ヘルンは「しかし、この綺麗な水と、蒼黒く何万尺あるか知れないように深そうなところ、大層面白い」と言うので、泳ぎたくてならなかったのですが、ついに止めました。ヘルンは止めながら大不平でした。残念と言うので、翌日まで物も言わないで、残念がっていました。数日後の話に「皆人が悪いと言うところで、私泳ぎましたが過ありません。ただあの時、ある時海に入りますと体が焼けるようでした。間もなく熱がひどく出ました。それと、ああの時です、二人で泳ぎました、一人は急に見えなくなりました。同時に大きな鮫の尾が私のすぐ前に出ました」と申しました。

松江の頃はまだ年も若くなかなか元気でした。西印度の事を思い出してよく私に「西印度を見せて上げたいものだ」と申しました。

二十四年の夏休みに、西田さんと杵築の大社へ参詣致しました。ついた翌日、私にもすぐ来てくれと手紙をくれましたので、その宿に参りますと、両人共海に行って留守でした。お金は靴下に入れてほうり出してありまして、銀貨や紙幣がこぼれ出ているのです。ヘルンは性来、金には無頓着の方で、それはそれはおかしいようでした。勘定なども下手でした。そのような俗才は持ちませんでした。ただ子供ができたり、自分の体が弱くなった事に気がついたりしてから、遺族の事を心配し始めました。大社の宮司は西田さんの知人でありまして、ヘルンの日本好きの事を聞いていますから、大層優待して下さいました。盆踊が見たいと話しますと、季節よりも少し早かったのでしたが、わざわざ何百人という人を集めて踊りを始めて下さいました。その人々も皆大満足で盆踊をしてくれました。もっともこの踊りはあまり陽気で、盆踊ではない、豊年踊だとヘルンが申しました。この旅行の時、ヘルンが「君が代」を教わりまして、私ども三人でよく歌いました。子供のように無邪気なところがありました。

二週間許り（ばかり）の後、松江に帰り盆踊の季節に近づいたので、ヘルンと私と二人で案内者も連れないで、伯耆の下市に盆踊を見に参りました。西田さんは京都へ旅を致されました。私どもただ二人で長旅を致したのはこれが初めてでした。下市へ参りまして昨年の丁度今頃赴任の時泊りました宿屋を尋ねて、踊りの事を聞きますと「今年は警察から、そんな事は止めよ、と言って差止められました」との事で、ヘルンは失望して、不興でした。「駄目です、日本の古い、面白い習慣をこわします。皆ヤソのためです。日本の物こわして西洋の真似するばかりです」と言って大不平でした。

この時には、到る処盆踊をさがして歩きました。先に申しました東郷の池のさわぎもこの時の事でした。ようやく盆踊を見つけて参りますと、反対に西洋人が来たというので踊りそこのけにして、いたずらに砂をかける者がある。あとから謝罪に来るというような珍事もございました。出雲に帰りましたのは、八月の末で、京都から帰られた西田さんと三人で旅行の話を致しまして愉快でした。これは一月程の旅行でしたが、この外一日がけの旅はよく致しました。

出雲は面白くてヘルンの気に入ったのですが、西印度のような熱いところに慣れたあとですから、出雲の冬の寒さには随分困りました。その頃の松江には、まだストーヴと申す物がありませんでした。学校では冬になりましても、大きい火鉢が一つ教場に出るだけでした。寒がりのヘルンは西田さんに授業中、寒さに困る事を話しますと、それならば外套を着たままで、授業をなさいとの事でした。この時一着のオヴァーコートを持っていましたが、それは船頭の着る物だと言っていましたが、それを着ていたのです。好みはあったのですが、服装などはその通り無雑作で構いませんでした。

熊本で初めての夜、二人で散歩致しました時の事を今も思い出します。ある晩ヘルンは散歩から帰りまして「大層面白いところを見つけました、明晩散歩致しましょう」との事です。月のない夜でした。宅を二人で出まして、淋しい路を歩きまして、山の麓に参りますと、この上だと言うのです。草の茫々生えた小笹などの足にさわる小径を上りますと、墓場でした。薄暗い星明りに沢山の墓がまばらに立っているのが見えます、淋しいところだと思いました。するとヘルンは「あなた、あの蛙の声聞いて下さい」と言うのです。

また熊本にいる頃でした。夜散歩から帰った時の事です。「今夜、私淋しい田舎道を歩いていました。暗いやみの中から、小さい優しい声で、あなたが呼びました。私あっと言って進みますとただやみです。誰もいませんでした」など申した事もございます。

熊本にいました頃、夏休みに伯耆から隠岐へ参りました。隠岐では二人で大概の浦々を廻りました。西郷(さいごう)、別府、浦の郷、菱浦(ひしうら)、みな参りました。菱浦だけにも一週間以上いました。西洋人は初めてというわけで、浦の郷などでは見物が全く山のようで、宿屋の向いの家のひさしに上って見物しようと致しますと、そのひさしが落ちて、幸に怪我人がなかったが、巡査が来るなどという大騒ぎがありました。西郷では珍客だと申すので病院長が招待して下さいました。ヘルンはこの見物騒ぎに随分迷惑致しましたが、私を慰め励ますために、平気を装うて「こんな面白い事はない」などと申していましたが、書物にはやはり困ったように書いているそうでございます。御陵にも詣でました。後醍醐天皇の行在所の黒木山へも参りました。その側(そば)の別府と申すところでは菓子がないので、代りに茶店で、「いり豆」を出したのを覚えています。

帰りに伯耆の境港で偶然盆踊を見ましたが、元気な漁師たちの多い事ですから、足を踏んでも、手を拍(う)ってもえらい勢(いきおい)ですから、ヘルンはここで見た盆踊は、一番勇ましかったといつも申しました。杵築のは陽気な豊年踊、下市のは御精霊を慰める盆踊、境のは元気の溢れた勇ましい踊りだと申しました。

それから山越しに、伯耆から備後の山中で泊った事をいつも思い出します。ひどい宿でございましたが、ヘルンには気に入りました。車夫の約束は、山を越えまして三里程さきで泊るというのでしたが、路が方々こわれているので途中で日が暮れてしまったのです。山の中を心細く夜道を致しました。そろそろ秋ですから、いろいろの虫が鳴いているのです。山が虫の声になってしまっているようで、それでしんとして淋しうございました。「この近くに宿がないか」と車夫に尋ねますと「もう少し行くと人家が七軒あって一軒は宿屋をするから、そこで勘忍して下さい」と申すのです。車が宿に着きましたのが十時頃であったと覚えています。宿というのが小さい田舎家で気味の悪い宿でした。行燈は薄暗くて、あるじは老人夫婦で、上り口に雲助のような男が三人何か話しています。二階に案内されたのですが、婆さんが小さいランプを置いて行ったきり、上って来ません。あの二十五年の大洪水のあとですから、流れの音がえらい勢でゴウゴウと恐ろしい響をしています。大層な蛍で、家の内をスイスイと通りぬけるのです。折々ポーッポーッと明るくなるのです。肱掛窓（ひじかけ）にもたれていますと顔や手にピョイピョイ虫が何か投げつけるように飛んで来て当るのです。随分ひどい虫でした。膝の近くに来て、松虫が鳴いたりするのです。下の雲助のような男の声が、たまに聞えます。はしご段がギイギイと音がすると、あの悪者が登って来るのではないかなどと、昔話の草双紙の事など思い出して心配していました。婆さんが御膳を持って上って来ました。あの虫は何と言う虫ですかと尋ねますと「へい夏虫でございます」と言って平気でいるのです。実に淋しい宿で、夢を見ているようでございました。ヘルンは「面白い、もう一晩泊りたい」と言っていました。箱根あたりの、何から何まで行き届いた西洋人に向く宿屋よりも、こんなのがかえって気に入りました。それですから、私が同意致したら、隠岐の島で海の風に吹かれてまだまだ長くいたでございましょう。飛驒の山中を旅して見たい、とよく申しておりましたが、果しませんでした。

神戸から東京に参ります時に、東京には三年より我慢がむずかしいと私に申しました。ヘルンはもともと東京は好みませんで、地獄のようなところだと申していました。東京を見たいというのが、私のかねての望みでした。ヘルンは「あなたは今の東京を、広重の描いた江戸絵のようなところだと誤解している」と申していました。私に東京見物をさせるのが、東京に参る事になりました原因の一つだと言っていました。「もう三年になりました。あなたの見物がすみましたら田舎に参ります」と申した事もたびたびありました。

神戸から東京に参りましたのは、二十九年の八月二十七日でした。大学に官舎があるとかいう事でしたが、なるべく学校から遠く離れた町はずれがよいと申しまして、捜して頂きましたけれども良いところがございませんでした。

この時です、牛込辺でしたろう。一軒貸家がありまして、大層広いとの話で、二人で見に参りました事がございました。二階のない、日本の昔風な家でした。今考えますと、いずれ旗本の住んでいられたという家でしたろうと存じます。お寺のような家でした。庭もかなり広くて大きな蓮池がありました。しかし門を入るとすぐに、もう薄気味の悪いような変な家でした。ヘルンは「面白いの家です」と言って気に入りましたが、私にはどうもよくない家だと思われまして、止める事に致しましたが、後で聞きますと化物屋敷で、家賃は段々と安くなって、とうとうこわされたとかいう事でした。この話を致しますと、ヘルンは「ああ、ですから何故、あの家に住みませんでしたか。あの家面白いの家と私思いました」と申しました。

富久町に引移りましたが、ここは庭はせまかったのですが、高台で見晴しのよい家でございました。それに瘤寺という山寺のお隣であったのが気に入りました。昔は萩寺とか申しまして萩がなかなかようございました。お寺は荒れていましたが、大きい杉が沢山ありまして淋しい静かなお寺でした。毎日朝と夕方は必ずこの寺へ散歩に出かけました。たびたび参りますので、その時のよい老僧とも懇意になり、いろいろ仏教のお話など致しまして喜んでいました。それで私も折々参りました。

日本服で愉快そうに出かけて行くのです。気に入ったお客などが見えますと、「面白いのお寺」と言うので瘤寺に案内致しました。子供等も、パパさんが見えないと「瘤寺」と言う程でございました。

よく散歩しながら申しました。「ママさん私この寺にすわる、むずかしいでしょうか」この寺に住みたいが何かよい方法はないだろうかと申すのです。「あなた、坊さんでないですから、むずかしいですね」「私坊さん、なんぼ、仕合せですね。坊さんになるさえもよきです」「あなた、坊さんになる、面白い坊さんでしょう。眼の大きい、鼻の高い、よい坊さんです」「同じ時、あなた比丘尼となりましょう。一雄小さい坊主です。如何に可愛いでしょう。毎日経読むと墓を弔いするで、よろこぶの生きるです」「あなた、ほかの世、坊さんと生れて下さい」「ああ、私願うです」

ある時、いつものように瘤寺に散歩致しました。私も一緒に参りました。ヘルンが「おお、おお」と申しまして、びっくりしましたから、何かと思って、私も驚きました。大きい杉の樹が三本、切り倒されているのを見つめているのです。「何故、この樹切りました」「今このお寺、少し貧乏です。金欲しいのであろうと思います」「ああ、何故私に申しません。少し金やる、むつかしくないです。私樹切るより如何に如何に喜ぶでした。この樹幾年、この山に生きるでしたろう、小さいあの芽から」と言って大層な失望でした。「今あの坊さん、少し嫌いとなりました。坊さん、金ない、気の毒です、しかしママさん、この樹もうもう可哀相なです」と、さも一大事のように、すごすごと寺の門を下りて宅に帰りました。書斎の椅子に腰をかけて、がっかりしているのです。「私あの有様見ました、心痛いです。今日もう面白くないです。もう切るないとあなた頼み下され」と申していましたが、これからはお寺に余り参りませんでした。間もなく、老僧は他の寺に行かれ、代りの若い和尚さんになってからどしどし樹を切りました。それから、私どもが移りましてから、樹がなくなり、墓がのけられ、貸家などが建ちまして、全く面目が変りました。ヘルンの言う静かな世界はとうとうこわれてしまいました。あの三本の杉の樹の倒されたのが、その始まりでした。

淋しい田舎の、家の小さい、庭の広い、樹木の沢山ある屋敷に住みたいとかねがね申していました。瘤寺がこんなになりましたから、私は方々捜させました。西大久保に売り屋敷がありました。全く日本風の家で、あたりに西洋風の家さえありませんでした。

私はいつまでも、借家住いで暮すよりも、小さくとも、自分の好きなように、一軒建てたいと申しますと、「あなた、金ありますか」と申しますから「あります」と申します。「面白い、隠岐の島で建てましょう」といつも申します。私は反対しますとそれでは「出雲に建てて置きましょう」と申しますから、全く土地まで捜した事もありました。しかし私はそれほど出雲がよいとも思いませんでしたから、ついこの西大久保の売屋敷を買って建増しをする事に、とうとうなったのでございます。

かねてヘルンは、まじりけのない日本の真中で生きる好きと言うのでしたから、自分でその家と近所の模様を見に参りました。町はずれで、後に竹藪のあるのが、大層気に入りました。建増しをするについては、冬の寒さには困らないように、ストーヴをたく室が欲しい。また書斎は、西向きに机を置きたい。外に望みはない。ただ万事、日本風にと言うのでした。この外には何も申しませんでした。何か相談を致しましても「ただこれだけです。あなたの好きしましょう。宜しい。私ただ書く事少し知るです。外の事知るないです。ママさん、なんぼ上手します」などと言って相手になりません。強いて致しますと「私、時もたないです」と申しまして、万事私に任せきりでございました。「もう、あの家、宜しいの時、あなた言いましょう。今日パパさん、大久保にお出で下され。私この家に、朝さようならします。と、大学に参る。宜しいの時、大久保に参ります、あの新しい家に。ただこれだけです」と申しまして、本当にこの通りに致しました。時間を取るという事が大嫌いでした。

西大久保に引移りましたのは、明治三十五年三月十九日でした。万事日本風に造りました。ヘルンは紙の障子が好きでしたが、ストーヴをたく室の障子はガラスに致しただけが、西洋風です。引移りました日、ヘルンは大喜びでした。書棚に書物を納めていますし、私は傍に手伝っていますと、富久町よりは家屋敷は広いのと、その頃の大久保は今よりずっと田舎でしたのとで、至って静かで、裏の竹藪で、鶯（うぐいす）がしきりに囀（さえず）っています。「如何に面白いと楽しいですね」と喜びました。また「しかし心痛いです」と申しますから「何故ですか」と問いますと「余り喜ぶの余りまた心配です。この家に住む事永いを喜びます。

しかし、あなたどう思いますか」などと申しました。

ヘルンは面倒なおつき合いを一切避けていまして、立派な方が訪ねて参られましても、「時間を持ちませんから、お断り致します」と申し上げるようにと、いつも申すのでございます。ただ時間がありませんでよいと言うのですが、玄関にお客がありますと、第一番に書生さんや女中が大弱りに弱りました。

人に会ったり、人を訪ねたりするような時間をもたぬ、と言っていましたが、そのような交際の事ばかりでなく、自分の勉強を妨げたりこわしたりするような事から、一切離れて潔癖者のようでございました。

私は部屋から庭から、綺麗に、毎日二度位も掃除せねば気のすまぬ性ですが、ヘルンはあのバタバタとはたく音が大嫌いで、「その掃除はあなたの病気です」といつも申しました。学校へ参ります日には、その留守中に綺麗に片付けて、掃除して置くのですが、在宅の日には朝起きまして、顔を洗い食事を致します間にちゃんとして置きました。この外掃除をさせて下さいと頼みます時には、ただ五分とか六分とかいう約束で、承知してくれるのです。その間、庭など散歩したり廊下をあちこち歩いたりしていました。

交際を致しませんのも、偏人（へんじん）のようであったのも、皆美しいとか面白いとかいう事を余り大切に致し過ぎる程に好みますからでした。このために、独りで泣いたり怒ったり喜んだりして全く気ちがいのようにも時々見えたのです。ただこんな想像の世界に住んで書くのが何よりの楽しみでした。そのために交際もしないで、一分の時間も惜んだのでした。「あなた、自分の部屋の中で、ただ読むと書くばかりです。少し外に自分の好きな遊びして下さい」「私の好きの遊び、あなたよく知る。ただ思う、と書くとです。書く仕事あれば、私疲れない」と喜ぶです。書く時、皆心配忘れるですから、私に話し下され」「私、皆話しました。もう話持ちません」「ですから外に参り、よき物見る、と聞く、と帰るの時、少し私に話し下され。ただ家に本読むばかり、いけません」

その書く物は、非常な熱心で進みまして、少しでも、その苦心を乱すような事がありますと、当人は大層な苦痛を感じますので、常々戸の開けたてから、廊下の足音や、子供の騒ぎなど、一切ヘルンの耳に入れぬようにと心配致しました。その部屋に参りますにも、煙草をのんで、キセルをコンコンと音をさせている時とか、歌を歌って室内を散歩している時を選ぶようにしていました。そうでない時は、呼んでも分らぬ事もあるかと思えば、極小さい音でもひどく感ずる事もありました。何事につけこの調子でございました。

西大久保に移りましてから、家も広くなりまして、書斎が玄関や子供の部屋から離れましたから、いつでもコットリと音もしない静かな世界にして置きました。それでも簞笥を開ける音で、私の考えこわしました、などと申しますから、引出し一つ開けるにも、そうっと静かに音のしないようにしていました。こんな時には私はいつもあの美しいシャボン

焼津から留守宅の夫人に送った絵入りの手紙の一部

玉をこわさぬようにと思いました。そう思うから叱られても腹も立ちませんでした。

著述に熱心に耽っている時、よくありもしない物を見たり、聞いたり致しますので、私は心配の余り、余り熱心になり過ぎぬよう、もう少し考えぬようにしてくれるとよいが、とよく思いました。松江の頃にはまだ年は若いし、ヘルンは気が違うのではないかと心配致しまして、ある時西田さんに尋ねた事がございました。余り深く熱心になり過ぎるからであるという事が次第に分って参りました。

怪談は大層好きでありまして、「怪談の書物は私の宝です」と言っていました。私は古本屋をそれからそれへと大分探しました。

淋しそうな夜、ランプの心を下げて怪談を致しました。ヘルンは私に物を聞くにも、その時には殊に声を低くして息を殺して恐ろしそうにして、私の話を聞いているのです。その聞いている風がまた如何にも恐ろしくてならぬ様子ですから、自然と私の話にも力がこもるのです。その頃は私の家は化物屋敷のようでした。私は折々、恐ろしい夢を見てうなされ始めました。この事を話しますと「それでは当分休みましょう」と言って、休みました。気に入った話があると、その喜びは一方ではございませんでした。

私が昔話をヘルンに致します時には、いつも初めにその話の筋を大体申します。面白いとなると、その筋を書いて置きます。それから委(くわ)しく話せと申します。それから幾度となく話させます。私が本を見ながら話しますと「本を見る、いけません。ただあなたの話、

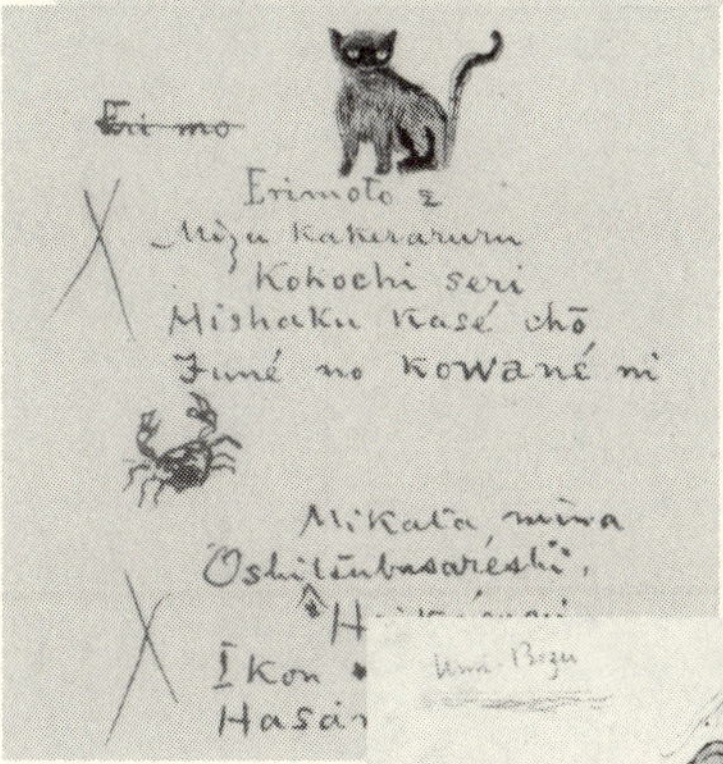

ノートブック中にある落書きの一部

あなたの言葉、あなたの考えでなければ、いけません」と申します故、自分の物にしてしまっていなければなりませんから、夢にまで見るようになって参りました。

話が面白いとなると、いつも非常に真面目にあらたまるのでございます。顔の色が変りまして眼が鋭く恐ろしくなります。その様子の変り方がなかなかひどいのです。たとえばあの『骨董』の初めにある幽霊滝のお勝さんの話の時なども、私はいつものように話して参りますうちに顔の色が青くなって眼をすえているのでございます。いつもこんなですけれども、私はこの時にふと恐ろしくなりました。私の話がすみますと、初めてほっと息をつきまして、大変面白いと申します。「アラッ、血が」あれを何度も何度もくりかえさせました。どんな風をして言ったでしょう。その声はどんなでしょう。履物の音は何とあなたに響きますか。その夜はどんなでしたろう、私はこう思います、あなたはどうです、などと本に全くない事まで、いろいろと相談致します。二人の様子を外から見ましたら、全く発狂者のようでしたろうと思われます。

『怪談』の初めにある芳一の話は大層ヘルンの気に入った話でございます。なかなか苦心致しまして、もとは短い物であったのをあんなに致しました。「門を開け」と武士が呼ぶところでも「門を開け」では強味がないと言うので、いろいろ考えて「開門」と致しました。この「耳なし芳一」を書いています時の事でした。日が暮れてもランプをつけていません。私はふすまを開けないで次の間から、小さい声で、芳一芳一と呼んで見ました。

「はい、私は盲目です、あなたはどなたでございますか」と内から言って、それで黙っているのでございます。いつも、こんな調子で、何か書いている時には、その事ばかりに夢中になっていました。又この時分私は外出したおみやげに、盲法師の琵琶を弾じている博多人形を買って帰りまして、そっと知らぬ顔で、机の上に置きますと、ヘルンはそれを見るとすぐ「やあ、芳一」と言って、待っている人にでも遇ったという風で大喜びでございました。それから書斎の竹藪で、夜、笹の葉ずれがサラサラと致しますと「あれ、平家が亡びて行きます」とか、風の音を聞いて「壇の浦の波の音です」と真面目に耳をすましていました。

書斎で独りで大層喜んでいますから、何かと思うて参ります。「あなた喜び下され、私今大変よきです」と子供のように飛び上って喜んでいるのでございます。何かよい思いつきとか考えが浮んだ時でございます。こんな時には私もつい引き込まれて一緒になって、何と言う事なしに嬉しくてならなかったのでございました。

「あの話、あなた書きましたか」と以前話しました話の事を尋ねました時に「あの話、兄弟ありません。もう少し時待ってです。よき兄弟参りましょう。私の引出しに七年でさえも、よき物参りました」などと申していましたが、一つの事を書きますにも、長い間かかった物も、あるようでございました。

『骨董』のうちの「ある女の日記」の主人は、ただヘルンと私が知っているだけでございます。二人で秘密を守ると約束しました。それから、この人の墓に花や香を持って、二人で参詣致しました。

『天の河』の話でも、ヘルンは泣きました。私も泣いて話し、泣いて聴いて、書いたのでした。

『日本』では大層骨を折りました。「この書物は私を殺します」と申しました。「こんなに早く、こんな大きな書物を書く事は容易ではありません。手伝う人もなしに、これだけの事をするのは、自分ながら恐ろしい事です」などと申しました。これは大学を止めてからの仕事でした。ヘルンは大学を止めさせられたのを非常に不快に思っていました。非常に冷遇されたと思っていました。普通の人に何でもない事でも、ヘルンは深く思い込む人ですから、感じたのでございます。大学には永くいたいと言う考えは勿論ございませんでした。あれだけの時間出ていては書く時間がないので困ると、いつも申していましたから、大学を止めさせられたと言う事でなく、止めさせられる時の仕打ちがひどいと言うのでございました。只一片の通知だけで解約をしたのがひどいと申すのでございました。

原稿がすっかりでき上りますと大喜びで固く包みまして（固く包む事が自慢でございました。板など入れて、ちゃんと石のようにして置くのです）表書を綺麗に書きまして、それを配達証明の書留で送らせました。校正を見て、電報で「宜しい」と返事をしてから二、三日の後亡くなりました。この書物の出版は、余程待ちかねて、死ぬ少し前に、「今あの

『日本』の活字を組む音がカチカチと聞えます」と言って、でき上るのを楽しみにしていましたが、それを見ずに、亡くなりましたのはかえすがえす残念でございます。ペンを取って書いています時は、眼を紙につけて、えらい勢でございます。こんな時には呼んでも分りませんし、何があっても少しも他には動きませんでした。あのような神経の鋭い人でありながら、全く無頓着で感じない時があるのです。

ある夜十一時頃に、階段の戸を開けると、ひどい油煙の臭が致します。驚いてふすまを開けますと、ランプの心が多く出ていて、ぽっぽっと黒煙が立ち上って、室内が煙で暗くなっています。息ができぬようですのに、知らないで一所懸命に書いているのです。私は急いで障子を明け放って、空気を入れなどして、「パパさん、あなたランプに火が入っているのを知らないで、あぶないでしたね！」と注意しますと「ああ、私なんぼ馬鹿でしたねー」と申しました。それで常には鼻の神経は鋭い人でした。

「パパ、カムダウン、サッパー、イズ、レディ」と三人の子供が上り段のところから、声を揃えて案内するのが例でした。いつも「オールライト、スウィートボーイズ」と言って、嬉しそうに、少し踊るような風で参りますのでございます。しかし一所懸命の時は、子供たちが案内致しましても、返事がありません。また「オールライト」と早く返事を致しませんは。こんな時には、待てども待てどもなかなか食堂に参りませんから、私がまた案内に行きます。「パパさん沢山時、待つと皆の者加減悪くなります。願う、早く参りて下され。

子供、皆待ち待ちです」「はー何ですか」などと言っています。「あなた何ですか、いけません。食事です。あなた食事しませんか」「私食事しませんでしたか。私は済みましたと思う。おかしいですね」こんな風ですから「あなた、少し夢から醒める、願うです。小さい子供泣きます」ヘルンは「御免御免」など言って、私に案内されて、食堂に参りますが、こんな時はいつも、トンチンカンでおかしいのです。子供にパンを分けてやる事など忘れて、自分で「ノウ」などと独り合点をしながら、急いで食べています。子供等がパンをと頼みますので、気がついて「やりませんでしたか。御免御免」と言って切り始めます。切りながら、また忘れて自分で食べたりなど致します。

食事の前に、ほんの少々ウィスキーを用います。晩年には、体のためにと言うので、葡萄酒を用いていました。こんな時にはウィスキーを、葡萄酒と間違ってトクトクとコップについで呑みかけたり、コーヒーの中に塩を入れかけたり、などするのです。子供たちから注意されて「本当です。なんぼパパ馬鹿ですね」など言いながらまた考えに入るのです。幾度も「パパさんもう、夢から醒めて下され」などと申します。

食物には好き嫌いはございませんでした。日本食では漬物でも、刺身でも何でも頂きました。お菜から食べました、最後に御飯を一杯だけ頂きました。洋食ではプラムプディンと大きなビフテキが好きでございました。外には好きなものと言えばまず煙草でした。

食事の時にはいろいろ話を致しました。パパは西洋の新聞などの話を致しますし、私は日本の新聞の話を致します。新聞は永い間『読売』と『朝日』を見てました。小さい清が障子からのぞきます。猫が参ります。犬が窓下に参ります。自分の食物をそれぞれに分けてやります。なかなか愉快に食べました。それが済むといつも皆で唱歌などを歌いました。

よく独りで、何かしきりに喜んだり悲しんだりしていました。喜んで少し踊るようにして廊下を散歩している事もありますし、また独りで笑っている事もあります。私が聞きつけて「パパさん何面白い事ありますか」と尋ねますと、こらえていたのが、破れたように大きく声になって大笑など致します。涙をこぼしてママさんママさんと言って笑うのです。これは新聞にあったおかしかった事や、私の話した事などを思い出してであります。

あのように考え込んだり、怪談好きである事から、冗談など申さぬだろうと思われるようですけれども、折々上品な滑稽を申しました。「いつも先生に遇うと、何か一つ冗談の出ない事はない」と申された方がございました。

面白い時には、世界中が面白く、悲しい時には世界中が悲しい、と言う風でございました。怪談の時でも、何の時でも、そうでしたが、もうその世界に入り、その人物になってしまうのでございました。話を聞いて感ずると、顔色から眼の色まで変るのでした。自分でもよく、何々の世界と、よく世界と言う言葉を申しました。

ヘルンの平常の話は、女のような優しい声でした。笑い方なども優しいのでしたが、しかし、ひどい意気込みになる人でしたから、優しい話のうちに、えらい勢いで驚くように力をこめて言う事がありました。

笑う時にも二つあります。一つは優しい笑い方で、一つは何もかも打忘れて笑うのです。この笑は一家中皆笑わせる面白そうな笑で、女中までが貰い笑いを致しました。大学を止めた当時、日本に駐在でしたマクドナルドさんが横浜から毎日曜ごとにお出でになりました時などは、書斎からヘルンのこの笑い声が致しますので、家内中どんなに貰い笑いを致したか知れません。

書斎のテーブルの上に、法螺貝(ほらがい)が置いてありました。私が江の島に子供を連れて参りました時、大層大きいのを、おみやげに買って帰ったのでございます。ヘルンがこれを吹きますと、太い好い音が出ました。「私の肺が強いから、このような音」といって喜びました。「面白い音です」と言って、頬をふくらまして、面白がって吹きました。それから煙草の火のなくなった時に、この法螺貝を吹くという約束を致しました。火がないと、これをポオー、ウオーというように、大きく波をうたせるようにして、長く吹くのです。そう致しますと、台所までも聞えるのです。内を極静かにして、コットリとも音をさせぬようにしているところです。そこへこの法螺貝の音です。夜などは殊に面白いのでございます。私は煙草の火は絶やさないように、注意をしていましたが、自分で吹きたいものですから、少しでも消えるとすぐ喜んで吹きました。如何に面白いというので、書斎の近くに持って参っておりましても、吹いているのでございます。この音が致しますと、女中までが「それ、貝がなります」と言って笑いました。

よく出来た物などを見ますとひどくそれに感じまして、賞めるのでございます。上野の絵の展覧会にはよく二人で参りました。画家の名など少しも頓着しないのです。絵が気に入りますと、金がいくら高くても、安い安いと申すのです。「あなた、あの絵どう思いますか」と申しますから「おねだん余り高いですね」と私は申します。金に頓着なく買おう買おうとするのを、少し恐れてこう返事を致すのでございます。すると「ノウ、私金の話でないです。あの絵の話です。あなたよいと思いますか」「美しい、よい絵と思います」と申しますと「あなた、よいと思いますならば買いましょう。この価まだ安いです。もう少し出しましょう」と言うのです。よいとなると価よりも沢山、金をやりたがったのです。そして早く早くと言って、大急ぎで約定済の札をはって貰いました。

京都を二人で見物して歩きました時に、智恩院とか、銀閣寺とか、金閣寺とかに廻りました。五銭十銭という拝観料が大概きまっています。ヘルンは自分で気に入りますと、五十銭とか一円とか出そうと言うのです。そんな事には及びません、かえっておかしいと申しましても「ノウ、ノウ、私恥じます」と申しまして、聞き入れません。お寺でも変な顔して、お名前はなどと聞くのですが、勿論申した事はございません。

松江にいました頃、あるお寺へ散歩致しまして、ここで小さい石地蔵を見て、大層気に入りまして、これは誰の作かと寺で尋ねますと、荒川と申す人の作という事が分りました。この人は評判の偏人でございましたが、腕は大層確かであったそうです。学問のない、欲のない、いつも貧乏をしていながら、物を頼まれても二年も三年もかかっても、こしらえてくれない老人でございました。ヘルンは面白いと言うので、大きい酒樽を三度まで進物に致しました。それから宅に呼びまして御馳走をしたり、自分でその汚ない家を訪ねて話など致しました。彫刻を頼んで、そんなに要らないと言うのを沢山にやりました。しかし、宅にございますあの天智天皇の置物は、荒川の作にしては出来のよい方ではないが、ヘルンの申しましたこの「貧しい天才」を尊敬して買ったのでございます。

ある夏、二人で呉服屋へ二、三反の浴衣を買いに行きました。番頭がいろいろならべて見せます。それが大層気に入りまして、あれを買いましょうこれも買いましょうと言って、引寄せるのです。そんなに沢山要りませんと申しましても「しかし、あなた、ただ一円五十銭あるいは二円です。いろいろの浴衣あなた着て下され。ただ見るさえもよきです」と言って、とうとう三十反ばかり買って、店の小僧を驚かした事もあります。気に入るとこんな風ですから、随分変でございました。

浴衣はただ反物で見ているだけでも気持ちがよいと申しました。初めの好みは少し派手でしたが、後にはじみな物になりました。模様は、波や蜘蛛の巣などが殊に気に入りました、これを着ますと「あああの浴衣ですね」などと言って喜びました。日本人の洋服姿は好きませんでした。殊に女の方の洋服姿と、英語は心痛いと申しました。
ある時、上野公園の商品陳列所に二人で参りました。ヘルンはある品物を指して、日本語で「これは何程ですか」と優しく尋ねますと、店番の女が英語でおねだんを申しました。ヘルンは不快な顔をして私の袖を引くのです、買わないであちらへ行きました。

　早稲田大学に参るようになりました時、高田さんから招かれまして参りました。奥様が、玄関にお出迎え下さいまして「よくお出で下さいました」と仰って案内されたのが英語でなくて上品な日本語であって嬉しかったと言うので、帰りますと第一に靴も脱がずにその話を致しました。

『読売新聞』であったかと存じます。ある華族様の御隠居で、昔風がお好きで西洋風の大嫌いな方の話がありました。女中も帯は立て矢の字、髪は椎茸たぼの御殿風でございました。着物も裾長にぞろぞろ引きずって歩くのです。ランプも一切つけませんで源氏行燈です。シャボンも嫌い、新聞も西洋くさいというので、西洋くさい物は奉公人の末に至るまで使わせないのだそうです。こんな風ですから奉公人も厭がって参りません。「あのお屋敷なら真平（まっぴら）御免です」と申します事が記してございました。この話を致しますと、ヘルンは「如何に面白い」と言って大喜びでした。「しかし私大層好きです、そのような人、私の一番の友達、私見る好きです。その家、私是非見る好きです。私西洋くさくないです」と言って大満足です。「あなた西洋くさくないでしょう。しかし、あなたの鼻」などと冗談申しますと「あ、どうしよう、私のこの鼻、しかしよく思うて下さい。私この小泉八雲、日本人よりも本当の日本を愛するです」などと申しました。

子供に白足袋をはかせるように申しました。紺足袋よりも白足袋が大層好きでございました。日本人のあの白足袋が着物の下から、チラチラとするのが面白いと申しました。

子供には靴よりも下駄をと申しました。自分の指を私に見せて、こんな足に子供のを致したくないと申しました。

ハイカラな風は大嫌いでした。日本服でも洋服でも、折目の正しいのは嫌いでした。物を極(ごく)構わない風でした。燕尾服は申すまでもなく、フロックコートなど大嫌いでした。ワイシャツや、シルクハット、燕尾服、フロックコート「なんぼ野蛮の物」と申しました。神戸から東京へ参ります時に、初めてフロックコートを作りました。それも私が大層頼みましてやっとこしらえて貰ったのでございます。「大学の先生になったのですからフロックコートを一着持っておらねばなりません」と申しますと「ノウ、外山さんに私申しました。礼服を私大層嫌います。礼服で出るようなところへ私出ませんが、宜しいですかと言いました。それで宜しいですと外山さんが約束しましたのですから、フロックコートいけません」と言うのです。しかしようやく一着フロックコートを作りましたが、それを着けましたのは、僅か四、五度位でした。これを着る時はまた大騒ぎです。いやだいやだと言うのです。「この物、私好きない物です、ただあなたのためです。いつでも外にの時、あなた言う、新しい洋服、フロックコート、皆私嫌いの物です。冗談でないです。本当です」など言っていやがりますけれど、私は参らねば悪いであろうと心配しまして、気の毒だと存じながら四、五度ばかり勧めて着せました。自分がフロックコートを着るのはあなたの過ち（あやま）だと申していました。

ある時、冗談に「あなた日本の事を大変よく書きましたから、天子様、あなた賞めるためお呼びです、天子様に参る時、あのシルクハット、フロックコートですよ」と申しますと「それでは真平御免」と申しました。あの真平御免という言葉は前の西洋嫌いの華族の隠居様の話で覚えたのです。マッピラという音が面白いと言うので、しきりに真平という事を申しました。

外出の時はいつも背広でございましたが、洋服よりも日本服、別して浴衣が大好きでした。傘もステッキも持った事はございません。散歩の途中雨にあっても平気で帰るのですが、余り烈しいとどこででも車を見つけて乗ってかえりました。靴は兵隊靴です。流行には全く無頓着でした。「日本の労働者の足は西洋人のよりも美しい」と申しました。西洋よりも日本、この世よりも夢の世が好きであったろうと思います。休む時には必ず「プレザント、ドリーム」とお互に申します。私の夢の話が大層面白いと言うので喜ばれました。

ワイシャツやカラなどは昔から着けなかったようです。フロックコートを、仕方なく着ける時でもカラは極低い折襟でした。一種の好みは万事につけてあったのですが、自分の服装は少しも構わない無雑作なのが好きでした。シャツと帽子とは、飛び放れて上等でした。シャツは横浜へわざわざ参りまして、フランネルのを一ダースずつ誂えて作らせました。帽子はラシャの鍔(つば)広のばかりを買いましたが、上等品を選びました。うわべのちょっと美しいものは大嫌い、流行にも無頓着。当世風は大嫌い。表面の親切らしいのが大嫌いでした。悪い方の眼に「入墨」をするのも、歯を脱いてから入歯をする事も、皆虚言(うそ)つき大嫌いと言って聞き入れませんでした。ヤソの坊さんには不正直なにせ者が多いというので嫌いました。しかし聖書は三部も持っていまして、長男にこれはよく読まねばならぬ本だとよく申しました。

日本のお伽噺のうちでは『浦島太郎』が一番好きでございました。ただ浦島という名を聞いただけでも「ああ浦島」と申して喜んでいました。よく廊下の端近くへ出まして「春の日の霞める空に、すみの江の……」と節をつけて面白そうに毎度歌いました。よく諳誦していました。それを聞いて私も諳(そら)んずるようになりました程でございます。上野の絵の展覧会で、浦島の絵を見まして値も聞かないで約束してしまいました。『蓬莱(ほうらい)』が好きで、絵が欲しいと申しまして、いろいろ見たり、描いて貰ったりしたのですが皆満足しませんでした。

熱い事が好きですから、夏が一番好きでした。方角では西が一番好きで書斎を西向きにせよと申した位です。夕焼けがすると大喜びでした。これを見つけますと、直に私や子供を大急ぎで呼ぶのでございます。いつも急いで参るのですが、それでもよく「一分遅れました、夕焼け少し駄目となりました。なんぼ気の毒」などと申しました。子供等と一緒に「夕焼け小やけ、明日、天気になーれ」と歌ったり、または歌わせたり致しました。

焼津などに参りますと海浜で、子供や乙吉などまで一緒になって「開いた開いた何の花開いた、蓮華の花開いた……」の遊戯を致しまして、子供のように無邪気に遊ぶ事もございました。

「広瀬中佐は死したるか」と申す歌も、子供等と一緒に声を揃えて大元気で、歌いました。室内で歌うたり、子供の歌っているのを書斎で聞いて喜んだり、子供の知らぬ間にそっと出かけて一緒に歌ったり致しました。

発句を好みまして、これも沢山覚えていました。これにも少し節をつけて廊下などを歩きながら、歌うように申しました。自分でも作って芭蕉などと冗談言いながら私に聞かせました。どなたが送って下さいましたか『ホトトギス』を毎号頂いておりました。

角力(すもう)は松江で見ました。谷の音が大関で参りました。西洋のより面白いと申していたようでした。谷の音という言葉はよく後まで出まして、肥ったという代りに「谷の音」と申すのでございます。

芝居はアメリカで新聞記者をしている時分に毎日のように見物したと申していました。有名な役者は皆お友達で交際し、楽屋にも自由に出入したので、芝居の事を学問したと申していました。日本では芝居を見たのは僅か二度しかないのです。それは松江と京都で、ほんのちょっとでした。長い間人込みの中でじっとして見物している事は苦痛だと申しました。しかし、よい役者のよい芝居は子供等にも見せて宜しいと申しまして、よく芝居を見に行くように私に勧めました。団十郎の芝居には必ず参るように勧めました。その日の見物や舞台の模様から何から何まで、細かい事まで詳しく話しますのが私のおみやげで、ヘルンは熱心にこれを喜んで聞いてくれました。団十郎には是非遇って芝居の事について話を聞いて見たいと申していましたが、果さないうちに団十郎は亡くなりました。

晩年には日本の芝居の事を調べて見たいと申していました。三十三間堂の事を調べてくれと私に申した事もございました。これから少しずつ自伝を書くのだと申しました。その方は断片で少しだけでもできていますが芝居の方は少しもできぬうちに亡くなりました。

私はよく朝顔の事を思い出します。だんだん秋も末になりまして、青い葉が少しずつ黄ばんで、最早ただ末の方に一輪心細げに咲いていたのです。ある朝それを見ました時に「おお、あなた」と言うのです。「美しい勇気と、如何に正直の心」だと言うので、ひどく賞めていました。枯れようとする最後まで、こう美しく咲いているのが感心だ。賞めてやれ、と申すのでございます。その日朝顔はもう花も咲かなくなったから邪魔だと言うので、宅の老人が無造作に抜き取ってしまいました。翌朝ヘルンが垣根のところに参って見るとないものですから、大層失望して気の毒がりました。「祖母さんよき人です。しかしあの朝顔に気の毒しましたね」と申しました。

子供が小さい汚れた手で、新しい綺麗なふすまを汚した事があります。その時「私の子供あの綺麗をこわしました、心配」などと言った事もありました。美しい物を破る事を非常に気に致しました。一枚五厘の絵草紙を子供が破りましても、大切にして長く持てば貴い物になると教えました。

祭礼などの時には、いつももっと寄附をせよと申しました。

ヘルンはよく人を疑えと申しましたが、自分は正直過ぎる程だまされやすい善人でございました。自分でもその事を存じていたものですからそんなに申したのです。一国者であった事は前にも申しましたが、外国の書肆などと交渉致します時、何分遠方の事ですからいろいろ行きちがいになる事もございますし、その上こんな事につけては万事が凝り性ですから、挿画の事やら表題の事やらで向うでは一々ヘルンに案内なしにきめてしまうような事もありますので、こんな時にヘルンはよく怒りました。向うからの手紙を読んでから怒って烈しい返事を書きます。すぐに郵便に出せと申します。そんな時の様子がすぐに分りますから「はい」と申して置いてその手紙を出さないで置きます。二、三日致しますと怒りが静まってその手紙は余り烈しかったと悔むようです。「ママさん、あの手紙出しましたか」と聞きますから、わざと「はい」と申します。本当に悔んでいるようですから、ヒヨイと出してやりますと、大層喜んで「だから、ママさんに限る」などと申して、やや穏やかな文句に書き改めて出したりしたようでございます。

活発な婦人よりも優しい淑かな女が好きでした。眼なども西洋人のように上向きでなく、下向きに見ているのを好みました。観音様とか、地蔵様とかあのような眼が好きでございました。私どもが写真をとろうとする時も、少し下を向いて写せと申しましたが、自分のも、そのようになっているのが多いのでございます。

長男が生れる前に子供が愛らしいと言うので、子供を借りて宅に置いていた事もありました。

長男が生れようとする時には大層な心配と喜びでございました。私に難儀させて気の毒だという事と、無事で生れて下されという事を幾度も申しました。こんな時には勉強しているのが一番よいと申しまして、離れ座敷で書いていました。初めてうぶ声を聞いた時には、何ともいえない一種妙な心持がしたそうです。その心持は一生になかったと言っていました。

それから非常に可愛がりました。その翌年独りで横浜に参りまして（独り旅は長崎に一週間程のつもりで出かけて、一晩でこりごりしたと言って帰った時と、これだけでした）色々のおもちゃを沢山買って大喜びで帰りました。

ヘルンは朝起きも早い方でした。年中、元日もかかさず、朝一時間だけは長男に教えました。大学に出ております頃は火曜日は八時に始まりますからこの日に限り午後に致しました。大学まで車で往復一時間ずつかかります。昼のうちは午後二時か三時頃から二時間程散歩をするか、あるいは読書や手紙を書く事や講義の準備などで費しまして、筆をとるのは大概夜でした。夜は大概十二時まで執筆していました。時として夜眠られない時起きて書いている事もございました。

寿々子の生れました時には、自分は年を取ったからこの子の行先を見てやる事がむずかしい。「なんぼ私の胸痛い」と申しまして、喜ぶよりも気の毒だと言って悲しむ方が多ございました。

私の外出の日はヘルンの学校の授業時間の一番多い日（木曜日）にきめていました。前日にはよく、外に出かけてよいおみやげを下さいと親切に注意致しました。「歌舞伎座に団十郎、大層面白いと新聞申します。あなた是非に参る、と、話のおみやげ」など申します。そしていつも「しかし、あなたの帰り十時十一時となります。あなたの留守、この家私の家ではありません。如何につまらんです。しかし仕方がない。面白い話で我慢しましょう」と申しました。

晩年には健康が衰えたと申していましたが、淋しそうに大層私を力に致しまして、私が外出する事がありますと、まるで赤坊の母を慕うように帰るのを大層待っているのです。私の足音を聞きますと、ママさんですかと冗談など言って大喜びでございました。少しおくれますと車が覆ったのであるまいか、途中で何か災難でもなかったかと心配したと申しておりました。

抱車夫を入れます時に「あの男おかみさん可愛がりますか」と尋ねます。「そうです」と申しますと、「それなら、よい」と申すのです。

ある方をヘルンは大層賞めていましたが、この方がいつも奥様にこわい顔を見せていられる。これが一つ気にかかると申していました。

亡くなる少し前に、ある名高い方から会見を申し込まれていましたが、この方と同姓の方で、英国で大層ある婦人に対して薄情な行いがあったとか申す噂の方がありましたのでヘルンはその方かと存じまして断わろうと致しておりました。しかし、それは人違いであった事が分りまして、いよいよ遇う事になっていましたが、それは果さずに亡くなりました。すべて女とか子供とかいう弱い者に対してひどい事をする事を何よりも怒りました。一々申されませんが、ヘルンが大層親しくしていました方で後にそれ程でなくなったのは、こんな事が原因になっているのが幾人もございます。日本人の奥様を捨てたとか何とか、それに類した事をヘルンは怒ったのでございます。

ヘルンは私ども妻子のためにどんなに我慢もし心配もしてくれたか分りません。気の毒な程心配をしてくれました。帰化の事でも好まない奉職の事でも皆そうでございました。

電車などは嫌いでした。電話を取りつける折はたびたびございましたが、何としても聞き入れませんでした。女中や下男は幾人でも増すから、電話だけは止めにしてくれと申しました。その頃大久保へはまだ電燈やガスは参っておりませんでしたが、参っていても、とても取り入れる事は承知してくれなかったろうと存じます。電車には一度も乗った事はございません。私どもにも乗るなと申していました。

汽車も嫌いで焼津に参りますにも汽車に乗らないで、歩いて足の疲れた時に車に乗るようにしたいという希望でしたが、七時間の辛抱というので汽車に致しました。汽車というものがなくて歩くようであったら、なんぼ愉快であろうと申していました。船はよほど好きでした。船で焼津へ行かれるものなら喜ぶと申していました。

ヘルンが日本に参ります途中どこかで大荒れで、甲板の物は皆洗いさらわれてしまう程のさわぎで、水夫なども酔うてしまったが酔わない者は自分一人で、平気で平常のように食事の催促をすると船の者が驚いていたと話した事がありました。

燈台の番人をしながら著述をしたいものだとよく申しました。

煙草に火をつける時マッチをすりましたら、どんな拍子でしたかマッチ箱にぼっと燃えついたそうです。床(ゆか)は綺麗な敷物になっていたので、それを痛めるのは気の毒だと思いまして、下に落さぬようにして手でもみ消したそうでございました。そのために火傷(やけど)いたしまして、長く包帯して不自由がっていた事がございました。

ヘルンの好きな物をくりかえして列べて申しますと、西、夕焼、夏、海、遊泳、芭蕉、杉、淋しい墓地、虫、怪談、浦島、蓬莱などでございました。場所では、マルティニークと松江、美保の関、日御碕、それから焼津、食物や嗜好品ではビフテキとプラムプディンと煙草。嫌いな物は、うそつき、弱いものいじめ、フロックコートやワイシャツ、その外いろいろありました。まず書斎で浴衣を着て、静かに蟬の声を聞いている事などは、楽しみの一つでございました。

三十七年九月十九日の午後三時頃、私が書斎に参りますと、胸に手をあてて静かにあちこち歩いていますから「あなたお悪いのですか」と尋ねますと「私、新しい病気を得ました」と申しました。「新しい病、どんなですか」と申しますと「心の病です」と申しました。私は「余りに心痛めましたからでしょう。安らかにしていて下さい」と慰めまして、すぐに、かねてかかっていました木沢〔敏〕さんのところまで、二人曳の車で迎えにやりました。ヘルンは常々自分の苦しむところを、私や子供に見せたくないと思うていましたから、私に心配に及ばぬからあちらに行っているようにと申しました。しかし私は心配ですから側にいますと、机のところに参りまして何か書き始めます。私は静かに気を落ちつけているように勧めました。ヘルンはただ「私の思うようにさせて下さい」と申しまして、すぐに書き終りました。「これは梅（謙次郎博士）さんにあてた手紙です。何か困難な事件の起った時に、よき智恵をあなたに貸しましょう。この痛みも、もう大きいの、参りますならば、多分私、死にましょう。そのあとで、私死にますとも、泣く、決していけません。小さい瓶買いましょう。三銭あるいは四銭位のです。私の骨入れるために。そして田舎の淋しい小寺に埋めて下さい。悲しむ、私喜ぶないです。あなた、子供とカルタして遊んで下さい。如何に私それを喜ぶ、私死にましたの知らせ、要りません。もし人が尋ねましたならば、はああれは先頃なくなりました。それでよいです」

私は「そのような哀れな話して下さるな、そのような事決してないです」と申しますと、ヘルンは「これは冗談でないです。心からの話。真面目の事です」と力をこめて、申しまして、それから「仕方がない」と安心したように申しまして、静かにしていました。

ところが数分たちまして痛みが消えました。「私行水をして見たい」と申しました。冷水でとの事で湯殿に参りまして水行水を致しました。

痛みはすっかりよくなりまして「奇妙です、私今十分よきです」と申しまして「ママさん、病、私から行きました。ウィスキー少し如何ですか」と申しますから、私は心臓病にウィスキー、よくなかろうと心配致しましたが、大丈夫と申しまして、与えました。コップにしかし大層欲しいならば水を割って上げましょう」と申しました。「少し心配です。コップに口をつけまして「私もう死にません」と言って、大層私を安心させました。この時、このような痛みが数日前に初めてあった事を話しました。それから「少し休みましょう」と申しまして、書物を携えて寝床の上に横になりました。

そのうちに医師が参られました。ヘルンは「私、どうしよう」などと申しまして、書物を置いて客間に参りまして、医師に遇いますと「御免なさい、病、行ってしまいました」と言って笑っていました。医師は診察して別に悪いところは見えません、と申されまして、いつものように冗談など言って、いろいろ話をしていました。

ヘルンはもともと丈夫の質でありまして、医師に診察して頂く事や薬を服用する事は、子供のように厭がりました。私が注意しないと自分では医師にかかりません。ちょっと気分が悪い時に私がお医者様にという事を少し言いおくれますと、「あなたがお医者様忘れましたと、大層喜んでいたのに」などと申すのでございました。

ヘルンは書いている時でなければ、室内を歩きながら、あるいは廊下をあちこち歩きながら、考え事をしているのです。病気の時でも、寝床の中に永く横になっている事は出来ない人でした。

亡くなります二、三日前の事でした。書斎の庭にある桜の一枝がかえり咲きを致しました。女中のおさき（焼津の乙吉の娘）が見つけて私に申し出ました。私のうちでは、ちょっと何でもないような事でも、よく皆が興に入りました。「今日籔に小さい筍が一つ頭をもたげました。あれごらんなさい、黄な蝶が飛んでいます。一雄が蟻の山を見つけました。蛙が戸に上っていました。夕焼けがしています、だんだん色が美しく変って行きます」こんな些細な事柄を私のうちでは大事件のように取騒ぎましていちいちヘルンに申します。それを大層喜びまして聞いてくれるのです。おかしいようですが、大切な楽しみでありました。蛙だの、蝶だの、蟻、蜘蛛、蟬、筍、夕焼けなどはパパの一番のお友達でした。

日本では、返り咲きは不吉の知らせ、と申しますから、ちょっと気にかかりました。けれどもヘルンに申しますと、いつものように「有難う」と喜びまして、縁の端近くに出かけまして「ハロー」と申しまして、花を眺めました。「春のように暖いから、桜思いました、ああ、今私の世界となりました、で咲きました、しかし……」と言って少し考えていましたが「可哀相です、今に寒くなります、驚いて凋みましょう」と申しました。花は二十七日一日だけ咲いて、夕方にはらはらと淋しく散ってしまいました。この桜は年々ヘルンに可愛がられて、賞められていましたから、それを思うてお暇乞いを申しに咲いたのだと思われます。

ヘルンは早起きの方でした。しかし、私や子供の「夢を破る、いけません」と言うので私が書斎に参りますまで火鉢の前にキチンと坐りまして、静かに煙草をふかしながら待っているのが例でした。

あの長い煙管（キセル）が好きでありまして、百本程もありまして、いちいち彫刻があります。一番古いのが日本に参りました年ので、それから積り積ったのです。いちいち彫刻があります。浦島、秋の夜のきぬた、茄子、鬼の念仏、枯枝に烏、払子（ほっす）、茶道具、去年今夜の詩、などのは中でも好きであったようです。これでふかすのが好きだったようです。外出の時は、かますの煙草入に鉈豆（なたまめ）のキセルを用いましたが、うちでは箱のようなものに、この長い煙管をつかねて入れ、多くの中から、手にふれた一本を抜き出しまして、必ず初めにちょっと吸口と雁首とを見て、火をつけます。座蒲団の上に行儀よく坐って、楽しそうに体を前後にゆるくゆりながら、ふかしているのでございます。

亡くなった二十六日の朝、六時半頃に書斎に参りますと、もうさめていまして、煙草をふかしています。「お早うございます」と挨拶を致したが、何か考えているようです。それから「昨夜大層珍しい夢を見ました」と話しました。私どもは、いつもおたがいに夢話を致しました。「どんな夢でしたか」と尋ねますと「大層遠い、遠い旅をしました。今ここにこうして煙草をふかしています。旅をしたのが本当ですか、夢の世の中」などと申しているのです。「西洋でもない、日本でもない、珍しいところでした」と言って、独りで面白がっていました。

三人の子供たちは、床につきます前に、必ず「パパ、グッドナイト、プレザント、ドリーム」と申します。パパは「ザ、セーム、トゥ、ユー」又は日本語で「よき夢見ましょう」と申すのが例でした。

この朝です、一雄が学校へ参ります前に、側に参りまして「グッド、モーニング」と申しますと、パパは「プレザント、ドリーム」と答えましたので、一雄もつい「ザ、セーム、トゥ、ユー」と申したそうです。

この日の午前十一時でした。廊下をあちこち散歩していまして、書院の床に掛けてある絵をのぞいて見ました。これは「朝日」と申します題で、海岸の景色で、沢山の鳥が起きて飛んで行くところが描いてありまして夢のような絵でした。ヘルンは「美しい景色、私このようなところに生きる、好みます」と心を留めていました。

掛物をよく買いましたが、自分からこれを掛けてくれあれを掛けよ、とは申しませんでした。ただ私が、折々掛けかえて置きますのを見て、楽しんでいました。お客様のようになって、見たりなどして喜びました。地味な趣味の人であったと思います。お茶も好きで喜んで頂きました。私が致していますと、よくお客様になりました。いちいち細かな儀式は致しませんでしたが、大体の心はよく存じて無理は致しませんでした。

ヘルンは虫の音を聞く事が好きでした。この秋、松虫を飼っていました。九月の末の事ですから、松虫が夕方近く切れ切れに、少し声を枯らして鳴いていますのが、いつになく物哀れに感じられました。私は「あの音を何と聞きますか」と、ヘルンに尋ねますと「あの小さい虫、よき音して、鳴いてくれました。私なんぼ喜びました。しかし、だんだん寒くなって来ました。知っていますか、知っていませんか、すぐに死なねばならぬという事を。気の毒ですね、可哀相な虫」と淋しそうに申しまして「この頃の温い日に、草むらの中にそっと放してやりましょう」と私どもは約束致しました。

桜の花の返り咲き、長い旅の夢、松虫は皆何かヘルンの死ぬ知らせであったような気が致しまして、これを思うと、今も悲しさにたえません。

午後には満州軍の藤崎さんに書物を送って上げたいが何がよかろう、と書斎の本棚をさがしたりして、最後に藤崎さんへ手紙を一通書きました。夕食をたべました時には常よりも気嫌がよく、冗談など言いながら大笑など致していました。「パパ、グッドパパ」「スウィト・チキン」と申し合って、子供等と別れていつものように書斎の廊下を散歩していましたが、小一時間程して私の側に淋しそうな顔して参りまして、小さい声で「ママさん、先日の病気また参りました」と申しました。私は一緒に参りました。暫(しばら)くの間、胸に手をあてて、室内を歩いていましたが、そっと寝床に休むように勧めまして、静かに横にならせました。間もなく、もうこの世の人ではありませんでした。少しも苦痛のないように、口のほとりに少し笑を含んでおりました。天命ならば致し方もありませんが、少しく長く

上 向って右より長男一雄、次男巖、下 右より三男清、長女寿々子

看病をしたりして、いよいよ駄目とあきらめのつくまで、いてほしかったと思います。余りあっけない死に方だと今も思われます。

落合橋を渡って新井の薬師の辺までよく一緒に散歩をした事があります。その度ごとに落合の火葬場の煙突を見て今に自分もあの煙突から煙になって出るのだと申しました。平常から淋しい寺を好みました。垣の破れた草の生いしげった本堂の小さい寺があったら、それこそヘルンの理想でございましたろうが、そんなところも急には見つかりません。墓も小さくして外から見えぬようにしてくれと、平常申しておりましたが、ついに瘤寺で葬式をして雑司ケ谷の墓地に葬る事になりました。

瘤寺は前に申したようなわけで、ヘルンの気に入らなくなったのですが、以前からの関係もあり、又その後浅草の伝法院の住職になった人と交際があった縁故から、その人を導師として瘤寺で式を営む事になりました。ヘルンは禅宗が気に入ったようでした。小泉家はもともと浄土宗ですから伝通院がよかったかも知れませんが、何分その当時は大分荒れていましたので、そこへ参る気にはなりませんでした。お寺へ葬りましても墓地は直に移転になりますので、どうしても不安心でなりませんから割合に安心な共同墓地へ葬る事に致しました。青山の墓地は余りにぎやかなので、ヘルンは好みませんでした。

雑司ケ谷の共同墓地は場所も淋しく、形勝の地でもあると言うので、それにする事に致

雑司ケ谷墓地内、小泉家の墓所

しました。一体雑司ケ谷はヘルンが好んで参りましたところでした。私によいところへ連れて行くと申しまして、子供と一緒に雑司ケ谷へ連れて参った事もございました。面影橋という橋の名はどうして出たかと聞かれた事もございました。鬼子母神の辺を散歩して、鳥の声がよいがどう思うかなどとたびたび申しました。関口から雑司ケ谷にかけて、大層よいところだが、もう二十年も若ければこの山の上に、家をたてて住んで見たいが残念だ、などと申した事もございました。

表門を作り直すために、亡くなる二週間程前に二人で方々の門を参考に見ながら雑司ケ谷辺を散歩を致したのが二人で外出した最後でございました。その門は亡くなる二日前程から取りかかりまして亡くなってから葬式の間に合うように急いで造らせました。

故小泉節子〔セツ〕明治元年生、同二十三年十二月ヘルンと結婚、昭和七年二月十八日歿、三男一女を生む。

一三　交際と交友

片眼である自分の容貌のために、他人、ことに婦人に嫌われるとヘルンはきめていた。これはヘルンを交際嫌いにした一原因であった。談話の際左の眼の上にたえず手をやる癖のあったのは、無意識にこれを隠そうとしたのであった。帽子も一生を通じて大きな鍔広の物を選んだ動機も同じであった。ある婦人はヘルンを萎びた背中の曲った老人の学者のように予想していたが、遇って見ると立派な元気な人であったと言ったのを、反語と解して愚弄されたと思った。ニューヨークでオールデンの家に滞在中、オールデンの娘アニーと馬車で遠乗に出かけた時、ヘルンの右側にあったアニーの話のうちに片眼の男の話があった。話が終ってから、ふと気のついたアニーは言分けをした。ヘルンは答えて「かえってその事を忘れて下さった人はこのアメリカであなたばかりと思って私は感謝します」と言ったと伝えられている。

ヘルンがこんな事を気にしたために気おくれして快活に振舞う事ができなかったのと、普通の婦人の喜ぶお世辞とへつらいを言わなかったのと、辺幅(へんぷく)を修飾する事は全然嫌いであった事などのために、すぐれた婦人を除いて多くの婦人、たとえば老友ワトキンの夫人、クレイビール夫人、グールド夫人などに喜ばれなかったのは事実であった。それからヘルンは朝は勿論夜中でも眼が覚めると同時に、床の中で喫煙する習慣をもっていた。近眼のヘルンはよくシーツを焦した。これがクレイビールやグールドの客となって滞在している間に子供たちに評判のよかったのに反して、そこの夫人たちに不評判であった原因であったと言われている。一方辺幅を修飾しない身なりのためにヘルンが友人を訪問しても、女中や玄関番に取りついで貰えない事があったために怒った事もあった。最後にクレイビールを訪ねた時もそうであった。

しかしこの一見目立たないはにかみやのヘルンが小さい部屋で少数の気心の知れた友人と会談の場合には、この人程座談の上手な人、同時にこの人程よい聴手はあるまいと思われた。ニューオーリンズ時代の友人はヘルンのギリシャの祖先に名高い咄家(はなしか)がいたのであろうと言った程であった。東京の大学時代の講義もそうであったが、その話しぶりはやや低声で早口で、よどみなく流れる音楽のようであった。聴く人は彼の文章に魅せられると同じように彼の談話にも魅せられた。ヘルンの著作や人物から考えて案外に思われる事は冗談やしゃれの巧みな事であった、それからおかしい時の大笑いであった。余り大声で高笑をしてから気がついてきまりの悪い顔をした事もあった。

ヘルンが最後まで交際なり文通なりを続けた人々は、フェノロサ、サー・エドウィン・

アーノルド、エルウッド・ヘンドリック、ミッチェル・マクドナルド、ウェットモア夫人および少数の日本人であった。『骨董』を捧げたサー・エドウィン・アーノルドはヘルンと同年に没したので、この人に与えた手紙は残っていない。ヘルンが初めて仏教を知ったのはこの人の『アジアの光』によったのであった。『仏領西印度の二年間』を捧げたアルヌー、『ユーマ』を捧げたテュニソン、『チタ』を捧げたドクトル・マタスには文通の機会はなかった。ヘンリー・ワトキンと『異文学遺聞』を捧げたページ・ベーカーに与えた東京時代の手紙はないが、文通の機会がなかっただけであった。コートニー夫人からも返事がなかったので、熊本時代から文通は絶えた。『異国情趣と回顧』を捧げたホールは米国海軍の軍医であったから、マクドナルドに紹介された友人であったろうと思われる。『霊の日本』を捧げたアリス・フォン・ベーレンス夫人はシカゴの人であった事と、この人から贈られた書物が数部ヘルンの蔵書中に発見された事以外に今のところ分っていない。『東の国から』を捧げた西田千太郎はヘルンよりもさきに歿した。『心』を捧げた雨森信成は米国で学問して、英仏独の各国語に精通し、和漢の学問にも仏教にも精しかったので、何でも知らぬ事のない不思議な人とヘルンに見られていた。「日本に来たほとんどあらゆる外国の著述家——特にサー・エドウィン・アーノルドを助けた人です。……彼は私がこれまで遇ったうちの最も驚くべき人物の一人です」（全集第十一巻一四一）とヘルンは言った。陸奥宗光伯にも知られていたという人でありながら、晩年西洋洗濯屋の主人としてグランド・ホテルに出入していたところから見ると隠れた学者で一種の奇人であったろう。晩年ヘルンは彼と疎遠になった。ヘルンの没後、『アトランティック・マンスリー』にその思い出の一片を寄稿しているが、その英文もなかなか見事である。ヘルンの書簡がまとまって雨森未亡人の手からアメリカに渡っていると以前に聞いたが、その後の事は分らない。『知られぬ日本の面影』を捧げたチェンバレン、それからメイソンは晩年になって少し疎遠になったが、ヘルンの没後これ等の二人、殊にチェンバレンがヘルンの遺族のために尽した事は一通りではなかった。

バジル・ホール・チェンバレンはヘルンと同じく一八五〇年、英国の南海岸ポーツマスに生れた。父は海軍中将。一八七三年（明治六年）来朝。翌一八七四年、当時築地にあった海軍兵学校の教師となって、一八八二年まで勤続した。その間に日本語および日本文学を学んで、古事記その他の日本古典の翻訳を公けにした。一八八六年、東京大学文学部の教師となって国語国文学を教えて、四年間勤続した。外人にして日本語、日本文学の講講義をしたことは全く珍しいことであった。それ程この人は異常な天分を有せる人であった。その間に日本語に関する著述、日本を紹介した名著『日本事物』も出た。『日本案内記』も出た。日本内地を旅行して日本アルプスに相当ひろく登っている。富士山にも四回登山したそうである。明治四十四年日本を去ってスイスのジュネーヴに行って、そこで昭和十年、一九三五年、八十五歳で没した。ヘルンは来朝以前この人の古事記の翻訳を読んでい

明治23年のエルウッド・
ヘンドリック

明治39年のチェンバレン

た。来朝と同時に横浜でマクドナルドに紹介されて、チェンバレンと交際する様になって、この人の世話で松江中学に赴任することになったことは既に述べた通りである。チェンバレンも一種の天才でその行動にも変り者らしい所があったと言われる。例えば初めは英国国教の信者であったが、中頃それを捨てて、自由思想家になった。最後に、といっても日本滞在中のことであるが、ローマ旧教に改宗したそうである。

エルウッド・ヘンドリックは一八八八年ヘルンがニューヨークで得た友人であった。ヘルンが最も思い切って打明けた手紙を最も多く送っている友人の一人である。ヘンドリックから、遺族に送った手紙に、左の文句がある。

私がラフカディオの友人であったと言うよりは、ラフカディオが私の友人であったと言う方が至当です。何故と言うに、私がラフカディオに与えた助けなり世話なりは、ラフカディオが私にしてくれた親切な助けと、深い同情に比べると、到底比較にならないからです。

ニューヨークにいた時分には人ごみの急がしい騒がしい、往来を通る事は、ラフカディオにとって、なかなかむずかしかったので、私は助けて一緒に通りました。ラフカディオはむずかしい事を人に頼むような人ではありませんでした。私のした事位は誰にでもできる事です。ところがラフカディオは私にあらゆる親切をつくしてくれました。人にできないような親切をつくしてくれました。私は何年間も日記でも書くように、何でもラフカディオに書き送って打明けました。不幸の時や腹の立つ時は、何だかラフカディオに言わないではいられないような気がしました。何故だか分りません。ただラフカディオの深い智恵と博い心でそれに同情してくれると思ったからでしょう。そして、いつでも驚くべき智恵を与えてくれました。時々賞めてくれました。時々それはいけないと言ってくれました。しかしその時には優しく、親切に申しましたので、私は怒った事はありません。時々やけを起しそうな場合に、ラフカディオは巧みに救ってくれました。……

私は先年ヘンドリックに手紙を送って、ヘルンと交際を結ぶに至った当時の事情、およびヘンドリックの短い自伝を書く事を依頼した時の返書を抄訳する。

……ラフカディオがニューヨークにいたのは一八八八年の冬から八九年の春までであったと思う。当時私はロリンズ夫妻の家にいたが、ロリンズ夫人はアリス・ウェリントン・ロリンズといって文人でした。ミス・ビスランドを通じて、ラフカディオを知るようになっていたので、ある夕方晩餐に招いた。何でも九月か十月頃であったと思う。ラフカディオは途に迷って、急に家が分らないので、遅刻して来た。そして困っていた。その晩ロリンズ夫人は少し拙(まず)い事をやった。それはその晩ラフカディオに紹介するつもりでいろいろな文人を招いて置いたのであったが、こんな事はラフカディオの気に入らないから、固くなって、何も言わないでいた。私はラフカディオの困っているのを察してそっと「今夜これから外へ行く約束があるが、それは是非という程の会でもないから(ドイツ人の通信者の例月会でした)なんならまた途を迷わないように見送りがてら同行致しましょう」と言ってみた。当夜の紳士淑女間の文学談や何かから免れる機会を如何に喜んでラフカディオはつかんだでしょう。十分程後に私どもは家を出た。これが私どもの交際の初まりでした。それからあるビアハウスに入って翌朝一時まで話しこんだ。それから翌年の春、日本へ出発するまでは毎週二、三晩は必ず遇った。朝出がけにラフカディオの宿に出かけて、晩の約束などをした。そのうちにラフカディオがどんな人が好きで、又どんな人が嫌いかと言う事も分ったので、なるべく注意して、よい人には遇わせるが、生意気に気取った人と、どこか冷酷なような人の二種類だけは、大嫌いであったから、そんな人々のいるところへは、連れ出さぬようにした。……

ニューヨークにおいて、ラフカディオが最後の夜を如何に過したかはっきり覚えていない。それから私はさきに行って、ラフカディオを待ち受けて、途中オルバニーに立ち寄らせた。私の父の家はオルバニーから八哩程離れたところにある立派な家です。そこで、ラフカディオが泊ったか、どうか覚えていない。覚えているのは、私の兄がラフカディオの承諾を得て午餐に多数の客を招いた事であった。兄はいよいよ日本に向って立って行くラフカディオのために「ニューヨークでの最後の御馳走」と言うので、大に歓待した事を覚えている。しかし私がラフカディオと別れるのが悲しかったのと、又ラフカディオは日本の事が気がかりで心配であったのとで、この日の会は沈んでいた。しかし兄はなかなか人を喜ばせる手腕はあった。それから兄と私はラフカディオと共に停車場に赴いて……彼が汽車に乗って日没の方へ行くのを見送った。……

ヘンドリック自ら語るところによれば、彼は「一八六一年ニューヨーク州オルバニーに生れ、一八七七年ドイツに渡り十七歳の時チュービンゲンの大学に入って化学を学んでオルバニーに帰って応用化学の工場を設けて、一八八一年—一八八四年の間営業したが失敗に帰したので中止した。それから一八八四年からニューヨークに出て火災保険の事業に従事した。ラフカディオに遇ったのはこの頃であった。後一八九〇年ロンドンのある会社のためにアトランタ、リッチモンド等に赴任して一八九六年にはボストンに赴任した。一九〇〇年親戚の人々と共に銀行、株式仲買の事業に従事して今日に至っている」というのであった。化学に興味を有する外、貧民に音楽を教える団体、盲人教育の団体等に関係している。共和党員である。文芸の素養もあって『アトランティック・マンスリー』の寄稿家である。結婚して新夫人の写真をヘルンに送った時、その写真についてヘルンは飾りのない批評を書いて送った。返事が少し遅れた時、ヘルンは怒られたと考えて、「人間は妻帯すれば友人を捨てる者だ、私も又ボストンの親友を失うに至ったか」(全集第十一巻四一四)と嘆息したが、ヘンドリックは、事実そんな事には頓着しなかったので、最後まで文通は続いたのであった。大正十一年この人の娘が日本に遊んでヘルンの遺族を訪問した。

エリザベス・ビスランド(ウェットモア夫人)は南北戦争のために破産したルイジアナ州の大地主トマス・ビスランドの娘として一八六一年二月十一日に生れた。健気にも家計を助けるために進んで新聞記者となって、当時ヘルンが記者をしていたニューオーリンズの『タイムズ・デモクラット』社に入った。最初はB・L・R・デーンの文名で詩を作り文を書いていた。ヘルンの文章を読んで感嘆の余り、進んで交際を求めたのは一八八二年の冬であった。その後ニューヨークに移って一八八九年十一月『コスモポリタン雑誌』のために、外の雑誌社から出た今一人の婦人記者と世界一周の競争を試みた時日本の横浜に立寄る事二十四時間であった。この時「グランド・ホテル」に滞在中のマクドナルドと知るようになって、帰米の後ヘルンにこの人を紹介したのであった。ヘルンが日本に渡って妻帯してから一年の後、一八九一年十月チャールズ・ウェットモアと結婚した。ヘルンの死後『ラフカディオ・ヘルンの生涯と手紙』二巻、『ラフカディオ・ヘルンの日本の手紙』一巻を編纂したのも一は遺族のためであった。明治四十四年夫と共に世界一周の途中二度目に日本に渡って東京京都六甲山に半年を送った。大正四年大正天皇の即位式拝観のために三度目に夫と共に日本に来た。夫の死後大正十一年に四度目に日本に来て同じく京阪地方から東京と松島に約半年滞在した。この人の著書は以上の『ラフカディオ・ヘルンの生涯と手紙』の外に、つぎの小説と随筆と紀行がある。

A Flying Trip around the World
A Candle of Understanding
The Secret Life
At the Sign of the Hobby Horse
Seekers in Sicily
The Case of John Smith
The truth about men and other matters

ヘルンはこの人に『日本雑録』を捧げている、ヘルンとこの人との友情をジャン・ジャック・アンペールとマダム・ミカエル〔レカミエ夫人〕との関係に比したり、又さらに進んでダンテとビアトリスに比したりする伝記家もある。

ヘルンの友人はヘルンの感化によっていずれも大の日本びいきである。私は明治四十四年小泉家で初めてウェットモア夫人に遇った時、夫人が日本料理の午餐を刺身は勿論漬物までも残さなかったのを見た。この時夫人は滞在中の時間を利用して茶の湯生花等の日本芸能を習得した。帰国の後オイスター・ベイにある宏壮なる邸宅を売り払って英国サリー州ウェスト・バイフリートに移住し、そこの邸宅の一室を「千鳥の間」と名づけて日本の美術品や骨董品で装飾した事を私は聞いた。一年余りの後、ワシントンに帰ってウッドランド・ドライヴ二八〇〇に大邸宅を作って、「音無庵」という名をつけて日本風の室内装飾をしている事を聞いた。玉露の茶と羊羹（ビーン・ペースト）と水飴を好んで、小泉家を通じて、日本橋の山本と本郷の藤村から折々取りよせている事も聞いていた。日本製の模様のある短冊形の封筒や長い巻紙もつねに使用している事も承知していた。日本の桐簞笥も重宝だと言って使用している事も聞いた。夫の没後やはりその大邸宅に居住して日本大使館の人々を時々招いたり、軍縮会議の当時加藤徳川両全権その他の人々を招いたりしていた。

大正十年六月並木の綺麗なワシントンの町を蛍の飛び交わす頃、私は夫人に招かれて数日客となって逗留した。蜂雀のさえずりの外に聞える物は余りない閑静な場所であった。門を入って玄関にさしかかって、大理石のモザイクでOtonashi-Anと出してあるのに気がついた。「音無」は適当だが「庵」は不似合と思った。鉄道会社社長のチャールズ・ウェットモアが存命中は二十人の男女の召使があったそうだが、その当時は八人に減じていた。室内装飾などその外すべて聞いた通りであった。食事のあとで何を飲むかと聞かれて何心なくコーヒーと答えた。同じ逗留客に夫人の妹メラニー・オーウェンとその娘があった。私に向って「おかげでこの家でコーヒーを飲まれます。私たちばかりの時には姉は日本の緑茶をしか飲ませません」と言った。気がついて見ると夫人だけは日本の茶を飲んでいた。そこで私は夫人に自分には別に好みがない事、問われたから出まかせに答えた事、実は自分は一切の食物に対して好悪のない事を言って弁解した。数日の滞在の間に私は夫人の日本趣味の気まぐれでない事、日本の事物に対する深き理解と同情のある事を深く感じたのであった。大正十三年に排日の法案が通過してから夫人はワシントンを去ってスイス、ジュネーヴに移住して約一年余の後、故郷ヴァージニア州にかえって〔出身はルイジアナ州〕新築した邸宅に移った。

大正十二年頃の『中央公論』に出た笹川臨風の「文人趣味提唱」と題する随筆に「ある令聞ある外交官から聞いたが、何事も日本でなければならないと言う熱心な日本びいきの米人はなかなか多いが、ワシントンにもこんな貴婦人が二人ある。これは皆ラフカディオ・ヘルンの感化によるのだそうだ」という意味の一節がある。この外交官とはその頃の米国大使幣原（しではら）喜重郎男の事。二人の貴婦人というのは一人はミス・シドモア。今一人はウェットモア夫人の事である。

ヘルンが『知られぬ日本の面影』と『影』とを捧げたマクドナルドにはビスランド女史

からの紹介状を携えて横浜「グランド・ホテル」で会食して食事を共にしたのが、この二人の交際の初まりであった。一八五三年九月、ペンシルヴェニア州スクールキル・カウンティに生れた。両親はアイルランドから移住した人々であった。米国海軍の主計少将であった。(アメリカでは主計少将が最高の地位)日本に駐在する事数年ずつ前後五回(明治二十一年—二十四年、三十年—三十三年、三十五年—三十八年、四十四年—大正三年、大正九年—十二年)、退職の後日本に永住のつもりで大正九年横浜「グランド・ホテル」の社長となり、大正十二年九月一日の震災の時、散歩から帰って従者と共に室内に入ると同時に、ホテルの建物と運命を共にしたのであった。この人の第二回の駐在中はヘルンの富久町時代であったが、ヘルンは東京から遊びに行って「ホテル」に泊った事もあった。最初は食堂でマクドナルドはヘルンを多くの人に紹介したが、ヘルンは「見せ物でない」と言って機嫌を悪くしたので止めた。第三回(明治三十五年—三十八年)の滞在中にヘルンは亡くなったが、この頃はヘルンから進んで横浜を訪ねる事はなく、ただマクドナルドの訪問を受けるだけであった。殊にヘルンが大学を止めた当時はほとんど毎日曜日にマクドナルドは横浜から来て西大久保邸を訪問して書斎にヘルンの陽気な笑声がたえず聞えた。マクドナルドはヘルンの天才を信じ、百方これを庇護する事を怠らなかった。ハーパー書肆からの送金を受取ろうとしなかった時に処した方法はすでに述べた。私がこの人の経歴を聞こうとした時に、彼は謙遜して「自分は一生こんな事務官として、きまった仕事を永くやり来った事の外に、何も語るに足る事はない。ただ誇るべき事はヘルンの友人であった事だけ」であると言った。ヘルンの死後、外国における出版版権等の事について遺族の後見人たるべき人を求めた時、梅謙次郎の説によってマクドナルドに依頼する事になった。彼は快諾してそれから遺族の利益のためにあらゆる工夫を講じた。版権の一部を書肆に売渡した時交渉の任に当ったのも、自分で訴訟を起してヘルンの蔵書原稿をグールドから取戻したのも、原稿の一部分を高価に売ったのも、皆彼の力であった。ヘルンは生前平均一割以上の印税を得なかった。中には僅かに七分五厘の物さえあった。こんな事はヘルンは書肆まかせであった。ヘルンの没後の『書簡集』その他は彼の力によってその二倍以上になっている。グールドから取戻した『聖アントワーヌの誘惑』の翻訳を彼自らの費用で出版した。それから講義筆記出版に関する私の進言を容れて、当時の学生たちの筆記帳を借り受けて、自ら、あるいはタイピストを使って、原稿をタイプにしたのであった。事実その当時の彼は米国東洋艦隊の主計長としてよりも遥かに多くの時と労力を、ヘルンの講義筆記のために費したのであった。ヘルンが晩年「自分の死後遺族がどうなるだろう」と言った時いつも彼は「大丈夫、心配に及ばない」と言った。ヘルンはまた夫人に向って「あの人は親切な頼もしい友人、敵としては強い恐ろしい人、喧嘩をして負けた事のない人」と言ったそうである。頼もしい味方、恐るべき敵、弱を助け強を挫き、正を愛して不正を憎む律義な義侠なケルトの熱情がこの二人の友情の根底をなしたのであった。彼が「グランド・ホテル」の社長時代、火災保険契約の際地震を加えるのが正当と考えてその通り契約したので、この会社にとっては震災のための損害は余りなかった。没後遺言状を開いて、ヘルンの相続人にも多額の遺産を与えた事が発見された。彼の日本びいきは言うまでもない。米国にありても日本にありても、飲料としては日本の「ウィルキンソン炭酸水」をしか飲まなかった。これを不死不老の泉と称して日本のために宣伝する事を忘れなかった。

彼が第二回の滞在中の事であった。ヘルンの愛読者にシャム（現タイ王国）駐在米国公使ジョン・バレットがあった。ヘルンの著書は細大洩らさず読んでいた。日本に立ちよってヘルンに遇う事を東京の米国公使館に謀ったが絶望であった。ただ一縷の望みとして当時横浜にいたマクドナルドに相談する事を勧められた。バレットは彼に頼んだ。紹介はヘルンの嫌うところ、ただ偶然落ち合ったようにつくるより外はなかった。そこでマクドナルドはバレットに向って「ヘルンはこの金曜日に大学の講義の終り次第横浜に来て、日曜まで滞在する事になっている。そこで土曜の午後に来て、私の部屋の戸をたたきなさい。私は、『カムイン』と言う。それから偶然のように、紹介と言わずに『これはミスタ・ジョン・バレット』と言おう」と約束した。筋書通りに事件は進行して、ついにその部屋でヘルンはバレットと二時間談話に耽って甚だ楽しそうであった。けだしバレットは博覧強記の人、談話演説の達人であった。バレットは帰国して大統領ルーズヴェルトにこの話をして共に興じたという事である。マクドナルドは「私がヘルンを騙したのは前後唯一回、この時だけであった」と言った。

ヘルンが最後まで交際文通を続けたのは以上少数の人々であった。談話は上手だが交際の下手なヘルンは友人を多く作らなかった。ただこれ等少数の人々はシドニー・コルヴィンやエドマンド・ゴッスのスティーヴンソンにおける如く、レズリー・スティーヴンの舅サッカレーにおける如く、ヘルンの生前より死後に至るまで尽したのであった。

ヘルンが多くの友人を次第に捨てたという事は、ヘルンの伝記家によって一般に認められ、又その理由も説明されている。捨てたというのはヘルンの場合では多く文通しなくなったという意味である。ヘルンのような長い親切な手紙を書いた人は一度書かなくなると、その対照は著しく目立つ点もあった。私はこの点において日本の年賀状という便利な習慣に思い及ぶ。如何に交際が絶えたような間柄でも、この年賀状という簡単な習慣で絶えざる事縷(いと)の如く、淡き事水の如き関係を維持する事ができる。この習慣のないところでは、文通しない事、文通に対して返信をしない事すなわち絶交のように見なされる。しかしヘルンの場合に対するチェンバレンの説明がある。これが恐らく最も至当な、また同情のある物と思われる。その大意はつぎのようである。

……私の知人のうちにはこれを忘恩だと言って深く憤っている人もある。私は少しもそうは思わない。しかし私はヘルンの如き天才と交際を絶つに忍びないで、幾度も旧交を暖めようとしたが駄目であった。初めに冷やかな丁寧な返事が来て、つぎからは全く返事がなかったので、仕方がなく断念した。私が深くこれを咎めないのは、この友人を捨てるという事の根本はヘルンの著作の最大長所をなす所以の性質、すなわちヘルンの「理想主義(アイデアリズム)」という事に存しているからである。ヘルンにとっては初めての友人はあらゆる美徳を具備した人間以上の物であった。ヘルンの美わしい主観的色彩でこの偶像は着色されていた。……しかしヘルンは感情的であると同時に、一方鋭敏なる科学者の洞察をもっていた。間もなく自分の偶像も要するに只の人間である事を発見する。それから欺かれたように憤る。更に加えて、ヘルンは、自分の熱烈なる哲学上宗教上の意見と一致しない人を赦さなかった点がある。……しかし、こんな友人を捨てた場合に、捨てられた友人よりも、小児のように人なつこい同情に富んだヘルン自身の方が、どれ程苦しんだか分らない。……

次第に文通しなくなった一、二の例を述べて見る。

シンシナティ時代の友人に音楽批評家クレイビールがあった。音楽に関する著述多く、そのうち日本語に訳されている物もある。ヘルンがニューオーリンズに行ってから、彼は

『ニューヨーク・トリビューン』の記者となった。ヘルンはニューオーリンズからたえず読書修養、感想、日常生活について彼に書き送っている。ヘルンがニューオーリンズを引き上げて、ニューヨークに出た時、彼はヘルンを出迎えて自分の家に泊めた。久しく田舎にいた文人が満十年ぶりに都の友人――文壇楽壇の流行児となっている友人――の家庭に来て見る。満十年積っていた友情を吐露しようと思って来た文人は、忙しいニューヨーク生活を背景にした流行児の周囲の空気に少し不安を感ずる。手紙の上で見たのは昔の友人、遇って見た友人は変っている。話そうと思った十分の一も話す気分になれない。冷やかに聞える。幻滅を感ずる。この人も自分の友人として独占する事はできなくなったと感ずる。ヘルンがクレイビールと離れたのは二人の世界が十年のうちに次第に離れたのであった。その間にヘルンを喜ばなかったクレイビール夫人があった。ヘルンの無頓着な身なりを賤んで取りつがない女中が来たりした。クレイビールへの文通は日本時代にはなかった。しかしヘルンの没後クレイビールは美わしい思い出の記を書いた。

フィラデルフィアのドクトル・グールドは眼科医であると同時に医学、文学等の著書多く、詩集も出している。ヘルンがヘンドリックに書いた手紙につぎの一節がある。

君は覚えているだろう、私はフィラデルフィアでジョージ・グールドという医者の家に約五ケ月いた事がある。この人は私に来てくれ、一夏を一緒に過したいからと頼んで来たので行く気になった。その間に宿料を取ってくれなどと言い出すと、そんな事を言い出すのは侮辱だ。ただ君の世話をしたいだけだと言って相手にしなかった。どうも私には北方の人の性質は余り分らない——昔から分らなかった、いつでも人の言う事を真面目に取っていた。ところがとうとうこの人は私に妻が友人の嫉妬をして、いて貰いたくないと言うから出てくれと言い出した。それから金をくれて——実はその頃窮していたから——「ニューヨークに行って、もう一度熱帯地方へやって貰えるかどうか、相談して来給え。それから帰ってその結果を報告してくれ給え」と言った。

ヘルンはこの人から借りた八十ドルのために蔵書を預けた。日本に来てからグールドから催促された時、蔵書を売り払ってくれるように言ってやった。フィラデルフィア滞在中グールドのために著述の助けもしたのであった。グールドの近視に関する論文に自分は利用されている事を考えてもみた。それからさきの事は、私が余録においてグールドの著書『ラフカディオ・ヘルンに関して』の解題で述べる。

日本にある外人の同棲している日本婦人に対する態度を、ヘルンは憤慨してそれから交際しなくなった二、三の例は第一章ですでに述べた。アメリカ時代のヘルンは知らないが、日本において妻子のあったヘルンにとっては人生は厳粛な真面目な物であった。ピエール・ロチの文章には感服したが、『お菊夫人』には不快を感ずるようになったであろう。

世界における最高最美の思想をもって養われた人の精神の傾向はかくあるべきであろう。短所を捨てて長所だけで、すなわち人のただ一方面だけで交際する事はヘルンにはできなかった。「全部か、しからざれば無」と言うのがヘルンの行き方であった。一方面のために全体を理想化して後に煩悶した事はチェンバレンの解釈の通りであった。「人と人との関係は多くは不和になる。そこで昔の賢人は交際(ソサイティ)を捨てて孤独(ソリテュド)を選んだ」(全集十三巻四三三)とヘルンは言った。少数の例を除き、多数の友情に対する失望は更に大なる原因すなわち著作に対する熱心と相俟(あいま)って、晩年のヘルンをして一切の人事関係を絶って、専心一意著作に刻苦精励せしむるに至ったのである。

一四　人、思想、芸術

『クレオパトラの一夜その他』（一八八二年）の出版以来、小説、紀行、翻訳等、アメリカ時代（一八八九年まで）に出版せられた書物八部、雑誌に出た小説一つ、引受ける書肆がなかったのでそのままになった翻訳二部、平均一年一冊以上になっている。日本時代の分は四冊の「日本お伽噺」を除いて十二部十三冊。明治二十三年から三十七年までの十四年間、同じく一年一冊の平均になっている。しかもヘルンは新聞記者としてあるいは教師としていつも多忙であった。松江でも、熊本でも、殊に熊本では著述の暇が思うようにないので神戸に出たが、ここでも毎日一欄の記事を作らねばならなかった。東京では大学の受持時数一週十二時間のうち過半は講義であったので、その準備に要する時間の少くなかった事はすでに述べた。

思うように暇がない、随って思うように旅行ができない、述作ができない。これがヘルンの絶えざる不満であった。更に一つのハンディキャップがあった。すなわちヘルンの眼の不自由であった。近視それ自身は自然の観察において大なる障害にはならない。健全な眼の人には自然は写真の如く、近視の人には絵画の如く映ずるとさえ言われる。ただヘルンの左の眼は前に述べたように失明し残る一眼は極めて強度の近視であった。使用していた片眼鏡（モノクル）は二度半であった。この二度半の眼鏡の力をかりて物象を辛うじて写そうとする網膜の一部は更に欠損していたのであった。角膜が凸出して来たので、眼鏡を始終かけている事もできなくなったのはニューオーリンズ時代であった。それからは特別に物を見る時の外は使用しなかった。（客間に出て初対面の人に接する時は、この眼鏡を取り出し、庭園を眺め、床の間を眺め、隙を見て電光石火の如くその人を瞥見して、のち容貌風采衣服の観察を家人に語る事すこぶる詳しかった）その上一年に平均一度は眼のために読書執筆を廃して休養せねばならなかった。眼科医グールドは「ヘルンのあの弱い眼が、あれだけの著作にたえたのは生理学上の奇跡である」と言っている。（『ラフカディオ・ヘルンに関して』一〇六）

　その上ヘルンは遅筆であった。筆が渋り勝ちであったという意味ではない。ヘルンの文章はむしろ一気呵成になったものが多い。インスピレーションは書斎にある時ばかり来るとはきまらない。散歩の時、車上、人と会談の際、いつ来るか分らぬ。しかもこれは逃げ易いから、いつも手帳を携帯して、ただちにこれを記入し置くべきである。書く時には初めの部分から書かねばならぬという理由はない。終りからでも、中頃からでも書き始めることは差支えない。頭から描いても、尾から描いてもよい馬の絵になりさえすればよいと同じ道理である、と言って散歩の時でも放さなかった備忘録（ノートブック）に『霊の日本』にある「吠」の一篇（牛込富久町の犬の記事）が、もとより出版になった物と余程変っているが鉛筆で走り書きに書いてある。ただヘルンの推敲が長かった。「経験のある文士でも、三度は書き直し（ライト）、思い直し（リコンシダー）、作り直し（リコンストラクト）、改め直し（リコレクト）、せねばならない。初めて文章を世間に出す人は、少くともこの三倍すなわち九度（詩歌ならば五十度）直しても充分とは言えない」（全集第十三巻一七〇）と言うのが学生に対する教訓であった。「かくの如く推敲しこれを筐底（きょうてい）に収めて、少くとも半年を経て忘れた時分に改めて読み直せ。この時は既に作者でなく読者批評家になっている。そのうちに自分を動かすところがあれば、必ず天下の読者を動かすに相違ないと信じてもよい。一気呵成に無雑作に文学ができるものと思ったら大まちがいである。それはジャーナリズムに過ぎない。ジョンソンが僅か二週間で『ラセラス』を書き上げたなどいうことを信じないで、グレイがただ一篇の詩『エレジー』を完成するために十四年を費したという方を模範と考えるべきである」（全集第十三巻三五二）とヘルンは言った。ヘルンは自らの体験を語ったのであった。推敲添削した第一回の原稿を作ってから、側にある百味箪笥ようの引出しに入れて半年以上もそのままにした。添削推敲の時は室内を徘徊して朗読するを常とした。その上校正の時、さらに添削した。「印刷になって後に直すのが、最後の仕上である」（全集第十一巻四六六）と言った。

書斎に閉じこもって一心不乱になっているヘルンの感興を妨げまいとして家人は一方ならぬ苦心をした。掃除をするにも音を立てぬよう、縁側を歩くにもつま立をした。僅かに五分の約束で夫人に書斎の掃除を許す間でも縁側を歩きながら文章を練っていた。

「観察を以て生命とする客観詩人は、好むと好まざるとを問わず、ひろく人と交際し、人の行為動作を見てこの活社会を知らねばならない。メレディス、ブラウニングはかくした。これに反してテニソン、ロセッティ、スウィンバーンの如き主観詩人は孤独寂寥の生活を送った。かかる詩人は世人の注目の焦点となって、しかも自らに忠実である事はできない。かかる詩歌は多くの時間と多くの思想と、沈黙の労働と、あらん限りの真面目を要する。世界と交わる事少ない程その人の芸術（アート）のためによい。いわゆる世間の娯楽は全く避けねばならない。それができぬようならその人は詩人にはなれない」これがヘルンの講義の一節であった。（全集第十三巻一五四）ヘルンに随えば、主観詩人を交際社会へ引き出そうとするのはその人の最善なる物を破壊する所以である。ヘルンが晩年次第に交際を避けるに至ったのをヘルンの奇癖とばかり見るのは正当でない。その原因の一つは寸陰を惜んだのであった。日本の大学教授が公私の会合に多く引き出される事を悲しんだ手紙は既に掲げた。日本ではまだ時間の価値が認められていないと嘆いた。二つには、交際を博くし、度量を大きくし、清濁併せ呑むように図々しくなり、神経を遅鈍にする事を修養と言うのなら、ヘルンの如き主観詩人にとってはこれは修養でなく、恐るべき堕落であった。善なる物美なる物に対する感受性を鋭敏にして置く事を何よりも努め、これを失う事を何よりも恐れたヘルンにとっては、どうでもよい談話のうちに入る事は、俗悪なる趣味であるかのように思われた。大学で後に教官室に入らなくなったのも、その一原因はここにあった。ヘルンは松江および熊本の時代に多くの人に接し多くの会合にも出た。『知られぬ日本の面影』『東の国から』から続いて『心』と『仏土の落穂』は客観的叙事的な物が多い。東京時代になってからの著書『異国情趣と回顧』以後の物は次第に内省的主観的になって、日常の見聞を記入した備忘録を使用する事が少なくなった事を示している。同時に交際もなくなっている。

著作に一心不乱であったヘルンは同時に職分にも忠実であった。自分の学生を「私の子供」と言って、その訪問に応ずる事を一種の義務と心得ていた。困るような有難いような心持ちで会う事を常とした。『帝国文学　小泉八雲号』に「留任」と題する小山内薫の文中に、留任運動に行った委員が二度行って面会謝絶され、三度目に漸く会う事を得たとあるのは伝えた人の誤りである。当時の委員、安藤、石川、落合の三人は一度も謝絶されずに会ったのであった。土井晩翠の如きも「只今散歩に出ました」と言われてそのまま上って待っていて会った事もあった。熊本時代の学生安河内麻吉の来訪した時、その人とは知らずに取つぎの者が断った事が分って、あとを追いかけさせて漸く呼び戻した事は既に述べた。私の如きも三十六年金沢から上京の際訪問して断られ、名刺を残して去ろうとして呼び戻された事があった。学校で学生が「先生のお宅へ参りたいが如何ですか」と聞けば「用があればここで言ってくれ。宅へはなるべく来てくれるな」と言うのが普通であった。

しかし富久町乃至西大久保を遠しとせずして訪問する程の熱心な学生があれば、ヘルンはこれを歓迎したのであった。これは多くの学生の体験したところであった。

しかし、これは学生にだけ例外で、一般殊に外人に対してはそうではなかった。松江時代熊本時代には訪ねる外人も多くはなかったので大概は会った。東京では後に親しくなったフェノロサでも、米国公使でも初対面の人はことごとく拒絶して会わなかった。「私に面会を求める者は私を動物園の動物視する好奇心を以て見物に来るのだ。真に同情の心を抱いて来るのではない」と言うのであった。ヘルンが「グランド・ホテル」においてマクドナルドに誰彼に紹介されるのを嫌った事は既に述べた。好意を以て天長節の夜会の招待券を贈った大学の清水書記官に対して「自分のような風采の上らぬ者を、そんな晴れの場所へ引出してなぶってはいけない」と言って当惑させた事があった。ヘルンの愛読者でヘルンの著書を送って署名を求める者には喜んで与えたが、もしそのうちに利益(ゲイン)の目的の現れた時にはヘルンの著書全部を送って署名を求めても、そのまま送りかえした例はあった。この点ではヘルンはすこぶる一国者であった。

交際を避け、寸陰を惜んだが、多くの手紙にはただちに返事を出して渋滞する事はなかった。返事だけではない。進んで一面識のない人にも手紙を出した例はある。明治三十六年、木沢医師から聞いて、胃癌を病んでいた尾崎紅葉へ、病気見舞の手紙を出した。ヘルンは『朝日』と『読売』の愛読者で、紅葉の小説や〔梶田〕半古の絵を知っていた。年若くして不治の病にかかったこの推敲止むことのない文人に同情を表し進んで慰問の手紙を送ったのであった。後『書簡集』を出す時この手紙を紅葉の遺族から借りようとしたが、その当時見出せなかった。

けだし、ヘルンには多くの人のする通り、面会日や面会時間などを定めて多くの人に会い、それを済して再び述作に耽る事のできるような事務的方面はなかった。遠方から昔の学生が訪ねて来る事があれば、帰った後までも喜んでその対話を繰り返していた。そうなると最早その日は終日何事も手につかない。ヘルンは常人の想像のできぬ程、すべての印象を深く受ける人であった。それ程敏感であった。訪問客のある時、家人がヘルンに取りつがないで一応「時間がないから御免を蒙りたい」と言訳した理由はここにあった。

日本においてヘルンが天職を自覚してから、また長男二男の出生以来自分の責任を感じてから、ヘルンの勇猛心は全力をつくして働いた。「自分は長生はしないから急ぎます」あるいは「人生の半ば以上を空費したから、これから取りかえそう」これはヘルンの口癖であった。アメリカ時代に南洋に行くための準備としてスペイン語を研究した事もあるが、日本では日本語の研究などは間に合わないと言って、日常の談話のできる程度の日本語（自らヘルンの言葉（ダイアレクト）と称した物）と、仮名（かな）と少数の漢字で満足し、あとは夫人の助けを借りた。ヘルンの行った道は初めからチェンバレン、アストンその他の人々と異なっていた。

少し脇路に入って、ヘルンの著作に対する夫人の助力について述べよう。ヘルンの日本に関する作は大別してまず三種類に分ける事ができる。論文と随筆、考証、および物語、これである。論文と随筆の多くはヘルン自らの観察、推理、あるいは感想黙想から出た物。考証の多くは大谷正信その他から供給された材料によった物。而して物語は全部夫人から、あるいは夫人を通じて伝えられた物である。このうち論文と随筆、および物語は考証よりも遥かに貴く、物語は論文と随筆よりも更に貴いと思われる。夫人がヘルンから万葉などに関するむずかしき質問を受けて、程度の高い女学校を卒業しなかった事、および、自由に英語を話す事のできないのを残念に思うと言った時、ヘルンは自分の著書を入れてある戸棚の前に夫人を連れて行って「これだけの書物は、だれの骨折でできましたか。あなたに学問があれば、こんな面白い話をしてくれません」と言った。夫人が裁縫や掃除をする事があれば、「あなた、女中ではありません。そんな事は女中にさせなさい。そんな暇があれば、本を読んで話を聞かせて下さい」と言った。書物を読んでその話を夫人自身の話にして話せと言った。読書ばかりでなく、植木屋、女髪結、女中、屑屋、羅宇屋、誰にでも話を聞け、御馳走をして話を聞くようにと頼んだ。世のいわゆる劣敗者のうちに美わしいさとりとあきらめがある、それを聞けと命じた。かくして諸種の物語、「ある女の日記」「門つけ」「人形の墓」等の名篇、それから各種の伝説、それから日本の古い物語からとった奇談怪談ができたのであった。これ等の奇談怪談の多くは翻訳であるとことわってあるが、事実はやはり夫人の助けを借りたヘルンの創作であって、「外国において見出された英文学の最大の宝の一つ」と言われている。日本に何の同情もない西洋の読者も、そこに現れた美わしさと光明、やさしさと恐ろしさを感ぜずにはいられない。これ程霊魂の力を信ずる民族、これ程「最期の願に超自然の力のある」事を信ずる人種に興味を感ぜずにはいられない。ヘルンも純日本趣味の夫人に負う事の大なるを知っていたので、ある書物の如きは、特に夫人の名で出版しようと言い出したのを、夫人の反対で思い止まった事があった。

夫人の固有名詞の読み方などに誤った例はある。しかし日本の固有名詞は日本の大学者でも誤った例はいくらもある。「我が死後再び娶り給う事なかれ」「否必ず娶らじ」と誓った夫が、妻の死後間もなく娶って、先妻の亡霊のために後妻の取り殺される出雲の話があった。ヘルンは「これはひどい話、破約の怨みは夫に報ゆるこそ至当だが、何も知らぬ妻こそ気の毒だ」と言った時「でも、女はそうは思いません」と答えて、この話全部に生命を与えた夫人は少くともこれ等の物語において、ヘルンの名声の半ばを分つべきではなかろうか。（『日本雑録』「破約」参照）

ヘルンがその講義「文学と与論」において、「フランス人が、あれ程のロシア国債を有しているのは、ロシア政府でなくロシア人民に対するフランス人の同情が原因である。この同情は為政者の力でも外交官の力でもない。ツルゲーネフ、ドストエフスキー、トルストイ等文人の力による。これ等の小説がフランス語に訳され、フランス人の感情に『ロシア人も我等と同じ喜怒哀楽、同じ人情を有せる同胞である』事を訴えた結果である」と言った。夫人がヘルンを通じてなした事はこれと同じであった。

西印度マルティニークでは娯楽に写真をやった。そこで写した写真は今も何枚か残っている。日本では暇がないというので止めた。ヘルンは煙草を日本のキセルで吸った。キセルは百本ばかり集まっているが、自ら進んで集めたのではない。ことごとく夫人が用向のため外出した時みやげに買ったのである。三十四年の暮、西大久保において邸宅を購うて建増をした時の如きも、一切の事夫人に任せて顧みなかった。全く日本風にする事、書斎は西向きにする事、あとは一切夫人に任すとの約束であった。その後、夫人が余儀なく相談を求めても「約束に違います」と言って取り合わなかった。その後内外の友人で、邸宅、建築およびその費用等の事について質問する者があっても、ヘルンは「私は知りません、私は養子です」と冗談のように言った。皮肉のように聞えたかも知れぬが、事実ヘルンは知らなかったのであった。あるいは夫人の報告を聞いても忘れていたのであった。ヘルンはこの邸宅の持主の華族の名を知って、この邸宅を売るに至った人事に興味を感じただけであった。

種々の印材で種々の印章を造らせて蔵書などへ押してみた事はあったが、多くの文人に通有の文房具に対する贅沢もなかった。夫人と令息のために、万年筆を買った事はあるが、自分ではかつて使用した事はなかった。原稿を浄書して外国に送る際タイプライターを使用する事もなかった。アメリカから三本のペン軸とポケットに入れてもよい二重蓋のインキ壜とを持って来たのを始終使っていた。丸善でポンド入りのインキを買ってこのインキ壜に入れて到る処で使用した。ペンはスペンセリアンばかりを使った。原稿用紙は日本橋の榛原(はいばら)から雁皮紙(がんぴし)を取りよせて使っただけが贅沢であった。ステュデント・ランプの下に特別に高く造った机の上で著作に耽って、ときどき降りて座蒲団に坐り、キセルで煙草を吸った。(この机と椅子はその後松江市の八雲会へ寄贈された)

食物や衣服にも何の好悪もなかった。大きなビフテキを毎日かく事がなかったのとプラムプディン(「日本人は甚だ賢い人種だがプラムプディンを理解しない」とヘルンは言った)を好んだ外は、日本食でも何でも選ぶところはなかった。衣服には勿論頓着しなかった。フランネルのシャツを一度に一ダース程横浜へ行って誂えて交る交る着たに過ぎない。熊本時代には夏は小倉の白木綿の洋服を着た。東京時代には夏は紺、冬は鼠の背広をフランネルのシャツの上に形ばかりのネクタイを結んで着ただけであった。もとより白シャツは偽善的西洋文明の象徴、フロックコートや高帽や手袋やステッキも無用の長物と罵って用いなかった。靴はいつも兵隊靴であった。残った物を長男が中学へはいて行って一同に笑われた。帽子だけは最上等のものを買ったが、前にも述べた通りに鍔の広い中折帽で夏冬の区別はなかった。西印度から帰ってニューヨークの波止場へ上った時とも、フィラデルフィアの町の中とも言うが、（あるいは両方かも知れぬ）ヘルンが奇態な熱帯地方の大きな鍔広の帽子を被って平気で歩いているのを面白がって一隊の悪童が列をなしてヘルンのあとから

Where, where, where did you get that hat?

「どこ、どこ、どこから、そんな帽子、取って来た」

と調子をそろえて歌ってついて来たという事を思い出させる。グールドはこれを以てヘルンの滑稽感（ヒュモア）の欠乏に帰しているが、むしろヘルンの簡易質樸主義（ボヘミアニズム）によると見るべきであろう。散髪も夫人に幾度か促されて漸く行った。

すなわちヘルンは夫人の食べさせる物で満足し、夫人の着せる物以下で満足し、建ててくれた家で満足し、客にも会わず、一心不乱刻苦精励したのであった。

ヘルンの晩年の娯楽は散歩であった。上野の森を好んで、そこにある展覧会は好んで見に行った。絵はいつもかき手の名に頓着しないで気に入る物を買った。ヘルンは絵を描く

のが上手であった事はすでに述べた。ブレークの絵のような面白味のある絵を、手帳などに沢山残した。富久町にいた頃は瘤寺の森林墓地を書斎の一部のようにしていた。墓地探検はヘルンの少時よりの好物であった。西大久保に移って後、戸山の原、雑司ケ谷、高田馬場、目白台、落合、新井、堀の内はヘルンの散歩の区域であった。それから夏期における焼津の遊泳であった。遊泳は近視のヘルンにとっては少年時代からの唯一のスポーツであった。ニューオーリンズ時代にはグランド島の漁夫たちを驚かし、東京時代には焼津の人々を驚かす程の達人であった。焼津の漁夫たちは今もこの人の流儀を伝えていると言われる。

墓地寺院森林を中心とした散歩、夏期における遊泳の外に、ヘルンの一生を通じて変らない趣味は小動物殊に虫類（インセクト）への愛であった。

ヘルンに嫌いな動物はなかった。西印度の有毒なむかでの記事を『仏領西印度の二年間』に書いた（それから靴をはく時中にある物を出すために一つたたく習慣を得た）が、無害な動物は一切ヘルンの愛するところであった。ニューオーリンズの友人の説によれば、むしろ大概の人に嫌われる物を選んだようであった。これはあるいはヘルンにとっては「我のみやあわれと思わん」という心もちであったろう。一時コートニー夫人の食堂の床の小さい穴から時々顔を見せる鼠を馴らした事があった。同じ家の入口の床下にいた亀を馴らして呼べば出て来る程になった事もあった。松江の家の庭で蛙を取らぬためと言って自ら食物を皿にのせて蛇の出るところに置いて来た事もあった。ラスキンの講義の際にも蛇の美を説いた。蟇が西大久保の邸内にもよく出た時、令息等にこれを苛める事を禁じて食物を与えてよくなつかせた。西印度で蟇を飼ったある婦人の話をして蟇を愛すべき事を説いた。犬も愛したが猫はさらに愛した。ヘルン自ら『骨董』のうちの「病理上の事」のうちに自白せる通り、洋の東西で飼った猫だけの記事で大冊の書物ができる程であった。西印度で一時三十六匹の猫を飼った事があった。ニューオーリンズで飼った猫の話がある。

　ヘルンはある午後ある小路を通って帰宅の途中、彼の感じやすき心を痛めた物を見た。一人の男が中庭から水を入れた桶をもち出し、その中へ幾匹かの小猫を投げ込んでいたのであった。これを見たヘルンは憤怒に燃えた。ヘルンの考えでは、動物虐待は殺人よりも悪かった、殺人には何か理由のある場合もあろうが動物虐待にはそれがあろう筈がないからであった。ヘルンはその男に跳びかかろうとしたが、相手は門から中へ消えた。親猫は狂気のように桶をのぞいてさけんだ。ヘルンも泣きながら救い出したが、命の脈のあったのは唯一匹だけであった。それを上着につつみながら、コートニー夫人の許に駆けつけた。それからこの同情の篤いアイルランド生れの夫人と共に、びしょぬれの小猫を火の前で乾かし、ミルクを与えて毛布に包んでねかせた。灰色の虎猫であった。ヘルンから「ナンニー」と命名されて大きくなった。それからヘルンについてヘルンがコートニー夫人の食堂に現れるごとに送り迎えをした。ヘルンが『タイムズ・デモクラット』に猫に関する文章をいくつか書いているのは、このナンニーからインスピレーションを得たのであろう。それから五年間ナンニーは忠実にヘルンに仕えた。しかし一八八七年にヘルンがニューヨークに向ってニューオーリンズを去った時コートニー夫人の許に残して行った。それから何年か後にコートニー夫人も住み慣れたガスケ町から引越さねばならなくなった。アイルランドに、猫を連れて引越しをすると運が悪くなると言う迷信がある。しかしコートニー夫人はナンニーを忘れなかった。引越してから毎日姪のマーガレットに食物をもたせて、もとのうちへやったが、ある日の事ナンニーは死んで固くなっていた。

松江の悪童のために苛められて、びっしょり濡れてふるえている小猫をそのまま、自分の懐で暖めて新婚の夫人を驚かした事はヘルンにとって珍しい事ではなかった。焼津でも捨猫を拾いあるいは買って、それに美食を与えて美しい猫にしてからその辺の人々に与えた事は幾度かあった。「火の子」「小火の子」などと命名した。拾った当時はいつも帽子の中に入れて、猫の汚物で、汚れているのをそのまま平気で被っていた。富久町で飼猫が何者かに蹴られて死産をし、それからしきりに子猫をさがすのを、ヘルンは毎日根気よくいちいち押入れや戸棚をあけて、その子猫の今いない事を示して歩いた事は同じ「病理上の事」に出ている。

明治二十七年三月熊本五高の学生が、運動場の一隅、草むらの間の穴に、生れて間もない五匹の狐の仔を見出して、寮で養っている事を聞いて、ヘルンはそれを見に行って、後で「五ツの小さい狐児へ」とその上に書いた多額の金一封を寄附した事があった。

普通の虫類でヘルンの愛さない物はなかった。蠅や蚊は払うだけで殺した事のないのは東京時代ばかりでなく、ニューオーリンズ時代からであった。その頃のニューオーリンズは今日のように衛生の設備もよくなく、細い金網の窓をつける事も行われない頃であった。しかし戸や窓を開いて置かなければならぬ程暑いニューオーリンズでは蠅も蚊も多かった。ことに蠅は非常に多かった。しかしヘルンはただそっと払うだけであった。蟻に対しても同じであった。食卓の脚から上ってヘルンの砂糖壺に達したものだけは、そっと取って床の上に置いた。自分の都合や便利のために他の生物を苛めるのは不正である。蠅も蚊も皆同じように生存の権利があるとヘルンは考えたのであった。たしかにこの考えはヘルンの仏教の研究から来たのであった。

コートニー夫人の食堂で食事の後、何時間となく手に頭をのせたまま俯している事があった。コートニー夫人は心配して側へ行って見るとヘルンは一所懸命に蟻の行列を珍しそうに見ていた。「ごらんなさい、蟻は私ども人間よりも高等動物です。互に喧嘩をしたり、欺き合ったり、悪口を言ったりしませんね。人間が蟻のように利己主義を忘れて公共のために働けば、もっとよい世の中になるのですが」と言った。それから娘のエラを相手にこんな小動物や虫の話をした。

東京でも同じであった。

庭で蟻の穴を見れば必ず土の上に坐して令息たちを集めて、蟻の出入を見ながら説教した。夫人は新聞紙を携えて来て土の上に敷いた。かくして家族一同時として数時間そのまま見つめる事もあった。ある時枯葉のような奇怪な形の虫を発見して動物学の書物をさがして名を求めたが得なかった。そこで自ら「アマノジャク」と命名して、書斎の前の楓樹にとめて毎日のぞきに行った。蛙も好きであった。青蛙でも書斎のガラス戸にとまれば大騒ぎして、夫人の如何に忙しい時でも呼んで、これを見よと言った。蜘蛛の網を張るごとに、珍しそうに必ず終りまで佇立(ちょりつ)して見ていた。

人の飼う虫、たとえば、鈴虫、きりぎりす、松虫、えんまこおろぎ、くつわ虫、かねたたき、かんたん、かじか、馬追、きんひばり、くろひばり、くさひばり、すべてヘルンの愛養しないものはなかった。動物の皮、たとえば虎、熊、豹などの皮は虐殺を連想するが故に好まないと言って勧められても買わなかった。小鳥の形そのままになっている料理は、残酷だと言って手をふれなかった。それに反してヘルンの手廻りにある物にはことごとく昆虫の模様があった。茶器珈琲器（これ等はすべて大形のが好きであった）には虫の模様があった。久しい間外国へ出す封筒も日本風の細長い物を使ったが、それには蜘蛛の巣の模様があった。百本に近い長短のキセルの模様の大部分は虫。ペン皿文鎮等の模様も虫。根つけ類もあったがことごとく虫に関する物であった。

ヘルンの著書殊に晩年の物に虫に関する篇の多い事に驚く人はまず、ヘルンが虫を深く愛した事と、その理由とを理解して置く事が必要である。著書ばかりでなく講義にも虫に関する物がある。「虫に関する古ギリシャの詩歌」「虫に関する詩歌」「虫に関するフランスの詩歌」等である。ヘルンはこれ等の講義において「虫を愛するギリシャ人は、日本人に似ている。ローマ人は円戯場を作って人間と猛獣とを格闘せしめた程に性質残忍だから、虫を愛するような優美なところはない。キリスト教では魂を有する物は人間ばかり、その他の動物の生存は一切人類のためと教える程だから虫の如き微小な物は顧みられない。英国の詩人は鳥について歌っているが、虫についてはほとんど歌っていない。虫類を真に愛する人種は日本人と古代のギリシャ人だけである。古代のギリシャ人も蝶を人の霊魂の離れた物と考えた」と言う趣意を述べている。

『骨董』のうちに「草雲雀（くさひばり）」と題する一篇がある。一微細虫「くさひばり」の価が、日本ではその日方の黄金よりも以上である事が既に不思議である。

> ……市場では正に十二銭の価をもっている、すなわち自分の重さの黄金よりも遥かに高価である。こんな蚊のような物が十二銭……

それからこのくさひばりのなき声を説明して、最後に「生命の大海ではこの一微細の小虫のうちに動いている魂も自分の魂も同じ」である事を述べたところにヘルンの大同情が現れている。

……その小さな籠の中なる微塵の魂と私の体内にある微塵の魂とは、実在の大海にあって永遠に同一不二の物である……

同じく『骨董』のうちの「餓鬼」の一篇は「実際私は再び人間となって再生する事をこの上もない恩恵とばかり考える事ができない。もしこう考えてこう書く事が来世の因縁をつくるものなら、それなら私の望みはこうである、——私は杉の樹に上って日のあたるところで、極めて小さいシンバルを震動させたり——あるいは紫石英と黄金の色の翼を音もさせずに飛ばせて蓮池の貴く静かなあたりを往来したりする蟬か蜻蛉(とんぼ)の生涯にせめて生れ代りたい」と言う一節で終っている。一切の生物も人類のために造られたのでなく、程度は違うが、人類と同じく進化の過程にあるとみる進化論と、「山鳥のほろほろとなく声きけば父かとぞ思い母かとぞ思う」と言える輪廻の説とは同じようにヘルンを動かしたのであった。彼の考えによれば、私どもの生命は過去幾千万億の生命の複合である。私どもの肉体は心霊の無限の複合の物質的象徴である。その過去の生命は私どものうちに生き、その経験は私どものうちに潜在して、種々の機会に偶発する。喜びも恐怖も皆これ等経験の再現であり、善なる物、美なる物に対する鑑賞は再認識であり記憶である。夢のうちで飛ぶ事があるのは前世に鳥であった経験の潜在意識が再現したとも見られる。こういう風に微細な細胞にも原子にも心霊があり、細胞も原子も記憶すると言うような神秘的な考えから、彼は一切平等に霊魂を認める仏教、進化論と彼が同一視した輪廻を説く仏教に同情しまた祖先の心霊がいつも生きていて私どもの行為を見ると言う神道の思想に共鳴したのであった。彼が夢を好み怪談を愛したその根本もその思想から来ている。この思想は彼の仏教や神道に関する諸篇に現れているが、最も著しいのは『異国情趣と回顧』のうちの「回顧」および『影』のうちの「幻想」それから『骨董』のうちの各種の随筆である。『天の河縁起』のうちの「究極の問題」はその最後の物である。

「万有は一」(All being is One)、生物ばかりでなく「影の閃きも、日光の動揺も、海と空の青色も、陸の大きな緑の静寂も、自分と同一であると感じた」ような彼にとっては、樹木草本何一つなつかしからぬものはなかったのは当然であった。

大小無数の樹木花卉(かき)、殊に竹藪のあるのが気に入って西大久保の邸宅を購うに至った事は既に記した。筍を取る事は嫌いであった。植木屋などはよく竹を切ってヘルンの不興を蒙った。杉、檜も愛した。瘤寺で古い杉が切り倒されてから散歩をやめた事も既に述べた。西大久保に移ってから、隣家で境にある樫の木を切り倒した時も心を痛めた。グラッドストンという英人は自分の邸内の樹木を切り倒すのが娯楽やら運動やらになっていたと言うが、一生のうちにどれ程の殺生をしたであろうか。ヘルンから見れば、世界の偉人もこの点では全く殺風景な人物であった。ヘルンが殊に熱帯地方の思い出として好んだ物は、芭蕉と竜舌蘭であった。芭蕉の若芽の延びて行くのに、毎日見とれていた。竜舌蘭を発見するに至ったのは焼津で遊泳中の事であった。何か足に触る大きな物があって、取り上げて見たのは、この竜舌蘭の葉であった。ヘルンは珍しがって乙吉に尋ねると、乙吉は「これなら、わし等が死んだら埋めて貰うお寺の庭に沢山ある。」と答えた。その寺で分けて貰って、西大久保へ持ち帰ってふやした。竜舌蘭は東京にもあるが、焼津には大きなのがある。

ヘルンは草木に至るまで、霊魂を有するが如くに考える事を好んだ。神に祭られる老樹のある事や三十三間堂の棟木となっている柳の精の話や、榎(えのき)の精の伝説を愛してギリシャにおけるサイプレス、水仙、アネモネ、ヒヤシンス等の伝説その外これに類する物と比べて、かくの如く自然を博く愛しこれに魂を与えたのは、古えのギリシャ人と日本人ばかりであると言って喜んだ。講義のうちにも「西洋の詩における樹精について」と言うのがある。ヘルンは動物にも植物にも「あなた」と言って話しかけた。小さい蛙にも、藪の隅に淋しく咲いている花にも、いずれも「あなた」と呼びかけた。ヘルンは『知られぬ日本の面影』の序文のうちに、「多くの公園にいる鹿の群、神社仏閣に遊んでいる鳩の群、足音に応じて集まる鯉の群、その外日本に行われている放鳥、放亀これ等は皆日本人の考えに

Unity of life『一切平等』の現れた事を示している」と言ってこれに同情した。しかもヘルン自身は日本人の誰よりも、深くこの考えを有したのであった。（ヘルンは一時洋食を廃して日本食にしていたが、慣れないので胃腸を害して、再びビフテキなどにかえった。これは自分の本意でない。罪は祖先にあるのだと言っている）

日本人は西洋人よりも動物を虐待すると言う非難に対してもヘルンは考えた。西洋では自分のために造られた食物や器具を保存する意味において打算的に愛護し、日本人は同じ魂（仏性、菩提心）を有する物と見て、可愛い子は鞭で育てると言う意味で愛護している。西洋では足を一本折った馬をその場に射殺して怪まない。「ブラック・ビューティ」と言う黒馬の事を書いてアメリカの動物虐待防止会で推薦されたと言う小説のうちにも「使用にたえなくなったら射殺して埋める」事を余程有難い事のように書いてある。日本では廃馬と言えども愛養して斃（たお）れたら厚く葬ってその墓をたてる。（但し、これは旧日本の事。世智辛き世の中の今日では、死馬の皮は公然売り、肉も秘密に売らねばならない。）大食家イカボッド・クレーンは鵞鳥（がちょう）、七面鳥を見、牛羊を見て、ただちに食物の泳ぎ食物の歩くのを見た。これは西洋の見方である。

樹木草花に対する日本人の趣味愛護は西洋人の到底及ぶところでないと考えた。罰金（西洋では何でも罰金、学校内の処罰までも罰金）で制せられない場合には、西洋人は花や木を妄（みだ）りに折る。それで日本の公園には特に「樹木折るべからず」と英語で書いてある、

（全集第三巻四六）とヘルンは戯れた。自然石に高価をなげうって惜しまない日本人、花ばかりをむしり取って花束などを作らぬ日本人に同情して、その心理をヘルンは充分に理解した。

ここで今一つヘルンの一生を通じて変らない趣味、むしろヘルンの生命とも言うべき物について一言せねばならない。それは夢の趣味であった。ヘルンにとっては夢は一切の奇談怪談、想像の源泉であった。超自然界その物であった。覚めている間は忘れられている過去幾万億年前の記憶がかすかに現れて来るところであった。すべての大文学に共通の要素であるべき恐怖の快感を与える超自然的分子、これも夢の経験に基づいている。奇抜なる着想も夢の経験、怪談も夢のうちの魘（うな）されの経験の現れである。「……比較的美わしい夢の世界では、私どもの愛していた死人は私どもと再会する。父は永く葬られた子供をとりかえし、夫は亡妻をとりかえす。現世で余儀なく別れた愛人同志は再会する。死人はすべてありし昔のように若く、愛すべく、さらに実際よりも美しくなって帰って来る。……この夢の世界には老も死もない。一切の物は幸福である。すなわちすべての宗教が善人のために描く完全なる幸福の状態である天国という物も、結局最上の夢の世界に過ぎないではないか。……」（全集第十三巻一三九）とヘルンは言った。処女作から最後の作に至るまで一貫して奇談怪談を生命としていたヘルン、夢の話をいくつか書いたヘルンが夢を尊重して家人と夢物語に興じた事、「よい夢を見るように（プレザント・ドリーム）」と挨拶して寝についた事は偶然ではなかった。

以上述べたヘルンの趣味のうちに、もし娯楽があるとすれば、晩年のヘルンの娯楽はそれだけであった。かくの如く寸陰を惜しみ交際を避け娯楽を捨てて専心著述に従事したが、出勤、講義の準備、毎朝一時間ずつ長男に教える事、読書、その外、来書には必ず返事した事などで日中は暇のない事が多いので、きまって執筆したのは多くは夜であった。暇さえあれば昼も執筆し推敲もした。

ヘルンは文章の技術に苦心した事は事実であるが、そればかりがヘルンの主張でない事は勿論である。「赤裸々の詩」の講義のうちに「原文は人を動かす力はあるが、翻訳したらその力がなくなると言う文章には生命がない。そんな字句の形式だけで生きている物は、取るに足らない」と言った。ヘルンの華麗な文体は年と共に次第に平淡な物となっている。彼は講義でアンデルセンやビョルンソンその他北方文学の平淡な文体を賞讃している。ヘルンの文章には、事実上の誤謬（ごびゅう）もあろう。主義上の偏見もあろう。しかし肺肝に入りて人を動かさねば止まない魅力のこもれる事は否むべからざる事実である。日本に関する外国の学者は少なくない。文学歴史語学各方面の権威は少なくない。しかも深き同情と洞察と、並びに模倣のできない文体を有する点において、何人かヘルンに及ぶ者があろう。今日世界における日本への同情者は、皆ヘルンの著書に感化された者である事も事実である。

浪費した十年を取りかえそうという意気を以て一意著作に専心したヘルンにとっても、この努力はやはり苦痛であった。努力しない事は更に大きな苦痛であった。この苦痛の努力の刺激となった物は、ヘルンに随えば「不平」であった。不平の起る事、腹の立つ事はヘルンを駆って著作に向わせた。この点から言えば「自分を害する敵は益友であり、味方は時間を奪い静思黙想を妨ぐるが故に悪友」であった。（全集第十三巻三〇二）グールドはこれを曲解して「晩年ヘルンはインスピレーションがなくなったので、強いて他人に怨を抱き、これをもって著作の刺激とした」と言った。交友も少なく、娯楽もなきヘルンにとっては、勉めて専心筆を執る事があらゆる不平を忘れる所以であった。かくの如きヘルンにとっては滑稽雑誌や、フランス風の本能に訴える小説には、何の興味も感じなくなり、隣りへパリ・オペラ座が引越して来て優待券があっても行って見る気はなくなっていたのであった。（全集第十一巻二九一）同時に又「真の文学的成功は書肆の要求を拒み、公衆の要求を拒み、注文に応じて書く事を拒み、時流を追う事を拒んで、初めて得られる。……たとえ一行百ドルでもそんな要求に応じないで真面目な文学上の努力をなすべきである」と言う信念の下に努めたのであった。

ヘルンの周囲には英語の空気はなかった。ギボンは仏語の空気中にあって英文を書く事の困難を訴えた。ヘルンは自ら求めたところであったが、これも又一つのハンディキャップであったろう。あれ程覚束なき視力をもってあれ程の述作をなした事は最も驚嘆すべきである。「手がなくて生れてもラファエロは大美術家となったろう」と言ったレッシングの言も思い出される。「刻苦精励すなわち天才」と言ったビュフォンの言も思い合わされる。ヘルンにして今少し気長に、今少し多く交際もし娯楽をも求めたら、五十余年の短命ではなかったろうとも思われる。しかし、ハムレットはポロニアスにはなれない。性格の異なるところ、如何ともすべきようはない。ヘルンの世界的成功はあるいは確かであったろうが、著作において幽遠を欠き凄愴を欠いたろう。つねに「長生はしませんから急ぎます」と言った程に精力を費ったヘルンは心臓病を以て逝くべき原因をつくったのであろう。

　南亜の女詩人オリーヴ・シュライナーの『夢』の一章に、「美術家の秘訣」と言うのがある。

「一画家があった、外の画家の色彩よりも不思議に鮮かな紅い色彩を用いていた。外の画家の色彩はあせたが、この人のは永久に鮮かであった。画の色彩が鮮かであると共に、次第に画家の顔色は蒼白くなった。ある日この画家は画の前にたおれた。画の傍に絵具がなかった。しかし、葬るために経帷子を着せようとした時、画家の左胸に創口を発見した。鮮かな紅い色彩は画家の胸から取られたのであった。この画家の事蹟はその後忘れられたが、画は忘れられる事はない」

一五　ヘルンの通った道

いつまでも本国の都会生活の描写に甘んじないで、進んで異なった珍しい新天地を開拓してその方面の権威となる事は、文学上の成功の一秘訣である。ウォルター・ベザントがその自伝において、自分の成功の原因の一を「フランスに関する特別の知識」に帰したのはすなわちこれである。又ある人が現代の文学者の領分を調べて「アンソニー・ホープはルリタニアを、キップリングは印度を、ブレット・ハートはシーラ山中を、マーク・トウエーンはミシシッピの下流を、ジョージ・ケーブルはニューオーリンズを、メアリー・ウイルキンズは新英州（ニューイングランド）を、ギルバート・パーカーはカナダを、ラフカディオ・ヘルンは日本を、いずれも独占して他人を入れない」と言ったのもこれである。すなわちヘルンはこれ等文学界のコロンブスのうちの著しい一人であった。

新しい珍しい物を求めて止まない事はヘルンにとって一生に通ずる特性であった。幼時与えられたフランス製の美わしい宗教画を捨てて、禁を犯してギリシャ、ローマの神話に読み耽った傾向は、最後に西洋の文化を呪うて旧日本にあこがれさせたのであった。後、未見の友ボールに与えて読書修養を論じた一節に「想像を強く刺激する物でなければ私は読まない。珍しい不思議な、変った、強い想像のある物なら何でも読む。無数の落葉で想像の地面が肥されてのち、言語の花は無造作に咲く。想像力を豊富にする物に四種類ある。神話、歴史、小説、詩歌である。殊に詩歌は人間理想の結晶とも、人生の苦痛の圧力でできた金剛石とも言うべき物である。詩歌には真によい物が少ないから選択は容易である。歴史では、異常な恐るべき不思議な方面ばかり、神話や小説では、最も刺激の強い変った物ばかり求むべきである。しかし文章の鍛錬には科学の研究がよい、天文学、地質学、人種学等の異常な事実を脳中に蓄積する事ができると、必ずその人は無数の比喩、説明、例証を得るに相違ない。これだけの修養を積めば、人を感動させる文体は自然に得られる……」（全集第九巻一五〇）と言ったヘルンはかくの如く人に教え、自らも又かくの如き修養を積んだのであった。アメリカ時代に節約し得た時間と金銭を以て鋭意集め且つ読んだ書物の幾部分は遺族に帰ったがその目録によって、ヘルンの壮時の嗜好および修養の幾分は解し得られる。オコーナーに与えた手紙に「私には天分らしい物は全然ない事を知っているから、また天分のない者は何か変った種類の勉強によらないでは普通以上に傑出する事ができない事を知っているから」（全集第九巻一九〇）その覚悟で勉強している事を述べている。

この勉強の結果の一つは、大陸文学の紹介であった。書物となって現れたのはゴウティエの『クレオパトラの一夜その他』アナトール・フランスの『シルヴェストル・ボナールの罪』フローベルの『聖アントワーヌの誘惑』の翻訳であった。ニューオーリンズ時代

『タイムズ・デモクラット』紙上に連載した翻訳紹介であった。

それよりも更に明らかにヘルンがいわゆる文学界のコロンブスとなろうと努めた結果を示した物は『異文学遺聞』『支那怪談』等の創作的翻訳であった。一つは、北欧、印度、アラビア、エジプト、ペルシャ、支那、エスキモー、ポリネシア、南洋等の神話伝説を翻訳してヘルンの文体にした物。一つは支那の怪談を集めて翻訳した物、いずれもヘルンの散文詩であった。

これ等の翻訳はヘルンの修業時代の物であった。ヘルンは日本の学生にも、創作の手習として翻訳をせよと教えた。「外国文学の翻訳はいつまでも必要である。翻訳して価値を失うような物は、初めから翻訳の価値のない物である。大文学は、翻訳ででも、やはり人を動かす力はある。詩歌でさえその通りだから散文は言うまでもない。……英文学を研究する者は、英語の力によって世界の文学を味わって、日本文学を豊富にすべきである。……英文学でも外国文学の影響感化を受けなかったら、極めて貧弱な物になったであろう。英国のお伽噺でさえ、純粋な英国種のものは何程もない。……」（全集第十三巻九二―九八）

常套陳腐を脱しようとして、各国殊に東洋の神話や宗教を研究したヘルンは、やがて深くこれに同情するに至った。これ一つは、幼時抑圧を受けたキリスト教殊にローマ教の権威に対する反抗心の消えないためでもあった。又、母に対する同情から、東洋の事物を愛し、つづいてその神話宗教に興味を有するに至ったためでもあった。一八八五年七月、ニューオーリンズでボールに与えた手紙に「……クラークという人はキリスト教と比べて他の宗教をつまらなくしようと言う下心でこの書物を書いている。このやり方はキリスト教をつまらなくしようとしてわざわざ書いたと同じく不道理な偏狭な考えである。私がこれまで及ばずながら比較神話学で研究したところでは、全く異なった結論になる。偶像教であれ、一神教であれ、すべて礼拝と言う一般の思想には、愚かな笑うべき分子などは少しもなく、いずれもすべて人類が絶対無限の方へ進もうとする真面目な感心な向上心を表わした物である。それ故私は印度の神も、キリスト教の神も、いずれも一視同仁に考えて別に十字架上の神を特に尊んで、他の神を侮ろうと言う考えは少しもない」（全集第九巻二七九）と言った。この考えはヘルンには終始一貫していた。「キリストは単に神話として見ても偉大なる物ではない」（全集第十二巻二五七）とさえ言った事もある。

珍奇な文学を求める心に、珍奇な事物を見ようとする心は伴う。ヘルンは旅行を愛した。欧州からアメリカへ、シンシナティからニューオーリンズへ、ニューオーリンズから西印度へ、西印度から日本へと、一生をヘルンは流浪したが、流浪は生活のためでは必ずしもなかった。安全なる一定の収入と地位とを棄てて不安な新生活に入る事を辞さなかったのは、新しい刺激とインスピレーションを求めて止まなかったからであった。一八八三年十二月、ニューオーリンズからクレイビールに与えた手紙に言った。「旅行のできないのが、何よりの苦痛です。……私はバグダッド、アルジェ、イスファハーン、ベナーレス〔ヴァラナシー〕、サマルカンド、ニッポー、バンコク、ニンビン、その外どこでも普通のキリスト教徒の行くを欲しないところの領事にでもなれるようならと思う。そんなところに私の求めている小説が潜んでいるのであるが、しかし残念なるかな、それをさぐりに行くだけの物質的資力もなく、それを有効にさぐるだけの語学の才能もない。……せめて靴屋にでもなるか、サンビュク（楽器）でも吹いて旅行したい」（全集第九巻一九六）

珍奇な文学、神話、伝説に同情したように、ヘルンは新しい土地に入りて、その奇習異俗に同情した。シンシナティにては黒人のために、ニューオーリンズでは、土着のフランス人に、西印度マルティニークではそこの黒人に、それから最後に日本では次第に消え行く日本の風俗習慣一切の旧日本のために味方となった。

『ゴンボ・ゼーブ』は黒人に対する同情からできた物であった。『チタ』はミシシッピ河口にあるグランド島の怒濤暴風を背景として、そこに土着の漁夫の生活を写した物である。『仏領西印度の二年間』はそこに渡って、風景、生活、伝説、神話等を写した物である。『ユーマ』は黒人の乳母の名である。西印度において白人の耕作地にある黒人が暴動を起して少数の白人を虐殺した時の事であった。ユーマは独り同胞の黒人に背いて、白人の子供と共に白人の家に籠（こも）った。帰れと味方は勧誘した、応じない。焼打は始まった。ユーマの愛人は寄手のうちにいる。救おうとしても、ユーマは白人の子と共でなければ救われようとしない。火は次第に迫って来る。愛人は狂気のようになって救おうとする。ユーマの足下に梯子はかけられる。子供と共なら救われようと言う。狂える群集は白人の子は棄てよと叫ぶ。ユーマは決然として独り救われる事を拒んで、その子供とともに猛火のうちに死んだ。これはマルティニークに起った実話である。ヘルンはこの小説『ユーマ』において白人の軽視せる黒人に同情をよせたのであった。

西の方、印度、支那をへて日本に着いた西洋人が日本を賞讃するのは、ヘルンの当時といえども珍しくはなかった。印度、支那の荒廃したあとを見たあとで、青々とした日本の山を見るのが楽しいからであった。主なる理由はただそれだけであった。それから、欧米の文化を取ってどうやら成功しそうに見えたからであった。ヘルンが日本を賞讃したのはそんな理由によるものではなかった。ヘルンは洋装をした新日本を讃美しないで、純粋の日本すなわち旧日本を讃嘆したのであった。松江や隠岐国を愛して熊本や神戸や東京を愛さなかった理由はそれであった。ヘルンは白人以外に何等の人道や文化を認めない欧米人に、それと同等もしくはそれよりも優れた文化のある事を教えるのを天職と考えた。予言者や詩人はいつの世にあっても時流に反抗して「そうでない」と言うのが一つの特質となっているように、ヘルンも旧日本の文化を見て「見よここに古えのギリシャの文化のような文化をもった民族がある。私どもよりも高い文化をもった人々がある」と叫んだ。同時に欧米の文化を罵り、又キリスト教を以てこの国を腐敗させる物と呪ったのであった。ヘルンが支那に赴かないで、偶然日本に来たのは日本にとって天祐であった。その故は、もしヘルンが日本に来ないで偶然支那に赴いたとすれば、同じく支那の風俗習慣の美を発見してその文化を白人に教えたであろうからである。

旧日本の文化を賞讃する事は、今日においてこそ珍しくはないが、ヘルンの日本に来た当時は欧米人は勿論日本人の多数といえども夢想しない事であった。勿論、絵画彫刻等の美術においてある点までは賞讃を惜しまない人はあった。風景を讃美する人もあった。しかしながら文化全体を通じて、殊にある点において西洋文化以上に賞讃した人はヘルンを以て初めとし、あるいは又終りとするのである。新を求めたヘルンは日本の旧を見て満足した。すなわちヘルンにとっては日本の旧は西洋の新、西洋の旧は日本の新である。ヘルンは西日のさしこむ書斎をつくり夕焼けを愛したように、東から西へと赴いて最後に旧日本に落ち着いたのであった。

ヘルンが日本に上陸した時の第一印象はよかった。遥かに富士はその美わしき姿を表わしてこの珍客を迎えた。鷗（かもめ）が多く飛んで来てなついた。父と子で漕いだはしけに乗った。私はこの光景を想像するごとに「友あり遠方より来る、また楽しからずや」という句をいつも思い出す。上陸してから横浜、東京、江の島、鎌倉、さらに松江において神社仏閣で参詣者に養われている多くの鳩を見た。池の面に人の足音をきいて集まる鯉、亀を見た。葬式行事となっている放鳥を見た。仏教思想に同情のあるヘルンはいずれにも感じた。縁日に歌う虫の高価で売られるのを見て驚き喜んだ。樹木や花の手入れにも感じた。この国では人はみだりに花ばかりを取って、襟につけたり花束を造ったりしないで、もし取れば枝ながらに取って生花にする事を見てこれにも感じた。日本人は古えのギリシャ人の如く樹にも草にも霊魂を与えた事を考えて喜んだ。アメリカあたりではいつの昔に薪になるべき「唐崎の松」は神体として祭られているのに感じた。不規則な形をした石にも、日本では数十円数百円の価値ある事を知って驚いた。ここで思い出されるのは夏目漱石の『文学論』の一節である。

英人の自然観は到底我国におけるが如く熱情的にあらず。詩歌は必ず風露鳥虫を材として咏出すべしとせまらるるにあらず。否多数の人は殆んど自然に対して何等の趣味をも認めざるが如し。かつて彼地にありし頃雪見に人を誘いて笑を招きしことあり。月は憐れ深きものと説いて驚ろかれたる折もあり。ある時は知人に何故庭中に石を据えざるやと問うて「据えてくる人があるとも、ただちに庭外に運び棄てる覚悟なり」との返答を承わったることあり。ある時は路傍の松樹を指さして同行者に時価若干と尋ねたるにその男五磅（ポンド）位と答えたりし故日本にては王侯の邸宅を飾るに足るを安きものかなと感じたり。あとにて聞けば五磅とは庭樹としての価ならず、材木としての価なりし由。蘇国に招待を受けて逗留せるは宏壮なる屋敷なり。ある日主人と果園を散歩して、樹間の径路ことごとく苔生せるを看て、よき具合に時代が着きて結構なりと賞めたるに、主人は近きうちに園丁に申し付けてこの苔をことごとく掻き払う積なりと答えたるを記憶す。これ等は固より文学趣味なき人についての例なればこれを以て一般を評するは過てりといえども、かかる種類の人が比較的にわが邦より多きは争うべからざる事実なるべし。

これは英国の事である。されぼアメリカから来たヘルンは日本の事物を賞讃するごとに、「私ども西洋の野蛮人」あるいは「自ら優秀のつもりでいるがその実この点では日本人に及ばない……」と言うのをつねとした。

生花や、造庭等の自然に関する物ばかりでなく、ヘルンの感じた物は甚だ多かった。何人も嬉しいにつけ悲しいにつけ発句や歌をよむ事や、殊に死ぬ前に辞世の歌をよむ事や、香道や、虫飼や、いずれも感嘆すべきであると思った。更に進んで、看板や扁額等にある漢字(少しくひいきの引倒しの感があるにもかかわらず)、紙の障子、ふすまを隔てるばかりで戸締のない家の構造、靴をはかぬ日本人の足、草鞋一足で一日十里を行く日本の農夫、盆踊、……人に不快な思いをさせないために悲しい時にも微笑する日本人、最高の感情を沈黙で表わす日本人、なお進んで、老人と子供を中心にする団欒主義、忠孝を基とする家族制度、祖先崇拝の神道、祖国のために死したる人々を神とする招魂社（かかる美風は古えのギリシャ、ローマ以来にない）、三月、五月の節句に至るまで純日本すなわち旧日本の物は何でもヘルンの賞讃を受けない物はなかった。

ヘルンは忠君愛国主義の主張者であった。チェンバレンに与えて言った。「……ああこの日本魂を保存するためには、どんな苦心が取らるべきであろう。しかも当局者はそれを養成するための何事をもしない。忠君愛国の念を養成する事について文部の当局者が全く愚かで無頓着でいる事を考えると本当に泣きたくなる」（全集第十巻三六二）ヘルンはこの点については当時の文部省をも手緩（てぬる）いと思ったのであった。ヘルンは「神道」の讃嘆者であった。初めの『知られぬ日本の面影』から最後の『日本』に至るまで、これが弁護讃嘆に努めている。忠、孝、義、信、愛、悌、の美徳はここに基いていると説いた。「日本では、祖先は、いつも生きている。もし、『祖先が私どもの行いを見、言葉を聞き、心を知り、同情もし、怒りもするように、死してもなお生きて私どもと共にいる』という信仰が、私どもに突然起ったら、私どもの人生や義務に対する観念は大変化を来すであろう、私どもの過去に対する義務は遥かに真面目な物になるであろう。日本人にとっては、死んだ人々をもまのあたり生けるように考える事は幾千年の昔からの信仰である。……私の学生の文章に『私どもは祖先を辱（はず）かしめてはならない』『祖先を尊敬せねばならない』などとある文章を見て、死んだ人々であるから、『祖先』でなく『祖先の記念（メモリー）』と直さねばならないと言った事があった。私の学生は彼等の信仰に干渉したとも考えたであろう。何故なれば、日本人にとっては、祖先は『ただ記念』となってはいない、祖先はいつも生きているからである。……」これは『心』のうちの「祖先崇拝について」の一節である。そして今やヘルンの霊は神道と仏教の空気のうちに安らかに休んでいる。

日本人のいわゆる、彼の長を取って我が短を補うは宜しい。しかし日本人は我が長を捨てて彼の短を取っていないだろうか。彼の学術技芸を学んで参考とするのも宜しい。しかし我と異なった、あるいは我よりも劣った彼の文化、彼の宗教を取る事は断じて許されない。模倣は自殺である。日本が欧米の文化と同化するのは国をあげて自殺する所以、その精神的独立を捨てる所以である。スペンサーが金子子爵に与えて日本の取るべき政略として勧めたのは極端な保守主義ではなかったか。日本人の体格を最も深く研究したベルツ博士は、日本人は宜しく日本風の衣食住によるべきを力説したではないか。この点において は西洋は西洋、東洋は東洋でなければならない。否むしろ日本は東洋文化のために、古えのギリシャが東方ペルシャに対したように、西洋文化に対抗しなければならない。これはヘルンの主張であった。

旧日本は武士、剛健、質実、簡易、素朴、忠孝、信義、礼譲、神道と仏教の信仰である。新日本は壮士、軽薄、虚栄、懐疑、冷笑、洋館、洋服、高帽、白シャツ「貝殻の如く空虚な西洋文化の模倣」である。この旧日本を失うのは日本の亡びる所以である。そして旧日本を破壊する物は西洋文化殊にキリスト教である。これがヘルンの信仰であった。ヘルンが旧日本の代表者と見て尊敬した人々のうちに、籠手田知事、秋月老先生、鳥尾得庵子、濱口梧陵、広瀬中佐、畠山勇子があった。その外、植木屋金十郎、家僕万右衛門、魚屋乙吉、君子（きみこ）、お春、「ある女の日記」の記者、いずれもヘルンの見た旧日本であった。旧日本はやはりヘルンのいわゆる「偉大なる平民（グレート・コモンプープル）」の間に存していた。ヘルンは「八百屋、飴屋、僧侶、神主、占師、巡礼、農夫、漁師、これが自分の世界」であると言った。すなわち、西洋学問の博士たちや、官吏や、大学教授はヘルンの伍すべき仲間ではなかった。

美わしき理想の実現とも見えた旧日本、時に消えて醜き西洋を模倣する新日本の多くを見た時、ヘルンは日本を嫌った。これは熊本時代から発作的に起った。「柔術」の一篇を書いて、形は西洋を取っても心は変らない。西洋文化を取ったのは柔術のように敵の力を利用して敵を制したのであると論じて自ら慰めてもみた。しかし事実はヘルンを不安にさせた。敬虔な美風はなくなって、懐疑冷笑が代った。熊本学生の作文がことごとく「神のあるかないかは知らない、無宗教だ」と告白した時「私は宗教家が目して何と言うか知らないが、ある意味で非常に宗教的だと思っている、この若い人たちがこんな事を言うのは実に情けない事である」と言った。こんな時たまたま雇入れた子守から哀れに、やさしい

「人形の墓」の話を聞いて日本を愛する念が再び湧いた。招待されて偕行社に赴いた時、紋附羽織袴の礼装で出かけ、洋装ばかりの日本人にやや冷笑を以て迎えられたように思って不平であった。垣一つ隔てた隣りに、情死を企てて自分だけ助かった若者がいた。喉の疵のために長らく寝たままであった。扶養しているのはその弟であった。車を曳いて重い病人の回復を祈っている。その効もなく病重りて女の跡を追うた時弟は声を放って慟哭した。ヘルンは厄介な兄を失いながら泣いている弟のいじらしさに貰い泣きをして、また日本を愛した。楠公社などを除いて、ほとんど何等純日本の面影の見えない神戸にいて、時に日本を嫌い自らを罵り、世も人も皆憎みたくなった時、たまたま往来を流してゆく門つけがあった。呼び入れた。言葉は通じないがその声とその調とが無限の悲哀を誘った。気がついて見れば盲目の女であった。酒食を饗して身の上話を聞いた。案外に簡単であった。しかし日本に対する愛情は再びかえった。東京において日本に対する苦き感情の漲っている時であった。たまたま嫁している奉公人がこんな物がありました、と言って十数枚の半紙に細く書いた日記の綴じた物を見せた。小使の妻の日記であった。金銭で買う楽しみは得られないから日常の生活を記して自ら楽しみとせる陋巷の婦人の日記であった。二十八歳で初婚して三人の子供を挙げたが、代る代る亡くなってついに自らも亡くなったのであった。悲しさをまぎらす歌もあった。読み行くうちに不幸な婦人に同情を注ぐとともに、日本を愛する念はまた帰った。

かくの如き発作はたえずあった。天秤棒の両端に箱を下げ、一方に母の位牌を持たせた子供を入れ、一方に道具を入れた羅宇屋を見ても、また三人の子女と夫を捨てて旧主人のために仏門に入ろうとしたが、美貌のために拒まれた時、ただちに焼火箸を取って自ら顔を焼いて救いの道を求めた了然尼（りょうねんに）の話をきいても、ただちにまた日本および日本人を愛したのであった。ヘルンが晩年日本を呪ったと言われるのは新日本が次第に多くヘルンの目に映じて来たので、この発作的感情が多く洩らされたからであった。ヘルンのように孤独の生活を送っている者にとっては、手紙を書く事は談笑であり、放言高論であり気休めであった。こんな時には何人も深く愛している人や物に対して、心にもない罵倒をする事がある。これは自分だけに許されている特権と考えているから他人が言えば憤るのである。発作的興奮の時に書いた書簡の文句が大げさに伝えられて米国カナダでは排日の材料に使われた。（この際でもヘルンは日本婦人だけは昔ながらの天使であると言った）日本の批評家のうちにも「ヘルンは果して日本を愛したか」の奇問を発したり、「ヘルンは著書において日本を肯定し、書簡において否定している」と言ったりした人もある。しかし、これはヘルンの本志でない。ヘルンにもし妻子がなかったら、熊本時代にこの発作的感情の命ずるがままに日本を去ったであろう。そして日本は大損失を受けたであろう。しかし妻子のあるヘルンにとっては日本は到底切る事のできない愛着の絆であった。明治二十六年一月十九日熊本からチェンバレンに送った手紙の一節に、もし私の周囲に私が作った小世界がなかったら、すべての欧州人から離れて暮らす事はなかなか苦しいでしょう。ある者はまだ松江にいますが、ここでも私が生命であり食物でありいろいろの物であると言う人たちがほとんど十二人います。外ではどんなに堪え難くても、うちでは私は古い習慣と思想と礼儀の小さい微笑の世界に入ります、――そこでは一切の物は眠りのうちで見た物のように柔和で静かです。時々それがただ夢のように思われる程それ程柔和で、それ程触れても分らないように穏やかでやさしく自然です。それでそれが消えて行かないかと言う恐怖が起ります。それが私となっています。私が喜んでいるとそれが笑います、私が愉快でないと、一切の物が沈黙します。そのようにその力は軽くて蒸気のようですが、必死の強さをもっていて、たえず私の良心に訴えます。私はそれを離れたらどうなるか想像がつきません。どこか外で朽ちるよりは、ここのどこか古い仏教の墓地へ入る方がよい。すなわちせめて人は「親子は一世、夫婦は二世、主従は三世」と言う古い仏教の諺の実現を漠然と認める事ができるからです。

……（全集第十巻二七五）

とあるのはこれであった。ヘンドリックにも同じ意味の手紙を送っている。（全集第十一巻四〇）明治三十七年日露の戦役の始まった当時東郷大将の写真にキスして日本の戦勝を祈ったのはこれがためであった。しかし「蓬萊」の一篇は愛する旧日本はついに亡びるであろうと慨いたヘルンの嘆息であった。

……蓬萊には不思議な物がある。……それは蓬萊の大気である。……そのために蓬萊における日光は、どこの日光よりも白い、……乳のような光ではあるが、目をまぶしくさせる事はない、――驚く程澄み渡っているが、甚だ柔かである。……この大気は私ども人間時代の物ではない、それは非常に古い――どれ程古いか考えようとすると恐ろしくなる程古い、――そしてそれは窒素と酸素の混合物ではない。それは全く空気でできているのではない。それは精霊――幾万億の霊魂――私どもの考え様と少しも似ていない考え様の人々の霊魂の本質が混合して一つの大きな半透明体となった物である。どんな人でもその大気を呼吸する人は、その血液のうちにその霊魂を取り入れる。そしてその魂はその人の内部の感覚を変える――時空の観念をつくり直す――そしてその人は、それ等の魂が見た通りに見、感じた通りに感じ、考えた通りに考えるようになる。これ等の感覚の変化は眠りのように柔かである。

蓬萊では邪念の何たるかを知らないから、人々の心は決して老いる事はない。そして心はいつも若いから、蓬萊の人々は生れてから死に至るまで――神々が彼等の間に悲しみを送る時、その時にはこの悲しみのなくなるまで顔を覆われる、その時の外は――いつも微笑している。蓬莱のすべての人々は一家族のように互いに相信じ相愛している、――それから婦人の心は鳥の魂のように軽いから、言葉は鳥の歌のようである、――そして戯れに乙女の袖のゆれる時は、柔かな広い翼のひるがえるようである。蓬莱では悲哀の外、隠される物は何もない、恥ずべき理由はないからである、――それから盗みはないから鍵はない、――恐れる理由はないから夜も昼も同じく、どの戸口にも閂（かんぬき）はさされない。それから人々は――不死ではないが――神仙であるから、蓬莱にある一切の物は龍王の宮殿を除いて、すべて小さくて奇妙で奇態である、――そしてこの神仙の人々は甚だ小さい椀で米飯を食べ、甚だ小さい杯で酒を飲む。……

――西の国から邪悪の風が蓬莱を吹き荒（すさ）んでいる、霊妙な大気は、悲しいかな、薄らいで行く。今はただ日本の山水画家が描く風景の上の長い雲の帯の如く、切れとなり、帯となって僅かに漂うている。その帯と切れの下にだけ、蓬莱はなお存在している。しかし外にはない。蓬莱は触れる事のできないまぼろしという意味の蜃気楼とも言われる。そしてこのまぼろしは、ただ絵と歌と夢のうちでなければ、再び現れないように消えかかっている。……

日本時代における著作を列挙して見ても、ヘルンの日本に関する熱情の次第に変って行った事が分る。『知られぬ日本の面影』と『東の国から』は、見る物聞く物、珍しく新しくない物はなかった時代の、すべての印象をことごとく同情と洞察とをもって書き下した物であった。『心』と『仏土の落穂』は同じくその続きではあるが、これを説明し解釈しようとする傾向が多くなっている。『異国情趣と回顧』『霊の日本』『影』『日本雑録』および『骨董』『怪談』『天の河縁起』に至っては材と場所とを日本に取ってヘルンの主観を詠じ、ヘルンの創作的翻訳をなした物が多くなっている。処女作ゴウティエの翻訳から始まって、『異文学遺聞』『支那怪談』に至ったものが、ここで材と場所を日本に得て大成したのであった。虫（インセクト）に関するもの、進化論を基にした美文『回顧』や『影』の中の「幻想」にある物、メーテルリンクのこの種の論文よりも優れたと言われる「病理上の事」「草雲雀」等の小品は日本に関係のない物である。ただ最後にあらわれた『日本』に至りて精神的日本の解釈となって日本固有の宗教道徳の研究から日本の将来にまで論究してヘルンの日本研究は大成をつげている。

　ヘルンが日本を愛したのは追従軽薄でも酔狂でも、遊戯でもなかった。口で唱えて身に実行しない空想（ロマンス）ではなかった。（ヘルンにとっては空想と実生活はいつも一つであった）ヘルンのいわゆる旧日本はことごとく実行したのであった。人は原始的（プリミティヴ）な物を見て賞讃する事がある。この賞讃は一面において侮蔑を含む事がある。ヘルンの日本びいきはこれとは違う。ギリシャの文化は現代の文化よりも優れていると言う意味において日本をひいきしたのであった。ヘルンは養父母に孝養をつくした。遺稿のうちに「おばあさんの話」と日本の題をつけて養母を礼讃した一篇がある。『日本』において日本の古き女を礼讃した時にはヘルンは眼前の夫人と養母をモデルにしたのであった。焼津より毎日夫人に送った手紙は「おばばさまに宜しく」もしくは「おばばさまに可愛い言葉」のない事はなかった。熊本では外国教師のために建てた官舎に入らないで別に家を借りた。西大久保の自邸は百余坪の宏壮な家であったが、その以前の富久町の借家同様に、洋館は勿論洋風にできた室もない。書斎には特別製の高い写字台と簡単な椅子があるだけ、およびストーヴのたけるような設備があるだけであった。衣服も、余りに奇を衒うように思われないために外出の時洋服をつけただけ、家にいる時はいつも日本服を着て、座蒲団に坐り、日本風に蒲団を着て寝た。食物も一時全く日本食を取っていたが、胃腸を害して洋食を併用する事にした。日本食は何でも、刺身も香の物も食べた。焼津における一ケ月の如きは全く日本食であった。ヘルン伝記家の一人ケナード夫人は明治四十二年の春来朝して遺族を訪ねたが、何等の西洋趣味なきヘルン起居のあとを見たあとで、庭にあった西洋草花を見出して鬼の首でも取ったように、これぞ故人が結局故国を忍ぶための物であったと述べているが、事実これはヘルン没後子供たちの庭いじりのものに過ぎない。ヘルンといえども故国を思い出した事はあろう。しかしヘルンの日本びいきは遥かに深い強い感情に根ざしているのであった。

あれだけ旅行をしながら日光へはついに行かなかった。これは西洋人のあまりに多く行くところとなっているからである。軽井沢へは無論行かなかった。箱根へはチェンバレンを訪うために宮の下まで一度行った。出雲大社を始終神々しいと言っていた。その後伊勢参宮をして、そこには現代的なホテルという物余りに多くて伊勢の神聖をけがす事甚だしいと言った。

ヘルンが日本のためにキリスト教を憎んだのは『知られぬ日本の面影』の序文や「お大の例」によって明らかである通り、全くキリスト教は日本の国体や美風を破壊するという考えからであった。燈籠流しや盆踊を禁じたり、開港地で精霊船を流す事を禁じたりするのは皆日本政府がキリスト教徒に反抗された結果である。日本の美風良俗を破壊する物はキリスト教であるとして憤った。一向宗などは初め日本の神を礼拝する事を許さなかったが、後にこれを許して神道と和解したように、キリスト教ももし日本風に化したらヘルンも赦したであろう。散歩の途中「ヤソ坊主」などの罵りを悪童から受けた場合には、ヘルンは喜んで帰って家人に物語った。明治三十七年ヘルンの死に先だつこと二月程前、七月十八日、早稲田大学の塩沢博士の通訳で、大隈伯から求められて会見した時、大隈伯が従来日本が他の宗教を同化したようにキリスト教をも同化するに相違ないと言ったのに対して、ヘルンは「キリスト教は同化しない宗教である。マホメット教とキリスト教は最も侵略的の宗教で決して外の物と調和も同化もしない。キリスト教は日本の文化、制度、習慣を破壊せねば止まないから危険千万である」と断言した。Edmund Buckley（エドマンド・バックリー）という宣教師で、同志社の教師があった。この人妓楼などから陰陽石などいう物を買い集めてこれをシカゴにおいてShinto-Cultus-Implements（神道礼拝器）としてあまねく世人に展覧を許し、同時にこれに関する小冊子を発行した。ヘルン憤ってその反駁（はんばく）の文を『ジャパン・メイル』に引続いて三回出した。西田千太郎に与えた手紙にこの事を記して「由来同志社はこんな奸計をやる者の巣窟である」と言っている。「悪魔」や「とりかえ児」の迷信を持っている西洋の人は日本の「狐」に関する迷信を笑う資格は少しもないと言った。堺妙国寺で土佐十一人の烈士の墓に詣でた時、かかる勇士の再生して日本について途方もなき虚言ばかり言う外人を今少し殺してくれる方がよいと言ったのはこの時の事であった。日本の商業道徳の腐敗をさえ弁解して相手が悪いからこんなになったのだと言った。ヘルンは津田三蔵（ロシア皇太子襲撃者）をさえ弁護して「その行いは愚だが、この人の心は高尚で正直である。境遇が境遇なら一英雄にもなれたであろうに」と言った。日本画に影のないのは日本人の精神に影のない証拠である。日本の家屋に本当の意味の戸締りなく、室と室との間にも鍵一つないのは罪悪のない証拠であるとまで言った。

日本はヘルンにとって美わしき夢の世界であった。この世界を破壊する事はヘルンの堪え難いところであった。熊本で佐久間信恭と同僚であった。初めは非常に親しく、佐久間の娘の病気の時の如きは痛く心配して一日に何回となく使をやって病状を問わせた事もあったが、その後次第に疎くなった。これはヘルンの説明によれば、ヘルンがフランス革命当時の惨状などを説いて西洋の暗黒面を語るに対して、佐久間は、嫁をいじめる姑の実例の話などして日本の暗黒面ばかりをきかせてヘルンの美わしき世界を打ち破るからであった。ケーベルが異教徒はやき殺すべきだと言ってヘルンを驚かした事は前に述べたが、理科大学のお雇い教師英人ダイヴァースについてもこれに類した話があった。これもヘルンと初めは親しかった。のち龍岡町の官舎でたびたび盗難にあって気を悪くしていたためかあるいは当時の一般外人のように日本人を見くびっていたためか、ダイヴァースがヘルンに向って「君は何故あんなに日本人にお世辞を言うのです、もしお世辞でなければ、君は全く日本人を解さないのだ」と言った。日本の弁護は求めるところあっての事と邪推せられるのを最も嫌ったので、ヘルンは怒って再びダイヴァースと交らなかった。のちダイヴァースの胸像を大学構内に建てる時ヘルンの寄附を求めたが、ヘルンは「否」と答えて応じなかった。ヘルンはダイヴァースの言を赦さなかったのであった。さきに言った通りヘルンも発作的興奮の時にはあるいは手紙の上で日本のある物を罵倒する事もあったろう。しかしヘルンはこの特権と資格は自分だけにあると考えたのであろう。他人のはヘルンは赦さなかった。ヘルンの日本びいきは追従軽薄でも遊戯でも仮定でもなく、全くヘルンの生命であったからであった。ヘルンは自ら言った通り「日本人以上に日本を愛していた」のであった。「ただ愛によりてのみあらゆる物は理解せられる」とワーグナーは言った。チェンバレンの言った通り、ヘルンは何よりもよく日本を解し、また読む者をしてよく日本を解させたのは、彼自身何人よりもよく日本を愛したからである。

私は夫人の談話から総合して今日以上に当時の人々の外人客に対する不作法をヘルンは如何に大目に見ていたかということを考える。ヘルンにとっては「あばたもえくぼ」に見える様に、不作法も別にそう見えなかったのは、ヘルンの日本人を愛していた証拠とも見るべきである。ここに二、三の例をあげてみる。

風俗習慣の違う異国に来て、甚だしい好奇心の的となることは非常に不愉快なものであるが、意外にも彼は割合に無頓着であった。松江の北堀町の家にいた時、その風呂場が通路に面していた。その中に彼の入浴中に節穴を覗きに来る者が現れて、その数が次第に増加した。平素寛大であった彼もさすがに怒って私道であったこの通路を遮断した。あとでこれは西洋人というものには尻尾があるものだという流言から起ったことを聞いて、彼はそれならいくらでも見せるのであったと言って呵々大笑したということである。

明治二十四年の夏、盆踊をたずねて伯耆の国八橋の町に近い大塚というところへ行った時の騒ぎは既に述べたが、こんな事に対しても彼は割合に憤慨していない。かえって私信に、これが西洋の群集なら石や腐れ卵を投げるところだと書いているだけで紀行には勿論書いていない。

明治二十五年の夏、熊本時代に夫人と隠岐に遊んだ時にも大騒ぎがあった。西洋人という者の来たのは初めてだと言うので、津々浦々、到るところ見物は黒山のようであった。最も甚だしいのは浦郷（うらごう）であった。宿屋へのこのこ侵入して来て障子に穴をあけて凝視する。宿屋の向いの家のひさしに上って見物しようとする群集のために、そのひさしが落ちた。これを制止しようとする巡査も懸命であった。これは『知られぬ日本の面影』のうちの「伯耆から隠岐へ」のうちに出ているが、彼は当惑して消え入りそうになっている夫人を慰め励ますためもあったろうが、平気でこんな面白い事はないと言っていた。しかも隠岐はそれから彼の最も好きな場所の一つとなっている。

一六　著書について

単行本として生前に出版された物、出版準備のすでに生前にできていた物からさきに述べる。

一、『クレオパトラの一夜その他』　このゴウティエの英訳出版は一八八二（明治十五）年であった。内容は「クレオパトラの一夜」の外五篇の短編小説。この出版に彼はその費用の一部として百五十ドルを出した。出版書肆はニューヨークのワージントンであった。彼のこのゴウティエの翻訳はその後いろいろな書名となって多くの書肆から出ているが、もとの物はこれである。

二、『異文学遺聞』　一八八四（明治十七）年ボストンのオズグッドから出版になった。『タイムズ・デモクラット』の主筆ページ・M・ベーカーに捧呈してある。これは著者の処女作であった。著者自らその巻頭の「解説」に述べている通りアンヴァリ、ソヘーリ、バイタル・パチシ、マハーバーラタ、パンチャタントラ、ギュリスタン、タルムッド、カレワラ等から取った不思議な材料を基として、同じく不思議な文学から得来った美妙な辞句を利用してすこぶる典雅な文体で作った二十七篇の短編である。

三、『ゴンボ・ゼーブ』一八八五（明治十八）年に『ニューオーリンズの歴史的スケッチおよび案内』『クレオール料理』とともに、ニューヨークのコールマンから出版になった。クレオール（土着のフランス人、スペイン人等）の六種の方言から選んだ諺を英仏の二国語に翻訳した四十二ページの辞書様のものである。

四、『支那怪談』一八八七（明治二十）年の出版、シンシナティ時代の友、音楽批評家ヘンリー・エドワード・クレイビールに捧呈。英仏その他の支那学者の著作から得た材料によって『異文学遺聞』においてなした通りのことをなして六篇の怪談を作ったのであった。この書物は最初はボストンのロバーツ・ブラザーズで発行されたが、後著者と出版書肆との間に何か意見の衝突を来したために契約は破棄され同時に幾百冊かの残部は紙型と共に破棄された。そのために彼の著書のうち、この初版が最も稀である。その後一九〇六年にリトル・ブラウンから新しく出版になった。

五、『チタ　ラスト島の追憶』もと『ハーパーズ・マンスリー』に掲げたものを一八八九（明治二十二）年にニューヨークのハーパー書肆で出版したもの。ニューオーリンズのスペイン系米人医学博士ルドルフ・マタスに捧呈。一八五六年八月十日ラスト島全土の生霊を一掃し去った未曽有の大暴風について、作者がそこで聞いた話を基とし、そこで実地見聞したものを材料として作り上げた小説である。黄熱病は作者自ら体験したものであった。嵐の翌朝ラスト島の隣り島に住むスペインの漁夫フェリウ・ヴォスカとその妻カルメンが、大きな玉突台にしがみついて漂流して来た母親の腕から、まだ息のある幼児を救って自分たちの亡児に因んだ名の「チタ」をつけて養育した。悲劇の夜から半歳の後、チタの実父ジュリアン・ラ・ブリエールはニューオーリンズに帰って来て妻アデールの墓の上に自分の名も子供の名もあるのを見て、家族の死んだことを知り、自分も死者の数に加わっていることを知った。一時は自殺を考えた程であったが、医者であった彼は、余生を世のため人のために捧げるつもりで慈善救済の仕事に励むのであった。それから十一年の後、黄熱病大流行の時富裕な人々は街を逃げて皆この漁村に集まった。ヴォスカの家でもそのような人を一人家に入れた。善良な老紳士、名をエドワーズといって心臓を悪くしていた。ある日少し様子が悪いのでニューオーリンズから医師を迎えることにした。それはジュリアンであった。自分の実の娘チタのいる家に行くのであることは知るよしもなかった。そこに着いた時エドワーズは既にこの世の人でなかったが、最近黄熱病のために疲れはてていたジュリアンはそこに泊って、翌朝目を覚ました時激しい頭痛を感じたので、出発を延ばして、少し眠ってみたが、気分は少しも良くならなかった。その時チタは母の使となってこの医者のところへ「何か召し上りませんか」と言いに来た。その瞬間に彼は娘を直感したのであった。しかし死んだ筈の娘が幽霊になって来たのではあるまい、熱にうなされながらカルメンに尋ねてみようと考えた。しかしその機会は永久に来なかった。彼の病は悪性の黄熱病であって、カルメンの必死の看護も空しく、彼はその病に倒れたからであった。この最後の場面は、ロングフェローのエヴァンジェリンがほとんど一生の間その行方をさがし求めていた愛人が病院で息を引取る時に再会したあの場面を想い出させるところがある。

この『チタ』の一文の中から『センチュリー』辞典に語詞の用例を取ってあるものが少なくない。それから一八九〇年十二月一日キンボール朗読会館で開かれた朗読会のプログラムは、当日幾多の人々によって朗吟されたものがことごとく『チタ』の抜萃であったことを示している。

六、『ユーマ　西印度奴隷の話』　著者がマルティニーク滞在中のもの。初め『ハーパーズ・マンスリー』に出て、後一八九〇（明治二十三）年ハーパー書肆で出版したものであった。シンシナティ時代の友人ジョセフ・テュニソンに捧呈。ユーマはサン・ピエール市の豪商ペロネット家の混血種の奴隷であった。幼い時からペロネット夫人に愛せられ、娘のエーメーとは乳姉妹であった。そのエーメーが大きな農園の持主資産家デリヴィエールに嫁した時、ユーマもつき添って行った。短い結婚生活のあとでエーメーはマヨットと名づけた娘を遺して病死した。その臨終の時のエーメーの願いは、その子供の小さい間はユーマは決して離れないということであった。それからユーマはマヨットの保母となって親身も及ばぬ程の世話をする。マヨットもよくなついた。ある夜マヨットが危く六尺に余る大蛇に襲われようとした時、ユーマの沈着によって救われたこともあった。ユーマはこの農園の人夫頭であるガブリエルという黒人の奴隷と恋仲になった。幼い時から養育の恩あるペロネット夫人はユーマをもっと立派な男に嫁がせたいのでこの結婚に承諾を与えない。その上ユーマはマヨットと別れることができないので、共にこの土地を去って自由の地に走ろうというその愛人の言葉に従うことができなかった。一八四八年の春、ここにも奴隷の反乱があった。マルティニーク全島十五万の奴隷は蜂起して雇主を襲撃した。デリヴィエール一家も難を避けて親戚老ド・カーサントの邸に入ったがそこも危険であった。デリヴィエールはユーマにこれまでの忠勤を謝し、今のうちにここから逃れることを勧めたが、ユーマは愛するマヨットのために、亡きエーメーに対する義理のために、ここを去ることを肯んじない。その夜焼討が行われた。家の人々は相ついで殺された。その時焼討の火焔に包まれた中へ足もとまで梯子を捧げて彼女を救助しようとする者があった。それは彼女の愛人ガブリエルであった。ユーマはマヨットと一緒でなければこの家を去ろうとしないで結局マヨットの難に殉じたのであった。

この小説の出た後、ヘルンは友人マクドナルドに送った手紙に、この話の事実であったこと、それから、当年の反乱の生存者であるアルヌーが当時の話をしてくれたこと、ユーマの壮烈なる最後を遂げた家の廃墟のなお見られることなどを述べて、「彼女の人物を理想化しているかも知れぬが、行動は理想化していない、蛇の話も事実である」と言っている。明治三十六年七月、私は小泉先生を西大久保の自邸に訪問して、話が先生の著書に及んだ時、この『ユーマ』の話が全部事実に基いていることを話された。この書物はヘルンの著書中最も道義的調子の高いものである。

七、『仏領西印度の二年間』　一八八八年『ハーパーズ・マンスリー』八月号と九月号に出た「熱帯への真夏の旅」と題するものに、「マルティニーク随筆」十五篇を加えて、一八九〇年ハーパー書肆から出版になった。この「マルティニーク随筆」十五篇のうち、三篇だけは『ハーパーズ・マンスリー』に発表されたが、残りの十二篇は初めて発表されたものであった。この書はそこで得た友人公証人のレオポルド・アルヌーに捧呈。その捧呈の言葉に、彼はこの島に滞在中この人の世話になることの多かった感謝をフランス語で述べている。この書にはマルティニークへの紀行、それからマルティニークの一切のもの、お伽噺も、童謡も、大きなむかでの話も、ヘルンに忠実に仕えた老婢シリリアの美わしい話もある。帰途船中で手にした墨絵で竹を描いた日本製の団扇を賞嘆した記事もある。

この書中の紀行や随筆のいくつかが、雑誌に発表になって読者の好評を得たのを見て、ハーパー書肆は彼を説いて日本行を勧めることになったことを思うと、この書物も日本に大きな因縁があるわけである。そしてこの『仏領西印度の二年間』と『知られぬ日本の面影』とはほとんど同一の態度で書かれた作品である。

八、『シルヴェストル・ボナールの罪』このアナトール・フランスの翻訳は、速記者を使って、彼の作として前後に比類のない程の短日月、二週間でできたものであったが、それでも原作者から賞讃を得ている。一八九〇年ハーパー書肆から出版になった。

これからヘルンの日本時代が始まる。この時代のものは全部ではないが、大部分は日本に関するものである。日本内地の旅行記、変った習慣風俗を紹介した叙事的なもの、日本人の心理を説明しようと試みたもの、それから晩年になるにつれて次第に増加した日本の物語を材料として作者の創作した奇談怪談などはまずその主なるものである。

ケンペル以来、日本について書いた人は無数にある。しかしその質と量においてヘルンに及ぶものはない。彼の来朝頃の日本はまだその存在さえも知られない程のあわれな弱小国であった。「遠方より来たこの友人」は頼まれもしないのに、その紹介宣伝に、それから先の一生を捧げたのであった。彼の洞察と同情、美しく、平易にして力ある文体とは、読者をことごとく日本ビイキとしたのであった。世界的文人で来朝した人も幾人かある。キップリングやピエール・ロチなどもそのうちにある。キップリングの紀行『海から海へ』に大阪城の石垣の石の大きさに感心した記事がある位で、あとは、日本人の英語やシルクハットの行列を冷笑した記事や、神戸の宿屋で入浴中、同じ浴室へ一人の婦人が入って来たので一隅に屏息（へいそく）しながらこの国人の無道徳にあきれていたと言うような記事のある程度のものに過ぎない。ピエール・ロチには日本を題材としたものが二、三あるが、彼が日本の事物に対して使用した形容詞はことごとく弱、小、脆、細、を現す一切のフランス語を傾けつくしていると言われる。日露戦争の責任は、彼の著書にあると言った人があった。彼の著書は当時ロシアの宮廷で盛んに読まれた。かくの如き魂のない民族は真面目に考える価値がないと見くびったのが日露戦争の原因となったというのである。これに反してヘルンが日本の事物を讃美する時、その対照として引合に出す西洋の事物をけなすことが多い。これが彼のキリスト教攻撃と相まって一部の西洋の読者の反感を挑発するらしい。これは白人の文化だけが真の文化であるという迷信打破の必要を痛感しているヘルンの一生を通じた信念から来ているようである。そしてたまたま日本固有の美しい文化を見た時、これを礼讃して、「ここに古代ギリシャの文化のような文化をもった民族がある。自分等よりも高い文化をもった民族がある」と鬱憤を晴らしたように叫んだのであった。

九、『知られぬ日本の面影』　この二巻は一八九四（明治二十七）年ホートン・ミフリン会社から出版された。米国海軍主計官ミッチェル・マクドナルドおよびバジル・ホール・チェンバレンに捧呈。これは彼が来朝して見る物、聞く物に対し不思議な興味をもって新鮮な印象を書きつけたものである。

第一巻

「序文」これが彼の日本研究の態度を宣言したものである。ここにも彼は「日本はキリスト教に帰依することによって、道徳的にもその他の点にも、何等得る処なく、かえって失う処が甚だ多い」ことを強調している。

第一章「東洋における第一日」この章に按摩の話があるが、彼自身は嫌いで、一度も試みたことはなかった。

第二章「弘法大師の書」真鍋晃から聞いた話。

第三章「地蔵」「地蔵和讃」の翻訳は博文館で出した『外国語学雑誌』の第一号にも出した。

第四章「江の島への巡礼」。

第五章「精霊の市にて」これは横浜で見た光景、『アトランティック・マンスリー』に掲載。

第六章「盆踊」松江へ赴任の途中、山陰道の下市で見た盆踊。

第七章「神々の国の首都松江」初めて生花の陳列を見て西洋風の花束花輪などの無風流を嘲った文章はこの章の第二十節である。『アトランティック・マンスリー』に掲載。

第八章「杵築――日本最古の神社」『アトランティック・マンスリー』に掲載。

第九章「子供の精霊窟――潜戸（くけど）にて」。

第一〇章「美保の関にて」。

第一一章「杵築雑記」。

第一二章「日御碕にて」。

第一三章「心中」松江市で起った事実談。

第一四章「八重垣神社」。

第一五章「狐」。

第二巻
第一六章「日本の庭園にて」『アトランティック・マンスリー』に掲載、北堀町塩見縄手の家、禄高百石の根岸という武士の家、持主は当時郡長として郡部にいたのでそこを借りて住んだその家の庭園の記事。この章にも西洋風の花束の嘲笑（第二節）がある。それから西洋人に不可解の石の美の説明（第二節）もある。

第一七章「家の内の宮」神棚、仏壇、位牌等に関するもの、第二節の終にある畠山勇子のことは『東の国から』のうちに別に一章の記事となっている。

第一八章「女の髪について」この初めの「家の妹娘の髪は」とあるのを「自分の妻の髪は」と直して差支えはない。

第一九章「英語教師の日記から」松江に赴任して彼の眼に映じた日本学生生活を叙したもの。内容はほとんど全部彼の直接の見聞に基いている。第十六節に出ている荒川重之輔（亀斎）の作にかかる気楽坊を私は小泉家で見た。第二十節に出ているフランス人将校は明治の初年に松江藩に雇われていたフランス人の将校ワレットのこと。この人から与えられた虫眼鏡は小泉節子夫人の所蔵となっていたが、これは夫人の父すなわち当時フランス人の教え子であった人に与えたものであった。第二十一節から二十四節に出ている秀才四年生横木富三郎、三年生志田昌吉は明治二十四年の暑中休暇の前後に死亡したが、その後ヘルンの熊本へ転任の後、十二月二十三日この二人およびここに記してない三年生妹尾丑之介の三人のために追悼会が催されたのを同じ中学生の小豆沢（後の藤崎大佐）からの報告によって書いたものである。追悼の祭文など皆事実によっているが、ただ師範学校の女生徒が祭文を読んだと言うのは作者のつくり事、それからその時読まれた経は仏遺教経（ぶつゆいきょうぎょう）であったが、その内容は追悼会には適切でないと言って、法華経の観世音菩薩普門品（かんぜおんぼさつふもんぼん）にかえたのも作者のつくり事であった。

これ等の不幸なる秀才に関する著者の同情は読むたびごとに読者の涙をそそる。

第二〇章「二つの珍しい祝日」新年の祝日と節分の話。

第二一章「日本海に沿うて」彼が松江に赴任のため、明治二十三年八月下旬、山陰道を通過した時の事と、翌二十四年夫人と共に島根鳥取を旅行した時の事とを合せてこの記事を作った。そのうちに鳥取の蒲団の話と出雲の捨子の話を挿話としてここに取入れてあるが、前者は夫人が初めて彼に話した怪談であった。これを聞いた時、彼は彼女が自分の文学的助手としての素質を充分に有せることを発見して狂喜したそうである。

第二二章「ある舞妓について」『アトランティック・マンスリー』に掲載。これも面白い記事だが、絵とともに表装までたちまちに出来たことになっているのは西洋の読者のためにそうしたのであろう。ここに出ている画家文晁の話はもと大阪朝日新聞で読んだもの。

第二三章「伯耆から隠岐へ」明治二十五年の七月の末に行って、八月十六日に美保の関に帰って来た。同行者は夫人だけであった。西洋人は初めてというので、隠岐では浦々の見物は正に黒山のようで夫人は全く困惑したそうである。第三十一節において彼自身も浦郷では困ったことを書いている。

第二四章「魂について」金十郎の名は熊本のある植木屋の名であったが、この魂の話は夫人の養母（稲垣とみ子）が彼に話したものであった。明治十年の乱に戦死した出雲の人々のために建てられた二の丸の記念碑、大きな直政公手植の松、柳稲荷、などいずれも松江のものである。

第二五章「幽霊と化け物について」祭の夜見せものを見て廻ったのは熊本の町で、同行者は金十郎でなく夫人であった。この生人形（いき）という細工は明治以前からこの頃までも盛んに行われたものであったが、いつの間にかなくなってしまった。最後にある二つの怪談は、夫人の話した出雲の話であった。

第二六章「日本人の微笑」『アトランティック・マンスリー』に発表された時から大評判の論文であった。彼が純粋に日本人の心理研究のまとまった論文を発表したのは、これが最初であった。外人には不可解であり、日本人も往々無意識であるこの微笑に対する説明はこれまでの外人読者を非常に啓発したように今後も啓発するであろう。ただその後、幾星霜を経て、日本人の微笑も多少の変化を来している。しかし彼がこの論文で啓発してくれた根本の原理は今なお不変である。

第二七章「さようなら」。

一〇、『東の国から』一八九五（明治二十八）年、ホートン・ミフリン会社から出版。松江時代の同僚であり友人であった西田千太郎に捧呈。西田千太郎は松江中学を中途退学、一時東京に遊学したこともあるが、母校に教鞭を執る傍ら、独学自修によって心理、教育など数課目の検定試験に合格し、一、二の中学に教えた後再び松江中学の教頭となって帰ったと言われる。（元九大教授西田精工学博士の実兄）明治三十年病没した。ヘルンの出雲研究はこの人の助力に負うところがすこぶる多いと思われる。

「夏の日の夢」『ジャパン・ウィークリー・メイル』に掲載。明治二十六年七月二十日、単身百貫（ひゃっかん）から海路長崎に赴いた。二十一日の午前三時に着いて一日を長崎で費し、その夜汽船で二十二日の朝三角（みすみ）に着いた。三角で朝飯を取ったのは彼の好きな名の浦島屋というのであった。（帰宅してから靴をぬがずに話したのがこの浦島屋のことであった）ここから車で熊本へ帰った。酷暑の時であった。車上浦島屋の名から連想して思いを浦島伝説に馳せた随筆である。その後単行本の「日本お伽噺」となって現われた『若返りの泉』はこの章にあるもの。この一篇は紀行文として著者の最もすぐれたものと私は考える。

「九州学生」松江中学の記事が「英語教師の日記から」であるように、熊本第五高等学校の記事はこの一篇である。内容はほとんど全部事実、人物も実在の人物である。この篇中最も活躍している学生は彼が最もその人物識見を称讃していた法科の首席安河内麻吉であった。この人その後警保局長、福岡県知事、神奈川県知事、内務次官等に歴任したが今は故人。最後に出ている秋月老先生の名は胤永、悌次郎は称、韋軒（いけん）は号、秋月胤継博士の養父、この先生の古稀の祝賀会を学校で挙げたのであった。戊辰の役に、会津藩主に随って副将として幕府のために戦ったが、乱平いだ後、終身禁錮に処せられた。三年の後特旨をもって赦された。官吏は辞したが、大学と一高の教師にはなった。明治二十二年に止めて退隠して、二十三年九月懇望されて再び熊本に赴任した。

「博多にて」『アトランティック・マンスリー』に掲載。

「永遠の女性について」『アトランティック・マンスリー』に掲載。

「生と死の断片」全部彼が見聞した事実談、隣家の紺屋の話は坪井にいた時のこと。千五百円の仏壇も、強盗も皆事実。父を助けた娘の話は杵築の事実談。一言の争から叔父を殺した話は熊本の新聞で読んだ事実。心中未遂の男は相手の女に死に遅れて七年苦しんだ後疵が原因で死んだのを、その間その兄を看護した弟が悲しむ話は手取本町の裏隣りにあった事実。

「石仏」。

「柔術」この柔道の教師は学習院出身、故有馬純臣四段であった。ヘルンはこの人を完全な英語を話す人、自分が見た日本人中最も風采のあがった人と言っている。

「赤き結婚」『アトランティック・マンスリー』掲載。熊本の新聞で読んだ事実。これも著者が日本人の性格や風俗、習慣に関する洞察と智識を充分に示している。ただ片田舎の小駅で弁当を売らせるのは西洋読者の為であったろう。

「叶える願」『アトランティック・マンスリー』掲載。小菅朝吉という名は出雲の学生のうちにあったが、この話は全部想像である。今岡、長崎の二人は実際出征していた。万右衛門という名は松江にあったのを面白いと言って使用したが、実は夫人のことであった。

「横浜にて」この種の仏教に関する話は雨森信成に負うている。

「勇子――追憶」露国皇太子暗殺未遂の時、東京から京都へ来て、日本に不面目を与え、天皇陛下を悲しませ申したこの不祥事に対して、罪を贖おうとして京都府庁の門前で自殺した畠山勇子のことである。

一一、『心』一八九六（明治二十九）年ホートン・ミフリン会社から出版。「詩人、学者、愛国者たる友人雨森信成へ」という捧呈の言葉のあるこの雨森信成については既に述べた。この書物の巻頭に日本の少年の写真がある。佐久間信恭の知人、高木玉太郎という人の子供。これが純粋の日本の子供の顔というので借用したものである。

第一章「停車場にて」熊本で巡査殺しの犯人を停車場に迎えて著者自ら体験した事実談。（夫人の談によれば）

第二章「日本文化の真髄」『アトランティック・マンスリー』掲載。

第三章「門つけ」ヘルンは夫人に、いつも珍しい経験をもった人を尊重してその話をきくように、屑屋からでも肴屋からでも話をきくようにと言った。神戸でこの門つけを呼び入れて歌を聞いたあとで御馳走をしたそうである。この歌の原文は一つから二十まである数え歌（二枚つづき一組定価五厘）大阪の男女が京都の疏水で心中したことを歌にした物。女が遺書を書いている所と二つの新しい墓の絵があるだけ。歌の文句は「一つとせ、評判名高き西京の、今度開けし疏水にて、浮名を流す情死の話」というような物であった。しかし十吉という男の名も、若菊という女の名も、印刷者発行人の名までも皆変えてある。

第四章「旅行日記より」『アトランティック・マンスリー』掲載。明治二十八年の春、京都の勧業博覧会を見に行った記事。

第五章「阿弥陀寺の尼」夫人の祖母の幼時の事実として語り伝えられたのを、夫人が話したもの。これも当時批評界において高評を得たものであった。

第六章「戦後雑感」『アトランティック・マンスリー』掲載。長男と共に軍艦松島を見に行ったのも事実。

第七章「春」夫人の話、事実談、名は変えてある。

第八章「趨勢一瞥」。

第九章「業の力」神戸の新聞で読んだ記事による。

第一〇章「保守主義者」。

第一一章「薄暗がりの神仏」『アトランティック・マンスリー』掲載。

第一二章「前世の観念」。

第一三章「コレラ流行時に」日清戦役後、日本全国にコレラが流行した頃の神戸市中の見聞。この時の彼の家は神戸市中山手通七丁目番外一六番にあった。

第一四章「祖先崇拝について」神道に関する最もよくまとまった論文。

第一五章「君子」夫人が話した事実談。この名をつける時、京都滞在中の彼は夫人と共に祇園あたりを散歩して、行燈の名を読んであるくうちに「君香」「君子」というのを見つけて、かく命名した。

附録「俊徳丸」「小栗判官」「八百屋お七」三篇の民謡の翻訳は松江近郊の部落を訪ねて得たものであった。

一二、『仏土の落穂』一八九七（明治三十）年ホートン・ミフリン会社から出版。

第一章「生神」『アトランティック・マンスリー』掲載。「生神」のうち、濱口に関する記事は大阪朝日新聞の記事によったもの、勿論精神は伝えてあるが、事実は違ったところがある。濱口五兵衛は紀州広村濱口梧陵（七代目濱口儀兵衛）の事、津浪は安政元年十一月五日の夕方の出来事、被害者千四百余人、行方不明者なお三十余人あった。当時の濱口は三十五歳の壮年であった。維新後紀州藩の権大参事となり、後中央政府に入って駅逓頭（後の逓信大臣）となった。再び郷里に帰って和歌山県大参事となり、県会開設と共に最初の議長にもなった。明治十七年米国に赴き、翌年ニューヨークで胃癌で没した。六十六歳であった。津浪後窮民に職を与え、大堤防を築き、学校を建て（後の耐久中学〔現在の和歌山県立耐久高等学校〕もその一つ）、広村のためにつくすこと至らざるはなかったので、村民感激の余り、濱口大明神という神社を建てようとしたが、梧陵は許さなかった。梧陵の没後、勝海舟の筆になった石碑が建てられた。今和歌山県会議事堂構内に銅像がある。梧陵令息濱口担が英国留学当時（ヘルン在世の頃）ロンドンのアジア協会で講演をした時、この書を読んですでに濱口の名を知った多数の紳士淑女が、この講演者はすなわち濱口の令息であることを知って狂喜して湧くような歓呼と拍手を贈ったので、濱口担も意外の面目を施したそうである。梧陵のあとは山サ醤油醸造元である。

第二章「街頭より」『アトランティック・マンスリー』掲載。神戸市中山手通七丁目番外一六にいた時の隣家は洗濯屋であった。そこの若者が歌っている俚謡を夫人に訳させたのであった。

第三章「京都紀行」京都の末慶寺を訪ねて、畠山勇子の墓へも詣でた。住職に面会して勇子の話も聞いた。日本人は送迎などの場合、喧しい喝采などしない。日本人は「沈黙」によって最高の感情を表わすという説明もこの篇に出ている。

第四章「塵」『アトランティック・マンスリー』掲載。

第五章「日本美術における顔について」『アトランティック・マンスリー』掲載。

第六章「人形の墓」熊本で雇い入れた梅という名の子守の身の上話であった。その後八年間小泉家に仕えて後、郷里に帰り、嫁して幸福に暮らしていると言うことであった。「人形の墓」は熊本地方の習慣。最後に人の坐ったあとの畳をたたいて坐るというのは出雲の習慣である。

第七章「大阪にて」主人の子供に殉死した丁稚（でっち）の話は事実談。書置きは直訳。ここの宿屋にかかっていた額はかにの絵でその上に「横行天下」と題してあったが、そのヘルンの説明をよんで「横行」という文句の説明のむずかしいことを読者はさとるだろう。

第八章「日本の民謡に現れたる仏教引喩」。

第九章「涅槃」総合仏教の研究。

第一〇章「勝五郎の転生」雨森から借りた随筆の翻訳。

第一一章「環中流転相」。

一三、『異国情趣と回顧』一八九八（明治三十一）年リトル・ブラウン会社から出版。この書肆から引続き出版した物の第一冊である。初版は日本風のへちまの図案のある装丁の綺麗な書物である。ヘルンはこれを「へちまの本」と呼んでいた。元米国海軍の軍医、横浜の医師ホールに捧呈。

『異国情趣』

「富士山」この富士登山は明治三十年の夏、焼津から帰途、御殿場で途中下車して当時士官学校時代の藤崎八三郎と同行であった。大谷正信に課して「富士山と神道の関係」を調べさせ、その材料をも使用している。

「昆虫の楽師」大谷正信が「籠に飼養せらるる虫、その鳴き声、食物、それに関する信仰伝説詩歌、東京における市価、捕獲、飼育等」について命ぜられて調べた材料によったが、彼自身も毎年虫を飼育した。ほとんどすべての種類を飼った年もあった。

あろう。

「禅の一問」『無門関』の一節から想像した一篇である。これも雨森信成から得たものであろう。

「死者の文学」瘤寺の墓地逍遥の結果ではあるが、大谷正信の提供した材料も使用している。

「蛙」大谷正信に課して蛙に関する歌、俳句を集めたものによった。

「月の願」長男との問答から始まっているが、勿論屋根へ上って竿で月を落すことは、日本の昔話からの思いつきであろう。

『回顧』ここに出ている十篇は日本には関係のないもの、進化論に関する随筆である。「第一印象」「美は記憶」「美のうちの悲哀」「若さの香い」「蒼の心理」「夜曲」「赤い夕日」「身ぶるい」「夕暗の認識」「永遠の執着者」のうち「蒼の心理」は当時の『帝国文学』に掲載されたもの。「夕暗の認識」のうちに西印度の怪談が織り込まれている。〔一八九八年〕

一四、「日本お伽噺」〔シリーズ〕『猫を描いた少年』『化け蜘蛛』『団子を失くしたお婆さん』『ちんちん小袴』の四冊は東京長谷川の出版にかかる絵入りの「日本お伽噺」の第二十二冊から第二十五冊になっている。〔正しくは、『化け蜘蛛』は第二集一巻、他三作は第一集の第二十三冊から第二十五冊〕いずれも夫人の語るところであった。〔一八九八〜一九〇

三年〕

一五、『霊の日本』一八九九（明治三十二）年リトル・ブラウン会社から出版。初版本の装丁は梅の図案でできていたので、ヘルンはこれを「梅の本」と呼んでいた。アリス・フォン・ベーレンス夫人に捧呈。この人はシカゴの人でヘルンと文通していたことと、ヘルンの蔵書中に、この人から贈られた書物が数部あることしかわかっていない。

「断片」この髑髏の山の話は、夫人の話ではフェノロサ夫人からと記憶しているとのことであったが、井上哲次郎博士の話では、岡倉天心から聞いた話とヘルンが井上博士に語ったとのこと。

「振袖」明暦の大火に関する伝説を夫人から聞いたもの。その時起った風は、今もその季節にきまって起る西北の風であったろうが、ヘルンは好んでこの「海の風」という文字を使用した。

「香」材料は大谷正信に命じて「焚き香と線香とについて、およびこれに関する詩歌」を調べさせたものによった。

「占の話」松江の易者、高木苓太郎のことであった。ヘルンのために易を見て「これまでの運勢は余りよくなかった。力はあれどもとかく世に現れない。たとえばダイヤモンドが他の石に包まれたような形である」との判断を下したところ、ヘルンは「それでは死んだら名が出ると言うことだろうか」と言ったそうである。支那の話は「梅花心易掌中指南」と題する書物の初めにある話によった。

「蚕」新美という書生の話があるが、この新美兄弟二人ともヘルンが世話をした有望な青年であったが、兄の方は商船学校に入り、練習船月島丸と共に行方不明となり、弟の方は一高在学中病死した。

「悪因縁」この『牡丹燈籠』の話は石川鴻斎（こうさい）の『夜窓鬼談』によったが、円朝の話も参考にしたであろう。菊五郎の芝居を見たように書いてあるが、実際は東京では、時間を惜しんで芝居見物をしたことはなかった。夫人と共に団子坂から新幡随院を車で訪ねたことは事実であった。

「仏足石」大谷正信に命じて調べさせた材料を用いた。

「吠」牛込区富久町時代に、その家にいた犬の話に基いている。これも進化論に関する随筆である。

「小さな詩」大谷正信に明治時代の学生、ことに大学生の短歌俳句を集めることを命じてできた材料によった。この篇の第二節において、ヘルンのなせる辞世の詩歌俳句の説明は名高いものである。

「仏教に関する日本の諺」これも大谷正信から提供した材料によった。

「暗示」。

「因果話」このあたりから、夫人の助力による日本文学の翻訳的創作が始まっている。この話の原文は講談本『百物語』第一四席松林伯円の話。

「天狗の話」『十訓抄』にある原文による。

「焼津にて」焼津での見聞と黙想、燈籠流しという水死者への供養を初めてここで見たのであった。

一六、『影』一九〇〇（明治三十三）年リトル・ブラウン会社から出版。この書の初版の表装に蓮の模様があったので、これを彼は「蓮の本」と呼んでいた。再びマクドナルドに捧呈。

『珍しい書物からの話』

「和解」『今昔物語』中の「人妻死後成二本形一会二旧夫一語」とも、また「亡妻霊値二旧夫一語」とも題した一篇から。

「普賢菩薩の話」『十訓抄』から。

「衝立（ついたて）の女」『御伽百物語』中、「絵の女人に契（ちぎ）る、附（つけ）たり江戸菱川の事」と題するものから。

「死骸に乗った人」『今昔物語』中の「人妻成二悪霊一除二其害一陰陽師話」と題するものから。

「弁天の同情」『御伽百物語』中の「宿世の縁」と題するものから。

「鮫人の感謝」馬琴の『戯聞あんばい余史』から。

『日本研究』

「蟬」大谷正信の提供した材料によった。

「日本の女の名」大谷正信に命じて日本婦人の名を集め、倫理的観念と審美的観念によって分類し、なお芸妓の名について調査することにしたが、大谷はその主要な材料を岡田哲蔵の哲学雑誌に出した論文から得たのであった。

「日本の古い歌」大谷正信が神楽歌、催馬楽（さいばら）、その外の物を翻訳して提供した材料を使用した。

『幻想』このうちにある、「夜光虫」「群集の神秘」「ゴシックの恐怖」「夢飛行」「夢魔触（ふれ）」〔夢魔の感触〕「夢書の読物」「一対の眼のうち」の七篇は『回顧』にある十篇と同じく進化論に関する随筆、いずれも著者の世界観とも言うべきものを示したものである。

一七、『日本雑録』一九〇一（明治三十四）年リトル・ブラウン会社から出版。これは初版の表装が桜の模様であったので「桜の本」と呼んでいた。

『奇談』

「約束」上田秋成の『雨月物語』中の「菊花の約（ちぎり）」。

「破約」出雲の伝説。夫人の語るところ、これはヘルンの怪談中最ももののすごきものと言われる。

「閻魔の庁にて」『仏教百科全書』中「邪神の事」と題する物。

「果心居士の話」『夜窓鬼談』中の「果心居士」から。

「梅津忠兵衛」『仏教百科全書』中「産神の事」と題する一篇。

「僧興義の話」『雨月物語』中の「夢応の鯉魚」と題するものによった。

『民間伝説拾遺』

「蜻蛉」大谷正信の提供した材料によった。

「仏教に縁のある動植物の名」同上。

「日本の子供の歌」同上。

『随筆ここかしこ』。

「橋の上」熊本見聞談の一つ。車夫平七はヘルン家でいつも雇った実在の人物、話も事実談。話中の人物の語る幾つかのヒントによって読者が想像を刺激されることになる巧妙なる書き方である。

「お大の例」名は変えてあるが、松江にあった事実談。改宗の時、位牌を捨てさせることは事実行われたのであった。著者はこの話をチェンバレンの手紙にも書いている。

「海のほとり」焼津の観察。

「漂流」主人公天野甚助は実在の人物、この人から彼はこの漂流談を聞いたのであった。小川の地蔵へも参詣して奉納の船板を見た。

「乙吉の達磨」このうちに雪達磨をつくった二人の書生の名が出ている。一人は名で呼ばれ、一人は姓で呼ばれている。光は玉木光栄、当時早稲田の学生、後会社員。新美は新美資良、当時一高の生徒、その後病死した。童謡は当時小泉家へ出入りの車夫中村清吉が小泉家の若い人々に教えたものであった。乙吉は静岡県焼津町、城の腰、魚商山口乙吉であった。（大正十一年一月死去）今はその長男梅吉の代で焼津で名高い鰹節問屋となっている。目無し達磨の民間信仰はこの地方ばかりでなく、関東、東京都下にも行われている。達磨を盲目にして置くばかりでなく、地蔵を縛ったり、天気の神に擬したいわゆる坊主（テルテル坊主）を縛ったりする荒っぽい信仰、恐喝的習慣の多いのは驚くべきである。この乙吉の達磨の一篇はヘルンの作としてはヒューモアに富んだ面白いものである。

「日本の病院において」二男が過って怪我をして、著者自ら木沢病院へ連れて行った時の話である。「日本の外科医は世界第一」と書いているが、この時から木沢医師を信用して、外科ばかりでなく、一切の病気歯痛までもこの外科専門の木沢院長に診て貰うようになった。最後に心臓病を病んだ時もこの人にかかったのであった。

一八、『骨董』一九〇二（明治三十五）年マクミラン会社から出版。サー・エドウィン・アーノルドに捧呈。彼は一八三二年生れの英国の名高い詩人、東洋学者、新聞記者であった。印度のある官立大学の学長を勤めること五年。後『デイリー・テレグラフ』に関係するようになった。印度に関係のある詩で名高くなった人であった。来朝して滞在したこともあった。ヘルンの死に先だつこと六ケ月、一九〇四年三月没した。日本に関する著述もある。

『古い物語』

一、「幽霊滝」『文芸倶楽部』第七巻「諸国奇談」より。
二、「茶碗の中」『新著聞集』より。
三、「常識」『宇治拾遺物語』より。
四、「生霊」『新著聞集』より。
五、「死霊」。
六、「おかめの話」『新選百物語』より。
七、「蝿の話」『新著聞集』より。
八、「雉子(きじ)の話」。
九、「忠五郎の話」『文芸倶楽部』第七巻「諸国奇談」より。

以上は材料の出所の分っている分を示したのであるが、出来上ったものは全く改造されている。たとえば「茶碗の中」の如きも、原文は短いまとまったものだが、ヘルンはこれを作りかえている。「おかめの話」も、原文では女主人は嫉妬深い生前より死後に至るまで夫を苦しめ通した悪女の標本のような女であるが、ヘルンの文を読む者は何人もこの年若くして死んだ女主人公おかめに同情せざるを得ない。

「ある女の日記」この原文の筆者であった不幸な婦人の亡くなったあとへ行った後妻が、以前小泉家の奉公人であったため、先妻の針箱の中に発見したこの日記を小泉夫人に示したのであった。この日記の筆者は二十八歳で初めて結婚して三人の子女を挙げたが、相ついで早世して最後に自分も絹糸で綴じた十七枚の半紙に書いた日記を遺して死んだのであった。故人の迷惑にならぬ範囲で姓名など全く変えてこれを翻訳したのであった。金銭で買う楽しみは得られないから日常生活を記して自ら楽しみとし、悲しさを紛らす歌を詠んだり、何事も前生の報いとあきらめたりしている陋巷の婦人の日記であった。

「平家蟹」。

「蛍」。

「露の一滴」仏教の世界観を叙しているが、同時にこれがヘルン自身のもの。

「餓鬼」ヘルンの哲学の根底から出ている作品。

「尋常の事」ここに出ている老僧は当時富久町八、臨済宗妙心寺派、道林寺の住職、当時七十余歳の丹羽隻明師であった。この人の閲歴は小説のようであった。すなわち文久三年二月、師が京都等持院の僧であった時、勤王の浪士三輪田元綱等がその等持院に押入り、足利尊氏、義詮、義満の木像を斬って三条大橋に梟けるという事件が起った。それから師は等持院を去って還俗して裁判官となって、東京で「高橋お伝」の裁判もした。後また僧籍に戻って終に道林寺の住職となった。学者であり詩人であった。詩は広瀬淡窓門下の第一人者と言われる。大正元年八月八日八十三歳で遷化した。この人から得たと思われる材料がこの時代の作品中に散見する。

「黙想」母性愛に関する考察。

「病理上の事」富久町時代の飼猫の話。これも進化論に関する随筆。

「真夜中」死に関する考察。

「草雲雀」これも「餓鬼」や「病理上の事」と同じくヘルンの哲学から出た抒情詩である。

「夢を食う物」夫人が上野の博物館で「獏」という字のある三代将軍家光の枕という物を見てかえって、夢を食う獏の話などをしたのがこの一篇のできる発端であった。

一九、『怪談』一九〇四（明治三十七）年ホートン・ミフリン会社から出版。出版の準備はできていたが、生前には間に合わなかった。〔九月の死去の前、四月に刊行された〕この書物には書肆側のオスカー・ルイスという人の序文がついている。

『怪談』

「耳なし芳一の話」『アトランティック・マンスリー』掲載。この一篇は『臥遊奇談』巻二「琵琶の秘曲、幽霊を泣かしむ」と題するものによった。これは『骨董』の「おかめの話」と同じく仏教の経文の功徳の宣伝のようなよくある物語の一つであるが、この人の筆になると非常に鮮やかなものになっている。

「をしどり」『古今著聞集』にある原文から。

「お貞の話」『夜窓鬼談』から。

「姥桜（うばざくら）」『文芸倶楽部』第七巻「諸国奇談」から。

「術数」("Diplomacy")。

「鏡と鐘」これも『夜窓鬼談』から。以上の二篇は「人が怒って死につく場合、もしくは自殺を行う場合、その人に超自然の力が与えられる」という日本人の考え、すなわち日本人の執念、念力、最後の一念に関する説明を与えている。

「食人鬼」『仏教百科全書』より。

「むじな」『百物語』第三十三席御山苔松の話せるものによる。原文は「むじな」でなく「かわうそ」の怪になっている。

「ろくろ首」『怪物輿論』から。この話などややグロテスクに近い。

「葬られたる秘密」『新選百物語』中「紫雲たなびく密夫の玉章（たまずさ）」から。原文では数十通の密書をかくしてあったのを、ヘルンはただの一通にした。

「雪女」小泉家へ出入した東京府下西多摩郡調布村の農夫から聞いたもの。

「青柳の話」『玉すだれ』から。

「十六日桜」『文芸俱楽部』第七巻「諸国奇談」から。

「安芸之助の夢」。

「力ばか」その頃富久町にその名の白痴の少年がいたが、その死後、小泉家へ出入りの女髪結が話したことを、薪屋の老人の話に擬して書いた。生れ変るという考えはいろいろの形式となって、日本人のうちに存在していることは事実である。

「日廻り」ヘルンの自伝の一節とも言うべきもの。ここに出ているロバートは彼の従兄、後、海軍に入って支那海で友人を救おうとして自分も溺死した。

「蓬莱」谷中の美術院展覧会で買った蓬萊と題する掛物を眺めながら、この愛すべき蓬萊の国日本が次第に西洋化してゆくことを嘆いた一篇の抒情詩である。

『虫の研究』

「蝶」。

「蚊」。

「蟻」。


二〇、『日本　解釈の一つの試み』見かえしに神国という漢字があるので、普通「神国日本」とよばれているが実は書名ではない。一九〇四年マクミランから出版になったが、これも著者の生前に間に合わなかったものであった。武内桂舟の口絵があるが、これは下絵のつもりで送って来たのを、ヘルンは急いでこれでよいと言って使用したのであった。米国の大学から講演を依頼して来た時、その材料として準備した物を、渡米中止の後、単行本として出版することになったのであった。この書の出版当時、米国海軍の当局者は日本研究の参考書として将校にこの書をすすめたことが米国のある新聞に出ていた。ここにその目次だけを示して置く。

難解
新奇および魅力
古代の祭祀
家庭の宗教
日本の家族
組合の祭祀
神道の発達
礼拝と浄めの式
死者の支配
仏教の渡来
大乗仏教

社会組織
武権の勃興
忠義の宗教
ジェジュイット教徒の禍
封建の完成
神道の復活
遺風
近代の抑圧
官憲教育
産業上の危険
回想
追録

二一、『天の河縁起その他』原著者の没後一九〇五（明治三八）年ホートン・ミフリン会社から出版になった。フェリス・グリンスレットの序文がある。「化け物の歌」と「鏡の少女」とを除いてあとは全部『アトランティック・マンスリー』に掲載されたものであった。

「天の河縁起」夫人の談話と天の河伝説詩歌に関するものを集めてできたもの。

「化け物の歌」『狂歌百物語』に拠ったもの。

「究極の問題」スペンサーの哲学に関する一論文。

「鏡の少女」都賀庭鐘著『席上奇観垣根草』の第一巻から。

「伊藤則助の話」同じく『垣根草』の第五巻から。

「小説よりも奇」西印度マルティニーク追懐の記事の一つ。このローラン夫人の話は夫人にも話したことのある事実談。

「日本からの手紙」日露戦争当時の日本国民の冷静なる態度を知らせた手紙に擬したもの。終りに広瀬中佐の事蹟などを叙して最後に「この国は地震、洪水、火災の国である。この国民はあらゆる天変地異に鍛えられて、如何なる困難災害にも平気でいることが出来る。……クロパトキンが日本を征服しようなどと企てたら、この国民は、一体となって立つであろう」という意味の言葉で結んである。


以上は生前に出た単行本であった。もし生き長らえたら引続き日本文学からもそのインスピレーションを求めたであろうと思われる。ただこんな事があった。坪内逍遥から近松の『天の網島』の翻訳をすすめられたことがあったが、これは西洋の読者にとっては遊女と浮気男と虐殺と自殺とを一緒にしたものであるから、取扱いが至難である。『ロミオとジュリエット』は日本で言う意味の心中物とは違う。心中は今日の英国でも行われるが、誤って一方が生き残った場合、その人が相手を虐殺したことになって原則として死刑になる程だから、『宵庚申』程度のものならとにかく、貞淑な妻と可愛い子供をもった男と遊女との心中話は英米読者の感情が受けつけないとの理由でそのままになったことがあった。夫人の話では、彼は最後に謡曲を英訳してみようと考えたということであったがこれは一つも手をつける暇がなかった。

ヘルンの没後の出版にかかる著作について述べる。

一、フローベルの『聖アントワーヌの誘惑』この書は米国時代のものであったが、後米国に置いてあった蔵書と共に小泉家に帰った時マクドナルドの手で一九一〇（明治四十三）年アリス・ハリマン会社から出版。

二、『印象派作家の日記から』一九一一（明治四十四）年ホートン・ミフリン会社からフェリス・グリンスレットの序文を附して出版になった。その内容は「フロリダ幻想記」（このうちに四篇）、「クレオール短編」（このうちに二篇）、「唐草模様」（このうちに一篇）から成立しているが、以前この体裁にして、これまで新聞に掲載したものをまとめて単行本にする腹案であったのが、没後実現されたのであった。

三、『神戸クロニクル社説』一九一三（大正二）年ニューヨークにおいて出版されたもの、『神戸クロニクル』に掲載された社説のうちヘルンのものと断定のできるものを四十八篇選定して出版。

四、『気まぐれ』一九一四（大正三）年チャールズ・ウッドワード・ハトソンがニューオーリンズ時代の『アイテム』及び『タイムズ・デモクラット』紙上に発表になったものを三十六篇選んでホートン・ミフリン会社から出版。

五、『因果』以前『リッピンコット雑誌』に出した「因果」、『ハーパー雑誌』に出した「幽霊」、『タイムズ・デモクラット』に出した「最初の祈禱時告者」および『アトランティック・マンスリー』に出した「支那と欧州」の四篇を合せてアルバート・モーデルが編纂して、一九一八（大正七）年ボニー・アンド・リヴァライトから出版。

六、日本お伽噺『若返りの泉』長谷川より出版、「全集」十六冊ホートン・ミフリンより出版。（一九二二（大正十一）年）

七、『東西文学評論』『タイムズ・デモクラット』紙上に載せた論文四十七篇を選定したもの。編者はアルバート・モーデル、書肆はドッド・ミィド会社。（一九二三（大正十二）年）

八、『クレオール・スケッチ』『アイテム』紙上に載せた「クレオール雑録」四十五篇を選んで一九二四（大正十三）年ホートン・ミフリン会社からハトソンによって編纂出版。

九、『アメリカ雑録』この二巻は一九二四年モーデルによって編纂、ドッド・ミィド会社から出版。シンシナティ時代とニューオーリンズ時代に新聞に掲げたもの五十三篇を収録している。

一〇、『聖アントワーヌの誘惑その他』フローベルの短編小説を翻訳して『タイムズ・デモクラット』に載せたもの二十三篇をモーデルが編纂して一九二四年アルバート・アンド・チャールズ・ボニーから出版。

一一、『西洋落穂』この二巻は一九二五（大正十四）年モーデルの編纂、ドッド・ミィド会社から出版。シンシナティ時代からニューオーリンズ時代に至るまでに新聞に出したもの八十八篇を選んだもの。

一二、『社説』〔論説集〕一九二六（大正十五）年ハトソンが『アイテム』と『タイムズ・デモクラット』から選んだ六十四篇をホートン・ミフリン会社から出版。

一三、『アメリカ文学論』モーデルが『アイテム』と『タイムズ・デモクラット』紙上に載せたヘルンのアメリカ文学に関する評論六十二篇を選んで一九二九（昭和四）年東京北星堂から出版。

一四、モーパッサンの『ウォルター・シュナッフスの冒険その他』一九三一（昭和六）年モーデルが『タイムズ・デモクラット』から選んだモーパッサンの訳二十二篇を東京北星堂から出版。〔一九三五（昭和十）年〕

一五、『ピエール・ロチ短編集』一九三三（昭和八）年モーデルが同じく『タイムズ・

デモクラット』から選んだピエール・ロチの翻訳二十四篇を東京北星堂から出版。
一六、『フランス作家の小品と物語集』モーデルが同じ新聞からゴウティエ、フローベル、コペ、ドーデ等七人のフランス作家の翻訳十八篇を選んで東京北星堂から出版。〔一九三五（昭和十）年〕
一七、『エミール・ゾラ短編集』モーデルの同じ編纂、ゾラの評論一篇と短編小説三篇を合せたもの、一九三五年東京北星堂から出版。
一八、『タイムズ・デモクラット』にのせた社説その他から選んだものを五冊、一九三九（昭和十四）年西崎一郎によって東京北星堂から出版。

ヘルンの手紙について述べる。彼は時間を惜しんで人と面会することを避けたが、手紙は筆まめに書いた。人はやはり友人と談笑したくなることがある。この人のように孤独の生活を送っているものにとっては、手紙を書くことは漫談であり、不平を忘れることである。

前章にも述べた通り、ヘルンにもその手紙のうちに時々日本に対して不満を述べた文句がある。それを拾ってヘルンは果して日本を愛したかなどと論ずる人があるが、これは愛と関係がない。むしろ愛すればこそ罵倒もするのである。彼はレター・ライターとしては第一流である。この手紙を受取った人は言い合せたようにそれを保存していた。かくて彼の書簡集は相ついで現れた。伝記のうちに発表してあるもの、雑誌等に現われたものは別として、単行本となったものについて述べる。

一、『ラフカディオ・ヘルンの生涯と手紙』　彼の没後ビスランド女史は彼の伝記編纂を思い立って、その材料としてあまねく彼の手紙を集めたが、読んでゆくうちに伝記でなく、その手紙を公開して略伝を附することに案を変えてこの大きな二巻の書簡集をなしたのであった。彼の没後二年の一九〇六年（明治三十九）ホートン・ミフリンから出版。

二、『鳥の手紙』　シンシナティ時代の老友ヘンリー・ワトキンに与えた手紙の外、また別の人に与えた手紙および『コマーシャル』への通信などを合せて一九〇七（明治四十）年ミルトン・ブロナー編纂、ブレンタノーより出版。

三、『ラフカディオ・ヘルンの日本の手紙』　ビスランド女史が書簡集を発行したあとで、チェンバレンより前回の分の外にまだ残っていたのを、女史の手に委ねた物を主にして、外にメイソンおよび焼津から夫人に送ったものを訳してこれに加えてできたもの、同じくホートン・ミフリンから一九一〇（明治四十三）年出版。

四、『サム・ニュー・レターズ・アンド・ライティングス・オヴ・ラフカディオ・ヘルン（小泉八雲新書簡集）』　日本人の友人や学生に与えた手紙を主として、熊本の『竜南会雑誌』に出した「極東の将来」、『アジア協会誌』に出た「了然尼」等を加えて、市河三喜博士が編纂して、一九二五（大正十四）年、東京研究社から出版。

五、『ゼ・アイディル〔牧歌〕』ニューオーリンズ時代の友人レオナ・ケイロウセ・バーレル女史が、ヘルンの書簡を主にしてその説明と思い出を記したもの、一九三三（昭和八）年、東京北星堂より出版。

単行本としては以上五部はその主なるもの。外に、疑わしいものもある。しかし、また将来意外な方面から彼の珍しい書簡が出現するかも知れない。雨森信成に与えて仏教に関することを多く書いた書簡が雨森夫人から米国に渡っているという情報を聞いてから余程の年数になる。しかし、ビスランド女史編纂の三冊にその最もよいものはだいたい網羅されている。

最後に講義筆記の出版について述べる。講義筆記を出版してはどうかと私がマクドナルドに進言した時、彼はただちに賛成した。その筆記を提供した人々は茨木清次郎、大谷正信、田部隆次、内ケ崎作三郎、栗原基、小日向定次郎、落合貞三郎、石川林四郎、岸重次の諸氏であった。それからマクドナルド自らタイピストを使用してグランド・ホテルの一室においてこれ等の講義をタイプにして数部の原稿を作り、帰米の際、ニューヨークのコロンビア大学のジョン・アースキン教授に示したのであった。アースキンはそのうちから四十四篇を選んで『文学の解釈』と題して大冊二巻をドッド・ミィド会社から一九一五（大正四）年に出版してみたところ、意外の好評を得たので、つづいてさらに十四篇の詩歌に関するものを選んで『詩の鑑賞』と題して翌一九一六（大正五）年に出版し、さらにその翌年の一九一七（大正六）年に『人生と文学』と題して二十三篇を選んで出版したのであった。さらに一九二〇（大正九）年に至って、『創作家への言葉』と題して、以上四冊に現れたものから別に十篇を選んで同じ書肆から出版し、翌一九二二（大正十）年には『書籍と習慣』と題し、以上の四冊から選んだもの十三篇に未刊のもの二篇を加えて出版し、一九二二（大正十一）年には『ラファエル前派およびその他の詩人たち』と題して、同じく最初の四冊から九篇を選んで出版したのであった。これが米国における講義筆記の出版であった。これ等のものは外国においてなかなかの好評であった。ヘルンはその著書において日本を外国に紹介宣伝したのと日本の学生に西洋を紹介宣伝したのとその功績は同じであったと言える、というのであった。これ等講義筆記は、作家のデータなどを簡単に記した手びかえの外何の原稿もなしにした彼の口授を学生が書きとったもので、彼自身の読みかえしたものでもないのであるが、立派な文章となっているのは全く驚くべきである。日本ではその講義筆記のうちの『英文学史』（二回半くりかえされたうちの第二回の分）を北星堂から落合、田部、西崎の三人で一九二七（昭和二）年校訂出版した。その他の分を講義の順序によらず題目で分類して『美術、文学、哲学について』を一九三二（昭和七）年出版。『詩人論』および『詩論』を一九三四（昭和九）年に出版した。以上四部の外に北星堂出版の『英文学畸人伝』一九二七（昭和二）年、『シェークスピアについて』

一九二八（昭和三）年、『作詩論について』一九二九（昭和四）年、『ヴィクトリア朝の哲学について』一九三〇（昭和五）年、これが講義筆記の全部をなすものである。大学における講義の最初の分が少しではあるが、残っているはずだが、紛失している。早稲田大学の分は英文学史が始まったばかりで筆記は残っていないようである。それで以上記した分がヘルンの講義全部とみてよいので、米国で出版になったのは一部分である。

一七　余　録

一　ヘルンと女性、小泉節子夫人

「私はヘルンの文章にひきつけられるが、彼は西洋文化を軽視する点で彼に反感をいだかざるを得ない」と私がニューヨークで会ったある婦人が語った。こんな風にヘルンには同情者と共に意外な敵があったらしい。マルティニークに二年滞在したので、あんな熱帯地方に何が面白くてそんなに長く滞在したのであろう。アメリカ本土で女に好かれそうにもない彼もそこでは意外に自分を大切にしてくれる女を見つけたのかも知れない。大方そんなことだろう。それにちがいない。そして同棲して、いや結婚していたのであろう。あるいはその間に子供もあったであろう。いやあったに相違ない。二、三の流言が繰り返されるとたちまちにして動かすことの出来ない真実性を帯びてくることは、私どものいつもみている所である。ヘルンがマルティニークで結婚して子供があったのをそのままにしてニューヨークに帰り、やがて日本へ渡って再び結婚したのだという噂がヘルンの没後『ニューヨーク・タイムズ』に出たので、岡倉天心がそれに対する反駁の文章をよせたという話は、清見陸郎の『岡倉天心』に出ている。

このヘルンのマルティニークにおける結婚ということは私には信じられない。ヘルンの経済状態も分っている。結婚でなく、同棲なら可能性はないではないが、子供のことなどに至ってはこの人の神経は、そんな冷酷なことには堪えられなかった。彼の父がギリシャ婦人に対して行ったような行いは繰り返したくないといつも考えていた。後年長男の生れたときの感想を読んでも、それがわかる。日本の妻子のある高官で英国で二重結婚をした人と同姓であった東京の市長から会見を申し込まれて、その人と誤って、断った話しは前にも述べた。そんな事に義憤を感じたヘルンであった。しかし同棲ということは独身者なら西洋では問題にはならないらしい。各国において、その土地の女との同棲の体験らしいものをかいて文名の高くなった人にピエール・ロチがある。あの仙人の様な感じのするワーズワースでさえ、彼の従妹と結婚して湖水地方の「鳩小屋」で新生活を営む様になった前に、フランスでフランス女と同棲していたと伝えられている。多くの西洋の日本学者はいずれも日本婦人と同棲していた。その間に子供でもなければ、その関係は自然に消える。子供でもあれば心がけのよい人ならその関係を正当のものにする。ヘルンの様に自分から帰化までして、その妻子を保護しようとした人はよほど、この点に関する正義感の強い人と言わねばならない。ヘルンにしてその夫人との間に子供がなかったら、あるいは晩年の彼の伝記は違ったものとなったかも知れない。彼は見るものを一切理想化する人であったが、同時にするどい洞察の人であった。その為、時に幻滅を感じて風の如く来朝したように、また風の如く日本を去ったかも知れない。しかしこれは彼にとって「紫の一本（ひともと）」（情愛の機縁）であった小泉夫人の彼に対する魅力の程度によってきまる問題である。あるいは子供の有無にかかわらず、小泉夫人は終りまで彼を日本に引きとめたかも知れないとも思われる。

次のものは、小泉夫人の亡くなった直後、私が『婦人画報』の為に書いた一文の省略である。

数年前から動脈硬化症に悩んでいられた小泉八雲夫人は八雲先生の没後二十八年を経て昭和七年二月十八日午前一時ついに先生のあとを追われた。英人ラフカディオ・ヘルンという世界的文豪がその家の養子となり、ついに帰化して日本人とまでなるに至ったその原因の小泉節子という婦人はどんな人であったろう。小泉先生の読者は皆これを知りたいと思った。少くとも小泉先生の書斎を見せて貰いたいと言って外国から来た人々のうちには、この好奇心をもって来た人は多かったようである。

夫人は明治元年二月四日生れ、六十四歳でなくなられた。出雲国松江市において明治二十三年十二月二十三日八雲先生と結婚された[*8]。八雲先生はその時は四十一歳であった。先生はその年の四月に来朝、九月に松江中学の英語教師として赴任された。その頃は欧化主義の盛んな時代で、西洋人といえば誰でも尊敬どころでなくむしろ崇拝された時代であったが、それでもその西洋人と結婚するということは相応に勇気を要したと思われる。しかしこの八雲先生は（まだその頃は八雲と言われなかったが）余程西洋人離れしたところがあった。身長は五尺二寸五分、髪もやや黒い方、皮膚も幾分日本人に近い方であった。その上衣食住も日本人同様であった。松江の様な辺鄙な所では止むを得ないという意味でなく、これが好きであり、又この方がよい、西洋の模倣をするものでないという信念から来ているのだから、その点ではこの新夫人たるべき小泉節子にとっては不安は全然なかったか、あるいは余程緩和されていたに相違ない。ことに八雲先生は松江中学で非常に評判のよい先生であったばかりでなく、これまで松江に来た宣教師や中学の外人教師と全然別人のような立派な人として、松江市中でも評判であった。日本の古い物を尊敬することは勿論、神社仏閣に参拝して松江人を驚かすような発見をもされた。（彫刻家荒川亀斎の天才を発見したことなどその一例。）それから日本来朝以前米国で名高い文人でこんな片田舎へ来る人ではないそうだ、これは日本の古い神道の国の出雲へ本当の日本の古い風俗習慣を研究に来ているのだそうだと一般に知られるようになっていたから、また新夫人たるべき人には心強くもあったろう。年齢の相違はあるが、こちらも二十三といえば、早婚のその時代ではもはや婚期を失している、その上わけがあって一旦きまっていた養子とも別れた身の上であった。相手はずっと年上だが、知事についでの月給取だから我慢せよと言った人もあったろう。世話をした人は松江の有力者で同時に中学校の教頭の西田千太郎氏であった。それから夫人は昔西洋人の顔が恐ろしいと言って外の子供が泣いたが、自分だけが泣かなかったので、明治の初年に出雲における兵式調練のお雇い教師仏人ワレットから虫眼鏡を貰った経験がある程西洋人はすきであった。（『知られぬ日本の面影』のうち「英語教師の日記から」参照）こんなわけでこの縁談はまとまったのであろう。

一体このヘルンという文人はそんなに長く日本にいて一生を日本に奉仕するつもりで来たのでなく、又そんな理由もなかった。来て見ると意外にこの国の文化が複雑で簡単には書けないことを考えて当分落ちついて研究のつもりで丁度松江中学の英語教師の口のあるのを幸い進んでここに来たのであった。それが結局米国にも帰らず、それからさきも頼まれもしないのに日本の事ばかり、それも日本の長所美点ばかりを書いて、結局日本に帰化して日本の土に帰したのは要するにこれは小泉夫人のため、あるいは小泉夫人の代表する日本風の家庭愛に引きつけられたものである。

夫人は松江藩士三百石の家柄の娘であったが、維新後父は士族の商法を始めて機業をやり出し、一家総出で働いたので、夫人の事を女工上りか何ぞのように言う人のあるのもそのためである。とにかく夫人は、その頃まだ女学校がなかったが、婦人としての学問芸能一通りを修められた事は夫人の立派な書簡、見事な筆跡を知る程の人の充分にうなずくところである。この時代に習得されたもので晩年まで続けて専門家以上になっていられたのは茶（玉川遠州流）と生花（池坊流）であった。それからずっと後ではあるが、喜多流の謡曲、幸流の鼓などはいずれも素人離れしていた。夫人は万事凝性で一種名人気質のような点をもっていられた。一旦やり出すと非常に熱心に必ずその芸が堂に入るまでやり通された。その外夫人は万事に対して洗練された趣味をもっておられた。絵画、彫刻、演劇、音曲、何でも好きであった。人形やおもちゃには特に趣味をもって相当のコレクションをもっておられた。八雲先生は日本のキセルを百数十本集められたが、実はこれは夫人が外出の時おみやげに折々買って帰られたのが積り積ったものに過ぎない。建築庭園等の趣味についても同様であった。足一たび西大久保の小泉家の門を入ると、植込みから玄関、縁側から座敷、ふすま、床の間、書斎、庭園、等ことごとく夫人の趣味の現れを見るのである。元来八雲先生は東京を余り好まれなかったが、夫人は自分の家というものに住んでみたいという宿願を持ち出されるごとに、それでは出雲に、それでは隠岐にと言われたそうだが、最後に西大久保の大きな邸宅、樹木と竹藪の中に綺麗な建物のあるのを買ってそれに五十坪ばかりを建増して移られたのであった。八雲先生はこの新築のことは一切夫人に任せきりであった。書斎の机を西向きに置きたい事、ストーヴを焚く部屋を一つ欲しい事、その外万事日本風にする事、あとは一切任せる、決して相談してくれるなと言う堅い約束で新築に取りかかったのであったが、それでも思案に余って、夫人がたまたま相談をもちかけると、約束が違うと言って相手にされなかったそうである。これは先生が専心文筆に従事して他を顧みられなかったことによるが、同時にまた夫人の趣味に絶対の信頼を置かれたことを示している。

この夫人が伝統的遺伝的にもっておられた上品なる趣味教養、女学校のまだなかった頃に受けられた純日本式教育が後年八雲先生を助けて日本の諸物語を作られたことに与って力があった。後に先生からいろいろ考証的方面の質問を受けた時、自分に深い学問のない事、せめて女学校でも出ていたらと思う事を述懐された時、先生は黙って夫人の手を取って押入れの中に列べてある著書（八雲先生は自分の著書は本棚に置かないで、押入れに隠すように入れて置くことが習慣であった）を指して「あなたに深い学問などあったらこれだけの書物ができなかったのだ」と言って慰められたのは如何にも道理であった。八雲先生の作のうちの最も八雲先生を名高くした感情的方面の日本の諸物語、殊に怪談は全部夫人の助力によったものである。初めのうちの紀行やスケッチなどにある万右衛門という従僕に擬してあるものは実は夫人のことであることが読者にはすぐわかる。

しかし純真な人だけに一国者で感情的であった八雲先生と結婚された当時は東西風俗の相違、それからそれを双方の不完全な日本語と英語では説明の出来ないために起る意志の不疎通などが相当にあったらしい。夫人もまた世慣れない時分であったので、時にはつくづく悲観されたこともあったそうである。たとえば八雲先生が何かの用で学校の帰りがおそくなる。そんな場合、日本の家庭では大概細君が食事をしないで待っている。八雲先生が帰って来てこれを見て何故食事をしなかったか、自分が時間におくれた場合、それに構わずに先に食事をするのが本当だと言って怒る。この日本風の心づくしの分らぬことが夫人に分らない。あるいは先生の出勤、あるいは帰宅の時、夫人が送り迎えをする。先生は立ったまま握手をしてそのままその手にキスでもしようとするが、夫人は丁寧に畳に手をついてお辞儀をなさる。それは余りに奉公人らしいやり方だと言って止めさせようとする。これも最初夫人に分らなかった。こんな些細なことで双方満足しないために、西田先生に説明して貰ったような事もあった。しかし要するにこんな些細な事はただ最初の間だけの事で、やがて双方が次第に妥協して先生が譲歩されたものもあれば、夫人が譲歩されたものもあって、結局双方互に理解し、愛と尊敬とをもって、結合されたのであった。

これは二人の間の問題ではないが、外から受けた迷惑のことについて少し書いて見る。都会ではそれ程でもなかったが、その頃の夫婦は田舎では殊に若い夫婦は一緒に相ならんで歩くことはなかった。「子で歩かるる夫婦かな」と言う程で、子供でも連れてそれをだしにして祭礼にでも行くのが関の山であった。この先生夫婦の場合は、余程日本人らしく見える先生ではあったが、やはり西洋人であったために、その上若い日本婦人と同行であったために人目につくこと甚しかった。隠岐の浦郷その他の港における如く、あるいは伯耆の大塚における如く、不作法な民衆に悩まされたことはたびたびであった。それからそんな辺鄙な所ばかりでなく、松江や熊本などで、先生夫婦に関して流言の行われたこともあった。それが意外にいつの間にか事実らしく伝えられて迷惑されたことを夫人から聞いた。熊本で夫人が知人から「あなたの旦那様が留守中あなたを監禁して出勤なさるそうですね」と言われた時は、あきれて返事もできなかったそうである。先生は熊本時代は学校附属の外人官舎（西洋建築）を嫌って、わざと普通の日本家屋に住んでいたのである。障子やふすまに鍵をつけることは容易でないのみならず、その頃は夫人の実父母、夫人が暫く養われていた養父母（稲垣氏）まで同居された時代であったから、そんな事は事実不可能であった。夫人も余りにその話のばかばかしさに返事もできないのであった。とにかく外人の妻であることは並大抵のことではなかった。ことに田舎はうるさいものであった。それを考えても夫人は東京に出たかった。

先生は生れてからこれまで家庭の和楽ということを知らない不幸な人であった。英国軍医の父はギリシャ駐在中ギリシャ婦人と結婚して先生を生んだが、本国に帰って本国人と結婚するために先生の母と離婚したのは先生の六歳の頃であった。それから父の富有なる叔母に養われて来たから、物質的には不足はなかったが、精神的な愛にはいつも飢えていた。四十以上にして初めて先生は家庭愛にひたる事を得たのである。この家庭はもの静かな、やわらかな、穏やかな、縁側と庭園のある、畳とふすまのある日本の家庭であった。夫と妻の愛情ばかりでなく、家族一同の愛、祖先への敬愛、生者が死者に対する敬愛の象徴である仏壇と神棚のある家庭であった。先生が熊本時代、米国の友人に与えた私信の一節に、「私は家庭において約十一人の小世界をもっています、この人々にとっては、私は愛であり、光明であり、食物であります。それは実に平穏な世界であります。私が幸福ならその小世界も幸福です。私が少しでも疲れた様子を見せますと、その小世界はひっそりとして、皆つまたてをして歩きます。それは一種の道徳的力をもっています。それで私もまちがった事をしないように努めます……」とあるのを見て如何に先生にとってこの家庭が貴い力強いものであったかという事が分る。

先生は文筆の方面の助手としてばかりでなく万事につけて夫人にたよられたが、殊に晩年になるに随って、ますます夫人をたよりとされた。夫人が外出すると全く子供が母を慕う様にその帰宅を待ちわびられた。夫人の足音が聞えると大喜びで迎えられたが、少しでも遅れると途中で災難でもなかったかと心配された。

ほんの暫くのつもりで来朝したヘルン、四十一歳まで家庭の和楽を知らなかったヘルンは、このようにして良縁を得てこの土地に落ちつき、結局この国の土となったのである。

先生は夫人に珍しい話をせよとせがまれる。夫人はもともと話好き、書物好きで記憶力がよかったから、初めのうちは出雲の伝説などを沢山供給されたが、後には種子がつきたので、浅倉屋などへ出かけて怪談の書物を買われた。先生の気に入った話があると、それを先生は材料として改造されたことはよく知られた事実である。芝居にも行くように勧められた。「牡丹燈籠」の話を先生は「悪因縁」と題して書きかえられたが、話は夫人から聞かれたのであった。それから二人で新幡随院へ行かれたそうである。謡曲の事など書く予定であったが、それは果されなかった。書物からばかりでなく、誰からでも話を聞くように言われた。子守、植木屋、門つけ、誰からでも。かくしてできたものが、「人形の墓」「門つけ」「ある女の日記」「魂について」等の日本人の心の奥に深くひそんでいるものを発見した名篇である。

先生が夫人に調べるように依頼されたもののうちにこんな事があった。外人の日本風俗を書いたもので、ひどく日本人を誹謗したもののうちに、日本人は清潔な人種のように言われているが、それは誤りである。日本人は一つの風呂桶の汚れた湯の中に何十人でも交る交る入って平気でいる。それから女も男も一緒に入る。共同風呂では大勢の女の入浴しているところへ腹に繃帯をした裸体の男が来てその女たちを片端から洗ってやるのが習慣だ。何と不道徳な人種だろうと書いてあるが、これは本当だろうかと言う先生の問であった。ところが夫人は東京の銭湯はまだ知らなかったので、行って見て初めてそれは三助とながしの話であることを知ってそれを説明して共に笑われたそうである。先生はチェンバレン氏と手紙の上で日本人の風呂について数回に渡って論議された。すなわち日本人の風呂は外人の想像するように不潔ではない。外人のするようにシャボンを全身にぬってそのまま風呂桶に入れば勿論一度に汚くなる。しかし日本人はそんなことをしない。洗うのは風呂桶の外だ。風呂桶は暖まるために最後に一回つかるのである。それ故、最後に入る人も最初に入る人と同じように綺麗な湯に入るのであることをくりかえし力説していられる。

先生は実はこれを実行していられた。夫人の話では先生の入浴中はポチャンという音一つしないで、湯は少しも濁っていなかった。こんな点まで先生は夫人の教育と感化を受けられたのであった。

二　ヘルンと井上博士

井上哲次郎博士は私の大学を出た当時の文科大学長であり、またヘルンが大学を解雇された当時の学長であった。明治四十年私が学習院へ転任してから約十年以上、井上博士と毎週一回学習院の教員室で会った。昭和八、九年の頃よりアメリカの神道研究家のメイソンという人が来朝してから、この人の会でよく井上博士と会った。ある時、帝国ホテルにメイソンを訪問したとき、井上博士も来合わせて三人で会談したこともあった。昭和十年六月二十三日の午後、井上博士から私の宅へ電話がかかって小泉八雲とアーサー・ロイドその他の人について聞きたいからとのことであったが、私との電話がよく通じないらしかったので、「それではこれから参上します」と言ってただちに伝通院の横の博士の宅を訪ねて二階の室に通された。博士は第一書房刊行の全集の別巻として出した私の『小泉八雲』を読んだと言った。それから遺族のことなどいろいろ尋ねた。私は博士から聞いた方が博士に答えたのよりも多かったほどであった。意外に思ったことは博士がヘルンの作品などに理解のあったこと、教師としての態度を賞讃したことであった。当時の教員室の人々の話しなどはある点まで博士が自分で書いているから、その一端をここに繰り返してもよかろう。

ヘルンが後に教員室へ入らなくなったのはキリスト教の人々が自分を迫害しているという猜疑心をいだく様になったからで、これは全く根も葉もないことではあるが、ヘルンとしてはそう思うのも無理ではなかったと博士が言っていた。時間割の都合でいつも顔を合せる人々のうちのケーベルは脱俗した人ではあったが、なかなかの皮肉屋であった。カソリックの信者であった彼が異教徒は魂を救うために焼き殺すべきだとヘルンの前で言ったのは冗談ではなかったらしい。ショーペンハウエルやハルトマンの哲学に傾倒していたので、東洋の哲学にも同情のある人かと思いの外、仏教などには何の興味もなく研究しようともしなかった。神道などは勿論日本の風俗、習慣、歴史、文学などには何の認識も興味もない人であった。エックは愉快な社交家であった。そして一時はヘルンとよく話しをしたこともあったが、要するにカソリックの僧侶であった。中島力造博士という倫理学者は井上博士の説によれば、ヘルンをもっとも悪く言った人だそうだが、恐らくヘルンに土地や家屋の話しなどをしかけて余り受けつけられなかったためではなかったろうか。とにかく同志社出のキリスト教徒であった。こんな人たちからうけた印象は何となしにヘルンにそんな猜疑心を起させる原因となったのであろうというのが井上博士の説であった。

それから英国のヒューズ女史が日本の教育視察に来て方々の学校等を視察参観していた

間に、大学に来てヘルンの授業を無断で参観したので、ヘルンがひどく気にした事件があったが、これも井上博士の説によれば、この案内者は安井哲子女史であったが、ヒューズ女史が、ヘルンに無案内で教室へ入ることはよくなかろうと言ったが、安井女史は独断で無断で入ったのだそうだ。

それから井上博士は、私に岡倉天心のことなどを話して、清見陸郎氏著『岡倉天心』をすすめた。それからアーサー・ロイド、その外の人々の話しをして帰った。

これが『真理』という仏教雑誌の為に頼まれた原稿の材料だということであったが、その原稿の出たのは、昭和十年九月号であった。そして読んで驚いたことがあった。夏目漱石の話しも博士から聞いた通りであった。博士は「夏目は小泉八雲以上に学校当局者をてこずらせた」と言った。それから小泉八雲はよく「月給を上げてくれ」と言ったと書いてある。これは博士からその時も聞いた。しかし三年、四年もたった後で、俸給の増額を請求することはアメリカなどでは普通のことで黙っていればそれで満足していると見なされるというから、ヘルンはその常識によったのであろう。これはヘルンに限ったことでなく、多くの外国教師の例であったろう。ヘルンは松江中学は一年三ケ月、熊本高等学校は三年、東大へ来て初めてそれ以上勤続したのであるから、その時初めてアメリカ時代の常識によったのであろう。それは非難するに当らない。

ただ一つ井上博士からその時きかなかったことで、その雑誌に力説してあることについて述べたい。それはヘルンが大学から外国へ出張させてもらいたいとか留学生にしてもらいたいとか言ったということである。人は印刷したものを信用する。まして当時の当局者であった井上博士の言だけに一層深く信用するかも知れないから、ここにヘルンのために弁解して置かねばならない。

ヘルンはある時は日本人だからと言って、他の外人の持つ特権が与えられなかったり、西洋人だからと言って、日本人の受ける特権を拒まれたりして損ばかりしていた。三年も勤続すれば、一年は月給をもらったままで休ませてもらえるのが、諸外国の外交官や商事会社の人々や大学の教師たちの特権である。当時の大学のフローレンツなどはこれになって暫く帰国した様なこともあった。あるいは他にもあったろう。日本人の教授には海外出張ということもあった。ヘルンは長男の学校のためにそれを望んで当時の大学に要求したが許されなかったのである。井上博士は自分の立場を弁解せんがために、あとになってそんな風に曲解したのか、あるいは昭和十年八十一歳の高齢になっていた井上博士もさすがに記憶が衰えたのか、あるいはことによれば、その当時井上博士はヘルンのやや早口の英語を誤解したのではなかったろうか。私は帝国ホテルでメイソンと三人で会談した時のことからそんな風にも考えてみる。しかし、井上博士の壮時をそれから推すことはあるいは誤りかも知れない。

「植民地の大学でないから」外国人の教師を次第に止めようというのがその当時の大学の

主義であったと博士は書いているが、それなら是非もない。ヘルンはこの場合外国人扱いされるのもまた止むを得ない。しかしいまさら言ってみても仕方がないが、まだ帰化しない時からアインシュタインはプリンストン大学の教授であったり、また日本の朝河貫一がエールの教授であったりしている。しかもエールでもプリンストンでもアメリカ第一流の大学であることには、何人も異存はない。井上博士の説の様に、ヘルンの授業時間、四時間を減じて日本人に講義をさせることは、説き方によっては、ヘルンはむしろ喜んで承諾したに相違ない。ヘルンは著作の方に、もっと力をそそぐことが出来たからであった。事実は当時の当局者はヘルンを全く解雇する目的でその旨を簡単な手紙で通知したのであった。それが学生に知れわたり、留任運動となったので、狼狽した当局者は六時間だけをヘルンに受け持たせて、残りを夏目講師にやらせる案にしたが、これは学校の素志でないことをヘルンは知っていたから承諾しなかったので、アーサー・ロイドを採用したのであった。しかし今日といえども外国文学科ではいつも外人がいるのを見ると、井上博士の説の通りには必ずしもなっていない。このヘルンを解雇した時の手紙の文句からはどうしても、井上博士のあとになって言っている様な意味にはとられない。ヘルンでなくても誰でも憤慨するだろう。そして友人への手紙にも書くだろう。それが井上博士から見ると「小人の態度だ」というのは笑うべき事だ。それから、あの学生の留任運動のために、井上博士が西大久保の宅にヘルンを訪問したとき、ヘルンは「君が今日訪問されることを自分は知っていた」と言ったことをひどく気にしていろいろの場合に述べているが、その英語が何というのであったか知らないが、井上博士の虫の居所も少し違っていたのでなかろうか。

ついでに言うが、この『真理』に出た記事はその後井上博士の単行本のうちに加えてあるそうだ。それを読んで、当時の事情を知っているある老教授で、ひどく憤慨して、井上博士がでたらめを書いていると、私に訴えて来た人があった。井上博士のヘルンに関する記事には所々誤りはあるが、それはとにかく、ただ海外出張や、留学生を望んだということと、解雇に関することが、甚だしき誤解か曲解か、あるいは記憶の誤りであることだけを、ヘルンのために弁じて置く次第である。

三　伝記、記念

伝記および評論としては来朝以前のことは欧米の伝記家の作をよく取捨して参考とすべきだが、その人々のヘルンの来朝以後の記事には誤りが多くて、あてにならぬ。しかしそれぞれ長所もある。全体としてはエリザベス・ビスランド（ウェットモア夫人）『ラフカディオ・ヘルンの生涯と手紙』二巻（一九〇六年）および『ラフカディオ・ヘルンの日本の手紙』（一九一〇年）以上三冊が最もよい。これ等の書簡もヘルンの著作と同じように丁寧に読むべきものである。

ケナード夫人、『ラフカディオ・ヘルン　伝記および著書』（一九一二年）ケナード夫人は雑誌『十九世紀』に二回ヘルンの事を書いた事があった。後ヘルンの異母妹ミンニー（アトキンソン夫人）と共に遺族訪問のために明治四十二年来朝した。ヘルンがこのミンニーに送った手紙の大部分が出ているところ、および英国の親戚側の記録の多いところ、アショウ学校当時の記事のある事等にこの書物の価値がある。ヘルンの幼時を記したところは自分もこの書物に負うところ甚だ多い。しかしこの書物ばかりでないが、日本時代における著しき事実の誤り、たとえば大学の俸給を年二百円と記した事、自分で会うていながら四人の子女の名をことごとく間違って記してある事、ミンニーから直接自分と共に聞いた事実にも往々誤りある事等を考えると、日本時代以外の事実の正確を疑いたくなるのである。

グールド、『ラフカディオ・ヘルンに関して』（一九〇八年）ヘルンの著書を読んで、ニューオーリンズ時代に賞讃の手紙を送って友人となったフィラデルフィアの眼科医グールドには、『バイオグラフィック・クリニックス』その他文学に関する著述がある。一八八九年ヘルンが西印度から帰って暫くその家に滞在した事があった。ヘルンがニューオーリンズを出てから、蔵書その他を初めはオールデンに託した。日本に出発した時さらにグールドに託したのであった。ヘルンが日本に来たとき、グールドに八十ドルの負債があった。日本に到着して間もなくハーパー書肆と絶縁して一時困っていた時、グールドからこの催促を受けた。ヘルンは預けてある書籍を処分してくれと答えた。同時にヘルンはそのために蔵書の全部を奪われたものと断念していた。ヘルンの没後「死人に口なし」と思ったグールドはあるいは講演にあるいは文章に（『リテラリー・ダイジェスト』が一例）ヘルンを賞讃して至らざるところなく、また自らヘルンの親友と名のり、ヘルンがアメリカを去った時、書籍全部を自分に譲与したとまで書いたのであった。ウェットモア夫人の伝記の出るに及んで、この書籍はヘルンの譲った物でなく、かえってヘルンが奪われた物であることが偶然発見された。グールドの立場がなくなった。ヘルンの芸術を賞讃すると共に、その人物を誹謗し、併せて自分以外のヘルンの友人に対して悪声を放つために書かれたのがこの伝記である。序文に「この書の出版実費を差引いて余分のあった時、日本領事を経るか、その他の方法でヘルン夫人に送る筈」と書いている。ただこの書はこの動機から出ているにもかかわらず、ヘルンの文章、修養等に関して、深い尊敬と感嘆を表しているのである。ヘルンの友人ミッチェル・マクドナルドは怒って遺族のために蔵書その他を取りかえそうとして弁護士カメルを代理として訴訟に及んだ。その結果八十ドルの貸金のために売却した残りの蔵書とフローベルの『聖アントワーヌの誘惑』の翻訳の原稿はかえったが、ヘルン自身の創作翻訳の切抜帳その他はかえらなかった。この事件のため、グールドはその名声を失し、フィラデルフィアにおける眼科の開業（一日五百ドルの収入のあった）を閉じて、ニューヨークの郊外に退き、再びフィラデルフィアに帰る事はなくなった。

ヨセフ・ド・スメ、『ラフカディオ・ヘルン』（一九一一年）仏人ド・スメがヘルンの著書人物および著述に興味を有するようになったのは、ヘルンの没後ドイツのタウフニッツ版で出た物を読み出してからであった。一冊また一冊と追うてついに全部を読み終った。書簡集を読んだ。ヘルンに関する一切の物を漁った。かくして二五〇頁に余る賞讃的一大論文ができたのがこの書物である。マクドナルドは、これをヘルンに関してこれまでに出た最もよい書物と言っている。ド・スメはその後ヘルンの『骨董』を訳した。ついでに言うがヘルンの仏訳ではマルク・ロジェのものが最も多い。

エドワード・トマス、『ラフカディオ・ヘルン』（一九一二年）伝記叢書のうちの一冊で、小冊子であるが、簡単ながらよく出来た評伝である。この著者は有望な詩人、評論家であったが、第一次世界大戦に参加して戦死した。

エドワード・ティンカー、『ラフカディオ・ヘルンのアメリカ時代』（一九二四年）は、ヘルンが絶縁したハーパー書肆側からでも材料が出たと思われる書物だが、ニューオーリンズ時代からニューヨーク時代あたりのこと、日本に来るようになるまでの事情など、相当に詳しく出ているのと、珍しいコートニー母子に送った手紙、ヘルンと同行して日本に来た画家ウェルドンの記憶画およびヘルンが『デイリー・アイテム』のために描いた漫画などあるのが、この書物の長所である。

以上の書物は私がヘルンの伝記を書いた時参考にしたものだが、その後幾冊かの伝記が引き続いて出ている。最近にもホートン・ミフリンから出たという話も聞いている。ヘルンの如く異境に長く住んだ人に対しては不思議な話が伝えられるのが普通だ。神戸時代に述べた様にヘルンが帰化したときの祝賀会に伊藤公が卓上演説をしたり、大学総長が同じく演説をして日本人となった以上、日本人の様な生活をしてもらいたいと言って俸給を三分の一に減じたというアメリカ新聞の記事がその一例である。私はヘルンの没後、ヘルンの生涯に関する切抜をたくさん読んだが、こんな例は無数にあった。これから考えても誤った伝説などは無雑作に作ることが出来る。偽書なども容易につくられる。用心せねばならぬ。日本において公にされた伝記については玉石共にここでは一切触れないことにした。翻訳についてただ一言して置きたい。大正の終りから昭和の初めにかけて第一書房の主人長谷川巳之吉氏が以前ヘルンの教え子であった人々の手になった訳を『小泉八雲全集』十八冊として出版した。そのうちの別巻として私が以前早大出版部から出した『小泉八雲』に訂正増補したものを加えたのである。

ギリシャ、リュカディア島におけるヘルンの誕生の家はギリシャ政府において記念建造物として保存してあるとのことである。アメリカ、ニューオーリンズにおける偶居も何か記念のしるしがしてあるとのことだ。

日本において小泉先生に関係のある場所のうち、松江市北堀町塩見縄手の先生の旧居は持主根岸〔磐井〕氏の篤志によって完全に保存され、先生のあとを訪れて来る人々に開放されている。この隣地に八雲会が昭和八年建設した八雲記念館がある。小泉家その他から寄附された、たくさんの記念品――キセル、来朝当時たずさえてきたカバン、執筆の際使用した椅子、テーブルなど故人をしのぶものがたくさんある。今日では松江市の一名所となっている。

焼津には小学校校庭に記念碑がある。それから先生が滞在した家にも目標ができている。先生の東京富久町時代の家は今はない。西大久保の邸宅は先生の没後幾度か模様がえになったが、今度の戦争のため焼失してあとかたもなくなっている。

書斎にあった先生の蔵書はグールドの手から帰ったアメリカ時代の書籍を加えて、その後整理されて富山高等学校〔現在の富山大学〕へ譲られた。

上野公園国立図書館前に噴水がある。そこに八雲の胸像がある。これは土井晩翠君が八雲の愛読者であった君の令息記念のために特に寄贈したものである。

目下小泉先生に関する一切の文書典籍の最も多く集まっているところは、東京大学の図書館である。大正十二年大震火災のあとで、アメリカ合衆国マサチューセッツ州ドルトンのミス・クレーンという人（日本に遊んだ事はないが、ラフカディオ・ヘルンの作を通じて日本に同情をもつ人）が、ヘルンの記念として何か英文学その他に関する物を購入して図書館復興の一端にあてて貰いたいと言って五百ドルを寄附して来た時、結局それを基としてヘルンに関する物を集める事に決定して、市河三喜博士がその任に当って鋭意集めたのであった。そのために費された資金は勿論その寄附額の数倍に上ったと聞いている。

四　小泉先生と私

かつてある新聞社から「どんな動機によって小泉八雲の研究を思い立ったか」と言う質問を受けて、私は一つは学生時代に先生に愛されて人生意気に感ずる思いを懐いたこと、今一つは先生の遺族の近くに偶然住む様になったことで、自然にそうなったのだと答えたことがあった。顧みれば先生が東京の（その頃は日本に大学は一つしかなかったから特に東京という必要はないが）帝国大学文科大学（これもその頃、文学部とは言わなかった）に就任されたのは、明治二十九年九月であった。私自身もこの年入学して偶然それから三年間先生の教えを受けることになったのであった。小泉八雲先生は帰化人で、もとはアイルランド人、米国で新聞記者をしていたが、数年前来朝して日本に関する名著があると言う程度のことしか知らなかった。初めて教室で見た先生は、背の低い、しかし骨格のしっかりした、皮膚の日にやけたように鳶色に近い、そして左の眼球の上に白い星のかかった人であった。非常に近視であることも分った。いつも立ったままで教壇にある椅子に腰を下したことはなかった。椅子に腰かけたままで、黒板に文字を書く時さえ立とうとしなかった無精なケーベル先生とはよい対照であった。声は高くないが、綺麗であった。先生の教科書の説明も面白く、口授であった各種の講義も興味があった。私はその間に先生の著書も少しずつ読んだ。

そのうちに私どもの二年の半ば頃に文学部全部の学生に対して懸賞の作文を課することを宣言された。題は「汽車の中」というのであった。これは自慢らしく聞える恐れがあるからこれまで遠慮していたが、もはや時効にかかっているから述べてもよかろう。この成績の発表は三十一年の暑中休暇の前であった。学生を全部教室に集めて、初めに批評と注意を加えてから、机上に積んであった奉書紙に包んだ賞品を手ずから授けられた。批評の時には私自身の分を大きな長所と大きな欠点があるから二等だと言われたが、賞品を授けられる時、私は真先に呼ばれて一番大きな奉書包みを頂いた。あとでこれがホーソンの全集八冊であることを発見した。自分の文章に自信など勿論あろう筈のない私には、ただ意外であった。同時にこの時程感激したことはなかった。私のつぎは大谷正信氏、その賞品はポーの全集であった。それから外に二冊、三冊の人は数人あった。戸沢正保君はフルードの『大問題に関する小研究』三冊を受けた。翌年からこの課題は英文科の三年生だけに課せられることになったが、その年の課題は、単に「東京の市街」というのであった。これに対する賞品は、先生の手紙と一緒に小泉家の車夫によって届けられた。一度受賞した者には翌年ハンディキャップをつけるという先生の注意があったが、やはり私のところへも賞品が届いた。ラスキンの全集十三冊であった。先生の手紙（市河三喜博士編『小泉八雲新書簡集』にある）には、哲学的黙想的なエッセイとしては一等だが、やはり昨年の分と同じ長所と欠点があると言う注意があった。それで全体としては二等で、その後日本銀行に入り、営業局長まですすんだ志賀虎一郎君は一等であった。賞品はシェークスピア全集十二冊、ジェームソン夫人の『シェークスピアの女性』一冊、スティーヴンソンの小説三冊であった。リトル・マスターピーセスという十数冊の短編集を頂いた浅野和三郎氏は三等であった。ついでに言うが、その翌三十三年の授賞者のことは、今わからないが、三十四年の授賞者のうち、一等は藤沢周次君であった。福袋に入れた十円金貨五枚であった。二等以下もこの年はそれに準じて金貨を受けたそうだが、それ等の人々の名はわからない。三十五年の卒業生はわずかに三人であったので、授賞者は唯一人野村三郎君であった。賞品はウェブスター大辞典であった。先生の様に自費で学生に賞品を出すことなどは、外には例はなかった。年々これだけのことをするのは容易なことではなかったろう。

こんな風に続いて賞品を頂いた上、さらに先生から私の知らないうちに、外の方面（たとえば神田乃武先生など）へ私を推薦して下さったことを聞いて、私は先生に買いかぶられてすまないと思うと共に、深く先生の恩誼に感激したのであった。それから私の四高在職中、先生に手紙を出したことがあるが、先生はいつもすぐに手紙を下さった。突然書物を送って下さったこともあった。それはサッカレーの『エズモンド』であった。

明治三十六年三月、先生の大学解職のことを聞いた時、教を受けた卒業生相謀って先生を慰める案を考えて、在京の友人大谷正信君に相談の手紙を出したが、当時大谷君は小泉先生から破門同様になっていたので、そのままになった。その年の七月、高等学校入学試験の点数調べに上京した時、せめて自分一人でなりとも先生に同情を表すべく、かつは多年先生から受けた厚意に対する感謝の一端を表すべく、二三点の金沢みやげを準備して、点数調べの終った翌日、本郷の宿屋から車で、かねて聞いていたが行ったことのない富久町の先生のお宅へ赴いたのであった。そこで西大久保の小学校の隣りへ移転されたことを聞いてそこへ車を走らせた。玄関へ取りつぎに出た女中は気の毒そうに断るらしかったから、名刺とみやげを置いて去ろうとすると待ってくれと言われて、ついで綺麗な庭に面した清らかな純日本風の客間に通された。間もなく先生は日本服を着て出て来られて、私の粗末なみやげに対して最も丁寧な謝辞を述べられたのには、汗顔恐縮した。私は先生の大学を止められたことを遺憾に思うことを最初に述べてから、話は先生の著書、出版書肆等から『ユーマ』の話し、マルティニークの異変に及び、先生の著作のうち、私は『異国情趣と回顧』のうちの「回顧」や『影』のうちの「幻想」などの様な随筆に最も興味を感ずることを述べると、先生は喜んであの随筆はまだ一般から認められていないが、この頃フランスの批評界で注意してくれたのがあると言われた。私は三十分余りの後、辞去しようとした時、先生はゆっくりして食事を共にしてくれなどと言われたが、私はこれだけお邪魔をしたことさえすまぬことと考えていたから、外に用もあるので車夫を待たせてある程だからと、厚く謝して帰ったが、その際先生は奥から一冊の書物を持って来られて、「これは自分の好きな書物の一つ、君はまだ読んだことがないのなら進呈する」と言って、下さったのはフーケの『ウンディーネ』であった。

明治三十七年九月二十六日、先生が急逝されたことを聞いて驚いた私は、金沢から夫人に弔慰の手紙を送ったのに対して丁寧な返事をいただいた。それから間もなく夫人から書簡集編纂の企てがあるから手紙を貸すようにとの手紙を受けた。これ等の書簡の筆蹟の見事なのに驚いた。それから明治四十年九月、私は東京に転任して西大久保にいた故家兄南日恒太郎をたよってそこに落ちついた。最初の住居からも、つぎに永住と定めた住宅からも、小泉邸へは数分でゆける。落ちついた当時、小泉邸へ上京の挨拶に行って初めて夫人に面会した。夫人からもその答礼の訪問を受けた。その時、ついでに米国の書肆への手紙を書くことを依頼されたのが、その後それ等の書肆との交渉、外国からの訪問客の応接、遺稿の出版、それから後に小泉家のためにはかった講義筆記の出版から、大震火災後富山高等学校へ蔵書譲渡しに至るまで、代る代る起って来た小泉家の事件にことごとく関係するようになったそもそもの初めであった。

先生が亡くなったのは早稲田大学在職中であったために、早稲田大学では先生の伝記を出版することになって、内ケ崎作三郎氏がその著者として材料を集めているうち、英国に留学することになったために、その事業を私に引受けるようにと言われた。考えてみると私は出雲人ではない。松江へ行ったことさえない。出雲以来の先生の愛弟子は幾人もあり、小泉家ともっと深い関係のある人もあった。私は先生の弟子の一人である外に、ただ小泉家と住所が近いという点だけで、結局引受けることになったが、もとより先生の恩誼に感激していたから、喜んで引受けたのであった。同時に又、日本宣伝のために、ほとんどその一生を捧げたこの日本の恩人のために微力をつくすことは私の光栄であり責務であることを感じたからであった。それから夫人の話を筆記したり、古い手紙や書類を拝見したりしているうちに、小泉家と私ども一家とは家庭的に親しくなるようになった。

この伝記は、その後大正三年の春に漸く出版になったが、後にさらに大訂正増補を加えて、昭和二年『小泉八雲全集』の別巻として出版せられるようになった。

私はこの伝記を出版する前に、ラフカディオ・ヘルンという名は外人の間によく知られ、この人の筆によって、日本がどれ程世界に宣伝されているか知れない程だが、一般日本人にはこの人がほとんど知られていないことを遺憾とした。やはり青年学生にこの人の著作を紹介することが急務と考えて、明治四十二年の初め、先生の著作から抜萃したものを有朋堂から初めて出版した。売行きは相当によかった。それを教科書としてもっと適当なものにするために、やさしい物とむずかしい物とに分けて翌年出版したが、これもよく売れた。こんなことがもととなって、先生の著作が教科書に多く取り入れられるようになった。それから各種の翻訳も多く出るようになり、最後に弟子たちの手になった翻訳の全集まで出るようになった。

一八　年譜（生涯、著作遺稿等）

一八五〇（嘉永三年）　六月二十七日、ギリシャ、リュカディア（現在のレフカダ）に生る。
一八五二　八月、アイルランドに帰る。
一八五七　父母離婚。
一八六一　仏国イヴトー学校に入学。
一八六三　九月、セント・カスバート・カレッジ・アショウに入学。
一八六七　退学。
一八六九（明治二年）　渡米、ニューヨーク着、シンシナティに行く。
一八七四　シンシナティ・インクワイアラーの記者となる。日曜新聞「イー・ジグランプス」を刊行して九号まで続く。
一八七六　シンシナティ・コマーシャルに転勤。
一八七七　十月、シンシナティを去る。十一月、ニューオーリンズに到着、シンシナティ・コマーシャルへ通信。
一八七八　六月、デイリー・アイテムの記者となり、後副主筆となる。
一八七九　三月、食堂開業、三週の後閉店。

一八八一　タイムズ・デモクラット社に転じ、その文学部長となる。
一八八二　ゴウティエ英訳『クレオパトラの一夜その他』出版。
一八八四　『異文学遺聞』出版。
一八八五　『ゴンボ・ゼーブ』出版、『クレオール料理』出版、『ニューオーリンズの歴史的スケッチおよび案内』出版。
四月、フロリダ旅行。
一八八七　『支那怪談』出版。
六月、ニューオーリンズを去ってニューヨークに行く。
七月、マルティニークへ行く。
九月、ニューヨークに帰る。
十月、再びマルティニークへ行く。
一八八九　五月、ニューヨークに帰る。フィラデルフィアに行く。
『チタ　ラスト島の追憶』出版。
十月、フィラデルフィアよりニューヨークに帰る。
一八九〇　『ユーマ　西印度奴隷の話』出版、『仏領西印度の二年間』出版、アナトール・フランス英訳『シルヴェストル・ボナールの罪』出版。
三月八日　ニューヨーク出発、モントリオール・ヴァンクーヴァー線によりて日本に来る。

一八九〇（明治二十三年）　四月四日、横浜着。

八月、松江に赴任、材木町の宿屋に落ちつく。

十一月、末次本町に借家。

十二月二十三日、小泉節子〔セツ〕と結婚。

一八九一（明治二十四年）　六月、北堀町塩見縄手に転居。

八月、杵築の大社、日御碕に参拝、伯耆に遊ぶ。

十一月十五日、松江出発、熊本に転任、手取本町三四に寓居、後坪井西堀端町三五に転居。

一八九二（明治二十五年）　四月、太宰府に遊ぶ。

七〜九月、博多、神戸、京都、奈良、門司、境、隠岐、美保の関、福山、尾道に遊ぶ。

一八九三（明治二十六年）　四月、博多に遊ぶ。

七月、長崎に遊ぶ。

十一月十七日、長男一雄誕生。

一八九四（明治二十七年）『知られぬ日本の面影』出版。

四月、金比羅に詣ず。

七月、東京と横浜に行く。十月、熊本を去って神戸に来る。初め下山手通四丁目七、つぎに下山手通六丁目二六、後に中山手通七丁目番外一六に寓居。

一八九五（明治二十八年）『東の国から』出版。帰化して日本人となる。〔手続きの完了は翌年二月〕

一八九六（明治二十九年）『心』出版。

二月、伊勢参宮。

四月、京阪地方旅行。

八月、神戸を去り、美保の関と松江に遊び、上京。

九月、帝国大学文科大学講師となる。牛込区市谷富久町二一に寓居。

一八九七（明治三十年）『仏土の落穂』出版。

二月十五日、二男巌誕生。

夏、焼津に遊ぶ。帰途富士登山。

一八九八（明治三十一年）日本お伽噺『猫を描いた少年』、『異国情趣と回顧』出版。

夏、鵠沼に遊ぶ。

一八九九（明治三十二年）日本お伽噺『化け蜘蛛』、『霊の日本』出版。

一九〇〇（明治三十三年）『影』出版。

一九〇一（明治三十四年）　十二月二十日、三男清誕生。
『日本雑録』出版。夏、焼津に逗留。

一九〇二（明治三十五年）　三月十九日、西大久保村仲通り二六五に増新築して移転。
日本お伽噺『団子をなくしたお婆さん』、『骨董』出版。夏、焼津に逗留。

一九〇三（明治三十六年）　日本お伽噺『ちんちん小袴』出版。三月、帝国大学講師を止む。九月十日、長女寿々子誕生。

一九〇四（明治三十七年）　『怪談』、『日本』出版。三月より早稲田大学文学部に出講。夏、焼津逗留。九月二十六日、急逝。九月三十日、葬式。

一九〇五（明治三十八年）　『天の河縁起その他』出版。

一九〇六（明治三十九年）　エリザベス・ビスランド（ウェットモア夫人）編著『ラフカディオ・ヘルンの生涯と手紙』二冊出版。

一九〇七（明治四十年）『鳥の手紙』（ヘンリー・ワトキンへの手紙など）出版。

一九一〇（明治四十三年）エリザベス・ビスランド（ウェットモア夫人）編『ラフカディオ・ヘルンの日本の手紙』出版。

フローベル原著『聖アントワーヌの誘惑』の英訳、出版。

一九一一（明治四十四年）グリンスレット編『印象派作家の日記から』出版。

一九一三（大正二年）『神戸クロニクル社説』出版。

一九一四（大正三年）ハトソン編『気まぐれ』出版。

一九一五（大正四年）アースキン教授編・講義筆記『文学の解釈』二冊出版。

一九一六（大正五年）アースキン教授編・講義筆記『詩の鑑賞』出版。

一九一七（大正六年）アースキン教授編・講義筆記『人生と文学』出版。

一九一八（大正七年）モーデル編『因果』出版。

一九二二（大正十一年）日本お伽噺『若返りの泉』出版。全集十六冊出版。

一九二三（大正十二年）モーデル編『東西文学評論』出版。

一九二四（大正十三年）モーデル編　フローベル英訳『聖アントワーヌの誘惑その他』出版。

モーデル編『アメリカ雑録』二冊出版。

ハトソン編『クレオール・スケッチ』出版。

一九二五（大正十四年）モーデル編『西洋落穂』二冊出版。

市河三喜編『小泉八雲新書簡集』出版。

一九二六（大正十五年）ハトソン編『社説〔論説集〕』出版。

東大文学部の旧学生の訳による『小泉八雲全集』十八冊出版。

一九二七（昭和二年）落合、田部、西崎編・講義筆記『英文学史』出版。

田部編・講義筆記『英文学畸人伝』出版。

一九二八（昭和三年）稲垣巖編・講義筆記『シェークスピアについて』出版。

一九二九（昭和四年）落合編『作詩論について』出版。

モーデル編『アメリカ文学論』出版。

一九三〇（昭和五年）田部編『ヴィクトリア朝の哲学について』出版。

一九三一（昭和六年）モーデル編、モーパッサン英訳『ウォルター・シュナッフスの冒険その他』出版。

一九三二（昭和七年）落合、田部、西崎編・講義筆記『美術、文学、哲学について』出版。

二月十八日、小泉節子夫人逝去。

一九三三（昭和八年）モーデル編・英訳『ピエール・ロチ短編集』出版。

レオナ・ケイロウセ・バーレル編『ゼ・アイディル〔牧歌〕』出版。

パーキンス編『死刑囚』出版。

松江市北堀町における、小泉八雲記念館落成。

一九三四（昭和九年）　落合、田部、西崎編・講義筆記『詩人論』および『詩論』出版。

パーキンス夫妻編著『ラフカディオ・ヘルン書史』出版。

一九三五（昭和十年）　モーデル編『フランス作家の小品と物語集』出版。

モーデル編『エミール・ゾラ短編集』出版。

一九三九（昭和十四年）　西崎一郎編　以下五冊出版。

1. *The New Radiance and other Scientific Sketches.*
2. *Buying Christmas Toys and other Essays.*
3. *Oriental Articles.*
4. *Literary Essays.*
5. *Barbarous Barbers and other Stories.*

本書記述の事実関係につき

『小泉八雲』第四版を刊行後、京都外大名誉教授梶谷泰之氏より、西野影四郎氏、中田賢次氏、池橋達雄氏の研究考証に基く詳細な「誤謬訂正」のお申出を受け、北星堂書店編集部では本文の一部訂正を行った。文庫化にあたり、その後の研究成果もふまえ、さらなる訂正をしたためこれを割愛したが、事実の誤りに関する指摘の詳細について、本文中の関連箇所に＊と数字を添え、以下に付した。

＊1（29ページ）ヘルンの母は、ギリシヤ人 Rosa Cassimati（ローザ カシマチ）。（本書の Rosa Tessima はケナード夫人著書に依った誤り。Frost によれば、ケナード夫人は古い family Bible に土着語で綴られた Cassimati を Tessima と読み違えたとしている。）

＊2（38ページ）ヘルンの生母の再婚の相手は、Frost によればイタリア系の John Cavallini（墺ロイド船会社代理店を勤め、後にオーストリハンガリー副領事にもなった）。二女二男を生み、ローザは一八七二年三月二五日 Corfu 国立精神病院に入り一八八二年十二月十二日五十九歳で死去。ローザの再婚相手につきケナード伝、ビスランド伝など異説がある。本書はそれらに依ったもの。

＊3（87ページ）ヘルンのアショウ退学年月日、Frost が同校から直接入手した記録によ

れば退学日付は一八六七年十月二十八日。

＊4（88ページ）ヘルンのフランス留学、Frost. pp. 53fヘルンのフランス留学の記録は、ヘルンの思い出の手紙と講義の中で言及しているのみで他に見付からない。Frost は Ushaw 入学前にフランスノルマンディの学校にやられたと書いている。Yvetot 留学はケナード夫人伝によるものであり、Frost はその可能性を認めているが、ヘルンがパリまで行ったとは考えられないと言う。（一八六七年十月末 Ushaw 退学、一八六八年は殆どロンドンの Catherine Delaney 家に寄寓、一八六九年（月日不明）渡米。しかし一八六九年という年はヘルン自身の手紙（一八八六年頃）に「十九歳のとき単独渡米した」と書いてあることからの推測である。）Ushaw 在学とフランス留学の前後関係ははっきりした資料がない。

＊5（109ページ）Ye Giglampz について、Frost, pp. 90f 協力画家の名前は Henry F. Farny。第九巻まで発行。ヘルンは自筆入完全ファイルを一八七七年まで愛蔵、Farny は古本屋で、このファイル（九巻欠）を買取った（日付不明）。Farny の子息が一九四四年シンナーティ・ハミルトン郡公立図書館に売却し、同図書館では一九五二年に九巻を見付けて買取り、現在唯一の完全ファイルとなる。

＊6（126ページ）日刊紙 *Item* の漫画につき、Frost, p. 192 ヘルンは南部の日刊紙としては最初の新聞漫画を描き、一八八〇年五月二十二日より同年十二月六日まで殆ど毎号の一

頁目にのせた。

＊7（136ページ）　コートニー夫人はアイルランド生れではない。夫がアイルランド人である。（中田氏考）

＊8（195、431ページ）　ヘルンと小泉節子の結婚につき、池橋達雄氏の詳細な研究考証によれば、本書の明治二十三年十二月二十三日の日付に疑問がある。同棲―内縁関係であり、ヘルンが妻帯したことを知人に知らせた手紙で一番古い日付は明治二十四年八月であり、西田千太郎日記では明治二十四年八月七日以後それまでは「妾」なる呼称を用いていたのをはじめて「せつ氏」と記している。（夫人名は本書では「節子」と呼ばれているが「セツ」が正しい。）帰化の決心をして入籍手続上「二人の結婚は明治二十九年一月十五日願済、二月十日付でヘルンが小泉八雲として小泉家に入籍することで法的に完全なものになった」。

＊9（196ページ）　大塚は現在名「逢束」。

＊10（202ページ）　美保の関へ戻ったのは八月二十四日か二十五日（西田日記）。

＊11（211ページ）　熊本時代の「一週二十七時間」の受持について、これほどではなかった、との異論がある。中川浩一『熊本時代のラフカディオ・ハーン』（中田氏考）。

＊12（220ページ）　明治二十九年八月二十日は、西田教授等の見送りを受けて松江と永別し（西田日記）、美保の関、広島、神戸を経て、八月二十七日上京。

小泉八雲――名も無き庶民の心を語り継ぐ

池田雅之

本書、田部隆次（たなべりゅうじ）『小泉八雲』の初版本は、大正三年（一九一四年）四月に早稲田大学出版部より刊行されました。およそ百十年も昔に出版された評伝ですが、以後版を重ね、今日でもさらに若い世代の読者を獲得しうる価値を有した労作といってよいでしょう。こうして装いも新たに本書が再登場するのは、小泉八雲を見直す上でも、実に喜ばしいことです。

田部隆次は、小泉八雲（ラフカディオ・ハーン）の高弟の一人でありましたので、八雲没後（明治三十七年〔一九〇四年〕九月二十六日、五十四歳で急逝）、当時、早稲田大学教授で、同じく八雲の高弟であった内ケ崎作三郎に代わって、この大部の評伝を執筆することになりました。しかし、大正三年の初版刊行以後、八雲の遺した著作や東京帝大講義録、書簡集などが続々と発見され、出版されるに及び、昭和四年（一九二九年）七月に第一書房より、改訂第二版が出版されました。

この第二版は、東京帝大の教え子（内ケ崎作三郎もその一人であった）たちの翻訳を含む『小泉八雲全集』全十八巻（第一書房）の別巻として刊行されました。当時、この全集が革製の装丁版、普及版、学生版と三様の形で刊行されたことは、当時の八雲の人気ぶりがあったとはいえ、今日の出版事情と照らし合わせて考えてみると、驚くべきことだといってよいでしょう。

その後も、没後にまとめられた遺著、講義録、翻訳、手紙類なども反映しながら、昭和二十五（一九五〇）年六月、増補改訂第三版が北星堂書店より、刊行される運びとなりました。今、私たちが手にしている文庫版は、さらなる改訂を加えて刊行された第四版改訂版（第七刷、昭和五十五〔一九八〇〕年一月）を底本としています。本書は八雲のギリシャでの誕生から日本時代の晩年に至るまでの生涯を辿ったものです。それゆえ、本書はおそらく日本における最初の小泉八雲の評伝と評してよく、これだけ膨大な資料を駆使して八雲の生涯を詳細に辿った著作はないのではないかと思われます。以後、八雲の研究書は数多く書かれていますが、生涯を一望するような伝記的な著作は、思ったほど多くはありません。八雲はギリシャ、アイルランド、イギリス、フランス、アメリカ、仏領マルティニーク、そして日本と世界を転々とした人物でありましたから、八雲の一生を伝記として著述するのは大変むづかしいことと思われます。

本書は十八章から構成されている大著です。読者はかならずしも初めの第一章の「ギリシャからアイルランドへ」から読み通す必要はないでしょう。たとえば、第七章の「横浜から松江」の来日編あたりからひもとくのも一案かもしれません。あるいは、八雲の日本時代の身近な生活ぶりを知りたいと思えば、第一三章の「交際と交友」、第一四章の「人、思想、芸術」などから読まれるのもよいかと思います。私はといえば、この本をかなり昔に手にした時、第一二章に挿入されていたセツ夫人の「思い出の記」から入りました。そして、それ以来すっかり八雲とセツのファンになったのを憶えています。

後年になって、八雲作品の翻訳者としての私を鼓舞し、勇気づけてくれたのは、「思い出の記」だけではありませんでした。田部が第二章「大叔母のてもと」と第四章「シンシナティ」において、彼自ら訳出し、紹介してくれた八雲の五、六編の自伝的断片を読んだことです。生硬な翻訳でしたが、私はこの時の感動を忘れることはできません。これらの自伝的作品は、晩年の傑作『怪談』（一九〇四年）へと至る、彼の幼年期の原体験をしるした貴重なエッセイだからです。本書によると、生前その小品を基にして、八雲自身が自伝を構想していたようです。しかし五十四歳で急逝したため、実現しませんでした。

その自伝的作品の幾編かを、作家八雲の原点を示すものとして、田部訳を参考にして紹介してみたいと思います。まず、「私の守護神」（拙訳では「私の守護天使」）は、物語作家としての出発点を考える上で逸することのできない、きわめて重要な作品といえます。この作品は、六歳頃の回想録で、ジェーンという女性の〈顔なしお化け〉を幻視した恐怖体験が描かれています。この深刻な幼年期の体験が、最晩年の『怪談』の中の「むじな」という作品に発展したと考えられます。六歳頃の〈顔なしお化け〉体験が、四十八年後の『怪談』において再び語り直され、登場したことは、きわめて興味深いことといえます。田部訳の「私の守護神」は、本書の第二章「大叔母のてもと」に全文が訳出されていますので、お目通しいただければと思います。このジェーンという狂信的なカトリック信者の若い女性の存在は、八雲を生涯にわたりキリスト教嫌いにしましたが、しかし、この〈顔なしお化け〉体験は、のちに八雲を新しい世界、キリスト教以外の広い異教の世界へと導くことになりました。

やがて、八雲を恐怖で追い詰めたジェーンは、若くして病気で亡くなってしまいますが、幼い八雲にジェーンの遺産として数冊の書籍が残されました。しかも驚いたことにその中には、宗教書は一冊も含まれていなかったのです。ジェーンはローマ・カトリックに改宗していましたけれど、少なくとも文学の嗜好は、ローマ・カトリックの影響を受けていなかったのです。ジェーンの〈顔なしお化け〉体験は、八雲に癒やしがたい恐怖心を植え付けたのと同時に、ジェーンという存在が、彼の心を縛っていた宗教的世界から、解放の道筋を用意してくれたといえるのではないでしょうか。八雲がこの作品に「私の守護神」とタイトルを付けたのは、ジェーンという存在が八雲にとって、新しい世界への導き手、「守護天使」であったことを示していると思われます。

八雲の生涯を通じて、キリスト教の強制的でかたくなな教えは、恐怖の対象でありました。その信仰世界からの脱却のプロセスが、同じく自伝的小品の「偶像礼拝」（拙訳では「偶像崇拝」）に詳しく語られています。「私の守護神」の続編として読める作品です。この小品も、八雲という物語作家の生成発展のドラマを知る上で、逸することができない作品です。本書のおかげで、私は八雲の自らのアイデンティティであるギリシャ性の発見や、後年の『怪談』に向かって収斂（しゅうれん）してゆく作家としての萌芽に気がつくことができたのです。

田部は「私の守護神」に続けて「偶像礼拝」を訳出し、さらに重要な問題を指摘しています。この作品を通して、筆者は「ギリシャ人を母とし、ギリシャに生れたという自覚と、ギリシャ人の美に対する鋭き感受性の遺伝をもったヘルン〔八雲〕が、自分をローマ旧教徒〔カソリック〕に養成しようとする〔大叔母たちの〕企てに対して次第に反抗の気を示している」と述べています。田部訳で「偶像礼拝」の結末部分を読んでみましょう。八雲のアイデンティティでもあるギリシャ世界へ、彼の眼が開かれていく決定的な一節です。

「キリスト教以前の神々を知って愛する事を覚えてからは、世界は再び私の周囲に光明を生じて来た。世界の上に密集していた陰気な雲は次第に薄くなって来た。恐怖はいまだ去らなかったが、私の恐れ憎んだ物を信じない理由だけを欲しかった。日光において、青き野原において、以前に知らなかった喜悦を見出した。心の中には何物に対してだか分らない新渇望、新思想、新想像が動いて来た。私は美をさがした、そして到るところにそれを発見した、〔中略〕私は私の文芸復興に入っていたのであった。」

この告白から、キリスト教との接触と反発から転じて、八雲の母国ギリシャに対する憧憬の気持ちが、一層強まったことは明白です。最後の「私は私の文芸復興に入っていたのであった」の一行は、とても力強い宣言といえます。八雲はキリスト教の「偶像礼拝」のかたくなな信仰世界から脱して、ようやく自らのアイデンティティであるギリシャの多神教世界へと覚醒していったのです。「文芸復興」とはルネッサンスの直訳ですが、八雲の人生の再出発、つまり「再生」を意味しています。

この頃にはすでにキングスレーの『ギリシャ英雄譚』は、彼の愛読書になっていました。八雲のギリシャへの憧れは、母ローザへの思慕と重なり、日本に来日してからも決して忘れることはありませんでした。八雲が東京帝大で学生たちに読むようにしきりに勧めたのは、このキングスレーの『ギリシャ英雄譚』であったといわれています。幼い長男の一雄にも読むように言い、彼自身も「自分は幼児、この書物を幾十度読んだか覚えがない」と力説しています。本書によると、八雲が日本を愛するに至った理由の一つは、「日本において古代ギリシャ生活の類似点を認めたからであった」とするされています。八雲の日本との深い縁(えにし)は、彼の出自であるギリシャとも深く関わっていたのです。そのことも、本書によって明らかにされています。

ところで、田部の紹介する八雲の五、六篇からなる自伝的小品を読んでいて、不思議と思われる点が、いくつか浮かび上がってきます。八雲の幼少期から青春期、来日以前の人生を辿ってみますと、不幸と不運、そして貧困の連続の日々としか思われないのです。四歳時での母の喪失。六歳時でのジェーンの〈顔なしお化け〉と幽霊たちとの遭遇。十六歳時の左眼失明。十八、九歳時のロンドンでの浮浪者生活。十九歳時では、アメリカでの四年間の窮乏生活。八雲来日前のどの時代を見ても、世の幸福という運から見放された、救いようのないどん底生活を味わい尽くしていました。

しかし、本書で取り上げたこの自伝風の作品を読んでいると、八雲は不幸と失意に打ちのめされているにもかかわらず、不思議な光が彼の身体に注がれいるのを感じ取ることができるのです。渡米間もないころの「私の最初のロマンス」や「星」という小品などは、彼の飢餓と貧困生活を回想して書かれた作品なのですが、この二篇の作品にも、「私の守護神」や「偶像礼拝」と同様、八雲を支える不思議な明るさ、生き抜く力が働いているのを感じ取ることができるのです。私は八雲の人生に時折訪れる、何か聖なるものからの加護の光、神の顕現ともいうべき〈エピファニー〉を認めてしまうのですが、深読みしすぎでしょうか。

ところで、本書収録のセツの「思い出の記」は、八雲とセツとの仲むつまじい夫婦関係を知るだけではなく、八雲の最高傑作といわれている『怪談』誕生の秘話を知る上で、きわめて貴重な作品といえます。「思い出の記」は、八雲の没後、セツが、八雲の信頼していた友人、三成重敬（みなりしげゆき）に乞われるまま語ったものを、三成が速記し、編集し直したものです。三成がセツを上手に導いて、一つの「文学作品」にまで仕上げた名品といえます。三成の見事な編集ぶりを讃えたいと思いますが、何よりもセツの語り手としてのすばらしさを、見落とすわけにはいきません。

そのセツの「思い出の記」には、八雲とセツの『怪談』完成の秘密といってよいエピソードが語られていますので、その一節を最後に紹介させていただきます。

「〔八雲は〕怪談は大層好きでありまして、『怪談の書物は私の宝です』と言っていました。私は古本屋をそれからそれへと大分探しました。〔中略〕私が昔話をヘルンに致します時には、いつも始めにその話の筋を大体申します。面白いとなると、その筋を書いて置きます。それから委（くわ）しく話せと申します。それから幾度となく話させます。私が本を見ながら話しますと『本を見る、いけません。ただあなたの話、あなたの言葉、あなたの考えでなければ、いけません』と申します故、自分の物にしてしまっていなければなりませんから、夢にまで見るようになって参りました。」

このセツの語りからは、『怪談』という晩年の傑作は助手という立場を超えて、八雲とセツの共同作業によって誕生したことがうかがい知れます。『怪談』だけではなく、八雲の日本時代の十三冊にも及ぶ著作の誕生の背景には、セツ夫人の助力があったことが知られています。本書の第一四章「人、思想、芸術」でも、田部はセツ夫人の尽力ぶりについて触れていますが、『知られぬ日本の面影』（拙訳では『日本の面影』）の取材や、松江での怪談話の採話にも、セツは同行しているのです。

ある時（東京時代だと思います）、八雲からセツが万葉（集）についての質問を受けたことがありました。セツはうまく答えられず、「程度の高い女学校を卒業しなかった事、および、自由に英語を話す事のできないのを残念に思う」と答え、自分の浅学を八雲に詫びたことがあります。すると、八雲は即座に自分の著作の数々を示し、「これだけの書物は、だれの骨折でできましたか」と問い返しました。セツのこれまでの労をねぎらったのでした。

このエピソードは二人の人柄をよく表しており、とても感動的で、涙が出てくるくらいです。セツは武士階級から一転して一庶民の身分となった女性でした。それゆえ、庶民の心をよく理解していました。八雲の創作は、高度な文学的知識ではなく、このセツの庶民性を必要としていたのです。

八雲の取り上げる文学的な主題は、『怪談』もそうですが、一貫して名も無き庶民の哀歓、悲しみや喜びの声といったものでした。八雲は自分の文学世界は、「八百屋、飴屋、僧侶、神主、占師、巡礼、農夫、漁師」たちの世界である（第一五章「ヘルンの通った道」）と語っていました。そして、日本のインテリや大学教師たちの住む世界ではない、と主張していました。したがって、八雲のアメリカと日本での三十余年にわたる作家活動は、一言でいって、自分の内面を密やかに語りながらも、名も無き庶民の心や魂を語り継いでいったことにあったのではないかと考えています。

今年（二〇二五年）の秋には、小泉セツを主人公のモデルとするＮＨＫの連続テレビ小説「ばけばけ」が放映される予定です。セツがどのように描かれるか、今から興味が尽きません。それによって、妻セツから見た新たな八雲像も出現し、さらなる八雲の再評価につながってゆくのではないでしょうか。本書の文庫化に際し、編集部の香西章子さんから執筆および編集上のさまざまなご尽力をいただきました。記して深謝申し上げます。

（いけだ・まさゆき　早稲田大学名誉教授・英文学者）

460～461, 465
真鍋晃　186, 195, 394
ミッドウィンター、オザイアス　122
美保の関　197, 202, 219, 304, 395, 397, 460～461
ミルトン　68, 221
村川堅固　202
メイソン、J・W　440, 443
メイソン、W・B　208～209, 318, 425
メレディス　339
メンフィス　118～119, 122
モーパッサン　143, 423, 464
モリス、ウィリアム　88
モリヌー、ヘンリー　55, 84, 86～88, 90, 99, 214

【や】

焼津　222～225, 230, 297, 303～304, 348, 350, 356, 380, 405, 409, 412, 425, 450, 461～462
『焼津にて』　86, 409
安河内麻吉　202, 340, 399
八橋　196, 384
山口乙吉　222～225, 230, 297, 356, 373, 412
ユーゴー、ヴィクトル　90
『ユーマ　西印度奴隷の話』　162, 166, 181, 185, 317, 366～367, 389, 390～391, 454, 459
横木富三郎　396

【ら】

ラスキン　74, 88, 349, 452
『ラファエル前派およびその他の詩人』　427
『ラフカディオ・ヘルンの生涯と手紙』　324～325, 425, 445, 462
『ラフカディオ・ヘルンの日本の手紙』　324, 425, 445, 463
リース教授　240, 243～244
リュカディア　25～26, 32～33, 449, 458
了然尼　375, 425
ルーケット、アドリアン　133
『霊の日本』　228, 250, 317, 337, 379, 407, 461
レッドヒル　55, 84, 86～87
レンナウル、ウィリアム　83
ロイド、アーサー　440, 442, 444
ローウェル、パーシヴァル　180
ロセッティ　88, 221, 242, 339
ロチ、ピエール　113, 143, 334, 393, 424, 430
ロニー、レオン・ド　171
ロビンソン、ウィリアム　124
『論説集』→『社説』

【わ】

早稲田大学　25, 193, 257～259, 263, 293, 428, 455, 462
「私の最初のロマンス」　91
「私の守護神」　57
ワトキン、ヘンリー　99～101, 112～113, 117～118, 121～123, 130～131, 133～135, 142, 154, 315, 317, 425, 463

441〜442
広瀬中佐 297, 373, 420
ファーニー 109, 112
フェノロサ 239, 316, 341
フォックスウェル教授 243〜244, 256
藤崎（小豆沢）八三郎 194, 222, 260, 310, 396, 405
藤沢周次 453
『仏土の落穂』 218, 250, 340, 379, 403, 461
『仏領西印度の二年間』 158, 162〜163, 166, 317, 348, 366, 391〜392, 459
「文反古」 149
ブラウニング 88, 339
フランス、アナトール 113, 143, 145, 181, 363, 392, 459
『フランス作家の小品と物語集』 424, 465
ブレナン夫人（サラ） 35, 39〜41, 46, 55〜57, 75, 78, 84〜88, 90, 95〜96, 99, 169, 214
フローベル 90, 143, 145, 363, 421, 423〜424, 447, 463
フローレンツ教授 244, 443
『文学の解釈』 426, 463
ベーカー、ページ 141, 144, 153, 170, 214, 317, 386
ベザント、ウォルター 362
ヘルン、エリザベス（異母妹） 38〜39, 50, 53
ヘルン、ジェイムズ（弟） 37, 41〜42, 46, 50, 75, 169
ヘルン、スーザン（叔母） 28, 33〜36
ヘルン、ダニエル（高祖父） 27
ヘルン、チャールズ・ブッシュ（父） 26, 28, 30〜37, 41, 50
ベーレンス夫人、アリス・フォン 317, 407
ヘンドリック、エルウッド 81, 181, 207, 212, 216, 226, 244〜246, 249, 317, 320〜321, 323〜324, 333, 376
『牧歌』→『ゼ・アイディル』
ホイットニー、チャールズ 141
「星」 96
ボードレール 90, 133, 143
ホームズ、エドモンド 28
ホーン、ウィリアム・ヴァン 175
盆踊 186, 196, 262, 270〜273, 370, 381, 384, 395

【ま】

マクドナルド、ミッチェル 115, 132, 145, 183, 185〜186, 222, 242, 248, 256, 290, 317, 320, 324, 327〜330, 341, 391, 394, 409, 421, 426, 447〜448
増島六一郎 215
マタス、ドクトル・ルドルフ 151, 153, 158〜159, 317, 388
松江 25, 186, 189〜190, 192〜198, 209〜210, 219, 223, 227, 241, 250, 262〜265, 267, 269〜271, 282, 291, 297〜298, 304, 317, 320, 341, 350, 368, 384, 394〜397, 431〜432, 436, 449〜450,

【な】

中川元　200
長崎　202, 301, 399, 460
中島力造　441
夏目漱石　369, 442, 444
新美兄弟（資雄、資良）　408, 412
西大久保　163, 227〜228, 277〜278, 280, 328, 345, 348〜349, 355〜356, 380, 434, 450, 462
西崎一郎　424, 427, 464〜465
西田千太郎　193〜197, 222, 239〜240, 258, 263, 269〜271, 282, 317, 382, 398, 432, 436
『日本』　163, 196, 257, 286〜287, 371, 379〜380, 417, 462
「日本お伽噺」　228, 336, 399, 406, 422, 461〜463
「日本からの手紙」　261, 420
『日本雑録』　190, 225, 228, 250, 325, 344, 379, 410, 462
「日本への冬の旅」　184
「ニューオーリンズの歴史的スケッチおよび案内」　145, 387, 459
丹羽雋明　414
根岸磐井　395, 449
「熱帯地方の話」　197
「熱帯への真夏の旅」　158, 391
根本通明　241

【は】

博多　202, 460
パーキンス　464〜465
バース、オノレ　141
畠山勇子　213, 373, 395, 401, 404
ハックスリー、トマス　248
服部一三　25〜26, 146, 186
パットン、ウィリアム　170, 172, 174〜175, 181
ハトソン、チャールズ・ウッドワード　422〜423, 463〜464
「ハード・タイムズ」（食堂）　131, 135, 458
バーニー大尉　100
ハーパー書肆　25, 146, 150, 153, 179〜181, 184〜186, 328, 387, 389, 391〜392, 446, 448
パプリエル、ドクトル　218
濱口梧陵　373, 403〜404
バレット、ジョン　330
バーレル女史（レオナ・ケイロウセ）　426, 464
バンゴー　55, 86
『ピエール・ロチ短編集』　424, 464
『東の国から』　51, 193, 200, 211, 213, 237, 250, 317, 340, 379, 396, 398, 461
ビグニー、マーク　124, 126
『美術、文学、哲学について』　427, 464
ビスランド、エリザベス（ウェットモア夫人）　43, 141〜142, 148, 156, 159, 163, 181, 183, 186, 252, 256, 317, 321, 324, 326〜327, 425〜426, 445, 447, 462〜463
日御碕　196, 213, 223, 304, 395, 460
ヒューズ女史　255〜256,

『支那怪談』 114, 138, 144, 175, 364, 379, 387, 459
『詩の鑑賞』 427, 463
清水彦五郎 220, 341
下市 186, 196, 262, 270, 395
『社説（論説集）』 112, 423, 464
シュライナー、オリーヴ 361
『書籍と習慣』 427
ジョンソン、チャーリー 146
『知られぬ日本の面影』 51, 188, 193, 197～198, 211, 231, 241, 250, 318, 327, 340, 356, 371, 379, 381, 385, 392, 394, 433, 460
『シルヴェストル・ボナールの罪』 145, 181, 363, 392, 459
『詩論』 427, 465
シンシナティ・インクワィアラー 99, 105, 107, 112, 114, 458
シンシナティ・コマーシャル 112, 114～115, 118, 122～123, 425, 458
『人生と文学』 427, 463
スペンサー、ハーバート 146～149, 207, 372, 420
スメ、ヨセフ・ド 447～448
『ゼ・アイディル（牧歌）』 426, 464
『聖アントワーヌの誘惑』 145, 329, 363, 421, 423, 447, 463
『西洋落穂』 112, 423, 464
『創作家への言葉』 427
「想像力の価値」 197

【た】

ダイヴァース教授 383
ダウント、アキリーズ 80
高木玉太郎 401
高田早苗 193, 257～258, 263, 293
太宰府 202, 460
田部隆次 426～427, 464～465
玉木光栄 412
田村豊久 222, 260
チェンバレン、バジル・ホール 89, 107, 171, 183, 186, 203, 208, 210, 213, 218, 231, 233～235, 257, 318, 320, 331, 335, 342, 371, 375, 381, 384, 394, 411, 425, 439
『チタ　ラスト島の追憶』 86, 122, 149～151, 153, 166, 178, 185, 218, 317, 366, 387, 389, 459
「直覚」 101
坪内逍遥 420
帝国大学 25, 451, 461～462
ティンカー、エドワード 448
テッシマ（カシマチ）、ローザ 29～30, 32, 34, 36～39, 42, 50
テニソン 88, 221, 242, 244, 339
テュニソン、ジョセフ 46, 80, 112～113, 115, 117, 156, 169, 317, 389
土井晩翠 340, 450
東郷の池 196～197, 268, 270
『東西文学評論』 112, 422, 463
戸沢正保 452
トマス、エドワード 448
外山正一 89, 218, 220, 231, 233～234, 236, 239～241, 243～244, 252, 294
鳥尾得庵（小弥太） 373
『トレード・リスト』 100

125, 127, 129, 130〜131, 144, 147, 154〜157, 159, 170, 316, 332〜333, 365, 387
『クレオパトラの一夜』　113, 126, 142, 144, 336, 363, 386, 459
『クレオール・スケッチ』　422, 463
『クレオール料理』　145, 151, 387, 459
黒板勝美　202
クロスビー、オスカー　146, 153
クロフォード夫人（アリシア）　38, 46
ケイロウセ、レオナ→バーレル女史
ケナード、ニナ　26, 84, 115, 380, 445
ケーブル、ジョージ　112, 362
ケーベル教授　244〜245, 383, 441, 451
小泉一雄　44, 88, 207〜208, 307, 309, 460
小泉清　44, 228, 289, 462
小泉寿々子　228, 301, 462
小泉節子（セツ）　195, 262, 314, 396, 429, 431〜432, 460, 464
ゴウティエ　90, 113, 125〜126, 142〜143, 176, 363, 379, 386, 424, 459
神戸　25, 202, 212, 214, 219, 336, 374, 393, 401〜402, 404, 460〜461
『神戸クロニクル論説集』　112, 211, 422, 463
コカリル、ジョン　105, 107
『心』　218, 237, 239, 250, 317, 340, 372, 379, 401, 461
「ゴシックの恐怖」　57, 163, 410
コステロ、キャサリン　56, 87
『骨董』　228, 250, 284〜285, 317, 349, 353〜355, 379, 413, 416, 448, 462
籠手田安定　193, 264, 373
後藤金弥　196
コートニー夫人　136〜137, 139〜140, 153〜154, 157, 159, 166, 317, 348〜351, 448
小日向定次郎　426
コルビッシュレー師　79
『ゴンボ・ゼーブ』　114, 145, 151, 366, 387, 459

【さ】

『作詩論について』　428, 464
佐久間信恭　200, 383, 401
桜井房記　200
『サム・ニュー・レターズ・アンド・ライティングス・オヴ・ラフカディオ・ヘルン（小泉八雲新書簡集）』　425, 452, 464
サン・ピエール　157, 160〜163, 165〜166, 389
『シェークスピアについて』　428, 464
ジェーン（従姉）　60〜69
塩沢昌定　53, 381
志賀虎一郎　453
『詩人論』　427, 465
志田昌吉　396
幣原喜重郎　327

『英文学史』 427, 464
エック、エミール 89, 240, 244〜245, 441
江の島 184, 290, 368, 394
『エミール・ゾラ短編集』 424, 465
エルウッド、ロバート（従兄） 56, 417
大隈重信 381
大谷正信 87, 194, 197, 343, 405〜408, 410〜411, 426, 452〜453
大塚（逢束・伯耆） 196, 384, 436
岡倉天心 407, 429, 442
オーガスティン、ジョン 141
岡田哲蔵 410
隠岐 202, 213, 223, 227, 264, 272, 274, 277, 385, 397, 434, 436, 460
オコーナー 142, 147, 363
尾崎紅葉 341〜342
小山内薫 254, 340
落合貞三郎 115, 194, 244, 253, 255, 340, 426〜427, 464〜465
オールデン、ヘンリー・M 159, 162, 166, 177, 179, 181, 315, 446

【か】

『怪談』 55, 250, 257, 284, 379, 415, 462
加賀浦 196, 268
『影』 57, 228, 250, 327, 355, 379, 409, 454, 461
片山尚絅 193〜194
「門つけ」 88, 343, 401, 439
嘉納治五郎 200
鎌倉 184, 368
『鳥の手紙』 101, 122, 425, 463
カリナン 90, 95〜96
『カルマ』→『因果』
神田乃武 231, 453
「消えた光で」 164
木沢敏 305, 341, 412
岸重次 426
杵築 196, 269, 395, 460
『気まぐれ』 422, 463
木村牧 193
京都 202, 213, 216, 291, 298, 402, 404, 460
「極東の将来」 209, 425
「偶像礼拝」 68
鵠沼 222, 461
「草雲雀」 353, 379, 415
熊本 25, 198, 200〜203, 207〜208, 214, 218, 233, 241, 246, 250, 271〜272, 336, 340〜341, 346, 373, 380, 383, 398〜399, 404, 411, 436〜437, 460〜461
隈本繁吉 202
グランド島 136〜137, 149〜150, 348, 366
栗田寛 242
栗原基 426
グリーンスレット、フェリス 419, 421, 463
グールド、ドクトル・ジョージ 30, 57, 82, 84, 95, 109, 114, 142〜143, 145, 150, 152, 166, 169, 181, 316, 329, 333〜334, 337, 347, 360, 446〜447, 450
クレイビール 100, 113, 115, 121,

索　引

【あ】

秋月胤永（悌次郎）　200, 373, 399
浅野和三郎　453
アショウ学校　77～79, 81, 84, 86～88, 446, 458
アースキン、ジョン　426, 463
アストン　144, 342
アトキンソン夫人（ミンニー・異母妹）　38, 45, 50, 53, 77, 85, 98, 182, 207, 446
アーノルド、サー・エドウィン　238, 260, 316～317, 413
『天の河縁起』　162, 257, 286, 355, 379, 419～420, 462
天野甚助　223～224, 412
雨森信成　222, 317, 400～401, 405～406, 426
『アメリカ雑録』　112, 423, 463
『アメリカ文学論』　423, 464
荒川亀斎（重之輔）　194, 292, 396, 432
アラン夫人（ポージー・異母妹）　38, 50, 53
有馬純臣　200, 400
「ある女の日記」　285, 343, 373, 414, 439
アルヌー、レオポルド　162～163, 317, 391
安藤勝一郎　253, 255, 340
イヴトー学校　88, 90, 458
『異国情趣と回顧』　220, 228, 250, 317, 340, 355, 379, 405～406, 454, 461
石川林四郎　253～255, 340, 426
「イー・ジグランプス」　109, 458
石原喜久太郎　188～189, 194
伊勢神宮　216, 381, 461
市谷富久町　163, 220, 275, 328, 337, 348, 350, 380, 408, 415, 417, 450, 454, 461
市河三喜　425, 450, 452, 464
稲垣巌（次男）　44, 222, 461, 464
井上哲次郎　252～255, 407, 440～445
茨木清次郎　426
『異文学遺聞』　144, 317, 364, 379, 386～387, 459
『因果（カルマ）』　166, 422, 463
『印象派作家の日記から』　146, 421, 463
『ヴィクトリア朝の哲学について』　428, 464
ウェックスフォード　35, 55
ウェットモア夫人→ビスランド
ウェルドン（画家）　174～175, 179, 181～185, 448
ウォーターフォード　41, 55, 86
『ウォルター・シュナッフスの冒険』　423, 464
内ケ崎作三郎　258, 426, 455
梅謙次郎　254, 257, 305, 329
「浦島太郎」　296, 304, 308, 399
「英語教師の日記から」　188, 396, 399, 433
『英文学畸人伝』　428, 464

田部隆次『小泉八雲（ラフカディオ・ヘルン）第四版』一九八〇年一月　北星堂書店
同改訂七刷（一九九〇年二月）を底本としました。

写真提供　小泉家
（三一ページ左上、四九ページ下、二二九ページ下、二三〇ページ、三一九ページ上
を除く）

中公文庫

こいずみやくも
小泉八雲
——ラフカディオ・ヘルン

2025年3月25日　初版発行

たなべりゅうじ
著　者　田部隆次

発行者　安部順一

発行所　中央公論新社
〒100-8152　東京都千代田区大手町1-7-1
電話　販売 03-5299-1730　編集 03-5299-1890
URL https://www.chuko.co.jp/

DTP　嵐下英治
印　刷　三晃印刷
製　本　小泉製本

Published by CHUOKORON-SHINSHA, INC.
Printed in Japan　ISBN978-4-12-207631-0 C1198

定価はカバーに表示してあります。落丁本・乱丁本はお手数ですが小社販売部宛お送り下さい。送料小社負担にてお取り替えいたします。

中公文庫既刊より

各書目の下段の数字はISBNコードです。978－4－12が省略してあります。

お-41-5
古事記の研究
折口信夫
昭和九年と十年に行った講義「古事記の研究」（一・二）と「万葉人の生活」を収録。「古事記研究の初歩」と自身が呼ぶ講義の初文庫化。〈解説〉三浦佑之
206778-3

い-135-1
日本書紀（上）
井上光貞 監訳　川副武胤　佐伯有清 訳
わが国最初の正史。本書は、日本古代史の専門家による現代語全訳。上巻は天地開闢、国生みにはじまる神代紀、そして神武天皇から武烈天皇までを収録する。
206893-3

い-135-2
日本書紀（下）
井上光貞 監訳　笹山晴生 訳
下巻は継体天皇から持統天皇まで、六世紀から七世紀にいたる時代。中国・朝鮮半島からの制度・文物の流入により、天皇を中心とした国家的統一が完成する。
206894-0

う-15-16
文明の生態史観 増補新版
梅棹忠夫
東西の対立的座標軸で捉えられてきた世界史に生態学の視点を導入した比較文明論の名著。著者の到達点を示す「海と日本文明」を増補。〈解説〉谷　泰
207426-2

う-16-3
日本人の「あの世」観
梅原　猛
アイヌと沖縄の文化の中に日本の精神文化の原形を探り、人類の文明の在り方を根本的に問い直す、知的刺激に満ちた日本文化論集。〈解説〉久野　昭
201973-7

う-16-4
地獄の思想 日本精神の一系譜
梅原　猛
生の暗さを凝視する地獄の思想が、人間への深い洞察と生命への真摯な態度を教え、日本人の魂の深みを形成した。日本文学分析の名著。〈解説〉小潟昭夫
204861-4

み-11-4
水木しげるの不思議旅行
水木しげる
様々な妖怪が人の運命を変えてゆく。隠れているもの、身辺にいるのに見えないもの……この世とあの世を結ぶ22話。『怪感旅行』改題。〈解説〉呉　智英
206318-1